ein Ullstein Buch

ÜBER DAS BUCH:

Eine Auswahl des Besten aus über 500 Satiren des »Altmeisters des Kabaretts« Hugo Wiener. Allerdings mögen seine Fans der Meinung sein, daß er gar nichts anderes schreiben kann als »beste Geschichten« – mit schlechtesten und besten Lebenserfahrungen und Lebensweisheiten, die man am besten befolgt oder nicht. Gehen Sie vielleicht zu einem Arzt, den Ihnen der Leichenbestatter empfohlen hat? Gewiß aber laden Sie Leute ein, die Sie im Urlaub kennengelernt haben. Hugo Wieners und seiner Frau Cissy Erfahrungen sind Ihre Erfahrungen. Er schreibt das, was Sie selber erlebten und erlitten ... Hugo Wiener hält dem Ernst des Lebens seinen heitersten Spiegel vors Gesicht.

DER AUTOR:

Hugo Wiener, am 16. Februar 1904 als Sohn eines Musikers in Wien geboren. Musikstudium, Kapellmeister, Klavierbegleiter im Kabarett, dann Verfasser von Texten, was schließlich – bis heute – sein Hauptberuf wurde. Libretti für Operetten, Filmdrehbücher (seine Satiren waren auch Vorlagen für die beliebte Fernsehserie *Ein verrücktes Paar*). 1949 wurde er gemeinsam mit seiner Frau Cissy Kraner an das Wiener Kabarett *Simpl* engagiert, für das er als Hausautor gemeinsam mit Karl Farkas 16 Jahre tätig war. Hugo Wiener lebt heute als freier Schriftsteller in Baden bei Wien.

Hugo Wieners
beste
Geschichten

ein Ullstein Buch

ein Ullstein Buch
Nr. 22158
im Verlag Ullstein GmbH,
Frankfurt/M – Berlin

Ungekürzte Ausgabe

Umschlagentwurf:
Hansbernd Lindemann
Illustration: Rudolf Angerer

Taschenbuchausgabe mit
Genehmigung des Amalthea Verlags,
Wien – München

Printed in Germany 1989
Druck und Verarbeitung:
Ebner Ulm
ISBN 3 548 22158 0

September 1989

Vom selben Autor
in der Reihe der
Ullstein Bücher:

Die lieben Verwandten
und andere Feinde (20806)
Immer mit der Ruhe (20887)
»Lesen Sie wohl!« (22072)

CIP-Titelaufnahme
der Deutschen Bibliothek

Wiener, Hugo:
[Beste Geschichten]
Hugo Wieners beste Geschichten. –
Ungekürzte Ausg. – Frankfurt/M; Berlin:
Ullstein, 1989
(Ullstein-Buch; Nr. 22158)
ISBN 3-548-22158-0
NE: Wiener, Hugo: [Sammlung]; GT

Inhalt

Vorwort

Liebe Leserinnen und Leser!

Im Vertrauen gesagt: Es gibt keine besten Geschichten, weil dem einen diese, dem anderen jene besser gefällt. Es gibt bestenfalls Lieblingsgeschichten. Meine Lieblingsgeschichte ist folgende:

Ich hatte viele Jahre für Bühne und Cabaret geschrieben, als man mich plötzlich als Buchautor entdeckte. Sie werden fragen, welchen Unterschied es zwischen einem Bühnen- und einem Buchautor gibt. Ich sage es Ihnen: ungefähr denselben wie zwischen Pik-As und Aspik.

Aber weiter: Mein erstes Buch war erschienen, ich stellte es in ein vollkommen leeres Fach meines Bücherregals, legte den Arm um die Schulter meines geliebten Weibes, sah es verklärt an – das Buch – und sagte: »Wenn jetzt eine gütige Fee käme, um mir einen Wunsch zu erfüllen, würde ich sagen: ›Ich wünsche mir, daß dieses Fach voll wird mit Büchern, die mich zum Autor haben.‹« Die Fee ließ lange auf sich warten – sechzehn Jahre lang –, aber sie ist gekommen, und mit dem Band, den Sie jetzt in der Hand halten oder vor sich liegen haben, ist das Fach voll.

»Gut«, werden Sie sagen, »es ist ein Sammelband, ich habe alle Geschichten schon gelesen.« Zugegeben. Es gibt aber doch auch Geschichten, die man zweimal lesen möchte – und dazu dient dieses Buch. Außerdem werden nicht alle Leser alle Geschichten schon gelesen haben, und wenn mein Verleger, ein unbestrittener Fachmann auf seinem Gebiet, mir den Rat gab, das Buch »HUGO WIENERS BESTE GESCHICHTEN« zu nennen, dann hat er sicherlich recht. Urteilen Sie selbst. Vielleicht sind es wirklich

HUGO WIENERS BESTE GESCHICHTEN

Die Frage des Vorwärtskommens hängt ganz vom Start ab. Oder – wie man auch sagen kann:

Am Anfang steht der Fortgang

Ich habe eine gutgehende Schriftstellerei.
Bei mir gibt es alle einschlägigen Artikel: Schlagertexte, Operetten- und Musicallibretti, Lustspiele und Trauerspiele, Schwänke, Kabarettprogramme, TV-Shows, Krimis und Königsdramen. Auf Bestellung liefere ich Anekdoten, die der Käufer jedermann in den Mund legen kann. Gewünschte Änderungen politischer Themen werden – je nach der Lage – prompt durchgeführt. Ich führe GROSSE WORTE in jeder Preislage, für jeden Beruf und jede Berufung. Für den Priester: »Wer sich selbst hilft, dem hil t Gott!« – für den Politiker: »Wer sich *nicht* selbst hilft, der will, daß ihm die Regierung hilft.« Bei mir erhalten Sie »Seltsame Geschichten«, »Unheimliche Geschichten«, »Wahre Geschichten« (die sich nie ereignet haben) usw. – und wenn ich vom 3.–5. Jänner meinen Betrieb schließe, um Inventur zu machen – bin ich zufrieden. Ich habe wirklich eine gutgehende Schriftstellerei.
Dem war nicht immer so. Ich begann mit der Einsendung von Witzen und war fast mit allen in Betracht kommenden Redaktionen in Verbindung. Wenn auch nur hin und wieder. Ich schickte ihnen die Witze hin, und sie schickten sie mir wieder zurück.
Mit Dank.
Bald besaß ich eine Menge solcher Dankbriefe. Genau vierhundertachundachtzig. Hämisch lächelnd klebte ich sie in ein Album, das fünfhundert Seiten hatte. Einen auf jede Seite. Die restlichen zwölf Briefe, das wußte ich, würden nicht lang auf sich warten lassen. Was bezweckte ich damit? Ich wollte das Album aufbewahren und – wenn ich ein großer Dichter geworden war – in einem feierlichen Schenkungsakt dem Nationalmuseum überlassen. Es sollte jungen Ta-

lenten klarmachen, wie man es, trotz schwierigstem Anfang, durch Fleiß und Ausdauer zum Genie bringen kann. Elf der noch fehlenden »Dankbriefe« hatte ich schnell beisammen, nur die letzte Seite des Albums war noch leer. Also setzte ich mich hin und schrieb an das damals führende Witzblatt »Die Muskete«:

Sehr geehrter Herr Redakteur! Als erfolgloser Schriftsteller bin ich im Besitz von zahllosen Ablehnungsschreiben verschiedener Redaktionen. Da ich diese Schreiben sammle, bitte ich auch Sie, mir ein solches zu schicken. Es wäre das Prunkstück meines Albums. Bitte, schreiben Sie mir einen Brief, in dem Sie mir mitteilen, daß meine Ihnen eingesandte Arbeit leider nicht verwendbar ist und daher nicht angenommen werden kann. Mit bestem Dank und dem Ausdruck der vorzüglichsten Hochachtung

Hugo Wiener

Drei Tage später – ich erwartete den Briefträger mit offenem Album und bereitgehaltenem Klebstoff – kam folgende Mitteilung:

Sehr geehrter Herr! Wir bedanken uns für Ihren Brief. Ihr Witz mit der Sammlung ist großartig. Wir werden ihn in unserer nächsten Nummer bringen. Anbei ein Scheck über Sch. 50,–.

Mit freundlichen Grüßen
Redaktion der MUSKETE

Ich war wütend. Natürlich setzte ich mich sofort hin und schrieb:

Sehr geehrter Herr Redakteur! Mein Schreiben sollte kein Witz sein. Was ich wünsche, ist ein Ablehnungsbescheid für meine Kollektion. Besten Dank für die 50 Sch. Ich wollte Ihren Scheck auf der Bank einlösen, hatte keinen Ausweis bei mir, und der einzige Mensch, der mich dort identifizieren konnte, war mein Anwalt, dem ich 50 Sch. schuldete.

Mit dem Ausdruck der vorzüglichsten Hochachtung
Hugo Wiener

Einige Tage später kam wieder ein Brief:
Sehr geehrter Herr!
Wir haben uns sehr amüsiert über Ihren Witz mit der Bank. Wir werden ihn in unserer nächsten Nummer bringen. Anbei ein Scheck über Sch. 50,–.

Mit freundlichen Grüßen
Redaktion der MUSKETE

Jetzt war es wieder an mir, zu schreiben. Die sollen etwas erleben! Ich werde meinen Dankbrief bekommen! Ich schrieb:
Sehr geehrter Herr Redakteur! Wollen sie mir endlich das Ablehnungsschreiben schicken – ja oder nein!? Um es sicher zu bekommen, sende ich Ihnen folgenden schlechten Witz ein: Müller sagt zu Meier: »Sie haben mich gebeten, für Sie die Nummer 445671 anzurufen und in Ihrem Namen mit einem Herrn Fisch zu sprechen. Ich habe es getan.« »Und?« fragt Meier. »Was war?« Drauf Müller: »Man hat mich gefragt, mit *welchem* Fisch ich sprechen will. Dort war das Aquarium!«

Mit dem Ausdruck der vorzüglichsten
Hochachtung
Hugo Wiener

Daraufhin kam wieder ein Brief:
Sehr geehrter Herr!
Unser Personal hat noch heute Seitenstechen vor Lachen über Ihren Witz mit dem Fisch. Wir werden ihn in unserer nächsten Nummer bringen. Anbei ein Scheck über Sch. 100,–.

Mit freundlichen Grüßen
Redaktion der MUSKETE

Ich fluchte, ich wütete, ich tobte. Dann ging es mir durch den Kopf: Ich habe es erreicht! Das ist der Wendepunkt! Man anerkennt mich als Schriftsteller! Der erste Schritt zum

Dichter ist getan – jetzt heißt es, die Strähne ausnützen! Das Album brauchte ich nicht mehr, ich warf es ins Feuer, sah voll Genuß zu, wie es verbrannte, nahm meine beste Kurzgeschichte und sandte sie an die Muskete. Acht Tage später kam die Anwort:

Sehr geehrter Herr!

Haben Ihre Kurzgeschichte gelesen und müssen Ihnen mit Bedauern mitteilen, daß wir keine Verwendung dafür haben. Wir schicken sie Ihnen beiliegend mit bestem Dank zurück.

Mit freundlichen Grüßen
Redaktion der MUSKETE

Es war der 500. Ablehnungsbrief. Die andern 499 hatte ich ins Feuer geworfen, das Album hatte ich vernichtet – das Nationalmuseum wird mir dankbar sein.

Eine Party ist ein geselliges Beisammensein, bei dem man Sandwiches und gute Bekannte in kleine Stücke schneidet. Will man eine Party besonders erfolgreich gestalten, braucht man einen Menschen wie mich. So sagte mir mein Freund Pfandl anläßlich seiner

Geburtstagsparty

Ich lag auf der Couch und aalte mich. Da unser Kater Jacky sich auf dem Balkon sonnte und er die Couch im Augenblick nicht benötigte, durfte ich mir das erlauben. Meine Frau kneippte in einer Kuranstalt – ich war also ganz allein. Plötzlich schrillte das Telefon – es war mein Freund Pfandl. »Ich habe ein Anliegen«, sagte er. »Ich feiere morgen meinen fünfzigsten Geburtstag, und meine Frau hat mir eben gesagt, daß sie aus diesem Anlaß eine Party gibt. Es sollte zwar eine Überraschung für mich sein, aber du weißt, die Vorbereitungen – es konnte mir nicht verborgen bleiben. Nun hat meine Frau – ich spreche leise, weil sie im Nebenzimmer ist und gerade berechnet, wieviele Gläser wir uns ausborgen müssen – meine Frau also hat nur Familie eingeladen. *Ihre* Verwandten und *meine* Verwandten. Das kann nicht gut ausgehen. Wir brauchen wenigstens *einen* Menschen, der mit der Familie nichts zu tun hat und der das Gespräch ein bißchen auflockert. Du bist Humorist, bist immer so lustig – du darfst mir nicht nein sagen!«
Ich sagte nicht nein, als ich aber den Telefonhörer auf die Gabel legte, bereute ich es schon.
Wieso lustig? Ich bin ein eher schüchterner Mensch, und wenn ich etwas Lustiges sagen soll, muß ich mich darauf vorbereiten. Wie kann ich mich aber darauf vorbereiten, wenn ich nicht weiß, wovon das Volk auf der Party reden wird? Wovon redet man auf einer Party? Ich mußte mich auf ein paar Themen, von denen ich annehmen konnte, daß sie zur Sprache kommen werden, präparieren. Let's see: Spricht man z. B. von Antiquitäten, könnte ich lässig einwerfen: »Das schlimmste an den Antiquitäten ist, daß ihre

Preise so modern sind!« Oder von Ärzten: »Suchen Sie nie einen Arzt auf, den Ihnen ein Leichenbestatter empfohlen hat.« Oder von dem Mangel an Parkplätzen: »Die Zeiten haben sich nicht geändert. Schon Noah brauchte vierzig Tage, um einen Parkplatz zu finden.« Oder von Kurorten: »Ein Kurort ist ein Ort, wo müde Menschen noch müder werden.« Oder vom Fernsehen: »Warum die Menschen soviel fernsehen? Weil sie lieber etwas Schlechtes sehen, als etwas Gutes hören.« Oder vom Finanzamt: »Geldverdienen wäre ein Vergnügen, wenn das Finanzamt nicht wäre!« Oder, oder, oder. Alle diese weisen Aussprüche sind nicht von mir, aber wer fragt schon danach? Es galt, diese oder ähnliche Sätze parat zu haben und, sobald das Stichwort fiel, einzuhaken.

Ich übte die ganze Nacht. Psychoanalyse? Hat schon vielen Menschen geholfen, besonders den Psychoanalytikern. Versicherungen? Gestern habe ich bei einem Vertreter eine Pensionsversicherung abgeschlossen. Wenn ich zwanzig Jahre hindurch die Beiträge bezahle, kann der Vertreter in Pension gehen. Pillensucht? Die Hälfte der Menschheit nimmt Pillen, um schlafen zu können – die andere Hälfte, um wachzubleiben. Stammcafé? Ist der Platz, wo man jeden Tag zum letztenmal hingeht. Das genügt – ich war gewappnet.

Am nächsten Tag besorgte ich rasch ein Geburtstagsgeschenk für Pfandl, das heißt, ich nahm die Bridgegarnitur (Spielkarten, 1 Bridgeblock, 1 Bridgekugelschreiber und 4 Bridgeaschenbecher), die uns Tante Elsa aus London gebracht hatte, und packte sie geschenkmäßig ein.

Als ich zur Party kam, standen bereits sechs Bridgegarnituren (Spielkarten, 6 Bridgeblocks, 6 Bridgekugelschreiber und 24 Bridgeaschenbecher) auf dem Gabentisch, aber Pfandl meinte, davon könne man nie genug haben. Warum er mir dann den bösen Blick zuwarf?

Rasch wurde ich den Anwesenden vorgestellt: »Tante Mali, Onkel Paul, meine Kusinen Susi, Dolly, Anni, die Kusinen meiner Frau Rosi, Martha, Dagmar, Tante Johanna, Onkel Alfred, mein Kusin Heinz!« usw. usw.

»Weißt du, an wen mich der Herr erinnert?« fragte Tante Mali Tante Johanna und kicherte. »An unseren Nachbarn – du weißt, als wir noch Kinder waren.«
Nachbarn, fuhr es mir durch den Kopf. Hatte ich etwas mit Nachbarn? Nichts hatte ich. Auf Nachbarn hatte ich mich nicht vorbereitet. Es schadete auch nichts, da Tante Johanna bereits lachend sagte: »Du meinst den Schmiedl mit dem dummen Gesicht? Stimmt!« Sie entschuldigte sich rasch bei mir, aber ich hatte es gar nicht mitbekommen. Dummes Gesicht, dachte ich nur. Auch auf dummes Gesicht wußte ich nichts. »Ich glaube«, sagte Onkel Paul, »Schmiedl ist Versicherungsvertreter geworden.« Versicherungsvertreter! Jetzt hakte ich ein. Aber schon sagte Onkel Alfred: »Gestern habe ich bei einem Versicherungsvertreter eine Pensionsversicherung abgeschlossen. Wenn ich zwanzig Jahre hindurch die Beiträge bezahle, kann der Vertreter in Pension gehen!« Alle lachten. *Meine* Pointe! »Wer kann sich heute eine Versicherung leisten!« seufzte Heinz, der Kusin. »Bei diesen Steuerlasten!« Steuer! Da hatte ich doch etwas gehabt. Was war es nur? Aber schon ließ sich wieder Onkel Alfred vernehmen:
»Geldverdienen wäre ein Vergnügen, wenn das Finanzamt nicht wäre!« Wieder großes Gelächter. Onkel Alfred und ich scheinen dieselben Witzblätter zu lesen. Aber beim nächstenmal werde ich ihm zuvorkommen, das schwor ich mir. »Ich darf gar nicht daran denken«, sagte Onkel Hans. »Ich nehme seit Wochen Tabletten, um schlafen zu können.« Tabletten, frohlockte ich, da weiß ich etwas! Aber was, was? Onkel Alfred sagte: »Die Hälfte der Menschheit nimmt Tabletten, um schlafen zu können – die andere Hälfte, um wachzubleiben.« Das war es! Ich Trottel hatte es unter »Pillen« eingereiht.
Pfandl sah mich kopfschüttelnd an. Dazu hatte er mich eingeladen? Aber ihr sollt mich noch kennenlernen, sagte ich mir. Rasch nahm ich meine Weisheiten durch. Da funkte es schon. Tante Minna sagte: »Gestern war ich beim Arzt.« Ehe Onkel Alfred den Mund aufmachen konnte, sprudelte

ich schon heraus: »Die Zeiten haben sich nicht geändert. Schon Noah brauchte vierzig Tage, um einen Parkplatz zu finden.« Alle sahen mich verwundert an. Ich hatte falsch gesprudelt! Ich hätte sagen müssen: »Suchen Sie nie einen Arzt auf, den Ihnen ein Leichenbestatter empfohlen hat.« Zu spät. »Ich gehe nie zu Ärzten«, meinte Tante Bella eben. »Ich mache jedes Jahr die Kur in Gastein.« Schnell sagte ich: »Das schlimmste an den Antiquitäten ist, daß ihre Preise so modern sind.« Wieder falsch! Die Anwesenden rückten etwas ängstlich von mir ab. Warum habe ich nicht gesagt: »Ein Kurort ist ein Ort, wo müde Menschen noch müder werden«, wie ich es vorhatte? Pfandl sah mich nur so an. Wie konnte ich Tante Bella, seine Erbtante, eine Antiquität nennen? Als ich, als die Rede auf den Mangel an Parkplätzen kam, noch sagte: »Die Psychoanalyse hat schon vielen Menschen geholfen, vor allem den Psychoanalytikern«, hatte ich jede Chance verloren. Ich empfahl mich mit der Ausrede, daß ich noch in meinem Stammcafé erwartet werde. Alle atmeten auf, keiner nötigte mich zu bleiben. »Stammcafé!« rief mir Onkel Alfred noch zu. »Der Platz, wo man jeden Tag zum letztenmal hingeht!« Großes Gelächter. Ich versuchte mitzulachen, machte eine linkische Verbeugung, warf dabei eine Blumenvase um, daß das Wasser auf den Teppich floß, öffnete die Tür zum Vorzimmer und ging in den Kleiderschrank. Ich merkte es erst, als ich drinnen war.
Pfandl geleitete mich zur Treppe.
»Ich verstehe dich nicht«, sagte er wütend. Zuerst stehst du da, ohne den Mund aufzutun, dann gibst du lauter falsche Antworten? Was bist du für ein Humorist? Wo bist du lustig?«

Was hatte Pfandl für eine Ahnung, wie schwer es für einen Humoristen ist, lustig zu sein! Ich ging.
Damit mir bei der nächsten Party nicht wieder ein solcher Fehlschlag passiert, habe ich mir etwas zurechtgelegt:
Ich gehe erst gar nicht hin!

Ein Einbrecher ist ein Mensch, der glaubt, daß der Himmel dem hilft, der sich selber hilft. *(Ichweißnicht v. Wem)*

Einbruchsicher

Wir haben eine Wohnung in Wien und ein Haus auf dem Land. Die Wohnung in Wien ist gegen Feuer versichert, das Haus auf dem Land gegen Einbruch. In dem Haus auf dem Land hat es gebrannt, in der Wohnung in Wien wurde eingebrochen. Und das zweimal, während ich mit meiner Frau auf Weekend in dem Haus auf dem Land war. Also sprach meine Frau: »Wir brauchen ein Sicherheitsschloß.« Das Schloß wurde angebracht, zwei Wochen später wurde eingebrochen. Und nicht nur das. Auf dem Tisch lag ein Zettel: »Habe über Ihr Sicherheitsschloß sehr gelacht, Ihr Einbrecher.«

Also sprach meine Frau: »Wir brauchen einen Hund.« – »Während wir weg sind?« fragte ich. »Wer soll den Hund versorgen?« – »Unsere Hausbesorgerin wird ihn Gassi führen und wird ihm zu fressen geben«, sagte meine Frau, »und in der Nacht ist er da und bewacht unsere Wohnung.« Also ging ich hin und kaufte einen Hund. Der Tierhändler bot mir einen an. Einen großen. Eine Dogge. Sie war ein Weibchen und hieß Bella. Von seiten Bellas war es Liebe auf den ersten Blick. Sie sprang an mir hoch und leckte mir das Gesicht ab. »Sie brauchen sich nicht zu fürchten«, meinte der Tierhändler. »Bella beißt nicht.« – »Beißt nicht«, sagte ich ängstlich, »aber vielleicht schluckt sie.« Ich erstand das Tier, wir bereiteten ihm einen Platz in der Küche und fuhren beruhigt auf Weekend.

Am Montag vormittag kamen wir zurück und sahen sofort: es war eingebrochen worden. Auf dem Tisch lag ein Zettel: »Danke für den freundlichen Hund. Er hat mich wedelnd begrüßt, und wir haben die ganze Nacht miteinander gespielt.« Wütend gingen wir in die Küche. Bella schlief. Das Spiel mit dem Einbrecher dürfte sie ermüdet haben. Als sie erwachte, erzählten wir ihr, was geschehen war. Bella schlug die Augen nieder, sie schämte sich. Wir konnten ihr nicht böse sein, nichtsdestoweniger brachte ich sie dem Tierhändler zurück.

»Was hat man mitgenommen?« fragte der Tierhändler, als ich ihm von dem Einbruch berichtet hatte.

»Fünftausend Schilling«, sagte ich.

»Ja, dann!« meinte der Tierhändler. »Dann verstehe ich alles. Bella war vorher bei sehr reichen Leuten. Auf so kleine Beträge ist sie nicht dressiert.« Er tauschte mir Bella gegen Romeo aus. »Romeo ist klein«, sagte er, »aber bissig.«

Er hatte recht. Auf dem Nachhauseweg biß Romeo zwei Hunde, einen Briefträger und mich, und als ich mich auf der Unfallstation verarzten ließ, biß er den Primarius und eine Dame. Eine zweite Dame rannte schreiend aus dem Haus, zwei Pfleger verfolgten sie und brachten sie irrtümlich auf die Psychiatrische Klinik, wo man sie nach gründlicher Untersuchung als nicht gemeingefährlich bezeichnete und in häusliche Pflege entließ. Das Stückchen Weg von der Tierhandlung über die Unfallstation bis nach Hause brachte mir sechs Klagen ein, von denen ich noch nicht weiß, wie sie ausgehen werden.

Als ich meiner Frau erzählte, daß mich der Hund gebissen habe, strahlte sie. »Das ist doch ein Glück!« sagte sie. Ich verstand nicht. »Wenn der Hund *dich* gebissen hat, wird er doch auch den Einbrecher beißen.« Sie hatte recht. Der Einbrecher, mit dem ich mich, seit er mir Briefe schrieb, schon irgendwie vertraut fühlte, tat mir leid. Aber es ist ja seine Schuld. Soll er nicht einbrechen. Zumindest bei uns nicht. Wir fuhren auf Weekend.

Am Montag kamen wir zurück und sahen: es war wieder eingebrochen worden. Auf dem Tisch lag ein Zettel: »Seien Sie nicht böse, daß ich Ihren Hund mit meiner Blendlaterne schreckte, aber ich hatte keine andere Wahl. Freundlichst Ihr Einbrecher.« Wir suchten Romeo – er lag verschüchtert unter der Couch.

Ich brachte ihn wütend zu dem Tierhändler zurück und erzählte aufgeregt von dem neuerlichen Einbruch. »Diesmal hat der Einbrecher Geld, Schmuck und Silber mitgenommen!« rief ich außer mir. »Und Ihr Hund lag unter der Couch!« – »Erstens ist das nicht *mein* Hund, sondern *Ihr* Hund«, stellte der Tierhändler sofort richtig, »und zweitens ist das nur ein Zeichen seiner Klugheit.« – »Wieso?« fragte ich. »Weil er verhindern wollte, daß ihn der Einbrecher auch noch mitnimmt«, meinte der Tierhändler. Ich verlor die Geduld. »Ich will endlich einen Hund haben, der Einbrecher verjagt!« schrie ich.

Der Tierhändler beruhigte mich. »Nehmen Sie den Schnauzer hier«, sagte er und zeigte auf einen Hund, der so viel Fell hatte, daß man nicht wußte, wo vorn und wo hinten ist. »Das ist ganz einfach«, erklärte mir der Tierhändler, »Sie brauchen bloß aufzupassen, von welcher Seite er bellt. Und das Bellen ist seine Spezialität. Er heißt Josef und ist ein äußerst gutmütiges Tier, aber sein Gebell wird jeden Einbrecher in die Flucht schlagen.« Wie zur Bekräftigung dieser Worte bellte Josef so laut, daß ein Hamsterweibchen vor der Zeit Junge bekam. »O.k.«, sagte ich, »ich will es noch einmal versuchen.« Ich nahm Josef mit nach Hause. Josef bellte derart ohrenbetäubend, und das unausgesetzt, daß man von oben, von unten und von allen Seiten gegen unsere Wände klopfte. Fünfzehn Jahre lang hatten wir mit den Hausbewohnern im besten Einvernehmen gelebt – binnen einer Stunde waren wir mit allen verfeindet. Ehe wir auf Weekend fuhren, nahm sich meine Frau den Schnauzer noch einmal vor: »Sei schön brav, Josef«, sagte sie, »sei ein gutes Hundi, und wenn das Einbrecherli kommt, bellst du es fort.« Josef bellte »ja«, und zwar so oft, daß wir es noch hörten, als wir bereits im Taxi saßen.

Am Montag kamen wir zurück: Es war eingebrochen worden. Auf dem Tisch lag ein Zettel: »Endlich sind Sie so klug und geben es auf, sich einen Hund zu halten.« Was sollte das heißen? Wo ist Josef? »Josef!!!« rief ich. Er lag auf einem Fauteuil und schlief. Er dürfte nicht verstanden haben, was »Einbrecherli« heißt. Empört stürzte ich in die Tierhandlung.

»Da haben Sie Ihren Josef zurück!« brüllte ich. »Wieder war der Einbrecher da, und der Hund hat geschlafen!« – »Wann war das?« fragte der Tierhändler. »Gestern nacht!« schrie ich. »Ja, in der Nacht«, meinte der Tierhändler, »da schläft er.« Aber er gab mir einen Rat: »Nehmen Sie Josef wieder mit, und kaufen Sie sich eine Eule und einen Papagei dazu. Die Eule ist ein Nachtvogel, wenn der Einbrecher kommt, wird sie den Papagei wecken, und der Papagei wird dem Hund sagen, daß er bellen soll.« Ich ließ mir das einreden. Den Papagei bekam ich übrigens billig, weil er einen Sprachfehler hatte. Meine Frau und ich fuhren auf Weekend.

Als wir am Montag zurückkamen, was sahen wir? Es war eingebrochen worden. Auf dem Tisch fand ich den schon gewohnten Zettel. »Die Eule«, las ich, »war eine gute Idee, aber als mich der Papagei sah, war er so sprachlos, daß es ihm unmöglich war, den Hund – wie Sie es anscheinend erwartet hatten – zu wecken. Ihr getreuer Einbrecher.«

Jetzt war es aus. Ich brachte sämtliche Tiere aus dem Haus. Meine Frau wußte etwas Besseres: »Wir lassen die Türen offen und die Lichter brennen«, sagte sie, »dann wird jeder Einbrecher denken, die sind zu Hause, und wird sich hüten, die Wohnung zu betreten.« Vielleicht dachte jeder Einbrecher so, außer dem unseren. Am Montag war wieder eingebrochen worden, und auf dem Tisch lag ein Zettel: »Ich danke Ihnen, daß Sie es mir so bequem gemacht haben, ich bin sowieso nicht mehr der Jüngste. Ihr dankbarer Einbrecher.«

Jetzt war es mit meiner Geduld zu Ende. Ich war auf dem Weg zur Polizei, als ich Strelitzer traf. Ich erzählte ihm von unserem Mißgeschick.

»Das verstehe ich nicht«, sagte Strelitzer. »haben Sie denn noch nie von Weinzierl gehört?« Verschämt sagte ich: »Nein. Wer ist Weinzierl?«

»Weinzierl«, klärte mich Strelitzer auf, »ist der Mann, der die besten Sicherheitsschlösser erzeugt. Er arbeitet sogar mit der Polizei zusammen. Wenn es der Polizei nicht ge-

lingt, eine Wohnungstür oder einen Safe zu öffnen – Weinzierl gelingt es. Wenn es aber andererseits gilt, ein Schloß anzubringen, das sich nur mit dem dazugehörigen Schlüssel öffnen läßt – Weinzierl kann auch das.«
»Und wenn man diesen dazugehörigen Schlüssel verliert?« erkundigte ich mich, weil mir das schon öfter passiert war.
»Ruft man Weinzierl«, sagte Strelitzer.
»Und wie ist das mit den Einbrechern?« fragte ich.
»Die Einbrecher kennen Weinzierlschlösser schon von weitem und halten sich erst gar nicht damit auf. Sie wissen, daß sich ein Weinzierlschloß nicht gewaltsam öffnen läßt.«
Also ging ich zu Weinzierl.
Weinzierl war so stark beschäftigt wie der Generaldirektor eines großen Industrieunternehmens. Seine Sekretärin gab mir für Ende der Woche einen Termin. Weinzierl empfing mich. Er saß »wie ein Minister« hinter einem mächtigen Schreibtisch, hörte sich meine Geschichte an und meinte: »Ich werde Sie vormerken, werde aber erst in drei Wochen dazukommen, das Schloß zu montieren.« Drei Wochen! In drei Wochen raubt uns der Einbrecher arm. Ich versprach, ich bat, ich flehte. Nur dem Umstand, daß Weinzierls Gattin meine Frau gern im Fernsehen sieht, war es zu danken, daß Weinzierl sich herbeiließ, schon am nächsten Tag bei uns zu erscheinen.
Weinzierl kam. Bei der Arbeit durften wir ihm nicht zuschauen – sein Patent sollte sein Geheimnis bleiben. Er brachte drei Schlösser an, die nur mit den dazugehörigen Schlüsseln zu öffnen waren, ferner zwei Sicherheitsketten, die wieder Schlösser trugen, die auch nur mit den dazugehörigen Schlüssel zu öffnen waren. Weinzierl verlangte ein kleines Vermögen, aber was tut man nicht alles für seine Sicherheit. Wegen schlechten Wetters verbrachten wir das nächste Weekend in Wien. Seit Monaten konnten wir zum erstenmal ruhig schlafen, wir hatten ja Weinzierlschlösser. In der Nacht von Samstag auf Sonntag – kein Einbrecher. In der Nacht von Sonntag auf Montag – kein Einbrecher.
Montag früh rief ich den Meister an. Frau Weinzierl war am

Apparat. »Haben Sie vielleicht Ihre Schlüssel verloren?« fragte sie teilnahmsvoll, als sie meinen Namen hörte. »Mein Mann wird dafür sorgen, daß Sie hineinkommen.« »Hineinkommen?« rief ich verzweifelt. »Hineinkommen könnte ich vielleicht, Ich möchte wissen, wie ich hinauskomme!«

Weinzierl öffnete die drei Schlösser und die zwei Sicherheitsketten. Als ich endlich aus der Wohnung konnte, sah ich einen Zettel in der Tür stecken: »Das hätte ich nicht von Ihnen gedacht. Ihr gekränkter Einbrecher.«

Frauen sind klüger als Männer. Der Beweis: ich habe meine Frau geheiratet – meine Frau hat mich geheiratet.

Der erste Hochzeitstag

Wurmser war geheiratet worden. Er war ein eingefleischter Junggeselle, und niemand hätte gedacht, daß es eines Tages dazu kommen könnte. Auch Wurmser nicht. Und als ich ihm nach der Hochzeit sagte: »Ich hätte es nicht für möglich gehalten, daß du einmal in den See der Ehe springen wirst!« – da antwortete er: »Ich bin nicht gesprungen, meine Schwiegermutter hat mich hineingestoßen.«

Wurmsers Frau war Evelyn, die Tochter unseres Zahnarztes Dr. Wronsky. Und die Ehe lief eigentlich recht gut an. Bis zum ersten Hochzeitstag. Den wollte man feiern. Wurmser nahm acht Tage Urlaub, und diese acht Tage wollte er mit Evelyn an demselben Ort verbringen, an dem sie ihre Flitterwochen verbracht hatten: in Arosa.

Es war nach dem Mittagessen. Alles lag auf der Sonnenterrasse des Kurhotels, kein Laut war zu hören – man schlief. Auch Wurmser, der sich schon auf ein Stündchen Schlaf gefreut hatte, war eben eingenickt, als er Evelyn plötzlich leise kichern hörte.

»Warum kicherst du?« fragte er.

»Ach, nichts«, sagte sie.

»Du hast doch gekichert –«

»Und?«

»Wenn man kichert, muß man sich etwas dabei gedacht haben.«

»Ja.«

»Also? Woran hast du gedacht?«

»Es ist nicht der Rede wert. Eine Dummheit, glaube mir.«

»Ich will es aber wissen«, sagte Wurmser beharrlich. Wie er später erzählte, hätte er bedeutend lieber geschlafen, aber er wollte Evelyn beweisen, welches Interesse er – noch nach einem Jahr Ehe – an ihren Gedanken nahm. »Also?« fragte er deshalb noch einmal.

»Woran hast du gedacht?«
»An unsere Flitterwochen«, sagte Evelyn.
»Ach so!« Wurmser schloß müde die Augen.
Evelyn war leicht pikiert. »Du fragst gar nicht, *was* ich gedacht habe«, meinte sie.
»Du wirst es mir später erzählen«, entgegnete Wurmser. »Jetzt wollen wir schlafen.« Er drehte sich auf die rechte Seite und kehrte ihr den Rücken zu.
»Das hättest du damals nicht gesagt.«
Wurmser drehte sich zurück. »Was hätte ich wann nicht gesagt?«
»In unseren Flitterwochen, jetzt wollen wir schlafen. Damals wolltest du alles andere eher als schlafen.«
»Aber nicht auf der Sonnenterrasse.« Wurmser wurde ungeduldig.
»Ach so?« meinte Evelyn gereizt. »Ich könnte dir Sätze wiederholen – Sätze, die du mir gesagt hast – und weißt du wo? Hier auf der Sonnenterrasse.«
»Das war damals«, sagte Wurmser. »Damals war außer uns niemand da. Heute ist die Terrasse voller Menschen. Wir müssen still sein, sie wollen schlafen.« Und ich auch, setzte er im Geiste hinzu und drehte sich wieder nach rechts.
Evelyn hatte ihm nicht zugehört. »Die Versprechungen, die du mir gemacht hast«, setzte sie fort.
»Versprechungen?« Wurmser drehte sich zurück. »Was für Versprechungen habe ich dir gemacht?«
»Die Erde wolltest du mir zu Füßen legen.«
»Na schön, da liegt sie!« Er drehte sich wieder nach rechts.
»Du bist kein Liebhaber«, sagte Evelyn.
Wurmser drehte sich zurück. »Ich *bin* ein Liebhaber«, meinte er verzweifelt, »aber alles zu seiner Zeit. Jetzt nach dem Essen, mit der Rindsroulade im Magen, möchte ich schlafen.« Er drehte sich nach rechts.
»Ich möchte wissen, ob Casanova nach dem Essen geschlafen hat«, sagte Evelyn spöttisch.
»Wenn er Rindsrouladen gegessen hat, bestimmt.« Wurm-

ser hatte sich wieder zurückgedreht. »Außerdem bin ich kein Casanova, ich bin Besitzer eines Lederwarengeschäftes, und Besitzer von Lederwarengeschäften pflegen nach dem Essen zu schlafen.« Er drehte sich wieder nach rechts.
»Du hast mich nie richtig geliebt«, warf Evelyn ihm vor.
Wurmser drehte sich zurück. »Ich habe dich geliebt«, stellte er fest, »und ich liebe dich immer noch. Oder glaubst du, ich habe dich geheiratet, weil ich hoffte, daß mir dein Vater einmal seine Bohrmaschine vermachen würde?«
»Meinen Vater laß aus dem Spiel! Mein Vater ist ein wunderbarer Mann!«
»Ich weiß es! Dein Vater ist ein wunderbarer Mann, deine Mutter eine wunderbare Frau und du bist eine wunderbare Tochter! Aber ich bin ein *müder* Mann, und müde Männer möchten schlafen!« Er warf sich nach rechts.
Evelyn seufzte. »Wenn ich an Schiller denke ...«
Wurmser schmiß sich zurück. »An was für einen Schiller?« fragte er.
»An Friedrich von Schiller. Kennst du nicht sein Gedicht ›Der Handschuh‹? Eine Dame warf ihren Handschuh in einen Löwenkäfig, und ihr Ritter ging hinein und holte ihn heraus.«
»Er hat ihn ihr aber auch ins Gesicht geworfen und sie zu selbiger Stunde verlassen.«
»Egal! Du würdest meinetwegen nicht in einen Löwenkäfig gehen.«
»Deinetwegen vielleicht schon, aber nicht deiner Handschuhe wegen. Ich würde dir höchstens ein Paar neue kaufen.«
»Bei Weinlich & Knoll«, meinte Evelyn höhnisch. »Dort hast du zehn Prozent Rabatt.«
»Na und? Ist es eine Schande, wenn man dort kauft, wo es billiger ist?«
»Romeo hat sicherlich nicht nach dem Preis gefragt, als er das Gift für Julia kaufte.«
»Wenn ich Gift für dich kaufe, werde ich auch nicht nach dem Preis fragen, aber bei Handschuhen schon.«

Die ersten Gäste drehten sich bereits mißbilligend nach ihnen um.
»Evelyn«, lenkte Wurmser ein, »wir wollen doch nicht streiten – heute, an unserm ersten Hochzeitstag.«
Evelyn lächelte süßlich. »Ich will absolut nicht streiten, mein Schatz«, sagte sie, »ich muß mich bloß erst mit dem Gedanken vertraut machen, daß du mich nicht mehr liebst.«
»Ich liebe dich aber, zum Teufel hinein!« fluchte Wurmser wütend.
»Beweise es.«
»Wie?«
Evelyn wurde ruhig. »Es war nur ein Scherz. Dreh dich um und schlafe.«
»Jetzt kann ich nicht schlafen! Was soll ich tun?«
»Erinnerst du dich an den Berg, den wir gestern bestiegen haben?«
»Ja. Willst du, daß ich mich von oben hinunterstürze? Es sind nur zweitausend Meter.«
»Unsinn. Ich wollte dir nur sagen, daß ich schon gestern, dort auf dem Gipfel, die Idee hatte, einen Liebesbeweis von dir zu verlangen. Aber heute – und hier ist sie erst richtig gereift.«
»Also? Was verlangst du?«
»Reden wir nicht mehr davon.«
»Ich will aber davon reden!«
»Gut. Wenn du mir beweisen willst, daß du mich liebst – dann gib mir eine Ohrfeige.«
»Eine – was?«
»Eine Ohrfeige.«
»Aber warum?«
»Nur so. Damit ich sehe, daß du mir zuliebe auch Unannehmlichkeiten in Kauf nimmst. Schau dich um. Außer uns liegen 32 Hotelgäste auf der Terrasse. Ich habe sie gezählt. Einige schlafen, die andern sind wach – aber keiner rührt sich. Alle suchen Ruhe, Stille und Frieden. Jetzt gibst du mir eine Ohrfeige. Weißt du, was die Folge sein wird? Ein Skandal.«

»Und da verlangst du von mir –?«
»Daß du mir eine Ohrfeige gibst. Ja. Also?« Sie hielt ihm ihre Wange hin.
»Evelyn«, flehte Wurmser, »sei doch gescheit. Gehen wir auf unser Zimmer. Ich gebe dir zwei Ohrfeigen, drei Ohrfeigen, soviel du haben willst ...«
»Ich will nur *eine* und diese *hier.*«
»Aber Evelyn! Was soll ich zu meiner Entschuldigung sagen?«
»Nichts, lassen wir das. Ich bin dir nicht den kleinsten Eklat wert. Ich weiß nur nicht, wozu ich dich geheiratet habe, wenn ich nicht einmal eine Ohrfeige haben kann.«
Wurmser war entschlossen. »Gut«, sagte er mit zusammengebissenen Zähnen. »Du sollst deine Ohrfeige haben. Da!« Er klebte ihr eine.
»Ernst!« schrie Evelyn auf.
Die Gäste waren außer sich. Sie riefen durcheinander: »Was ist gechehen? Er hat ihr eine Ohrfeige gegeben! Unverschämt! Dieser Rowdy! Die arme Frau!« Sie stürzten auf Wurmser los. Auch der Hoteldirektor kam.
»Was fällt Ihnen ein?« schrie er empört. Sie scheinen nicht zu wissen, wo Sie sich befinden! Ich, als Manager dieses Hotels, sage Ihnen –«
Wurmser unterbrach ihn. »Sie haben mir nichts zu sagen!« schrie er zurück. »Die Dame ist meine Frau.«
»Das entschuldigt in keiner Weise Ihr Vorgehen!« brüllte der Manager. »Oder finden Sie nicht selbst, daß Sie zu weit gegangen sind?«
»Zu weit *gegangen?*« tobte Wurmser. »Zu weit *gefahren!* Ich hätte ihr schon in Wien eine herunterhauen sollen!«

Drei Monate später folgte die Scheidung. Aus Verschulden des Ehemannes: Gattenmißhandlung am ersten Hochzeitstag. Zeugen: 32 Hotelgäste und 1 Manager. Und wieder drei Monate später heiratete Evelyn Dr. Becker, einen jungen Anwalt, mit dem sie bereits seit einem halben Jahr ein Verhältnis hatte. Übrigens, die Idee mit der Ohrfeige stammte von ihm.

Es gab Zeiten, in denen der glühende Liebhaber dem kleinen Bruder seiner Angebeteten einen Schilling schenkte, damit er ihm eine Locke vom Haar seiner Schwester bringe. Heute bringt er ihm für zehn Schilling die ganze Perücke. Aber welcher Liebhaber gibt sich heute mit einer Locke zufrieden? Und welcher Junge mit einem Schilling? Die Zeiten haben sich geändert. Früher gab es Themen, über die die jungen Leute nicht reden durften – heute reden sie von nichts anderem. Und doch: Es ist alles Erziehungssache. Ich las neulich den Rat eines Sexualpsychologen, schon bei den Fünfjährigen mit der sexuellen Aufklärung zu beginnen. Folgt ihm nicht, ihr Eltern! Ihr bringt die Kinder um das schönste Erlebnis! Sie sollen selber draufkommen! Bleibt bei den guten alten Märchen. Sie regen die Phantasie des Kindes an und schüren seine Ideale. Glaubt mir! Bleibt bei

Rotkäppchen, Aschenbrödel und Schneewittchen

Mein Schwager Goldmann, seine Frau Hermine und beider Sohn Ladi, damals 5, hatten zu Abend gegessen. »Wirst du mir ein Märchen erzählen, Papi?« fragte Ladi.

»Nein«, antwortete Goldmann schnell, »das wird die Mami tun.«

»Ich habe keine Zeit«, sagte Hermine. »Ich muß den Tisch abräumen und das Geschirr in die Spülmaschine geben. Erzähl nur du.«

»Was soll ich erzählen?« fragte Goldmann verzweifelt. »Er unterbricht mich doch immer.«

»Heute wird er ein braves Kind sein und wird dich nicht unterbrechen. Nicht wahr, Ladi?«

»Nein«, versprach Ladi. Ob er mit diesem Nein meinte, daß er kein braves Kind sein oder daß er nicht unterbrechen werde, ging aus seiner Antwort nicht klar hervor.

»Also gut.« Goldmann ergab sich in sein Schicksal, und während Hermine den Tisch abräumte und Schüsseln, Teller und Besteck in die Küche trug, begann er: »Es war einmal ein König, der hatte eine Frau.«

»War das eine Königin?« fragte Ladi.

»Ja«.
»Ist jeder Mann, der eine Königin zur Frau hat, ein König?«
»Ja«. Dieses zweite »Ja« klang bereits etwas gereizt.
»Wieso hast du dann neulich gesagt, daß der Mann von der Königin von England ein Herzog ist?«
»Weil er aus keiner königlichen Familie stammt.«
»Was ist das, eine königliche Familie?«
»Eine Familie, in der es immer nur Könige gab. In meiner Familie gab es immer nur Bürger, also bin ich aus einer bürgerlichen Familie.«
»Und wenn einer ein Arbeiter ist?«
»Dann ist er aus einer Arbeiterfamilie.«
»Und ein Bauer?«
»Aus einer Bauernfamilie. Und jetzt gib Ruh! Zu dir muß man wirklich eine Engelsgeduld haben.«
»Was ist das, ein Engel?«
»Ein Engel ist ein himmlisches Wesen, das Flügel hat.«
»Ist Onkel Robinson ein Engel?«
»Nein. Wie kommst du darauf?«
»Weil die Tante Mela der Mami erzählt hat, daß der Onkel Robinson eine Freundin hat, daß sie ihm aber die Flügel stutzen wird.«
Goldmann versuchte, seine Wut hinunterzuschlucken. »Willst du das Märchen hören – ja oder nein?« fragte er.
»Ja«, sagte Ladi.
»Dann paß auf!« Er beruhigte sich wieder. »Der König hatte eine Tochter, die so schön war wie keine zweite. Ihre Haut war weiß wie Schnee, und ihre Lippen waren rot wie Blut. Deshalb wurde sie auch von allen Leuten Schneewittchen genannt.«
»Was ist das, ein Wittchen?«
»Das ist altdeutsch«, sagte Goldmann schnell, weil er nicht zugeben wollte, daß er es selbst nicht wußte.
»Was ist das, altdeutsch?«
»Eine Sprache.«
»Spricht die Oma altdeutsch?«

»Nein!!!« rief Goldmann.
»Sie ist aber alt.«
»Das hat damit nichts zu tun! Altdeutsch hat man im Mittelalter gesprochen!« Goldmann griff sich ans Herz. »Ich erzähle dir weiter: Die Königin war die Stiefmutter des Mädchens –«
»Was ist das, eine Stiefmutter?« unterbrach Ladi.
»Stiefmutter ist die zweite Mutter! Wenn ein Mann zum zweitenmal heiratet, dann ist die zweite Frau die Stiefmutter seiner Kinder!«
»Ist unsere Hausbesorgerin eine Stiefmutter?«
»Ist sie die zweite Frau des Hausbesorgers?«
»Ja – und Kinder hat sie auch.«
»Dann ist sie die Stiefmutter. Hör weiter zu: Diese Stiefmutter war sehr schön –«
»Die Hausbesorgerin?«
»Die Königin!« schrie Goldmann. »Sie war sehr schön«, wiederholte er lautstark, »und auf ihre Stieftochter sehr eifersüchtig. Denn immer, wenn sie vor dem Spiegel stand und fragte:
›Spieglein, Spieglein an der Wand,
Wer ist die Schönste im ganzen Land?‹,
dann antwortete der Spiegel:
›Ihr Frau Königin, seid die Schönste hier,
Doch Schneewittchen ist noch tausendmal schöner als Ihr!«
»Kann ein Spiegel reden?« fragte Ladi.
»Nein«, stöhnte Goldmann, der etwas ähnliches erwartet hatte.
»Wieso konnte dann der Spiegel antworten?«
»Weil es ein Zauberspiegel war.«
»Haben wir auch einen Zauberspiegel?«
»Nein.«
»Warum haben wir keinen Zauberspiegel?«
»Weil es keine Zauberspiegel gibt!« schrie Goldmann wieder.
»Warum hast du dann gesagt, daß die Königin einen Zauberspiegel hatte?«

»Weil es damals noch welche gegeben hat! Soll ich dir weitererzählen?«
»Ja.«
»Die Königin war also eifersüchtig und befahl ihrem Jäger, Schneewittchen in den Wald zu führen und zu töten und ihr zum Zeichen, daß die Prinzessin tot sei, ihr die Leber zu schicken.«
»Zum Essen?«
»Nein!«
»Wozu denn?«
»Damit sie weiß, daß Schneewittchen tot ist!« zischte Goldmann zwischen den Zähnen. »Der Jäger aber«, fuhr er fort, »hatte Mitleid mit Schneewittchen, er ließ sie laufen, tötete ein Reh und schickte der Königin die Leber des Rehs.«
»Kann man die essen?«
»Ja.«
»Warum haben wir dann nie Rehleber? Immer nur Kalbsleber?«
»Weil die Kalbsleber besser ist.«
»Warum hast du dann gestern gesagt, daß dir die Kalbsleber schon zum Hals herauswächst? Und die Mami hat gesagt, was dir zum Hals herauswächst, ist keine Kalbsleber, sondern dein häßlicher Adamsapfel, der ihr schon vor der Hochzeit nicht gefallen hat?«
»Sei still«, flehte Goldmann und grub sich die Fingernägel in die Innenfläche seiner Hände.
»Kann man Adamsäpfel essen?«
»Nein!!!«
»Warum hat dann Onkel Wronsky gesagt, daß er den Zwergrattler von der Tante Spannagl auf den Schoß genommen hat und daß ihn der Zwergrattler in den Adamsapfel gebissen hat?«
»Warum, warum, warum! Hast du nicht versprochen, nicht zu unterbrechen?«
»Ja.«
»Dann hör zu!«

»Warum soll ich zuhören?«
»Weil ich dir ein Märchen erzähle!«
»Warum erzählst du mir ein Märchen?«
»Weil du es verlangt hast!«
»Warum habe ich es verlangt?«
»Das weiß ich nicht!« Goldmann sprang auf. »Weil du ein Quälgeist bist! Eine Nervensäge! Ich kann nicht mehr!« Mit zitternden Händen nahm er die Vase vom Klavier und warf sie zu Boden. Hermine kam aus der Küche. »Was ist denn los?« fragte sie erschrocken.
»Es geht nicht«, weinte Goldmann. »Auf alles, was ich sage, fragt er warum!«
»Er ist doch ein Kind«, antwortete Hermine gereizt. »Wenn er nicht fragen würde, wie sollte er dann später einmal alles wissen? Ich habe meinen Vater auch immer gefragt, und er hat mir alles erklärt.«
»Das scheint aber nicht viel gewesen zu sein«, höhnte Goldmann, »sonst hättest du neulich, als du das Kreuzworträtsel lösen wolltest, gewußt, daß Leda die Geliebte des Zeus war.«
»Warum hätte ich das wissen sollen«, schrie nun auch Hermine. »Ich kümmere mich nicht um diese Weiber!«
»Weiber?« lachte Goldmann, und sein Lachen war ausgesprochen beleidigend. »Leda war kein Weib, Leda war ein Schwan!«
»Na und?« tobte Hermine. »Soll ich alle Schwäne bei Namen kennen? Du hast keine Ahnung, wie man ein Kind erzieht!«
»Und du?« brüllte Goldmann. »Du läßt doch dem Lausbuben alles durchgehen!«
»Das sagst du *mir?«* kreischte Hermine. »Du bist doch ein Monstrum von einem Vater!«
»*Was* bin ich?« fragte Goldmann starr.
»Ein Monstrum!!«
»Sag das noch einmal!«
»Ein Monstrum! Ein Monstrum! Ein Monstrum!«
Feindselig standen sich die beiden gegenüber.

»Papi«, fragte Ladi unschuldig. »Was ist das, ein Monstrum?«
Goldmann verließ das Zimmer und schlug die Tür hinter sich zu, Hermine fiel in einen Stuhl und weinte.

J. W. Rochester sagte: Bevor ich heiratete, hatte ich sechs Theorien über die Erziehung von Kindern. Jetzt habe ich sechs Kinder und keine Theorie.

Wir sollten glücklich sein. Wir leben in der guten, alten Zeit, an die wir im Jahr 2000 zurückdenken werden.

Harte Zeiten

Ich saß im Wartezimmer unseres Zahnarztes Dr. Wronsky. Ich war »Der Nächste, bitte!« Zwei Damen und ein Herr waren bereits hineingegangen. Allen dreien hatte man die Angst vor der Bohrmaschine angesehen. Ich verstand das nicht. Ich saß da – furchtlos wie ein Musketier, tapfer, mutig, lächelnd. Wieso? Ich war nur gekommen, um meine Frau zu entschuldigen, die ihre heutige Vereinbarung nicht einhalten konnte. Es dauerte. Ich benützte die Zeit, um an einem Schüttelreim zu basteln: »Bei Zahnärzten in Wartezimmern – da hört man nicht nur Zarte wimmern.« Schlecht. Plötzlich fiel mein Blick auf eine Zeitung, die neben mir auf der Bank lag. Da stand in fetten Lettern: »Harte Zeiten für Europa.« Ich nahm das Blatt zur Hand – das Lächeln verging mir. Da stand nicht mehr und nicht weniger, als daß Europa vor dem Bankrott steht. Die EG tritt zusammen, um auseinanderzugehen, der Gemeinsame Markt ist eine Utopie, die Aufrüstung verschlingt Unsummen, der Krieg steht vor der Tür, die Währungen fallen, das Geld wird knapp – kurz: Europa ist pleite. Und das in nächster Zeit. Mir wurde mulmig. Ich hatte mit Dr. Wronsky eine kostspielige Behandlung zur Verschönerung meines Gebisses besprochen – ich werde sie aufschieben. Bei den Zeiten, die uns bevorstehen – nur auf nichts einlassen.
»Der Nächste, bitte!« Das war ich. Der gefürchtete Stuhl erwartete mich mit offenen Armen. Ich lachte ihn höhnisch an. Heute nicht, mein Lieber!
Wronsky wusch sich eben die Hände. »Hast du einen Termin?« fragte er erstaunt.
»Ich nicht – meine Frau. Ich muß bloß absagen. Und weil ich schon da bin«, setzte ich zögernd fort, »möchte ich dir gleich sagen, daß ich mir die Behandlung, die wir bespro-

chen hatten, nicht machen lasse.« Und ich erzählte ihm, was ich gelesen hatte: Die EG tritt zusammen, um auseinanderzugehen, der Gemeinsame Markt ist eine Utopie, die Aufrüstung verschlingt Unsummen, der Krieg steht vor der Tür, die Währungen fallen, das Geld wird knapp – kurz: Europa ist pleite.

»Hm«, machte Wronsky besorgt. »Wenn die Zeiten wirklich so hart werden, wie du sagst? Ich wollte mir ein Zweitauto kaufen – ich werde davon absehen.«

Und er ging zu seinem Autohändler. »Ich habe mir die Sache überlegt«, sagte er, »ich brauche vorläufig kein zweites Auto.« Und er berichtete dem Autohändler von den harten Zeiten, denen wir entgegengehen: Die EG tritt zusammen um auseinanderzugehen, der Gemeinsame Markt ist eine Utopie, die Aufrüstung verschlingt Unsummen, der Krieg steht vor der Tür, die Währungen fallen, das Geld wird knapp – kurz: Europa ist pleite.

»Schrecklich!« jammerte der Autohändler. »Ich wollte meiner Frau zum Geburtstag einen Nerzmantel kaufen, aber bei diesen Aussichten werde ich ihr lieber ein paar Nelken bringen.«

Und er ging zum Kürschner. »Ich habe mir die Sache überlegt«, sagte er, »meine Frau braucht keinen Nerz. Die Zeiten, die uns bevorstehen, sind zu hart.« Und er schilderte ihm die Zukunft: Die EG tritt zusammen, um auseinanderzugehen, der Gemeinsame Markt ist eine Utopie, die Aufrüstung verschlingt Unsummen, der Krieg steht vor der Tür, die Währungen fallen, das Geld wird knapp – kurz: Europa ist pleite.

Der Kurschner begann zu zittern. »Ich bin Ihnen dankbar, daß Sie mir das sagen. Ich wollte mir einen Bungalow bauen lassen – ich werde damit warten.«

Und er ging zum Baumeister. »Mit dem Bungalow«, gab er ihm zu verstehen, »ist es nichts. Die Zeiten, die uns erwarten, erlauben mir nicht, so viel Geld zu investieren.« Und er beschrieb, was er gehört hatte: Die EG tritt zusammen, um auseinanderzugehen, der Gemeinsame Markt ist eine Uto-

pie, die Aufrüstung verschlingt Unsummen, der Krieg steht vor der Tür, die Währungen fallen, das Geld wird knapp – kurz: Europa ist pleite.
Der Baumeister wurde blaß. »Ich habe eine Segeljacht mit vier Kabinen bestellt«, jeierte er, »ich werde den Kauf sofort rückgängig machen.«
Und er ging zu dem Segeljachtverkäufer mit vier Kabinen. »Ich kann die Jacht nicht übernehmen«, gestand er. »Ich sehe harte Zeiten kommen.« Und er zählte auf: Die EG tritt zusammen, um auseinanderzugehen, der Gemeinsame Markt ist eine Utopie, die Aufrüstung verschlingt Unsummen, der Krieg steht vor der Tür, die Währungen fallen, das Geld wird knapp – kurz: Europa ist pleite.
Der Jachtverkäufer war wie vom Schlag gerührt. »Ich habe eine Freundin«, stammelte er, »eine kleine Schauspielerin. Ich wollte mich an einem Theater beteiligen, damit sie endlich einmal eine Hauptrolle bekommt. Hugo Wiener sollte das Stück schreiben – aber ich kann jetzt nicht eine verhältnismäßig große Summe in ein Theater stecken.«
Und er kam zu mir. »Meister«, sagte er – in dem Moment wußte ich, daß er etwas wollte – »ich habe das Projekt mit meiner Freundin noch einmal überschlafen – ich steige aus.« Und er nannte die Gründe: Die EG tritt zusammen, um auseinanderzugehen, der Gemeinsame Markt ist eine Utopie, die Aufrüstung verschlingt Unsummen, der Krieg steht vor der Tür, die Währungen fallen, das Geld wird knapp – kurz: Europa ist pleite: Ich verstand ihn: Harte Zeiten. Ich löste nicht nur den Vertrag, ich gab ihm auch noch den Vorschuß zurück, den ich bereits bekommen hatte.
Drei Wochen später bekam ich Zahnschmerzen. Ich ging zu Wronsky. Auf der Bank im Wartezimmer lag noch immer die Zeitung mit der Schlagzeile: Harte Zeiten für Europa. Ich sah sie mir genauer an, sie war vom 25. Jänner 1975, also über zehn Jahre alt.
Zuerst wollte ich Wronsky meine Meinung sagen, dann sah ich davon ab. Ich recherchierte bei anderen Zahnärzten – es war überall dasselbe. In allen Wartezimmern gab es nur an-

tiquarische Zeitungen. Wollen Sie das Geschäft Ihres Lebens machen? Sammeln Sie alte Zeitungen, und verkaufen Sie sie an Zahnärzte.
Doch gibt es noch Überraschungen. Als ich das heutige Morgenblatt zur Hand nahm – was las ich, so viele Jahre später, auf der Titelseite: Harte Zeiten für Europa. Die EG tritt zusammen, um auseinanderzugehen, der Gemeinsame Markt ist eine Utopie, die Aufrüstung verschlingt Unsummen, der Krieg steht vor der Tür, die Währungen fallen, das Geld wird knapp – kurz: Europa ist pleite.

1. Joh. 2, 19: Die Welt lieget im argen.

In Österreich heißt es: Das wichtigste Vitamin ist das Vitamin B. B = Beziehung. Ich habe meine Beziehungen, wenn auch nicht in Österreich. Ich habe sie in Italien. Interessiert es Sie? Dann lesen Sie bitte:

Bella Italia!

Vor einigen Monaten besuchte uns eine Nichte meiner Frau namens Conny. Sie lebt in Mannheim und ist eigentlich keine Nichte meiner Frau, sondern die Tochter einer Schulfreundin, und sie heißt auch nicht Conny, sie nannte sich bloß so, als wir sie das letztemal sahen. Damals war sie acht und schwärmte für Conny Froboess. Mit zehn schwärmte sie für die Loren, sie stopfte sich den Pullover aus und nannte sich Sophia. Als, mit vierzehn, Peter Alexander ihr Ideal war, wollte sie sich Petersilie nennen, aber das ließ sie sich ausreden. Heute ist sie achtzehn, ist hübsch und gut gewachsen und nennt sich – und das ist auch ihr richtiger Name – Dorli.

Dorli hatte einen beachtenswerten Sopran, sie wollte Gesang studieren, und zwar – ich weiß nicht, warum – in Italien. Leider gab ihr die italienische Regierung – auch da weiß ich nicht, warum – keine Erlaubnis für einen dauernden Aufenthalt. Meine Frau sah mich an – ich verstand: Vitamin B. Wir hatten im letzten Sommer in Monaco einen italienischen Politiker kennengelernt, Emilio Canelotti (der Name ist frei erfunden), der es inzwischen zum Minister für Unterricht gebracht hatte. Im Juni wollten wir sowieso nach Rom fahren, Dorli solle sich keine Sorgen machen, wir würden das ordnen.

Im Juni fuhren wir nach Rom. Ich ging sofort zum Ministerium für Unterricht und zeigte dem Portier die Visitenkarte, die mir der Minister seinerzeit gegeben hatte. »Oh!« sagte der Portier, »Signor Canelotti nicht mehr Ministro für Unterricht. Signor Canelotti Ministro für Wirtschaft.« Er zeigte mir auf einem Stadtplan, wohin ich zu gehen hatte. Es war ziemlich weit entfernt, also mußte ich fahren. Leider hatte eben ein Streik der Taxifahrer begonnen, mit dem sich das Personal der öffentlichen Verkehrsbetriebe solidarisch erklärte. Da es nur ein vierundzwanzigstündiger Warnstreik war, beschloß ich, den Minister am nächsten Tag aufzusuchen. Ich ging ins Hotel zurück und erfuhr, daß die Küchenangestellten Roms in den Streik getreten waren. Restaurants und Kaffeehäuser waren geschlossen, da es sich aber nur um einen zwölfstündigen Warnstreik handelte, faßten die weiblichen Hotelgäste den Entschluß, während dieser Zeit selbst zu kochen. Meiner Frau fiel die Sparte »Hauptspeise« zu. Sie machte Gulasch. Als sie mich während des Essens fragte, wie das Gulasch schmecke, antwortete ich: »Ich muß sagen – gut.« (Wobei ich in Gedanken die Betonung auf das Wort »muß« legte.) Die andern machten meiner Frau Elogen über ihre Kochkunst. Was die feindseligen Blicke sollten, die sie ihr zuwarfen, weiß ich bis heute nicht.

Am nächsten Tag wollte ich möglichst früh zu Canelotti fahren – Köche und Köchinnen arbeiteten wieder –, aber das Hotelbedienungspersonal war in ganz Italien in einen achtundvierzigstündigen Warnstreik getreten. Was tun? Die männlichen Hotelgäste, darunter auch ich, mußten einspringen. Wir reinigten die Teppiche auf Korridoren und Treppen mit Staubsaugern, wir putzten uns gegenseitig die Schuhe, wir empfingen die Neuankommenden in der Rezeption, führten sie auf ihre Zimmer, trugen ihnen die Koffer nach usw. Abreisen konnte niemand, da die Eisenbahner einen unbefristeten Warnstreik ausgerufen hatten. Für den Ministerbesuch war es leider zu spät geworden, ich mußte ihn auf den nächsten Tag verschieben.

Am nächsten Tag sagte meine Frau: »Einem Minister fällt man nicht ins Haus, ruf ihn erst an.« Das leuchtete mir ein, ich wollte anrufen – nicht möglich. Die Angestellten der Post- und Telegrafendirektion führten einen Warnstreik von achtzehn Stunden durch. Ich nahm also ein Taxi – die fuhren ja bereits wieder – und ließ mich zum Minsterium für

Wirtschaft bringen. Dort zeigte ich dem Portier die Visitenkarte. »Oh«, sagte der Portier, »Signor Canelotti nicht mehr hier. Signor Canelotti seit heute Ministro für Marine.« Auf zum Marineministerium. Signor Canelotti war in einer Kabinettssitzung. Wie lange sie dauern wird? Weiß man nicht. Ich fuhr zurück ins Hotel. Das Fernsehen berichtete eben von einer Umbildung des Kabinetts. Canelotti war zum Regierungschef ernannt worden. Jetzt ist die Angelegenheit Dorlis für mich eine Kleinigkeit. Am nächsten Tag werde ich mit meinem Freund, dem Ministerpräsidenten, sprechen. Am nächsten Tag warteten wir auf die Zeitungen – nichts. Die Journalisten waren in einen sechsstündigen Warnstreik getreten, mit dem sich die Setzer, Drukker und Zeitungskolporteure solidarisch erklärten. Gleichzeitig legten die Gelativerkäufer die Arbeit nieder. Letzteres war zuviel für die Italiener. Die Moral im Lande sank auf den Nullpunkt. Die Gelativerkäufer nahmen daraufhin die Arbeit wieder auf, aber nun streikte die Mafia. Das wieder hatte einen Warnstreik der Polizisten und Justizbeamten zur Folge, die um ihre Posten zitterten. Als der Streik beigelegt worden war, streikten die Minister. Sie zogen durch die Straßen und trugen Transparente mit der Aufschrift: »Fort mit uns!«

»Jetzt kannst du nicht zu Canelotti gehen«, meinte meine Frau, »jetzt hat er andere Sorgen. Wir müssen warten.« Wir warteten eine Woche, zwei Wochen, drei Wochen. Täglich bemühte man sich, ein neues Kabinett zu bilden, und täglich scheiterten die Bemühungen. Anscheinend fand sich niemand, der Italien regieren wollte.

Wir hatten genug. Wir beschlossen, eine Mittelmeerreise zu machen und, sobald alles in Ordnung war, wieder zurückzukehren. Wir buchten für ein italienisches Schiff, mußten aber umbuchen. Die Seeleute hatten einen sechswöchigen Warnstreik ausgerufen. Mit ihnen gingen die Angestellten der italienischen Fluggesellschaft sowie die Straßenreiniger. Wir fuhren mit einem griechischen Schiff. Es war gar nicht leicht, Tickets zu bekommen, da inzwischen auch die Papagalli in den Streik getreten waren und die alleinstehenden Urlauberinnen in wilder Flucht das Land verließen. Die Reise war schön, und als wir nach drei Wochen zurückkamen, streikten nur noch die Generaldirektoren und die Milchzusteller. Die Regierung war gebildet worden. Ich ging zum Regierungspalast und zeigte dem Portier die schon abgegriffene Visitenkarte. »Ich möchte Seine Exzellenz, Signor Canelotti sprechen«, sagte ich – und war starr. »Sie?!?« rief ich aus. Canelotti war Portier geworden. »Si, signor«, sagte er. »Ich Portier. Aber mir nichts ausmachen. Italia ist ein Land – bei uns, es gibt immer wieder Aufstiegsmöglichkeiten.« Während ich mit ihm sprach, näherte sich ein schwarzgekleideter Herr, der Canelotti respektvoll ein Dokument überreichte. Canelotti las es durch und sagte zu mir: »Sehen Sie – ich bin Präsident geworden.« Schon stand eine Galakutsche da, Blasmusiken spielten, die Menge stand Spalier, Canelotti lud mich ein mitzufahren, alles jubelte uns zu – plötzlich, wir waren kaum an der nächsten Ecke angelangt, änderte sich das Bild. Jubel und Blasmusik verstummten, unser Kutscher sprang vom Bock und sagte: »Aussteigen!« Man hatte im ganzen Land den Generalstreik ausgerufen.

Dorli bekam trotzdem ihren Daueraufenthalt. Sie studierte Gesang, und wenn Sie einmal in die Mailänder Scala gehen und dort Mirella Freni hören sollten, dann bin ich sicher, daß Sie begeistert sein werden. Sie ist heute eine unserer besten Sängerinnen. Leider handelt es sich bei ihr nicht um die Nichte meiner Frau. Dorli ist verheiratet, hat drei Bambini und arbeitet als Angestellte bei den Fiatwerken.

Fast jeder Mensch hat ein Hobby, das sein Leben ausfüllt. Der eine sammelt Briefmarken, der zweite züchtet Rosen, der dritte bastelt Sprengkörper. Falls letzterer noch ein zweites Hobby besitzt, z. B. Banküberfälle, ist sein Leben als ein besonders ausgefülltes zu betrachten.
Onkel Alfreds Hobby ist die Mathematik. Onkel Alfred rechnet und rechnet, in seiner Wohnung liegen mit Zahlen beschriebene Zettel verstreut, er entwarf ein todsicheres System für Roulettespieler, probierte es aus und mußte sein Haus verkaufen – aber er gab nicht auf. Im Gegenteil, er wurde kühner und kühner. Und er begann an einem Projekt zu arbeiten, das die Menschheit glücklich machen sollte.

Jeder sein eigener Millionär

Für die Familie war Onkel Alfred ein harmloser, armer Narr. Zahlen faszinierten ihn; wenn er ein Buch bekam, las er nur die Ziffern der Seiten, von »Krieg und Frieden« addierte er die ersten fünfzehn Kapitel, zog neun davon ab und dividierte die Summe durch vier; er tat keinem Menschen etwas zuleide, also ließ man ihm diese kleine Schrulle.
Eines Tages gaben wir eine Party, zu der, rein zufällig und uneingeladen, auch Onkel Alfred erschien. Er warf einen kurzen Blick auf die Gäste und flüsterte mir zu: »Es sind zweiundzwanzig.« – »Wie hast du das so schnell festgestellt?« fragte ich. Drauf er: »Ich habe die Finger gezählt und durch zehn geteilt.«
Zu unseren Gästen gehörte ein Staatssekretär. Ich weiß nicht, wie es geschehen konnte, plötzlich saß er mit Onkel Alfred in einer Ecke. Onkel Alfred eifrig rechnend, der Staatssekretär uninteressiert zuhörend. Verzweifelt suchte ich ihm, mit dem Finger auf die Stirn klopfend, klarzumachen, daß Onkel Alfred einen Klaps habe. Der Staatssekretär nickte. Er war bereits dahintergekommen.
Drei Monate waren vergangen. Wir lebten in einem Wohlfahrtsstaat, dessen Regierung plötzlich den sonderbaren Beschluß faßte, dem Kampf gegen die Armut die absolute

Priorität einzuräumen. Aber wie? Der Finanzminister brauchte Geld für die anderen absoluten Prioritäten, an eine Steuererhöhung war nicht mehr zu denken, man stand vor den Wahlen, es mußte etwas geschehen, um den Staatsbürger zu befriedigen. Denn wie in der Bibel hub das Volk bereits an zu murren. Da fiel dem Staatssekretär das Gespräch ein, das er auf unserer Party mit Onkel Alfred geführt hatte. Man holte Onkel Alfred vor den Ministerrat, Onkel Alfred entwickelte seinen Plan – die Regierung war begeistert. Worin bestand dieser Plan? Onkel Alfred schlug vor, die Zahlungen an die bisherigen Prioritäten einzustellen und die dafür festgesetzten Riesensummen dem einfachen Staatsbürger zukommen zu lassen. Mit diesen Summen könne sich der Staatsbürger chancengleich bilden, soviel er wolle, er könne die Kunst produzieren, die ihm gefalle, und könne die Straßen bauen, die er wünsche. Der Ministerrat jubelte. Onkel Alfred wurde zum Minister für Ideen ernannt – ein Ressort, das es bisher nicht gegeben hatte –, der Bundespräsident hängte ihm einen Orden um den Hals, der Kanzler heftete ihm einen Stern an die Brust, die Illustrierten warfen sein Bild auf die Titelseiten, die Massenmedien seine Gedanken ins Volk, das Volk war begeistert, man holte Experten, ließ sich ausrechnen, wieviel Geld auf den einzelnen entfallen würde, die Computer arbeiteten, man kam auf die Zahl siebenhunderttausend, worauf die Opposition verlangte, daß es mindestens eine Million sein müsse, das Parlament verabschiedete einstimmig ein diesbezügliches Gesetz – einstimmig deshalb, weil durch den Vorschlag der Opposition auch jeder Abgeordnete um dreihunderttausend mehr zu bekommen hatte –, man engagierte den Werbechef einer Waschmittelfirma, um einen schlagkräftigen Slogan zu finden, der Werbechef machte drei Angebote: 1. »Reich und glücklich!«, 2. »Ein wunschloses Volk!« und 3. »Jeder sein eigener Millionär!« Die Regierung entschied sich für Angebot drei. (Ein viertes »Wir zwingen die Armut raus und den Reichtum rein!« wurde von vornherein ausgeklammert.) Bald prangte der Slogan auf allen Plakatwän-

den, Onkel Alfred erschien auf den Bildschirmen der Nation, er sprach im Hörfunk und bekam den Nobelpreis. Überall in der Welt griffen sich die Politiker an den Kopf. Warum hatten *sie* nicht diese Idee gehabt!
Natürlich fehlte es nicht an warnenden Stimmen, die einen totalen Zusammenbruch der Wirtschaft und ein furchtbares Chaos voraussagten. Aber wer hörte schon auf sie? Niemand. Im Gegenteil. Die schönste Straße der Stadt wurde in »Alfredstraße« umbenannt, zahlreiche Universitäten des In- und Auslandes machten Onkel Alfred zum Ehrendoktor, und Tausende Neugeborene wurden auf den Namen »Alfred« getauft.
Mit einem Monatsersten trat das Auszahlungsgesetz in Kraft. Alle verfügbaren Geldboten begannen mit Riesentaschen zu laufen, um das Geld unters Volk zu bringen. Da fing aber auch schon das Chaos an. Niemand ging mehr zur Arbeit, alle standen an den Türen und warteten auf die Geldboten. Natürlich konnten nicht alle an *einem* Tag bedacht werden, es ging nach dem Alphabet. Die Aberls, Anderls und Anditscheks waren bereits Millionäre, während die Grögels, Gröschls und Grünbergers noch mindestens vierzehn Tage warten mußten. Die aufgebrachte zweite Hälfte des Alphabets stürmte das Sozialministerium, protestierte gegen eine solche Diskriminierung und verlangte das Transparentmachen des Auszahlungsvorganges. Der Minister versprach, die Geldboten durch das Bundesheer verstärken zu lassen. Nach Ablauf von drei Wochen waren auch von den Haabes bis zu den Yppens alle zufriedengestellt, und nur die Unglücklichen, deren Namen mit »Z« begannen, waren noch mittellos. Die Zahs, Ziehs und Zys überfielen und beraubten die Geldboten, und es fand sich kein Polizist, der die Täter verfolgt hätte. Es gab nur drei Z-Polizisten – Zagerl, Ziegerl und Zungenschlag –, und die hüteten sich einzugreifen.
Endlich hatte jeder seinen Anteil bekommen – die letzten, die man bedacht hatte, waren die Geldboten gewesen –, und nun begannen sich die ersten Härtefälle abzuzeichnen. So

war unser Hausbesorger, der eine Frau und neun Kinder hatte, plötzlich elffacher Millionär geworden, während unser Nachbar, ein unverheirateter Wissenschaftler, mit einer Million sein Auskommen finden mußte.

Nun wollte man sein Geld genießen – aber wie? Fernsehen und Funk gab es nicht mehr. Schauspieler, Regisseure, Musiker, Kameraleute – alle waren ein- oder mehrfache Millionäre. Wozu arbeiten? Dasselbe war bei Bühne und Film der Fall. Wollte man sich ein vornehmes Restaurant leisten – wer sollte kochen, wer servieren? Die reichsten Menschen rannten mit abgetragenen Kleidern herum, und bei den Damen wurde der »Fetzenlook« modern. Denn wo gab es noch einen Schneider oder eine Schneiderin? Am Abend saß man im finstern Zimmer, weil weder die Elektrizitäts- noch die Gaswerke arbeiteten. Glücklich war der, der noch aus besseren Tagen eine Kerze besaß. Jawohl, man sprach bereits von den »besseren Tagen«, von der »Zeit, als wir noch arm waren«. Der Verkehr stand still, in den Schulen wurde nicht mehr unterrichtet, in den Spitälern nicht mehr behandelt. Die Politiker rauften sich die Haare. Man appellierte an die Vernunft des Volkes, die Arbeit wiederaufzunehmen, und als das nichts half, an die Unvernunft, die ja bekanntlich größer ist. Aber auch das nützte nichts. Der Bundespräsident nahm Onkel Alfred den Orden wieder weg, der Kanzler riß ihm den Stern von der Brust, die Universitäten entzogen ihm den Doktortitel, die Alfredstraße bekam wieder ihren Namen – und die armen Kinder, die »Alfred« hießen, blieben ihr Leben lang unglücklich.

»Eine Not muß her!« schrien einige Realpolitiker. Aber woher nehmen und nicht stehlen? Jeder weiß, daß es genug Not auf der Welt gibt, aber wenn man einmal eine braucht, ist keine zu haben. Die Opposition stellte den Antrag, die Regierung möge endlich einmal initiativ werden und sich eine Not von einem anderen Land, das genug davon habe, ausborgen. Als jedoch die anderen Länder sahen, wie wichtig eine Not für die Vernunft des Volkes ist, wollte keines

mehr eine hergeben, auch nicht die geringste, im Gegenteil, man förderte sie, so schnell man konnte.
Die Politiker rasten von einem Krisengipfel zum andern. Aus den Trümmern der zusammengebrochenen Wirtschaft krochen Hungersnot und Seuchen. Viele wollten auswandern, aber die Nachbarländer schlossen hermetisch die Grenzen ab, so daß kein Mensch mehr den sinkenden Staat verlassen konnte. Nun hatte man nicht nur *eine* Not, sondern viele Nöte im Lande, sogar zu viele.
Da trat ein Ereignis ein, mit dem niemand gerechnet hatte. Ein geheimnisvoller Fraß ergriff die Banknotenbündel, die überall ungenützt herumlagen, und zerstörte sie. Aber noch schlimmer: Die Menschen, die mit dem Geld in Berührung kamen, wurden von einer Allergie befallen, die die Haut rötete und gewisse Schmerzen verursachte. Plötzlich wollte niemand mit den Scheinen zu tun haben. Bündelweise warf man sie auf die Straße, in die Flüsse, in die Mülleimer. Wieder rief man Experten zusammen, sie sollten ein Gegenmittel finden – umsonst. Sie fanden nur einen Namen für die schreckliche Krankheit, sie nannten sie: Geldpest. Und sie wütete auch wie eine Pest. In jede Stadt, in jedes Dorf, ja, in jede Hütte, in der Geldscheine lagen, drang sie ein und verrichtete ihr unheimliches Zerstörungswerk. Das Volk schrie nach strengen Strafen für diejenigen, die ihr Geld noch immer nicht vernichtet hatten, aber die Regierung, die bisher alles erlaubt hatte, wollte nicht plötzlich auf scharf umschalten.
Nun hatte aber gerade die beschleunigte Ausbreitung der Pest auch ihr Gutes, denn kaum war der letzte Geldschein zerfressen, so verschwand die unheimliche Seuche, wie sie gekommen war. Volk und Regierung brachen in Jubel aus. Aber wie sollte es nun weitergehen?
Da stellte sich wieder etwas ein, womit niemand gerechnet hatte: Die Leute begannen um hartes Kleingeld, auf das man im Millionenrausch vergessen hatte, zu arbeiten. Man war auf einmal auch mit den kleinsten Löhnen zufrieden, und weil man zufrieden war, machte die Arbeit Spaß und ging

flotter von der Hand als zu Zeiten des Wohlstandes. Die Wirtschaft blühte langsam wieder auf, und die allgemeine Zufriedenheit brachte es mit sich, daß man plötzlich auf etliche soziale Errungenschaften, auf die man früher so stolz war und die auch unentbehrlich schienen, ganz leicht verzichten konnte.

Aus einem Wohlfahrtsstaat war ein Staat der Glücklichen geworden, und weil sie nicht mehr wohlfahrten, so leben sie noch heute.

Geld macht nicht selig – zumindest nicht in der Geschichte, die Sie eben gelesen haben.

Ein Mann, der eine Uhr stiehlt, ist ein Dieb – ein Mann, der einen Sketch stiehlt, ist ein Plagiator.

Die Reise um die Erde

Außer einem Satelliten geht nichts so schnell um die Erde wie ein Kabarett-Sketch. Wieso? Ich werde es Ihnen erklären: Nehmen wir an, in einem Sketch gibt es sechs Rollen, man benötigt also sechs Darsteller. Jeder dieser sechs bekommt ein Manuskript, aus dem er die Rolle lernt. Auf der ersten Spalte dieses Manuskripts findet man gewöhnlich einen Stampiglienaufdruck: »Dieses Manuskript ist Eigentum des Kabaretts Soundso und muß nach Gebrauch an den Besitzer zurückgestellt werden.« Das ist klar. Ebenso klar ist es, daß ein solches Manuskript in der Geschichte des Kabaretts noch niemals zurückgestellt wurde. Warum nicht? Sie werden es sofort begreifen. Die Saison ist vorüber, das Ensemble zerstreut sich in alle Winde, und jeder der sechs Künstler, die in dem Sketch aufgetreten sind, hat ein Manuskript davon in der Tasche, im Koffer, unterm Hut – wo er will. Wenn wir nun, um es kurz zu machen, die Darsteller mit A, B, C, D, E und F bezeichnen, so geht A nach G, B nach H, C nach I, D nach J, E nach K und F nach L. In allen diesen Orten, von G bis L, wird nun der Sketch aufgeführt. Etwas verändert, unter einem andern Titel, auch der Autor bekommt einen andern Namen, und zwar den des Schauspielers, der den Sketch bringt, und wieder bekommen fünf Personen je ein Manuskript – fünf, weil ja der »Autor« bereits eines hat –, und da wir sechs Orte haben – fünf mal sechs ist dreißig –, sind nun bereits dreißig Menschen im Besitz eines Manuskripts. Und wieder ist die Saison zu Ende, wieder zerflattert das Ensemble, wieder wird der Sketch gespielt, diesmal schon an dreißig verschiedenen Orten, wieder wird er etwas verändert, bekommt einen andern Titel, einen andern Autor, wieder bekommen dreißig mal fünf Schauspieler je ein Manuskript, das bedeutet, daß bereits hundertfünfzig Künstler im Besitz des Sketches sind. Beim nächsten Mal sind es siebenhundertfünfzig, dann 3750, dann 18750, und in ein paar Jahren halten wir bei 468750 Schauspielern, von denen jeder ein Manuskript des Sketches hat. Und das geht noch weiter, und der arme Autor – in diesem Fall ich – sitzt zu Hause, weiß von nichts und bekommt nicht einmal Tantiemen. Aber einmal machte ich den Herrschaften einen Strich durch die Rechnung.

Ich verbrachte eine Woche in Badgastein. Am Samstag abend gab es ein Gastspiel der Bauernbühne »Die lustigen Brunntaler«. Ich beschloß hinzugehen. Da – was war das? Das kommt mir doch bekannt vor? Richtig! Das war mein Sketch »Wie geht es Ihnen?«! Allerdings etwas verändert. Der Titel war »Der Wilderer im Himmelbett«, aus dem Generaldirektor war ein Förster geworden, Harald und Elfi hießen Seppl und Mirzl, aus dem Diener hatte man einen Knecht und aus dem Stubenmädchen eine Magd gemacht. Der Autor hieß Ferdinand Kramlechner, er war der Direktor und spielte auch mit. In der Pause ging ich hinter die Kulissen und verlangte ihn zu sprechen.

»Ja?« kam er auf mich zu.

»Sie spielen da einen Sketch ›Der Wilderer im Himmelbett‹.«

»G'fallt er Ihnen? Der is von mir«, sagte Kramlechner.

»Wirklich?« fragte ich mit einem Blick, der dem hartgesottensten Mörder ein Geständnis entlockt hätte.

»Das hoaßt«, beeilte er sich zu erwidern, »die Idee is net von mir, aber sonst all's.«

»Und wo hatten Sie ihn her?« inquirierte ich weiter.

»In Berlin hab i ihn im Radio g'spielt. Mit'm Bamberger.«

Ich fuhr nach Berlin. Im *Rias* spielte man mir das Tonband der betreffenden Sendung vor. Es war mein Sketch. Bamberger hatte den Generaldirektor zu einem Geheimrat umfunktioniert, Harald und Elfi hießen Heinz-Dieter und Gundula, der Diener war ein Neffe, das Stubenmädchen eine Nichte, die der Neffe immer mit »dufte Biene« und

»ulkige Nudel« ansprach. Aber sonst war es mein Sketch. Ich rief Herrn Bamberger an.
»Ja?« meldete sich eine Stimme am anderen Ende des Kabels.
»Ich habe im Radio Ihren Sketch ›Nanu Mensch, wat is los?‹ gehört. Stammt der wirklich von Ihnen?«
»Ja, ja«, beteuerte er etwas zögernd.
»Wirklich?« fragte ich, und meine Stimme hatte einen gewissen Bombenattentatsankündigungston.
»Das heißt«, zog er zurück, »die Idee ist nicht von mir, aber ich habe ihn neu geschrieben und etwas abgeändert.«
»Und woher hatten Sie ihn?«
»Moment mal, lassen Sie mich nachdenken – hab's schon. In Paris spielte ich ihn mit Larroux, in französischer Sprache. Mein Vater war Elsässer, und so spreche ich gut französisch. Der Sketch hieß damals ›Cherchez la femme!‹, und gespielt wurde er – warten S' mal – ja! In der ›Femina‹!«
Ich fuhr nach Paris. Die »Femina« gab es nicht mehr, aber Larroux gab es noch.
»Ich habe in Berlin Ihren Sketch ›Cherchez la femme!‹ im Radio gehört«, begann ich. »Er hat mir sehr gut gefallen.«
»Oh!« sagte er begeistert. »Das verzückt mich sehr, Monsieur! Und was Sie wünschen?«
»Ich wünsche, Ihnen zu sagen, daß dieser Sketch von mir ist!«
Er erblaßte. »Pardon!« entschuldigte er sich. »Ick 'aben nur genommen der Idee, alles andere ick 'aben vergeändert.«
»Und woher wußten Sie überhaupt von dem Sketch?«
»Ick 'aben ihn gespielt in Südvietnam, als es noch war französisch. Es war in Saigon, der Autor dort 'ieß Desmoulin, der Sketch 'ieß ›La Grande Nation‹, und das Cabaret, in dem wir 'aben gespielt, 'ieß ›Les Grisettes‹.«
Ich flog nach Saigon. Nord- und Südvietnam waren noch mitten im Krieg. Ich landete mit einem Hubschrauber, schlich mich durch beide Linien, wurde gefangen, verbrachte einen Monat in einem Vietkong-Lager, es gelang mir zu fliehen, der Krieg war zu Ende, ich fand Desmoulin in einem zerschossenen Keller. Er war ein alter Mann.

»Erinnern Sie sich an Ihren Sketch ›La Grande Nation‹?«
»O ja!« sagte er mit leuchtenden Augen.
»Er war von mir!«
»Oh!« Das Leuchten erlosch. »Verzeihen Sie einem armen alten Mann. Ick 'aben wirklich nur genommen der Idee, alles andere war von mir. Aus dem Maler ick 'aben gemacht einen französischen General, Pierre 'ieß Alain, Angèle 'ieß Jeanne und war die Jungfrau von Orléans, der Obstverkäufer 'ieß Tschon-Mang – er war bereits bei die Vietkong –, und Georgette war Mascha, russische Geheimagentin.«
In meinem Kopf ging es durcheinander. Maler? Pierre? Angèle? Obstverkäufer? Georgette? Er mußte den Sketch von einer Nebenlinie bekommen haben. Schließlich gab es 468 750 Manuskripte.
»Woher hatten Sie diesen Sketch?« fragte ich ziemlich barsch.
»Ick 'aben ihn gespielt in New York in englischer Sprache. Ma mère – meine Mutter – war Engländerin. In New York der Sketch 'aben ge'eißen ›What's cooking, honey?‹, und aufgeführt 'aben ihn Bob Henning in Cabaret ›Mousetrap‹.«
»Merci!« Ich ging auf die Straße, wurde als Ausländer verprügelt und nach Nordvietnam abgeschoben. Von dort gelangte ich, nach vielen Abenteuern, über China und die Mongolei in die Sowjetrepublik. Dort saß ich fest. Ein Jahr lang ging meine traurige Geschichte durch alle Illustrierten der Welt, der Papst und die UNO setzten sich für mich ein, Hunderte Menschen boten sich den Sowjets an meiner Stelle an, in allen Hauptstädten Europas gab es Protestdemonstrationen, bis ich endlich, durch die Vermittlung der USA und des Präsidenten persönlich, gegen einen sowjetrussischen Spion ausgetauscht wurde. Ganz Amerika sprach von mir, ich erschien im Weißen Haus, gab TV-Interviews – nach einer Woche kaperten Piraten einen Ozeanriesen und nahmen die Freiheitsstatue als Geisel – ich war vergessen. Ich flog nach New York, meinem ursprünglichen Ziel, und begab mich sofort in die »Mouse-trap«.

»Hey!« begrüßte mich ein Herr erstaunt. »Aren't you Mr. Wiener?«

»Yes«, sagte ich. Wahrscheinlich kannte er mich vom Fernsehen.

»Sie waren hier ten years ago?«

»Yes ... ich war vor zehn Jahren hier.«

»Gut, Sie kommen wieder. Sie haben damals gestohlen meinen Sketch ›America for ever!‹ und haben ihn aufgeführt in Vienna. Aus dem Südstaaten-Colonel haben Sie gemacht einen Generaldirektor, Tommy and Shirley Sie haben genannt Harald und Elfi, aus dem Cowboy Sie haben gemacht einen Diener und aus der Farmersfrau ein Stubenmädchen. Habe ich recht?«

»Ja«, sagte ich zitternd, »aber alles andere war von mir. Ich habe bloß die Idee genommen.«

»All right!« sagte er nicht sehr freundlich.

Ich wurde angeklagt wegen Plagiats, man nahm mir den Paß ab, ich sah mich bereits auf dem elektrischen Stuhl. Zum Glück stellte mir die österreichische Botschaft einen tüchtigen Anwalt, der nachweisen konnte, daß der Sketch von Johann Nestroy war, der ihn nach einem Lustspiel von Goldoni geschrieben hatte, Goldoni hatte die Idee bei Molière entdeckt, Molière bei Lin Pu (chinesischer Dichter, gest. 1026) und Lin Pu bei Aristophanes.

Ich wurde freigesprochen, und doch – es gibt Dinge, denen man nicht auf den Grund gehen sollte.

Nichts geht den Menschen so sehr auf die Nerven wie die Menschen. Ich erfuhr das anläßlich einer

Kaffeehausbekanntschaft

Joschi und ich treffen einander fast täglich in unserem Stammcafé. Wir sprechen über Kritik, Produzenten und Regisseure, über den und den und wer mit wem. Über wer mit wem sprechen wir am liebsten.

Eines Nachmittags war das Café überfüllt, nur in unserem Fenster war noch ein Stuhl frei. Bald näherte sich ein älterer Herr, klein, mit grauen Haaren, grauem Gesicht, grauer Krawatte, grauem Anzug und grauen Schuhen. Er sah aus wie ein trostloser Regentag auf dem Land oder – wie Joschi fand – wie ein Mäuserich. Höflich fragte er, ob er bei uns Platz nehmen dürfe, wir sagten »Gern!« und wünschten ihn innerlich zum Teufel.

Der Mäuserich setzte sich und war unangenehm. Er las keine Zeitung, keine Illustrierte, er löste kein Kreuzworträtsel – nichts. Er saß da und ließ sich den Bart wachsen. Unser Gespräch war erledigt. Aus. Wie konnten wir über wer mit wem reden, wenn jemand am Tisch saß, von dem wir nicht wußten, ob er nicht den und den kannte? Wir wechselten das Thema, sprachen von Politik, von Hunden und Ärzten. Plötzlich ritt Joschi der Teufel – ich halte diese Redensart für blanken Unsinn, ebenso wie ich den »blanken Unsinn« für offenen Blödsinn halte – aber irgendwie muß ich mich ausdrücken. Plötzlich also ritt Joschi der Teufel, und er erwähnte den Namen Berger. »Berger?« rief da unser Mäuserich. »Ich kenne auch einen Berger. Mit dem ist mir einmal folgendes passiert: Ich sitze im Stadtpark, plötzlich ...«, und nun folgte eine Geschichte, lang und weilig und uninteressant, bis Joschi und ich bezahlten und das Lokal verließen.

Am nächsten Tag war das Café leer, nur der Mäuserich war da und setzte sich zu uns. Und am dritten Tag wieder und am vierten Tag auch. Wir beachteten ihn nicht, wir taten, als ob er nicht vorhanden wäre, aber was nützte es? Sobald einer von uns einen gewissen Soundso nannte, sagte er: »Einen Soundso kenne ich auch, mit dem ist mir einmal folgendes passiert«, und schon begann er zu erzählen. Joschi und ich waren verzweifelt. Wir beschlossen, am nächsten Tag überhaupt nichts zu sprechen. Der nächste Tag kam und mit ihm der Mäuserich. Wir erwiderten seinen Gruß, ansonsten blieben wir stumm. Der Mäuserich wartete. Wir auch. Heute dachten wir, wirst du dich nicht in unser Gespräch einmischen, weil wir keines führen. Dachten wir. Wir mußten umdenken. »Die Herren sind heute so schweigsam«, sagte nämlich der Mäuserich plötzlich. »Ich kenne noch so einen schweigsamen Herrn, einen gewissen Handl, mit dem ist mir einmal folgendes passiert.« Und schon begann er seine Erzählung. Joschi war den Tränen nahe, und ich, ein bekannt ruhiger Mensch, den nichts aus der Fassung bringen kann, mußte krampfhaft an mich halten, um dem Mäuserich nicht den Aschenbecher an den Kopf zu werfen.

Am folgenden Tag hielten wir Kriegsrat. Der Mann, der da in unser Kaffeehausleben getreten war, drohte dieses zu zerstören. So weit durften wir es nicht kommen lassen. Joschi, der die Ideen bekanntlich aus dem Ärmel schüttelt, hatte auch schon einen Plan.

»Hör mich an«, sagte er.

»Sollte der Kerl heute wieder kommen, reden wir einen solchen Blödsinn, daß er einfach nicht mitkommt.«

»Und die Namen?« fragte ich. »Was ist mit den Namen?«

»Namen nennen wir nur die ausgefallensten, bei denen er nicht sagen kann: ›Da kenne ich auch einen!‹ Klar?«

»Klar.«

Schweigend drückten wir uns die Hände – bald würden wir wieder im Besitz unseres Kaffeehauses sein. In Erwartung dieses großen Augenblicks gingen wir hin und setzten uns an unseren Stammtisch. Es waren noch keine fünf Minuten vergangen, als der Mäuserich eintrat.

»Sie gestatten doch?« fragte er uns.
»Aber natürlich!« sagten wir beide und boten ihm seinen schon gewohnten Platz an. Die Vorfreude lachte uns aus den Augen, und während er – der Mäuserich – seinen Mokka bestellte, fragte mich Joschi: »Du erinnerst dich doch an die Gingelings?«
»Selbstverständlich«, sagte ich. »Das reizende Paar, das wir auf der Party bei Gongelongs kennengelernt haben.«
»Genau«, sagte Joschi. »Da wirst du ja auch wissen, daß Radieschens Sohn zurückgekommen ist ... der Dings ... wie heißt er nur ... du weißt schon ... der mit dem tschechischen Namen ...«
»Tacitus«, sagte ich.
»Richtig. Tacitus war doch in Amerika. Er kämpfte dort unter Kaiser Franz Joseph im Zivilkrieg Wolverhampton gegen Chelsea und gewann 7:1. General Lasalle hat ihm vor fünftausend Menschen persönlich das Kreuz der Ehrenlegion an die Brust geheftet und hat ihn geküßt.«
»Und?« fragte ich gespannt. »Was war weiter?«
»Er mußte ihn heiraten«, sagte Joschi.
Der Mäuserich sah verwundert von einem zum andern. Er kannte sich nicht aus.
»Die arme Klytemnästra!« sagte ich bedauernd. »Wie hat sie es ertragen?«
»Kly?« fragte Joschi. »Am Anfang sehr schwer. Dann hat sie das Vorzimmer grün tapezieren lassen, das hat sie über das Schlimmste hinweggebracht.«
»Sie war immer ein tapferes Mädel«, sagte ich gerührt.
»Ein Kumpel«, pflichtete mir Joschi bei. »Natürlich ist die Sache mit dem Motorrad nicht spurlos an ihr vorübergegangen.«
»Das kann ich verstehen«, sagte ich. »Es muß schon ärgerlich sein, von einem Elefanten zu fallen.«
»Noch dazu in der Küche«, meinte Joschi. »Aber was willst du dagegen tun? Das sind Unfälle, mit denen man rechnen muß, wenn man Feuerwehrmann ist.«
»Berufsrisiko«, gab ich zu. »Dabei hatte sie noch das Glück, das Chihuahua das Haferfeld nicht verkauft hat.«

»Der Alte?« hohnlachte Joschi. »Der hat ihr doch nicht eine einzige Quilpe gegeben.«
»Nicht möglich!« Ich war richtig empört. »Der Mann muß doch Millionen besitzen.«
»Milliarden!« korrigierte mich Joschi.
Der Mäuserich wurde nervös. Unruhig rückte er auf seinem Stuhl hin und her. Was bedeutete das alles?
»Milliarden?« zweifelte ich. »Übertreibst du da nicht ein bißchen?«
»Durchaus nicht«, sagte Joschi. »Garibaldi kann es dir bestätigen. Der Alte war Portier bei der Mafia und ist heute nicht nur Präsident des größten Stahlkonzerns von San Marino, sondern auch Hauptaktionär der Bleistiftminen in Alaska und Aufsichtsrat im Verband der BB.«
»Bundesbahnen?« fragte ich.
»Besenbinder«, sagte Joschi. »Der Mann ist so reich, daß er sich eine neue Jacht gekauft hat, bloß weil die alte naß geworden ist.«
»Erstaunlich!« wunderte ich mich. »In diesem Alter. Der Gute muß doch mindestens achtzig sein.«
»Cicero?« lachte Joschi. »Zweiundneunzig! Und geistig so rege, daß er jeden Abend mit mir eine Partie Schach spielt.«
»Und körperlich? Wie ist er körperlich beisammen?« erkundigte ich mich.
»Riesig!« sagte Joschi. »Wenn er einmal eine Partie verliert, wirft er mir das Schachbrett an den Kopf.« Wir strengten uns an, unbändig zu lachen.
Der Mäuserich hörte zu, er stand nicht auf, er ging nicht fort. Wir waren gezwungen, weiterzumachen.
»Warst du wieder einmal bei dem griechischen Orangenfabrikanten?« fragte ich.
»Bei Appendizitis? Ich habe vorgestern bei ihm gespeist.«
»Und?« fragte ich vertraulich. »Was macht die schöne Epidermis?«
»Leider aus«, sagte Joschi mit einem Anflug von Traurigkeit. »Sie hat sich mit dem Sohn seines Konkurrenten verlobt.«

»Mit Hepatitis?« rief ich überrascht.
»Mit Laryngitis«, sagte Joschi. »Du weißt, sein jüngerer Bruder ...«
Der Mäuserich sah uns verächtlich an. Er schien uns durchschaut zu haben. Gleich wird er aufstehen, gleich wird er gehen, jubilierte ich innerlich. Leider machte mich der Gedanke übermütig. Anstatt den Erfolg unseres Planes abzuwarten, fragte ich mutwillig: »Laryngitis? Das ist doch der Neffe des –?«
In diesem Moment wurde Joschi durch die Beine eines vorübergehenden Mädchens abgelenkt. »Neffe des –?« wiederholte er abwesend, nachdem ich ihm unter dem Tisch einen Tritt versetzt hatte.
Ich sah die Gefahr kommen. »Der Neffe des –?« fragte ich drohend. Und da passierte es. Joschi, dem größten Genie aller Zeiten, fiel nichts Besseres ein, als zu sagen: »Der Neffe des Cäsar.«
Der Mäuserich strahlte.
»Cäsar?« rief er. »Ich kenne einen Mann, der einen Hund hat, der Cäsar heißt. Mit dem ist mir einmal folgendes passiert: Ich fahre mit der Bahn von Wien nach Graz ...«

Wir gaben uns geschlagen. Da wir unsere Taktik nicht mehr wechseln konnten, wechselten wir das Kaffeehaus.

Erfolg allein ist nicht wichtig, man muß auch die Ausdauer haben, ihn zu erleben. Das beweist das folgende Beispiel:

Die Laviere

Wandl machte seinen Morgenspaziergang. Seinen gewohnten Morgenspaziergang. Seit drei Jahren, seit ihn der Staat in Pension geschickt hatte, war noch kein Tag vergangen, an dem er diesen Spaziergang nicht gemacht hätte. Wandl war Staatsbeamter gewesen. Ein kleiner, aber ein perfekter Staatsbeamter. Der Staat konnte sich auf ihn verlassen. Er war nicht bestechlich, und wenn er im Amt einen Disput hatte und eine Partei ihm sagte: »Nehmen Sie doch Vernunft an!« dann sagte er: »Ich darf nichts annehmen, ich bin Staatsbeamter.« Wandl war ein korrekter Staatsbeamter gewesen. Wehe, wenn in einem Akt die Zeilen nicht genau aufeinander ausgerichtet waren, und dreimal wehe, wenn ein Buchstabe fehlte. Das regte ihn besonders auf, das fand er unverzeihlich. Und nun war er in Pension und machte seinen Morgenspaziergang. Täglich denselben. Er ging durch den Stadtpark, fütterte die Vögel, kam gegenüber dem Luegerplatz wieder heraus und ging durch die Wollzeile nach Hause. Seit drei Jahren. Sein Leben verlief gleichförmig, friedlich, ohne Emotion. Eines Tages, plötzlich, packte ihn die Abenteuerlust. Er beschloß, nicht durch die Wollzeile nach Hause zu gehen, sondern einen andern Weg einzuschlagen. Er kam sich vor wie in einer fremden Welt. Die Häuser, die Geschäfte – alles war ihm neu. Auch die Musikinstrumentenhandlung auf der andern Seite der Straße. Er blieb stehen, betrachtete die schmucke Fassade – plötzlich erstarrte sein Blick. Da stand doch wahrhaftig auf einem der drei Schaufenster in protzigen Goldbuchstaben: LAVIERE. Da es sich um eine Musikinstrumentenhandlung drehte und in besagtem Schaufenster zwei Klaviere standen, gab es eigentlich keinen Zweifel, was mit LAVIERE gemeint war. Trotzdem! Ein fehlender Buchstabe? Wandl sah rot. Er überquerte die Straße und sagte zu einem jungen Mann, der an der Tür des Geschäftes stand: »Ich möchte ein Lavier haben.«

»Ein – was?«

»Ein Lavier.«

»Sie meinen ein *Kla*vier.«

»Ich meine ein *La*vier. Auf dem Schaufenster steht doch, daß Sie Laviere haben.«

»Da fehlt das K«, sagte der junge Mann. »Das hat einmal der Sturm losgelöst, und jetzt bleibt es so, bis wir einmal renovieren.«

»Denken Sie«, meinte Wandl ironisch. »Ich garantiere Ihnen, daß es *nicht* so bleiben wird! Wenn Sie Laviere anbieten und dann keine haben, ist das eine Irreführung der Öffentlichkeit.«

Jetzt wurde auch der junge Mann ungehalten. »Hören Sie«, sagte er, »das weiß doch jeder Trottel, daß mit Laviere Klaviere gemeint sind!«

»Ich weiß es *nicht!«* sagte Wandl gereizt. »Ein fehlender Buchstabe ist eine Umweltverschandelung! Ich komme morgen wieder! Wenn dann das K nicht da ist, werde ich mich beschweren!«

»Beschweren Sie sich!« rief ihm der junge Mann nach. »Aber nicht bei mir!«

Erbost kam Wandl nach Hause. Den ganzen Tag dachte er an die Laviere, und in der Nacht konnte er nicht schlafen. Aber er war überzeugt, daß er dem jungen Mann einen Schrecken eingejagt hatte und daß er morgen das fehlende K sehen würde.

Am nächsten Tag verzichtete er auf seinen Morgenspaziergang und nahm sofort den Weg Richtung Instrumentenhandlung. Auf dem gegenüberliegenden Gehsteig blieb er stehen und blickte hinüber – was sah er? LAVIERE. Zitternd vor Wut ging er wieder nach Hause. Er mußte sich beschweren, aber wie und wo? Endlich hatte er eine Idee. Er setzte sich zur Schreibmaschine und schrieb an die meistgelesene Wiener Tageszeitung folgenden Leserbrief: »Sehr geehrter Herr Redakteur! Auf meinem Weg durch die Stadt kam ich heute an einer Musikinstrumentenhandlung vorüber, an deren Schaufenster statt KLAVIERE LAVIERE steht. Das ist eine Verunglimpfung der deutschen Sprache. Man kann ja auch nicht AILAND schreiben, wenn es MAILAND – oder ARSCHAU, wenn es WARSCHAU heißen soll. Wie sollen unsere Kinder zu ordentlichen Menschen heranwachsen, wenn sie am Schaufenster einer Musikinstrumentenhandlung das Wort ›laviere‹ lesen? Lavieren heißt, laut einem Deutschen Wörterbuch: manövrieren, sich durchschlängeln, den Mantel nach dem Wind drehen, mit dem Strom schwimmen, mit den Wölfen heulen, sich nicht festlegen, einen Eiertanz vollführen, niemand auf den Fuß treten, sich diplomatisch verhalten. Ich frage Sie, was hat das mit einem Musikinstrument zu tun? Ein empörter Steuerzahler.«

Zwei Tage später erschien der Brief in der Zeitung. Befriedigt wartete Wandl zwei weitere Tage – schließlich mußte man dem Geschäftsinhaber die Gelegenheit geben, einen Arbeiter zu finden, der so freundlich war, das K anzukleben –, dann machte er sich auf den Weg. Eine fröhliche Denen-hab-ich's-gezeigt-Melodie pfeifend, näherte er sich der Instrumentenhandlung. Er blieb stehen, blickte erwartungsvoll hinüber – was stand dort? LAVIERE. Nun begann es in ihm zu kochen. Er ging in die nächste Telefonzelle, suchte die Nummer des Geschäftes und rief mit verstellter Stimme an: »Hier ist der Graue November. Wir geben Ihnen 24 Stunden Zeit. Wenn bis dahin auf Ihrem Schaufenster nicht ›Klaviere‹ anstatt ›laviere‹ steht, sprengen wir Ihren Laden in die Luft! Ende!«

Wandl rieb sich die Hände. Das hatte er gut gemacht. Heutzutage kommt man den Menschen nur mit der Angst bei. Er hörte im Geist den Chef und die Angestellten des Gechäftes vor Furcht mit den Zähnen klappern und sah, wie sie mit vereinten Kräften, jede Überstunde ignorierend, noch in derselben Nacht das fehlende K anbrachten. 24 Stunden nach dem Anruf machte er sich siegessicher auf den Weg.

Gegenüber der Instrumentenhandlung blieb er stehen, blickte höhnisch lächelnd hinüber – was las er? LAVIERE. Das Blut stieg ihm zu Kopf. Was konnte er noch tun? Er verbrachte einen unruhigen Tag. Am Abend, anstatt sich wie gewöhnlich zum Fernsehen zu setzen, trieb es ihn auf die Straße. Auf dem Weg durch einen Park wurde er von zwei Strolchen überfallen. Aber anstatt um Hilfe zu rufen, strahlte er. Er hatte eine Idee, und er teilte sie den beiden mit.

Tagsdrauf stand es in allen Zeitungen: »Menschenraub in Wien! Kommerzialrat Ernst Wechsler, 74, Chef der bekannten Musikinstrumentenhandlung Wechsler, wurde heute morgen, als er aus seinem Wohnhaus trat, von unbekannten Tätern entführt. Von den Verbrechern fehlt jede Spur. Da sie sich bisher noch mit keiner Stelle in Verbindung gesetzt haben, ist es völlig unklar, welche Bedingungen sie für die Freilassung ihres Opfers stellen werden.« Und unter »Letzte Nachrichten« konnte man lesen: »Die Verantwortung für den Menschenraub haben bis Redaktionsschluß folgende Organisationen übernommen: Schwarzer September, Söhne Palästinas, Linke Moslems, Symbionistische Befreiungsarmee, Baader-Meinhof, Tupamaros, Utascha und IRA.«

Wandl, im Gefühl seines Triumphes, bastelte einen Brief. Er nahm ein paar Zeitungen, schnitt mit der Schere verschiedene Buchstaben heraus, formte sie zu Silben, die Silben zu Wörtern, die Wörter zu Sätzen, kebte sie auf einen Bogen Papier, steckte diesen in einen Umschlag und schickte ihn an die bereits erwähnte Tageszeitung. Das Blatt druckte ihn sofort ab: »Wir sind die Kidnapper Ernst Wechslers. Wir verlangen weder ein Lösegeld noch ein Fluchtfahrzeug noch die Freilassung von gefangenen Palästinensern. Was wir fordern ist, daß auf dem Schaufenster von Wechslers Instrumentenhandlung nicht länger ›LAVIERE‹, sondern ›Klaviere‹ steht. Wir geben den dafür Verantwortlichen 12 Stunden Zeit. Unser Ultimatum läuft um 17 Uhr ab!«

Um 17 Uhr war die ganze Stadt auf den Beinen, die Polizei wurde in Bereitschaft versetzt, das Geschäft wurde bewacht, im Bundeskanzleramt tagte ein permanenter Krisenstab. Wandl, ein kleiner Napoleon, näherte sich der Stätte seines Unmuts. Eine dichte Menschenmenge hatte sich angesammelt. Alle wollten dabeisein – egal, was geschieht. Wandl bahnte sich einen Weg durch das Gedränge. Triumphierend schickte er seinen Blick zu dem Schaufenster hinüber – und las: LAVIERE! Er wurde bleich. Erregt wandte er sich an einen Mann, der neben ihm stand: »Werden die Leute aus dem Geschäft das nicht ausbessern?« fragte er.
»Ach wo!« lachte der Mann. »Die haben vorige Woche den Laden von Wechsler – gegen Bezahlung einer lebenslänglichen Leibrente – übernommen. Die sind froh, wenn er nicht mehr auftaucht!«
Wandl trafen diese Worte, wie man zu sagen pflegt, wie ein Keulenschlag. Er wankte nach Hause, Wechsler wurde freigelassen, Wandl wurde verrückt. Sein Arzt wies ihn in eine psychiatrische Klinik ein.
Am nächsten Morgen holte ihn der Sanitätswagen ab. Als er ihn an der Instrumentenhandlung vorüberfuhr, stand an dem bewußten Schaufenster in neuen goldenen Lettern: KLAVIERE.

Wandl hat es nicht mehr mitgekriegt.

Die Ehe gibt es schon in der Geometrie. Manchmal findet man Dreiecke in den besten Zirkeln.

Ich betrüge meine Frau

Steve ist in Wien. Er ging mit mir zur Schule, wanderte dann nach Amerika aus und machte sich dort einen Namen. In Österreich hieß er Müller, in Amerika heißt er Miller.

Wir gaben ihm zu Ehren eine kleine Party. Joschi war da, die Robinsons und die Wronskys. Nach dem Essen zogen wir Herren uns in das Rauchzimmer zurück und nahmen vor dem offenen Kamin Platz. Um genau zu sein, wir haben kein Rauchzimmer und keinen offenen Kamin, wir gingen ins Nebenzimmer und setzten uns zum Ofen. Warum ich es dann geschrieben habe? Weil mir der Satz so gut gefällt. Ich habe ihn bei Galsworthy gelesen, und Galsworthy ist kein schlechter Mann.

Nach vielen »Erinnerst du dich noch?«, was die anderen langweilte, weil sie nicht mit uns zur Schule gegangen waren, kam das Gespräch auf die Frauen. Steve – oder wie er damals hieß »Stefan« – war seit je ein schrecklicher Frauenheld. Man sah ihn immer mit schrecklichen Frauen. Und davon ist er, wie er behauptet, nicht abgegangen, obwohl er heute verheiratet ist und zwei Kinder hat.

»Erinnerst du dich?« fing er wieder an, »an die kleine Uschi?«

Ob ich mich an sie erinnerte! Sie war wie eine Blume, die ich am liebsten in ein Glashaus gestellt und angebetet hätte. Es kam nicht dazu. Ich machte sie mit Stefan bekannt, und er pflückte sie.

»Du warst Frauen gegenüber immer zu langsam«, lachte er noch heute über diese Geschichte.

»Und zu feige!« ergänzte Joschi. »Ich glaube nicht, daß er seine Frau schon einmal betrogen hat. Oder –?« wandte er sich an mich.

Alle sahen mich an.

»Gut«, sagte ich nach kurzer Überlegung. »Um den abgebrauchten Satz vom Gentleman, der genießt und schweigt, nicht wiederholen zu müssen, werde ich euch eine Geschichte erzählen. Ein Abenteuer.« Ich zündete meine Pfeife an, starrte in die Flammen des Kamins und begann. (Merken Sie den feinen Galsworthy-Stil?) »Ihr dürft nicht erwarten, daß ich Namen nenne, ich will mich auf die Anfangsbuchstaben beschränken. Sie hieß F. B. – Fridl Bernd –, und es war in G. In Graz. Ich hatte dort eine Operettenpremiere, und nach der Vorstellung gab es eine der üblichen Premierenfeiern im Hotel Steirerhof. Die Operette hatte einen ausgesprochenen Mißerfolg, da aber das Essen bereits bestellt war, mußte man diesen feiern. Als ich von meiner Knödelsuppe aufsah, sah ich SIE! F. B.! Sie war meine Tischnachbarin, war aber etwas später gekommen, weil sie sich erst abschminken mußte. Ich habe vergessen zu erwähnen, daß sie beim Ballett war. Sie war schön wie die Mona Lisa, die mir übrigens nie gefallen hat. Aber F. B. gefiel mir. Sie sehen und mich in sie verlieben war das Werk eines Augenblicks.«

»Hast du ihr das gesagt?« fragte Stefan.

»Nicht sofort«, antwortete ich. »Ich stellte mich vor und sagte: ›Heute war schönes Wetter.‹ Sie sagte: ›Ja.‹ Beim garnierten Tafelspitz mit Essigkren sagte ich: ›Man hätte das nach dem gestrigen Regen gar nicht erwartet.‹ Sie sagte: ›Nein.‹ Unsere Konversation wurde immer angeregter, und bei der Omelette surprise sprachen wir bereits von Operationen. Ihrer Tante hatte man die Gallenblase herausgenommen. Ich sagte: ›Das macht nichts, ohne Gallenblase kann man hundert Jahre alt werden.‹ Sie sagte: ›Meine Tante ist daran gestorben.‹«

»Ein unterhaltendes Gespräch«, meinte Joschi ironisch.

»Warte nur«, sagte ich. »Am nächsten Tag trafen wir uns in einem Café.«

»Uff!« machte Stefan. »Du bist ein Draufgänger geworden. Worüber spracht ihr? Über die Salk-Impfung?«

»Nein«, sagte ich. »Da sie am selben Abend in der ›Schönen

Helena‹ tanzte, sprachen wir über griechische Mythologie. Ich erzählte ihr von Odysseus, von Skylla und Charybdis …«
»Und sie?«
»Sie hielt die beiden für ein Liebespaar, aber das störte mich nicht. Im Gegenteil! Ich hütete mich, sie aufzuklären – war ja dadurch das Gespräch endlich auf das Thema ›Liebe‹ gekommen.«
»Jetzt wird's interessant«, meinte Robinson.
»Ich holte sie nach der Vorstellung ab, führte sie in eine Bar und begleitete sie dann nach Hause. Es war der letzte Abend, den ich in Graz verbringen konnte.«
Wronsky wurde ungeduldig. »Kommen Sie schon zu einem Schluß!« drängte er.
»Moment!« Ich lehnte mich zurück und blätterte genüßlich in meiner Erinnerung. Dann setzte ich fort: »Es war Mitternacht. ›Du bist süß!‹ sagte ich.«
»Und sie?« fragte Wronsky.
»Sie sagte: ›Wirklich?‹ und zog die Schuhe aus. Ich sagte: ›Du bist die schönste Frau, die ich je gesehen habe!«
»Und sie??« fragte Joschi.
»Sie sagte: ›Das sagst du wahrscheinlich einer jeden!‹ und zog die Strümpfe aus. Ich sagte: ›Das sage ich nur dir!‹«
»Und sie???« fragte Robinson.
»Sie sagte: ›Ich glaube dir!‹ und zog das Kleid aus. Ich sagte: ›Willst du nicht ins Bett gehen?‹«
»Und sie????« fragten alle vier mit gierigen Froschaugen.
»Sie?« wiederholte ich und machte eine kleine Pause. »Sie hauchte: ›Ja, Liebling!‹ – und legte den Hörer auf.«

*»Treue Gattin! Du siehst, ich habe dich nur per Telefon betrogen, aber selbst dafür bitte ich Dich um Verzeihung! Dein Hugo.«**

* *Es gibt von dieser Geschichte eine Ausgabe mit einem anderen Schluß, die ich aber nicht in meinem Haus sehen möchte.*
Der Verfasser

Ich kenne drei Krankheiten, die mit Steinen zu tun haben. Gallensteine, Nierensteine und Kleptomanie. Bei Kleptomanen wurden schon Steine im Gewicht von drei Karat und mehr gefunden. Ich kannte einen Kleptomanen. Nachstehend mein Zusammentreffen mit ihm.

Der Kleptomane

Robinson, Wronsky und ich hatten beschlossen, die Weihnachtsfeiertage mit unseren Damen in Kitzbühel zu verbringen. Im Prospekt des Hotels, das uns vom Reisebüro empfohlen worden war, stand: Höhenspaziergänge, ruhige Zimmer, familiäre Preise. Es stimmte. Unsere Zimmer lagen im sechsten Stock, der Lift war außer Betrieb, die Höhenspaziergänge waren gegeben. Die Zimmer waren ruhig – wir haben sie niemals schreien gehört –, und auch die familiären Preise trafen zu, vorausgesetzt, daß man der Familie der Rockefellers angehörte. Aber was soll's? Wir wollten ja nur eine Woche bleiben.

Am ersten Abend, beim Essen, lernten wir eine sehr nette ältere Dame kennen – Frau Lohmann, Offizierswitwe – mit Sohn Stefan, einem wohlerzogenen, ungefähr zwölf Jahre alten Jungen.

»Ein bezaubernder Bub«, sagte meine Frau, als Stefan sich vom Tisch entfernt hatte.

Die Mutter sah ihm liebevoll nach. »Leider ein Sorgenkind«, seufzte sie. »Er ist krank.« Wir erschraken.

»Krank?« fragte Mela Robinson verwundert. »Er sieht doch aus wie das Leben?!«

»Es ist keine organische Krankheit«, meinte Frau Lohmann. »Stefan leidet an Kleptomanie. Ich würde es nicht erzählen, aber ich muß Sie drauf aufmerksam machen, damit Sie auf der Hut sind. Er entwendet, Gott sei Dank, nur wertlose Dinge – und bitte, wenn Ihnen etwas fehlen sollte, melden Sie es nicht der Hoteldirektion, Sie bekommen von mir alles wieder zurück. Da – schauen Sie hin!«

Stefan steckte am Nebentisch eben einen Aschenbecher ein. Als wir später auf unsere Zimmer gingen, vermißte meine Frau ihren Lippenstift und ich meinen Kugelschreiber, Robinson kam und fragte, ob wir nicht irrtümlich seine Zigarettenpackung und Melas Feuerzeug eingesteckt hätten, und Wronsky rief an, daß seiner Frau ein Handschuh und ihm ein Taschenkalender fehle. Wir wußten natürlich, wer das alles hatte.
Am nächsten Morgen, beim Frühstück, sah uns Frau Lohmann bereits besorgt entgegen. Sie nickte uns beruhigend zu, und als sie Stefan weggeschickt hatte, um einen Spaziergang zu machen, bekamen wir alles wieder zurück: Lippenstift, Kugelschreiber, Zigaretten, Feuerzeug, Handschuh und Taschenkalender. Frau Lohmann trug eine große Tasche mit sich, aus der sie alles hervorholte. Auch an den andern Tischen verteilte sie ihre Gaben. Es war erst der 22. Dezember, aber wir hatten schon ein richtiges Weihnachtsgefühl.
»Der Junge geht mir nicht aus dem Kopf«, sagte Vera Wronsky, während wir in der »Tenne« unsere Aperitifs nahmen. »Was denkt er sich bloß, wenn er diese Dummheiten einsteckt?«
»Wahrscheinlich gar nichts«, meinte Wronsky. »Er weiß es vielleicht nicht einmal.«
»Natürlich weiß er es«, mischte meine Frau sich ein. »Schließlich ist Kleptomanie ein Trieb – ein krankhafter Trieb – zum Stehlen.« Und affektiert setzte sie hinzu: »Eine Monomanie, die zum Sammeln, ohne Rücksicht auf Eigentumsgesetze, treibt.« Sie hatte im Lexikon nachgeschlagen.
»Ich kann es nicht verstehen«, brummte Wronsky.
»Es ist doch ganz einfach«, versuchte Robinson es ihm zu erklären. »Es ist ein Trieb, so wie Sex ein Trieb ist.«
»Dann *kann* er es nicht verstehen«, sagte Wronskys Gattin mit Verachtung und Überzeugung.
Wronsky wandte sich an mich. »Was ist deine Meinung über diese Stehlsucht? Du mußt es doch wissen.«
»Wieso?« fragte ich verblüfft. Spielte er auf meine Ge-

schichten an? Am Abend ging ich etwas früher zum Essen und saß mit Stefan allein am Tisch. Ich beschloß, ein Experiment zu machen. Ich wollte wissen, ob Stefan wirklich nur wertloses Zeug stiehlt. Ich nahm meine Armbanduhr – Schweizer Werk, 24karätiges Gold, schock- und waterproof – und legte sie scheinbar achtlos auf den Tisch. Dann stand ich auf, angeblich, um nach meiner Frau zu sehen. Vom Nebensaal aus beobachtete ich den Jungen. Er blickte vorsichtig von links nach rechts und von rechts nach links und verließ den Saal. Ich eilte zurück – die Uhr war da. Dafür fehlten nach dem gemeinsamen Abendessen mit Frau Lohmann und Stefan: meiner Frau eine Ansichtskarte, mir eine Schachtel Zünder, Wronsky ein alter Zahnstocher, den er, zur Verzweiflung seiner Frau, immer mit sich trug, Vera Wronsky ein kleines Parfummusterfläschchen, Robinson eine Büroklammer, die er als Ohrenputzer benutzte, und Mela Robinson eine Kopfschmerztablette. Sonst nichts. Am nächsten Morgen hatten wir alles wieder.

Am vierundzwanzigsten abends war die Bescherung. Der Saal war festlich dekoriert. Frische Tannenbäume hat man ja heute keine mehr – wozu auch – der in der Mitte des Saales stehende Plastikbaum wirkte so natürlich, daß er von einem echten Aluminiumbaum nicht zu unterscheiden war. Zuerst sangen wir im Chor »Stille Nacht, heilige Nacht«, dann sang eine Dame »I'm dreaming of a white Christmas«. Leider träumte sie so schlecht, daß wir beschlossen, sie zu wekken. Laut durcheinanderredend, gingen wir zu den Geschenken über.

Meine Frau schenkte mir einen großen, zu einer Geldklammer verarbeiteten Golddukaten, ich revanchierte mich mit einer Uhr mit Brillanten, Robinson bekam einen Saphirring, Mela ein Smaragdarmband, Wronsky einen goldenen Krawattenhalter mit dazupassenden Manschettenknöpfen und Vera eine antike Kette mit einem ebensolchen Anhänger. Frau Lohmann schenkte Stefan ein Briefmarkenalbum, Stefan hatte für sie – nach einer Fotografie – ein Porträt seines Vaters gezeichnet. Es war rührend, die beiden zu sehen.

Nach dem Weihnachtsmenü – Hors d'œuvre nach Wahl, Consommé, Diplomatenpastete, Truthahn und Malakofftorte – wurde getrunken und getanzt. Plötzlich sah ich Stefan allein am Tisch sitzen. Ich ging hin, ich war bereits ziemlich beschwipst, legte meinen neuen Golddukaten auf den Tisch, merkte, daß Stefan Stielaugen machte, wandte mich einen Moment ab, drehte mich wieder um – der Dukaten war weg. Stefan stahl also doch auch echte Sachen. Ich erzählte es meiner Frau, sie war noch beschwipster als ich, legte ihre Brillantuhr auf den Tisch, wir wandten uns ab, drehten uns wieder um – die Brillantuhr war weg. Wir amüsierten uns köstlich über Stefans Geschicklichkeit, berichteten Wronsky, Robinson, Vera und Mela davon, sie waren noch beschwipster als meine Frau und ich, legten ihre Geschenke auf den Tisch, wandten sich ab, drehten sich wieder um – Saphirring, Smaragdarmband, Krawattenhalter, Manschettenknöpfe, Kette und Anhänger – alles war weg. Wir erzählten es den Gästen, sie waren noch beschwipster als Wronsky, Robinson, Vera, Mela, meine Frau und ich, sie legten Colliers, Clipse, Armreifen, Broschen etc. auf den Tisch, wandten sich ab, drehten sich wieder um – Colliers, Clipse, Armreifen, Broschen etc. – alles war weg. Sie sagten es dem Orchester weiter. Die Musiker, die noch beschwipster waren als Wronsky, Robinson, Vera, Mela, meine Frau, ich und die Gäste, legten Geldbörsen, Brieftaschen, Uhren und Uhrketten auf den Tisch, wandten sich ab, drehten sich wieder um – Geldbörsen, Brieftaschen, Uhren und Uhrketten – alles war weg. Es war der lustigste Weihnachtsabend, den das Hotel je erlebt hatte. Vor allem, weil Stefan glaubte, daß wir nicht wußten, daß er es war, der unsere Sachen eingesteckt hatte.
Die Musik spielte »O du lieber Augustin, alles ist hin!« als Compostella, und als wir, der intelligenten Choreographie dieses Tanzes folgend, auf dem Boden kauerten und der Schlagzeuger rief: »Die Uhr!«, riefen wir im Chor: »Ist hin!«, »Das Collier!«, »Ist hin!«, »Das Armband!«, »Ist hin!«, »Der Dukaten!«, »Ist hin!« – und als der Tanz aus

war, war auch die Stimmung hin. Frau Lohmann, Stefan und der Schmuck waren verschwunden.
Als wir uns am nächsten Morgen verabschiedeten und der Hoteldirektor fragte: »Darf ich Ihnen einige Ansichten unseres Hotels mitgeben?« antwortete Wronsky: »Danke. Von Ihrem Hotel haben wir unsere eigenen Ansichten.«

Wir sahen Frau Lohmann und Stefan erst nach Jahren wieder. Leider nur im Fernsehen, in der Sendung »Aktenzeichen XY ungelöst«. Man zeigte ihre Fotos, und Eduard Zimmermann sagte dazu: »Gesucht wird die 42jährige Ludmilla Blaschek alias Schlabeck alias Lohmann – sowie der 40jährige Adolf Hubal alias Bubal alias Lohmann. Hubal ist Liliputaner. Das Betrügerpaar soll sich zur Zeit in Österreich herumtreiben. Vielleicht hören wir in unserer Spätsendung schon mehr von ihnen.«
Wir blieben wach. Wir hörten nicht *mehr von ihnen. Wir hörten überhaupt nichts mehr von ihnen.*

Es gibt zwei Arten von Wünschen. »Ich wünsche Ihnen alles Gute!« ist ein Wunsch – und »Ein Luster sollen Sie sein! Hängen und brennen zugleich!« ist auch ein Wunsch. Es gibt Weihnachtswünsche, Neujahrswünsche, Wünsche zur Verlobung, zur Hochzeit, zum Jubiläum, zur Pensionierung usw. Meine nächste Erzählung handelt von einem Geburtstagswunsch. Das erklärt den Titel:

»Alles Gute!«

Trude Spannagl trat ins Zimmer. »Hast du ihm geschrieben?« fragte sie ihren Gatten, der an seinem Schreibtisch saß.
»Nein. Wem hätte ich schreiben sollen?«
»Lebowitsch.«
»Lebowitsch?« fragte Spannagl mit fünf Fragezeichen im Gesicht.
»Warum hätte ich Lebowitsch schreiben sollen?«
»Er hat morgen Geburtstag.«
»Na und?«
»Du mußt ihm gratulieren.«
»Gratulieren? Lebowitsch?« Spannagl war außer sich.
»Zwei Jahre war er mein Angestellter, als Partner habe ich ihn genommen, unsere Tochter hat er verführt, Geld hat er mir gestohlen, ich habe ihn hinausgeworfen, er hat sich selbständig gemacht, hat mir meine besten Kunden weggeschnappt – und da soll ich ihm zum Geburtstag gratulieren?«
»Du vergißt, daß ihr euch ausgesöhnt habt.«
»Ausgesöhnt! Was hätte ich tun sollen? Wir haben ihn auf der Weihnachtsparty von Robinson getroffen, es war Robinsons Wunsch, daß wir uns aussöhnen, hätte ich nein sagen sollen? Zu Weihnachten? Vor allen Leuten? Das war doch nur eine Pro-forma-Versöhnung. Deshalb brauche ich ihm doch nicht zum Geburtstag zu gratulieren.«
»Lebowitsch weiß einiges von dir. Wäre es dir lieber, wenn er eines Tages damit zum Finanzamt ginge? Außerdem

scheint er Verbindungen zu haben, sonst würde er schon längst sitzen.«
»Du hast ja recht«, gab Spannagl zu und seufzte: »Ich werde ihm schreiben. Aber *was* werde ich ihm schreiben?« Er nahm einen Briefbogen und schrieb: »Herrn Kurt Lebowitsch –«
Trude unterbrach ihn. »Das ist zu förmlich«, sagte sie. »Entweder ihr *habt* euch versöhnt oder ihr habt euch *nicht* versöhnt.«
»Gut«, sagte Spannagl und nahm einen zweiten Bogen. »Lieber Herr Lebowitsch!«
»Das klingt auch noch zu fremd«, meinte Trude. »Schließlich wart ihr doch Partner. Schreib ›Lieber Kurt!‹«
Spannagl nahm einen dritten Bogen: »Lieber Kurt!«
»Ich würde schreiben: ›Lieber Freund!‹«
Spannagl nahm einen vierten Bogen: »Lieber Freund!«
»Lieber Freund Kurt!«
»Lieber Freund Kurt!«
»Kurti!«
»Kurti!« Spannagl machte ein i dazu.
»So ist es gut«, sagte Trude. »Jetzt weiter.«
»Lieber Freund Kurti! Zum morgigen Geburtstagsfeste wünsche ich das Allerbeste –«
»Ein Gedicht willst du schreiben?« wunderte sich Trude. »Bist du der Schiller?«
»Nein«, brummte ihr Mann, »das war doch nur Zufall.« Er nahm einen fünften Bogen und schrieb: »Lieber Freund Kurti! Nachfolgend sende ich Ihnen die besten Wünsche zum Geburtstag –«
»Nachfolgend?« unterbrach Trude wieder. »Du schreibst doch keinen Geschäftsbrief. Außerdem wart ihr doch per du.«
»Stimmt.« Spannagl nahm einen sechsten Bogen: »Lieber Freund Kurti! Meine herzlichste Gratulation zu Deinem morgigen Geburtstag –«
»Was heißt morgigen? Was ist, wenn der Brief erst übermorgen ankommt? Dann sieht es doch aus, als ob wir glau-

ben würden, daß der Geburtstag erst überübermorgen ist?«
»Da hast du auch wieder recht«, kratzte Spannagl sich am Kopf. Er nahm einen siebenten Bogen: »Lieber Freund Kurti! Die besten Wünsche für Deinen Geburtstag –«
»Für?« fragte Trude. »Das hieße doch, daß deine Wünsche nur für den Geburtstag gelten. Also nur für *einen* Tag. Du mußt schreiben *zu* Deinem Geburtstag.«
Spannagl nahm einen achten Bogen: »Lieber Freund Kurti! Die besten Wünsche zu Deinem Geburtstag sendet –«
»Sendet? Senden! Ich gehöre doch auch dazu! Schreib: Senden Dir Deine Spannagls.«
Spannagl verlor die Geduld. »Ich werde mich ganz kurz fassen«, sagte er gereizt. Er nahm einen neunten Bogen und schrieb: »Lieber Freund Kurti! Zu Deinem Geburtstag wünschen wir Dir –« triumphierend blickte er seine Frau an, »jetzt paß auf! Wünschen wir Dir«, wiederholte er, »daß Dir Dein *größter* und *sehnlichster* Wunsch *noch heute* in Erfüllung gehen möge! Deine Spannagls.«
»Das ist gut!« freute sich Frau Spannagl. »Dein größter und sehnlichster Wunsch – und noch heute!«
Spannagl nickte stolz, steckte den Brief in einen Umschlag, stand auf, fiel hin und brach sich beide Beine.

Man sollte mit den Wünschen anderer vorsichtig sein.

Möge Gott mich vor meinen Freunden schützen – vor meinen Feinden schütze ich mich selbst. *(Voltaire)*

Gute Freundinnen

Robinson, der Anwalt, und Wronsky, der Zahnarzt, sind Freunde. Mela, die Frau des Anwalts, und Vera, die Gattin des Zahnarztes, sind Feindinnen. Und das, seit Blondel auftauchte. Blondel, nicht der Sänger des Richard Löwenherz, sondern Blondel, der Textilwarenvertreter. Er kam aus Frankfurt und lernte die beiden Ehepaare kennen. Er war bei Robinsons zum Abendessen, und er war bei Wronskys zum Abendessen. Er traf sich mit beiden Paaren im Kaffeehaus, er traf sich mit jedem der beiden Paare separat im Kaffeehaus, er traf sich mit den beiden Herren im Kaffeehaus, er traf sich mit jedem der beiden Herren separat im Kaffeehaus, er traf sich mit jeder der beiden Damen separat – nicht im Kaffeehaus. Er fuhr mit Mela in den Wienerwald und mit Vera in die Wachau. Er erzählte jeder der beiden dieselbe traurige Geschichte. Wie einsam er sei, seit sich seine Frau in Frankfurt eines amerikanischen Offiziers wegen von ihm hatte scheiden lassen, wie es ihm nicht einmal gestattet sei, sein einziges Kind, den vierjährigen Heinz, zu besuchen usw. Soweit ging alles gut, bis. Ich weiß, daß man nach »bis« keinen Punkt setzt, aber ich muß eine kleine Nachdenkpause einschalten. Wie sag ich es meinem Leser? Soweit ging alles gut, bis es fast. Auch nach »fast« setzt man keinen Punkt, aber wie sag ich es meiner Leserin? Kurz – es war knapp bevor, als. Auch nach »als« setzt man keinen Punkt, aber ich habe darüber nachgedacht. Sie werden, durch den Punkt provoziert, den Satz noch einmal lesen und genau wissen, was ich meine.

a) ist es mir nicht gegeben, mich vulgär auszudrücken, weshalb ich auch keine deutschen Filmdrehbücher zu schreiben bekomme, und b) gehören beide Damen zu meinem Bekanntenkreis. Es war also knapp bevor, als folgendes ein-

trat: Blondel pflegte seine Rendezvous mit den beiden Damen nicht telefonisch zu vereinbaren, das wäre zu gefährlich gewesen – erinnern Sie sich an Watergate –, er machte das brieflich. Und da beide Damen persönlich die Post aus ihren Hausbriefkästen holten, konnten sie die an sie gerichteten Briefe unbemerkt verschwinden lassen. Und da passierte es, daß. Auch nach »daß« setzt man keinen Punkt, aber ich überlege. Ich überlege, ob Sie mir das, was ich Ihnen jetzt erzähle, auch glauben werden.
Da passierte es nämlich, daß Blondel eines Tages die Briefumschläge vertauschte. In den Umschlag für Vera steckte er den Brief für Mela, in den Umschlag für Mela den Brief für Vera. So kam es, daß Vera einen Brief mit der Überschrift »Geliebte Mela« bekam und Mela einen mit der Überschrift »Geliebte Vera«. Daß Blondel sofort von der Speisenkarte gestrichen wurde, versteht sich von selbst. Wie sollte sich aber das Verhältnis der beiden Damen zueinander gestalten? Eine öffentliche Feindschaft wäre zu auffallend gewesen. Also sprach man weiter miteinander, lächelte einander weiterhin zu, tat, als ob nichts gewesen wäre, aber: nach einigen Wochen bekam Mela eine mit Schreibmaschine geschriebene Karte ohne Unterschrift: »Sie haben es nötig, eine Kreuzfahrt zu machen. Kümmern Sie sich lieber um Ihren Haushalt, in dem alles drunter und drüber geht.« Mela war wütend. Wer konnte ihr diese Karte geschickt haben? Vera? Kaum anzunehmen. Sie wüßte, daß der erste Verdacht auf sie fallen würde. Wer also sonst! Wem hatte sie von ihrer Absicht, eine Kreuzfahrt zu machen, erzählt? Ihrer Schwester? Lächerlich. Dr. Krupetz, ihrem Arzt? Warum sollte ihr Dr. Krupetz eine anonyme Karte schreiben. Frau Piwak, ihrer Schneiderin? Auch nicht. Sonst hatte sie aber mit niemandem darüber gesprochen. Moment! Hatte sie nicht erst kürzlich jemand an Frau Piwak empfohlen? Natürlich! Vera Wronsky! Also doch Vera! Rasch entschlossen setzte sie sich an die Schreibmaschine ihres Mannes, nahm eine Karte und schrieb: »Sie, mit Ihrer Figur, haben es nötig, kurze Kleider zu tragen. Ein Konzertflügel

würde Sie um Ihre Beine beneiden.« Vera erstarrte, als sie die Karte erhielt. Wer schickte ihr eine anonyme Karte? Mela? Kaum anzunehmen. Sie wüßte, daß der erste Verdacht auf sie fallen würde. Wer also sonst? Wer hatte sie in dem kurzen Kleid gesehen? Sie hatte es bloß ein einziges Mal getragen, und zwar bei dem Abendessen bei Bauers. Bauer und Frau, zwei honette Menschen, kamen nicht in Betracht. Wer war sonst noch dort gewesen? Richter und Gattin, Möbel en gros? Lächerlich. Warum sollten die ihr eine anonyme Karte schreiben? Lena Dubsky? Auch nicht. Lena, ein sympathisches, dezentes Wesen, eine Frau von Format, würde nie daran denken, ihr – Moment! Hatte Lena, diese antipathische, ordinäre Ziege, nicht erwähnt, daß sie Mela wieder einmal anrufen müsse? Natürlich! Lena hatte Mela von ihrem Kleid erzählt. Also doch Mela! Vera setzte sich an die Schreibmaschine und schrieb an Mela: »Glauben Sie, die Welt weiß nicht, daß Sie Ihr Gesicht spannen ließen? Preis S 20.000. Ein Schleier wäre billiger gewesen.« Wutentbrannt setzte sich Mela zur Maschine und schrieb zurück: »Sie dumme Person! Ich habe schon als junges Mädchen einen Schönheitspreis bekommen, den mir das damalige Staatsoberhaupt persönlich überreicht hat.« Vera, außer sich, erwiderte: »Ha, ha! Hat der Kaiser Franz Joseph keine anderen Sorgen gehabt?« Mela zitterte, als sie die Karte las. Das war eine Antwort. Ein direktes Eingeständnis. Und da man gerade den 28. Dezember schrieb, sandte sie Vera ein Billett: »Ich wünsche Ihnen ein glückliches neues Jahr! Aber nur eines!« Drauf Vera: »Ihre Wünsche sind mir schnuppe, Sie Hexe! Sagen Sie lieber Ihrem Bruder, daß er nicht mehr zu uns kommen soll. Als er das letztemal hier war, hat er meinem Mann eine Pfeife gestohlen.« Drauf Mela: »Machen Sie sich nicht lächerlich, Sie Lügenmaul! Mein Bruder hat für jeden Wochentag eine andere Pfeife!« Drauf Vera: »Gratuliere! Jetzt hat er auch eine für Sonntag!« Drauf Mela: »Ich glaube, mein Mann hat sich nach Ihnen erkundigt. Er hat mich gefragt, ob ich weiß, was das ekelhafte Klatschweib macht.« Drauf Vera: »Ihr Mann soll

nicht tun, als ob er mich nicht gesehen hätte, als er mit seiner Sekretärin aus dem Hotel kam!« Drauf Mela: »Denken Sie, Ihr Mann hat *keine* Freundin? Kleiden Sie sich nicht so jugendlich, und er würde sich nicht schämen, mit Ihnen auf die Straße zu gehen!«
So ging es fort. Mela und Vera waren in ständiger, anonymer Korrespondenz. Und sie machten kein Hehl daraus. Sie trafen zum Beispiel einander auf der Straße.
Mela: Sie? Ich habe schon lange nichts von Ihnen gehört.
Vera: Entschuldigen Sie, da muß eine Karte verlorengegangen sein. Ich habe immer geschrieben.
Mela: Ich kann Ihnen sagen – diese Post!
Da, eines Tages war der Kartenwechsel zu Ende. Wieso? Dr. Robinson hatte einen jungen Konzipienten, Dr. Wronsky einen jungen Dentisten bekommen. Die beiden Frauen standen einander nicht mehr im Weg.

Es gibt nichts auf Erden, was man mit einer Frau vergleichen könnte. Es sei denn – eine andere Frau.

Groucho Marx sagte: »Ein Klub, der mich *aufnimmt, kann kein guter Klub sein!«*

Der Geheimbund

Joschi kam ins Kaffeehaus. Er blickte um sich, als ob er jemanden suchen würde, dann setzte er sich zu mir.

»Einen Mokka!« rief er Anton zu. Anton ist der Ober. Anton ist im Dienste ergraut, aber nicht nur das, er ist im Dienst auch senil geworden. »Einen Mokka!« wiederholte er laut. Er wiederholt alles, was man bestellt, laut, um es sich einzuprägen, wiederholt es auf dem Weg zur Küche noch einige Male und bringt dann etwas anderes. Aber er geht nicht in Pension. Er ist einer jener alten Menschen, die alt *werden*, aber nicht alt *sein* wollen.

Mein Großvater gehörte zu ihnen. Er sagte mit neunzig: »Ich bin nicht alt. Es ist bloß die falsche Einteilung des Kalenders. Wenn das Jahr anstatt zwölf Monaten vierundzwanzig hätte, wäre ich erst fünfundvierzig.« Und er bombardierte alle Stellen, vom Bezirksamt angefangen über die UNO bis zum Papst, mit seinen Briefen. »Wenn Sie ein Überaltern der Menschheit verhindern wollen, ändern Sie den Kalender.« Und er war wütend, weil man nicht auf ihn hörte.

Anton kam mit dem Tee. »Ich habe einen Mokka bestellt«, meinte Joschi freundlich. »Entschuldigen!« sagte Anton, trug den Tee zur Küche zurück und brachte eine Limonade. Joschi hatte bisher kein Wort mit mir gesprochen. Er sah nach links, rieb sich plötzlich die Hände, als ob er sie sich eben gewaschen hätte, und schnupperte dazu mit der Nase wie ein Kaninchen. Dann sah er nach rechts und wiederholte das Spiel. Was hatte er? Ich hütete mich, ihn zu fragen – es könnte mich Geld kosten. Joschi ist ein guter Kollege, ein wahrer Freund, ein liebenswerter Lebenskünstler, ein verfluchter Hochstapler und ein verdammter Betrüger, der mich schon x-mal hereingelegt hat. Aber er soll es wieder probieren – so leicht wird es ihm nicht mehr gelingen. Ein Herr kam aus der Toilette. Er rieb sich die Hände. Schnell machte Joschi es ebenso, aber er schnupperte dazu, was der andere nicht getan hatte. Was sollte das? Ich entschloß mich zu fragen – mit aller Vorsicht natürlich.

»Was machst du da?«

»Ich?« Joschi zuckte zusammen wie einer, der sich ertappt fühlt.

»Was mache ich?«

»Das habe ich doch dich gefragt. Du reibst dir die Hände, zuckst mit der Nase – was bedeutet das?«

Joschi war meine Neugier anscheinend unangenehm. Aber jetzt ließ ich nicht locker. Ich war auf alles gefaßt – er konnte mir nichts anhaben. »Was das bedeutet, habe ich dich gefragt.«

Joschi zögerte. »Ich darf nicht drüber reden«, sagte er.

»Auch zu mir nicht?«

»Auch zu dir nicht. Das heißt ...«

Anton, der die Limonade zur Küche zurückgetragen hatte, brachte einen Wermut. »Ich habe einen Mokka bestellt«, sagte Joschi.

»Entschuldigen!« nuschelte Anton. »Der Föhn!« Er trug den Wermut wieder fort.

»Also?« forderte ich Joschi auf. Heute wollte ich meinen Spaß haben. Heute sollte er zeigen, was er kann. Von mir kriegt er nichts. »Du warst im Begriff, mir zu erklären ...«

Joschi hatte es sich anders überlegt. »Ich kann nicht«, sagte er.

»Ich habe geschworen.«

»Geschworen? Wem?«

»Quäl mich doch nicht so! Hast du noch nie von Geheimbünden gehört?«

»Doch. Bist du bei einem solchen?«

»Ja.«

»Bei welchem?«

Joschi krümmte sich wie ein Wurm. »Ich darf es nicht sagen.«

»Joschi!« flehte ich belustigt. »Ich verrate es doch niemandem! Bitte, bitte! Wie heißt der Bund?«
»Pst!« machte Joschi.
»Wie heißt der Bund?« fragte ich leiser.
»Pst!«
»Wie heißt der Bund?« hauchte ich so leise, daß ich selbst nicht wußte, ob ich überhaupt gefragt hatte.
»Begreifst du denn nicht?« flüsterte Joschi ebenso leise. »Der Bund heißt ›Pst‹.«
»›Pst‹?« wunderte ich mich. Äußerlich blieb ich ruhig, aber innerlich bog ich mich vor Lachen. Diese Anstrengungen, um mir ein paar hundert Schilling herauszulocken. »Was heißt das – Pst?«
Joschi wurde ungemütlich. »Mußt du denn alles wissen?« fuhr er mich an.
Anton brachte einen Kognak. Joschi versuchte es anders. »Ich habe einen Tee bestellt«, sagte er. Drauf bekam er den Mokka.
Ich gab nicht auf. »Der Name eines Bundes oder eines Vereins muß doch etwas über seine Tätigkeit aussagen. Wenn ein Verein ›Die Groschensammler‹ heißt, weiß ich, daß es ein Sparverein ist – aber was heißt ›Pst‹?«
»›Pst‹ heißt eben, daß er geheim ist.«
»Das gibt es nicht, Joschi.« Ich konnte mein Lachen kaum noch unterdrücken. »Vielleicht haben die drei Buchstaben, jeder für sich, eine Bedeutung.«
»Das haben sie«, sagte Joschi schnell.
»Na siehst du! Und was heißt ›P‹?«
»›P‹ heißt –«, er dachte kurz nach, »Paganini«.
»Paganini?« wunderte ich mich. »Warum Paganini?«
»Er war der Gründer unseres Bundes.«
»Aha! Und seit wann besteht dieser Bund?«
»Seit dem 16. Jahrhundert.«
»Jetzt habe ich dich!« rief ich triumphierend. »Paganini hat erst im 18. Jahrhundert gelebt.«
Joschi wurde wütend. »Hat erst im 18. Jahrhundert gelebt!« imitierte er mich. »Habe ich gesagt, *was* für ein Paganini

den Bund gegründet hat? Du denkst an den Geigisten, aber er war es nicht. *Mein* Paganini war eine Persönlichkeit im 30jährigen Krieg. Als man ihm die Ermordung Wallensteins meldete, machte er ›Pst!‹ und gründete den Bund.«
Ich unterhielt mich großartig. »›P‹ heißt also Paganini. Was heißt ›S‹?«
»S?« Es schien mir, als ob Joschi einen Moment überlegen würde, aber vielleicht täuschte ich mich. »›S‹«, sagte er nämlich im selben Moment, »heißt Sahara«.
»Sahara?« Ich staunte. »Wie kommt der Paganini in die Sahara?«
»Was *ist* die Sahara?« fragte Joschi zornig. »Eine Wüste! Und Paganini sagte in seiner Gründungsrede: ›Ohne unseren Bund wäre die Welt eine Wüste.‹«
Joschi war einmalig. Nicht zu schlagen. »Und ›T‹?« forschte ich weiter.
»Das verrate ich auf keinen Fall! Nein, nein! Das ist unser Hauptgeheimnis.«
»Und du weißt es?«
»Ich als Präsident muß es wissen.«
»Du bist der Präsident?« Ich fragte es bewundernd.
»Für Österreich.« Er stampfte grimmig mit dem Fuß auf den Boden. »Ich wollte es, bei Gott, nicht sagen, aber du hast eine Art, einen auszuquetschen ...«
»Was für Ziele hat der Bund?« fragte ich. »Karitative?«
»Auch. Aber das ist nicht alles. Wir wollen die Welt verbessern. Unser Bund ist über die ganze Erde verstreut, und du hast keine Ahnung, wer alles zu unseren Mitgliedern zählt. Staatspräsidenten, Minister, Künstler, Verleger, Theaterdirektoren ...«
»Theaterdirektoren?« fragte ich. Ich fühlte, wie Joschi mich, gegen meinen Willen, in seinen Bann zog. »Unterstützen die Mitglieder sich gegenseitig? Ich meine, beruflich ...«
»Selbstverständlich.«
»Ist Schwarz Mitglied?« (Der Name des Direktors ist dem Verlag bekannt, wurde aber aus begreiflichen Gründen geändert.)

»Das darf ich nicht sagen.«
»Und wenn ich dich etwas Neutrales, nicht den Bund Betreffendes frage? Darfst du dann wenigstens ja oder nein sagen?«
»Natürlich.«
»Ist die Tapete dort grün?«
»Ja.« Schwarz war also Mitglied. Ich habe schon seit längerer Zeit ein Lustspiel in meiner Schreibtischschublade liegen, das ich gern bei Schwarz aufgeführt sehen möchte. »Könnte ich nicht Mitglied werden?« fragte ich. »Darüber habe nicht ich zu entscheiden. Da müßte eine Generalversammlung einberufen werden, die Generalversammlung ernennt einen Oberausschuß, der Oberausschuß einen Unterausschuß, der Unterausschuß ein Komitee, und das Komitee befaßt sich mit deiner Aufnahme. Das würde natürlich viele Monate dauern.«
So lange konnte ich nicht warten. Das Lustspiel sollte so schnell wie möglich herauskommen. Es basiert auf den Gegensätzen zwischen der Sowjetunion und den USA. Sollten die Supermächte sich miteinander verständigen, bevor mein Lustspiel aufgeführt wird, wäre es verloren. Ich bin von der Weltpolitik abhängig. Deshalb zittere ich jedesmal, wenn in den USA ein neuer Präsident oder in der Sowjetunion ein neuer Parteichef ans Ruder kommt. »Könntest du mich nicht ohne diese Formalitäten aufnehmen?« fragte ich bittend.
»Ich könnte schon. Als Präsident hätte ich die Macht dazu, aber du weißt – dann ist der eine oder der andere von dir enttäuscht – man würde mir Vorwürfe machen –«
»Ich verspreche dir, daß ich keinen enttäuschen werde.«
»Also gut!« sagte Joschi gnädig. »Schließlich hast du auch schon so manches für mich getan.« Er zog eine Karte aus seiner Brieftasche und überreichte sie mir. Ich las: »Diese Karte bestätigt, daß der Inhaber derselben Angehöriger des Pst-Bundes ist. Der Präsident.« Und drunter: »Diese Karte ist sofort zu vernichten.« Ich verbrannte sie in einem auf dem Tisch stehenden Aschenbecher.

»Und was hat es mit dem Händereiben und dem Schnuppern auf sich?«
»Das sind die Erkennungszeichen.«
»Aha.«
»Du hast jetzt nur noch eine Einschreibegebühr von tausend Schilling zu bezahlen sowie einen Mitgliedsbeitrag von fünfhundert Schilling, zahlbar für ein Jahr im voraus.«
Moment! War ich nicht schon wieder im Begriff, Joschi hereinzufallen? Ich ging zum Telefon und rief Schwarz an. Seine Frau kam an den Apparat.
»Kann ich Direktor Schwarz sprechen?« fragte ich. »Hier spricht der Pst-Bund.«
»Pst!« flüsterte sie. »Mein Mann ist nicht zu Hause, aber er weiß bereits alles.« Sie legte auf.
Im Geist entschuldigte ich mich bei Joschi – ich hatte ihm unrecht getan. Der Pst-Bund existierte. Ich gab ihm einen Scheck über eintausendfünfhundert Schilling.
Am nächsten Tag ging ich zu Schwarz. Seine Sekretärin meldete mich an. Schwarz saß an seinem Schreibtisch. Ich rieb mir die Hände und schnupperte. Schwarz wurde weiß, er zog mich ins Zimmer und schloß die Tür.
»Wissen Sie denn nicht«, fragte er leise und aufgeregt, »daß unser Bund polizeilich verboten wurde?«
»Nein. Wann?«
»Vorgestern. Seit wann sind Sie Mitglied?«
»Seit gestern.« Joschi hatte mich wieder hereingelegt.

Schwarz führte mein Lustspiel auf. Die Presse schrieb: »Der Autor ist ein Dichter. Er sollte an sich arbeiten, sollte die höchste Spitze des Parnaß erklimmen – und dann hinunterfallen.« Pst!

Es gibt verschiedene Arten von Besuchen. Da sind zum Beispiel die erwünschten und die unerwünschten Besuche. Läutet es bei mir an der Tür, nehme ich sofort meinen Aktenkoffer – bei Regenwetter auch Mantel und Schirm – und öffne. Ist es ein unerwünschter Besuch, sage ich: »Wie schade! Eben muß ich gehen!«, ist es ein erwünschter, sage ich: »Wie schön! Eben komme ich nach Hause!« Und dann gibt es noch eine Art von Besuchen, das sind die

Krankenbesuche

Ich lag in der Klinik. Ich hatte sie: die Modekrankheit – den Kreislaufkollaps. Alle meine Kollegen hatten schon einen gehabt, nur ich nicht. Ich schämte mich. Ich mied ihre Gesellschaft, ich ging nicht mehr unter Menschen. Man sagte von mir: »Wie soll er noch schreiben können? Er ist veraltet. Nicht einmal einen Kreislaufkollaps hat er noch gehabt!« Ich versuchte es mit allen Mitteln. Ich rauchte zuviel, ich trank zuviel, ich arbeitete zuviel. Das Resultat? Die Leute fragten mich: »Was machen Sie, daß Sie immer so gut und gesund aussehen?« Ich haßte es. Ich versuchte es auf andere Weise. Ich hörte auf zu rauchen, zu trinken, zu arbeiten. Da – eines Tages – bekam ich ein Schwindelgefühl, meine Knie zitterten, der Boden schwankte unter meinen Füßen, der Blutdruck sank – noch wagte ich es nicht, das Unglaubliche zu fassen. Ich fuhr zum Arzt, er untersuchte mich: Kreislaufkollaps! Wäre ich nicht zu schwach gewesen, ich hätte ihn umarmt.

Nun lag ich in der Klinik – krank, aber von einem tiefen Selbstbewußtsein durchdrungen. Ich hatte ihnen bewiesen, daß ich nicht schlechter war als sie. In meinem Zimmer lag ein zweiter Kollaps: Herr Kleinfeld. Er hatte mir gegenüber ein Minderwertigkeitsgefühl, weil sein Kollaps nicht so ausgeprägt war wie der meine. Schwester Maria vertraute mir sogar an, daß die Ärzte im Zweifel wären, ob es überhaupt ein Kollaps sei. Ob es sich nicht nur um einen kleinen Nervenzusammenbruch handle. Er tat mir leid, aber was kümmerte es mich? Hauptsache, ich hatte einen Kollaps. Es kam der Tag, an dem wir zum erstenmal Besuch empfangen durften. Wir freuten uns aus vollem Herzen – da kamen sie auch schon an: meine Frau, meine Schwägerin Hermine mit Sohn Ladi, Frau Kleinfeld und ihre Freundin Frau Hummer. Wer meine Bücher »Krokodile fliegen nicht«, »Ich erinnere mich nicht« und »Seid nett zu Vampiren« gelesen hat (Köchelverzeichnis 214, 215, 216), wird wissen, welch ein Gefühl ich empfand, als ich meinen Neffen Ladi sah. Er war ein Labsal für jeden Kranken. Wir machten die Damen miteinander bekannt.

»Diese Männer!« seufzte Frau Kleinfeld. »Einen so zu erschrecken!«

»Hat man Sie auch so überrascht mit der Nachricht?« fragte meine Frau.

»Überrascht? Ich sitze Montag abend vor dem Fernsehapparat –«

»Kojak!« rief Ladi dazwischen. »Bum! Bum!« Er verschanzte sich hinter dem oberen Ende meines Bettes, wodurch mir die Tafel mit meiner Krankheitsgeschichte auf den Kopf fiel, was mir eine Rißwunde auf der linken Stirnseite eintrug.

»Ladi!« warnte Hermine.

»Hattest du eine schöne Krankenschwester?« fragte mich Ladi. »Papa war einmal sechs Wochen in einem Sanatorium, und Mama hat gesagt, nur wegen der Krankenschwester. Er hätte schon nach vier Wochen nach Hause kommen können.«

»Sei still!« rief Hermine drohend.

»Sie wollten etwas erzählen«, wandte sich meine Frau schnell an Frau Kleinfeld, um die unangenehme Situation zu überbrücken.

»Ja. Ich sitze also Montag abend vor dem Fernsehapparat –«

»Dienstag«, korrigierte Frau Hummer.

»Montag. Erinnere dich, ich war vorher bei dir zur Anprobe. Meine Freundin schneidert nämlich«, erklärte sie den andern Damen.

»Mein Hobby«, warf Frau Hummer ein. »Ich hatte einmal einen Modesalon, bin aber jetzt verheiratet und arbeite nicht mehr.«

»Außer für mich«, meinte Frau Kleinfeld stolz. »Das Kleid, das ich anhabe, ist auch von ihr.«

»Schick!« sagte meine Frau.

»Sehr fesch!« sagte Hermine.

»Unten zipft es«, sagte Ladi.

Er war ein Lausbub, aber er hatte recht: Das Kleid zipfte.

»Wo lassen *Sie* arbeiten?« erkundigte sich Frau Hummer bei meiner Frau. »Als Künstlerin haben Sie sicher einen erstklassigen Couturier.«

»Das ist verschieden«, log meine Frau. »Ich lasse immer dort arbeiten, wo ich gerade auftrete. In Rom bei Schuberth, in Paris bei Courrège ...«

»Und in Wien bei Frau Wondrak«, ergänzte Ladi. »Mama sagt immer, von der würde sie sich nicht einmal einen Knopf annähen lassen.«

»Ladi!« fauchte Hermine ihn an. Ich fühlte es: Ladi ging am Rande einer Ohrfeige spazieren. Wenn es einen Ohrfeigenfahrplan gäbe, müßte sie in längstens einer Minute eintreffen. Meine Frau trat Ladi heftig mit dem Fuß gegen das Schienbein.

»Au!« schrie er auf. »Bum! Bum!« Er kletterte auf das Bett Kleinfelds, deckte sich mit Kleinfelds Körper und schrie: »Ihr werdet nicht schießen, oder ihr trefft meine Geisel!«

Kleinfeld, der diese Geiselnahme nicht erwartet hatte, zitterte am ganzen Leib.

»Ladi!« rief Hermine. Ladi heulte. Die Ohrfeige war fahrplanmäßig angekommen.

»Ein aufgewecktes Kind!« meinte Frau Kleinfeld und lächelte maliziös.

»Kümmern Sie sich nicht um ihn«, bat Hermine. »Sie wollten doch erzählen, wie Sie die Nachricht von der Erkrankung Ihres Mannes bekommen haben.«

»Ach ja. Ich sitze also Montag abend vor dem Fernsehapparat –«

»Dienstag«, warf Frau Hummer wieder ein. »Montag spielten wir Bridge.«
»Stimmt!«
»Sie spielen Bridge?« fragte meine Frau sofort.
»Leidenschaftlich gern.«
»Wir spielen auch – meine Schwägerin und ich.«
»Da könnten wir doch einmal eine Partie zu viert –?«
»Das wäre reizend!«
»Papa sagt immer, mit der Tante kann man nicht spielen, sie versteht nichts von Bridge!« rief Ladi dazwischen.
»Schweig!« Das klang zweistimmig. Meine Frau und meine Schwägerin hatten sich zu einem Duo vereinigt. Mit dem Soloeinsatz »Du Fratz – geh hinaus!« schob Hermine ihren Sprößling vor die Tür. Ich will es gleich vorwegnehmen – er blieb nicht lange draußen. Nach fünf Minuten brachte ihn Schwester Maria mit ernstem Gesicht herein. »Wem gehört dieser Bengel?« fragte sie. Sie – die Immergeduldige. »Er hat eine Injektionsnadel von einem Tablett genommen und hat sie Schwester Klara, als sie sich bückte, in den Rücken gestoßen.«
»Sie lügt!« rief Ladi. »Es war nicht der Rücken!«
Seine Mutter zerrte ihn an der Hand zu einem Stuhl. »Da bleibst du sitzen!« schrie sie. Vom Nebenzimmer klopfte man an die Wand. »Und sei brav, sonst darfst du nicht mehr mitkommen, wenn der Onkel wieder krank ist! Entschuldigen Sie, Schwester«, flehte sie. Und Schwester Maria, die Allesertragende, rauschte, ohne ein Wort zu erwidern, hinaus.
»Wie war das also?« fragte meine Frau. »Wie haben Sie die Nachricht von der Erkrankung Ihres Mannes bekommen?«
»Ach, auf ganz rücksichtslose Weise«, antwortete Frau Kleinfeld. »Ich sitze vor dem Fernsehapparat – es war an einem Dienstag, meine Freundin hat recht –, plötzlich werde ich aus dem Krankenhaus angerufen, daß man eben meinen Mann eingeliefert hat. Sie können sich meinen Schrekken denken. Ich hatte das Abendessen fertig – ich hatte wieder einmal eine türkische Speise gemacht, nach einem Rezept, das man mir in Izmir gegeben hat –«

»Sie waren in Izmir?« unterbrach meine Frau sie. »Wir auch!«
»Ach ja? Mein Mann will seither nur türkisch essen!«
Um Gottes willen, fuhr es mir durch den Kopf. Hoffentlich fällt jetzt nicht das Wort »Hammel«, sonst wird mir schlecht. Ich habe von einem dieser verfluchten türkischen Hammeln Gelbsucht bekommen.
»Vorige Woche hatten wir gebratenen Hammelrücken –«
Da war es schon. Ich fühlte, wie Leber und Galle einander zunickten, als wollten sie sagen: »Auf geht's, Freunderl!«
»Interessant! Wie bereiten Sie ihn zu?«
Wozu fragt meine Frau? Will sie mich umbringen? Kleinfeld verdrehte die Augen, seine Miene verriet mir alles. Nicht *er* wollte türkisch essen. Sie – nur sie! Ihm wurde genauso übel davon wie mir.
»Es ist ganz einfach«, begann Frau Kleinfeld. »Sie nehmen den Hammelrücken –«
Vorsicht! warnte meine Galle, aber wer hörte schon auf sie? Kleinfeld griff sich mit beiden Händen auf den Unterleib.
»Braten ihn«, setzte Frau Kleinfeld fort, »geben Pfeffer und Salz dazu,garnieren ihn mit Weißkrautröllchen, Speck – *viel* Speck –, Karotten und Bratkartoffeln, Zwiebel nicht zu vergessen – je mehr desto besser –, rösten den Zwiebel in Butter und legen ihn auf den fetten Hammelrücken – fast hätte ich vergessen«, rief sie plötzlich, »Knoblauch gehört natürlich auch dazu!«
Nein, bitte nicht! Ich sah auf meine Hände, sie waren wie Herbstlaub. Sie färbten sich gelb. Kleinfeld krümmte sich vor Schmerzen – man bemerkte es nicht.
»Wenn es Sie interessiert, lasse ich Ihnen einige Rezepte zukommen. Oder noch besser – Sie kommen zu uns zum Abendessen – auf eine gebratene Hammelkeule mit weißen Bohnen.«
»O fein!« freute sich meine Frau. »Mein Mann wird begeistert sein!«
Dein Mann! Wenn er dann noch lebt, dieser Mann! Ich hätte so gern einen Arzt verlangt, aber vor den Damen? Klein-

feld hatte es besser als ich – er war ohnmächtig geworden.
»Schön, daß wir uns so gut verstehen«, meinte Frau Kleinfeld.
»Übrigens – ich heiße Kamilla!«
»Ich heiße Cissy!«
»Ich heiße Hermine!«
»Und ich Vally!«
»Servus!« Sie küßten sich über unsere Betten hinweg. Frau Kleinfeld duftete nach Hammelfett. Ich bekam Fieber, ich fühlte es, ich sah den Türkeiurlaub vor mir: Izmir, Hammelfleisch, Knoblauch, Speck, Öl, Oliven, Hammelzunge, Hammelfüße, Hammelnieren – ich konnte nicht mehr. Es wundert mich nicht, daß so viele reiche Türken einmal im Jahr nach Europa kommen, um sich durchuntersuchen zu lassen. Mein Magen! Einen Arzt, bitte! Zwei Ärzte, drei Ärzte!
Schwester Maria trat ein. »Wer hat geläutet?« fragte sie. Niemand. Doch! Ladi! Er hatte mit der Klingel gespielt! Er ist ein Lausbub, der Lausbub, aber Allah segne ihn, Gott behüte ihn, Buddha wache über sein Leben, Manitou nehme ihn in die ewigen Jagdgründe auf, und die tapfersten Helden der Roten mögen ihn verehren. (Mit den »Roten« spiele ich auf keine politische Partei an.)
»Es ist Zeit, daß Sie gehen«, sagte Schwester Maria, »für den ersten Besuch war es lange genug. Das viele Sprechen strengt die Patienten an.« Das viele Sprechen! Nicht ein Wort haben wir gesprochen! Trotzdem – Schwester Maria ist ein Engel. Die Damen gingen. Keine hatte uns nach unserem Befinden gefragt – weder Kleinfeld noch mich.
Wir verbrachten eine unruhige Nacht. Am nächsten Morgen kam die ärztliche Visite, Kleinfeld und mir wurde die Gallenblase entfernt, und diesmal war ich so gar nicht stolz darauf, daß meine Operation schwieriger war als seine.
Was hatte ich erreicht? Nichts. Wenn jemand einen meiner Kollegen trifft und die Rede auf mich kommt, und wenn dieser Jemand fragt: »Was hatte er, daß er so lange im Krankenhaus war?«, dann antwortet man nicht, wie ich es erwar-

tet hatte, mit gebührender Ehrfurcht: »Einen Kreislaufkollaps!« – nein – man sagt geringschätzig: »Eine Gallenblasengeschichte.«

Die vier Damen kommen noch immer zusammen, sie spielen Bridge, sie geben Damenjausen, sie haben denselben Friseur, dieselbe Masseuse. Kleinfeld und ich aber haben einen Verein gegründet, dessen oberstes Ziel es ist, Krankenbesuche in Spitälern nur bei wirklich gesunden Patienten zu erlauben.

Manche Menschen sind nur deshalb nicht abergläubisch, weil sie fürchten, daß es ihnen Unglück bringen könnte. Und doch verdanke ich dem Aberglauben eines meiner schönsten Erlebnisse. Nämlich:

Ein Gespräch mit Jacky

Es war Silvester, und wir hatten Gäste: Robinson und Frau, Wronsky und Frau, Goldmann und Frau. Hätten Spannagl und Frau nicht abgesagt, wäre es eine Party gewesen. So hatten wir, schlicht gesagt, Gäste.

Das Gespräch bewegte sich wie selten eines in logischer Reihenfolge: Wir sprachen über das Fernsehprogramm und sonstige traurige Ereignisse des vergangenen Jahres, kamen über Schauspieler und Politiker zum Finanzamt und von dort auf direktem Wege zu Räubern und Plünderern. Natürlich wurde auch von Computern gesprochen und daß man die Elektronik im Mittelalter als Hexenwerk behandelt hätte. Dadurch kamen wir auf den Aberglauben im allgemeinen und auf den in der Silversternacht im besonderen zu sprechen. Robinson erzählte, daß es Ortschaften gebe, in welchen die Bauern noch heute behaupteten, daß die Tiere in der Silvesternacht sprechen könnten. Und zwar um Mitternacht. Ich sah auf die Uhr – gleich war es so weit. Von der nahen Kirche ertönten zwölf Glockenschläge, meine Frau drehte das Licht aus, wir stießen mit Sekt an und riefen: »Prosit Neujahr!« Schnell küßte ich mich durch alle durch und ging ins Badezimmer, wo unser Kater Jacky sein Quartier hatte. Er lag in seinem Körbchen und schlief. Jetzt bewegte er sich. Man sah es ihm an, daß er träumte. Er schnurrte zufrieden. Es mußte ein schöner Traum gewesen sein. Ich streichelte ihn – er sah auf.

»Warum weckst du mich?« fragte er ungehalten. Ich fuhr erschrocken zurück. »Du sprichst?« stotterte ich. Ich war starr.

»Was wundert dich daran?« fragte Jacky. »Ich spreche immer in der Silvesternacht. Es hört mir nur keiner zu. Hättest du mich doch schlafen lassen. Ich habe eben so schön geträumt.«

»Geträumt?« fragte ich, noch immer ganz benommen. »Wovon hast du geträumt?«

Jacky rieb sich glücklich den Bart an seinem Bettchen. »Von der Hölle«, sagte er.

»Von der Hölle?« wunderte ich mich. »Das war so schön?«

»Sehr schön!« miaute Jacky. »Es war *unsere* Hölle. Die Hölle, in der die schlechten Menschen von guten Tieren gepiesackt werden.«

»Das gibt es?«

»Das gibt es. Vor dem Eingang saß eine bissige Dogge, aber ein guter Bernhardinerhund führte mich durch die Unterwelt und zeigte mir die verschiedenen Stationen.«

»Und? Was hast du gesehen?«

»Die unglaublichsten Dinge. Gleich am Anfang gab es einen Käfig, in dem ein Löwe dressierte Menschen vorführte. Er hatte einen roten, goldverschnürten Frack an, schrie ›Allez – hopp!‹, und die Menschen hüpften auf Podeste, sprangen durch brennende Reifen und balancierten auf rollenden Kugeln. Und wenn sie nicht gehorchen wollten, drohte ihnen der Löwe mit der Peitsche!« Jacky schlug die Pfoten über dem Kopf zusammen und lachte.

»Was hast du noch gesehen?« fragte ich begierig. »Erzähle weiter!«

»Na, gut«, seufzte er. »Der Bernhardiner führte mich zu einem Bach, da saßen zwei Hechte und angelten, und der eine zog an seiner Angelrute einen zappelnden Menschen aus dem Wasser. ›Gratuliere!‹ sagte der andere. ›Das ist ja ein prächtiges Exemplar. Der wiegt mindestens seine siebzig Kilo.‹ ›Mehr!‹ sagte der erste, löste den Widerhaken von dem Gaumen des Menschen und warf ihn in das Wasser zurück. ›Sie nehmen ihn nicht mit nach Hause?‹ fragte der andere verwundert. ›Nein‹, sagte der erste. ›Wir essen keine Menschen. Ich mensche nur aus Sport. Und den Widerhaken im Gaumen – den spüren sie ja nicht.‹«

Ich befühlte unwillkürlich mit der Zunge meinen Gaumen. Jacky setzte fort: »›Ich finde es sehr richtig, daß man die Menschen am Leben läßt‹, mischte sich ein alter Karpfen in das Gespräch, der hinter den beiden stand und zusah, wie das Menschlein erschrocken weiterschwamm. ›Was nicht ausschließt‹, fügte er hinzu, ›daß ich zu Weihnachten nicht meinen gebackenen Menschen haben möchte.‹ ›Was benützen Sie als Köder?‹ fragte der zweite Hecht den ersten. ›Geld‹, sagte der erste. ›Wenn die Menschen auf nichts anbeißen – auf Geld beißen sie an.‹« Da hat er recht, dachte ich.

»Und weiter?« drängte ich Jacky. »Was hast du *noch* gesehen?«

»Laß mich schlafen«, bat Jacky wieder. »Ich möchte zu Ende träumen.«

»Das kannst du später! Erzähle! Erzähle!«

»Wir kamen zu einer Stelle«, setzte Jacky widerwillig fort, »da stand eine Tafel mit der Aufschrift: Italien. Da waren viele Leimruten aufgestellt, und auf den Leimruten klebten Tausende Italiener und konnten sich nicht befreien. Und die Vögel flogen um sie herum und lachten, weil die Italiener so komisch zappelten. Und große Vögel wie Adler und Geier fraßen sie als Leckerbissen.«

Und wieder kicherte Jacky vor Freude.

»Und weiter? Was war weiter?« wollte ich wissen.

»Laß mich schlafen! Ich möchte träumen!«

»Du kannst jetzt nicht schlafen! Erzähle! Erzähle weiter!«

Jacky raunzte. »Als nächstes kamen wir zu einem Menschenrennen. Da wurden die Menschen vor kleine, zweirädrige Wagen gespannt, auf den Kutschböcken saßen Pferde, und die Menschen mußten um den Sieg laufen. Und auf den Tribünen saßen ebenfalls Pferde, die riefen ›Schneller! Schneller!‹ und beschimpften die Menschen, die nicht gewannen. Der Sieger aber bekam einen Kranz aus Krebsen um den Hals, weil die Menschen so gerne Krebse essen. Die Krebse lebten aber und zwickten den Sieger in die Nase!«

Jacky legte sich vor Vergnügen auf den Rücken und schlug sich mit den Pfoten auf den Bauch.

»Und weiter, Jacky? Was war weiter?«
»Laß mich schlafen!«
»Erzähle!« befahl ich streng. Und etwas ruhiger setzte ich hinzu: »Was war weiter? Von Katern und Katzen hast du gar nichts geträumt?«
»Doch«, antwortete Jacky. »Wie du weißt, lassen die meisten Menschen ihre Kater kastrieren. Widersprich nicht, du hast mich auch kastrieren lassen! Ich sah im Traum eine ärztliche Ordination, der Arzt war ein Kater, die Herrchen wurden einer nach dem anderen hereingerufen und –«
»Schlaf weiter, Jacky, schlaf weiter!« unterbrach ich ihn schnell, ging zur Gesellschaft zurück und beschloß, in der Silvesternacht nie mehr mit einem Kater zu sprechen.

Wenn man Menschen mit Katzen kreuzen könnte, würde das die Menschen auf- und die Katzen abwerten. *(Mark Twain)*

Kein telefonischer Anruf – und wäre es von Melbourne nach Wien – kann so teuer kommen wie ein Brief von Wien nach St. Pölten.

Beste Grüße

Liebe Kamilla!
Wie ich Dir versprochen habe, schreibe ich Dir gleich am 1. Tag von der Wiener Messe. Als Weineinkäufer habe ich natürlich sofort die Weinkost besucht und mich durch fast alle Sorten durchgekostet. Die heurige Qualität ist erstklassig. Eine Flasche habe ich mir ins Hotel mitgenommen, die steht jetzt neben mir auf dem Tisch, und die trinke ich, während ich Dir schreibe. Morgen ist ja Dein Geburtstag, und wenn ich schon nicht bei Dir sein kann, möchte ich wenigstens auf Dein Wohl trinken. Prost, Kamilla! Auf Deine Gesundheit! Ex! In einer Woche komme ich ja schon zurück, und dann sehen wir uns wieder. Ein Prost auf das Wiedersehen! Ex! Ich hoffe, daß seit gestern nichts passiert ist und daß es Dir und den Kindern gutgeht. Ein Prost auf die Kinder! *Zwei* Prosts auf die Kinder! Ein Prost auf den Kurt und ein Prost auf die Lilly! Ex! Wie ich Dir versprochen habe, schreibe ich Dir ... das habe ich schon geschrieben. Prost! Am Muttertag wird sicher Deine Geburt bei Dir sein. Blödsinn! Ich meine, am Geburtstag wird sicher deine Mutter bei Dir sein. Haha, da bin ich froh, daß ich nicht dabei sein muß. Prost auf Deine Mutter! Ex! Wie ich Dir verschrieben habe, spreche ich Dir ... ich meine, wie ich Dir versprochen habe, schreibe ich Dir ... das habe ich schon geschrieben. Ich streiche es durch und den vorhergehenden Satz auch. Was wollte ich Dir schreiben ... schreiben ... hab's schon! Wegen Deiner Mutter. Ich kann sie nicht leiden. Neineinein! Sie ist mir unsympathisch. Warum ich Dich dann geheiratet habe? Weißt Du denn nicht mehr? Ich bin vor Dir auf den Knien gelegen, und Du hast »Ja« gesagt. Dabei war mir bloß der Gugelschreiber heruntergefallen. Der Gugelschreiber ... Kugelschreiber ... Kugelschreiber. Ex! Wie ich Dir

versproch habe, schreibe mir ... das habe ich schon schrieben. Ich steiche es druch. Ich bin ein bißchen zerstroit. Zerstroit! Haha! Zerstroiiiit! Ex! Morgen hascht Du Gebrutstag. Ich sehe das Foto vor mir, das auf der Kommode steht. Zerstroiiit! Haha! Damals warst Du zehn und bist am nächsten Tag elf geworden. Heute bist Du achtundvierzig und wirst morgen neununddreißig. Haha! Proscht! Ich sage es niemandem, es wissen es sowieso alle. Aber was macht das aus? Was macht das aus, frage ich Dich? Ich frage Dich, was macht das aus? Mein Companon ... Conapon ... Comagnon hat geschagt, Du schaust aus wie ein Filmstar. Ich habe mir gedacht, wie der Mike Krüger. Hahaha! Proscht! Du, noch was: Deine Goldfische mag ich auch nicht. Die schauen mich genauso dumm an wie Deine Mutter. Aber sie können wenigschtens nicht reden. Ich habe ja nischts dagegen, daß Deine Mutter immer das letzte Wort haben will, aber es kommt so lang nach dem erschten. Wenn man die Sprache in Elektrischität umwandeln könnte, könnte Deine Mutter ganz Wien mit elektrischer Energie versorgen. Haha! Proscht! Aber eines muß man ihr lassen: Sie hat Dich gut erzogen. Du bist eine tadellose Hausfrau. Und so penibel! Zum Kotzen! Wie ich Dich nach der Hochzeit über die Türschwelle getragen habe, hast du mich schon aufmerksam gemacht, daß ich mir die Schuhe nicht abgeputzt habe. Proscht! Ex! Ich mache jetzt Schluß, weil ich mich umziehen muß. Ich gehe am Abend mit dem Wonaschek, Du kennst ihn, in ein Nachtlokal. Striptease! Er, der Wonaschek, Du kennst ihn, sagt, daß man die Mädchen dann mitnehmen kann. Ich weiß nicht, ob er, der Wonaschek, damit recht hat. Das letztemal, wie ich in Wien war, habe ich keines mitnehmen können. Ich habe das ihm, dem Wonaschek, Du kennst ihn, gesagt. Aber er, der Wonaschek, hat gesagt, wenn er der Wonaschek, dabei ist, kann man. Was glaubst Du? Halte mir die Daumen! Er, der Wonaschek, meint, ich werde für die Mädchen ein zu großer Schnorrer gewesen sein. Das werde ich diesmal nicht, ich habe ja noch das Geld auf der Bank, von dem Du nichts weißt. Proscht!

Sex! Ex! Die Flasche ist leeeeer. So viel habe ich jetscht getrunken und ich und ich und ich spüre nichts. Der Wein scheint nicht stark zu sein. Ich schicke Dir dieschen Brüf exprrrreß, damit Du ihn zum Gebrutschtag bekommscht.

In Liebe, Dein

Vizenz ... Vinznz ... Vinzenz

Die Ehe wurde geschieden, und zwar sehr günstig. Kamilla bekam die Kinder und Vinzenz die Putzfrau.

Es ist etwas Herrliches um die Wiener Festwochen. Sie beginnen unter freiem Himmel, meist bei starkem Regen, und sie bieten dem Besucher Vorzügliches. Interessante Theateraufführungen, Tanz und Musik – die Wiener Küche ist schmackhaft und bekömmlich, nur leider – die Restaurants sind

Geschlossen

Wir hatten sie auf einer Mittelmeerkreuzfahrt kennengelernt. Uwe Heinz Karsten und Frau Marianne, beide aus Düsseldorf. Wir aßen miteinander, schwammen miteinander, tanzten miteinander, wurden miteinander seekrank. So etwas bindet. Am letzten Tag reichte mir Karsten die Hand und sagte: »Wenn Sie mal nach Düsseldorf kommen, müssen Sie unsere Gäste sein.« »Und Sie«, entgegnete ich, »wenn Sie nach Wien kommen.« Es gab keinen Schwur, keinen Vertrag, es wurde kein Kalumet geraucht – es wurde hingesagt, einfach hingesagt. Wer denkt schon, daß jemand eine solche Einladung ernst nimmt? Karstens nahmen sie ernst.

Wir hatten Festwochen. Meine Frau sagte eben: »Jetzt schließe ich die Fenster, lege mich hin und gehe während des ganzen Festwochenrummels nicht auf die Straße.« Ich wollte mich gerade mit ihr solidarisch erklären, als es an der Tür klingelte. Ich eilte hinaus, rutschte mit dem Teppich durch das Vorzimmer – unser Vorzimmer ist immer so stark gebohnert –, sah durch das Guckloch und erbleichte. Dann rief ich außer mir: »Ja, ist denn das möglich? Nein, so eine Überraschung!« rutschte zu meiner Frau zurück und stammelte bestürzt: »Etwas Schreckliches ist geschehen! Karstens sind da! Karstens aus Düsseldorf! Du weißt, die vom Schiff!«

»Nein!« rief meine Frau mit einem Ausdruck, als ob ich gesagt hätte: Die Chinesen sind da! »Was tun wir?« fragte sie fassungslos.

»Wir müssen sie hereinlassen. Schließlich haben wir sie eingeladen.«

»Nicht *wir* haben sie eingeladen – *du* hast sie eingeladen«, sagte meine Frau und warf mir einen jener Blicke zu, von denen ich immer annehme, daß sie sie direkt aus Solingen bezieht. »Aber ich weiß einen Ausweg. Wir sind nicht zu Hause.«
»Das geht nicht«, sagte ich verzweifelt, »ich habe mit ihnen durch die Tür gesprochen.«
Jetzt begriff meine Frau das Ausweglose der Situation, in der wir uns befanden. Wir standen mit dem Rücken zur Wand, den einzigen Ausgang hatten die Karstens besetzt – es gab keinen Fluchtweg. Meine Frau gab auf. »Okay«, sagte sie, und ich fühlte, daß wieder einmal einer jener Augenblicke gekommen war, in denen sie den Tag verfluchte, an dem sie mich geheiratet hatte. Sie stellte sich vor den Spiegel und übte sich in freundlichem Lächeln.
Ich rutschte durch das Vorzimmer und öffnete die Tür. Karstens waren nicht allein gekommen. Sie hatten drei Koffer mitgebracht sowie ihre fünfjährige Tochter Gundula, genannt Gundi, von deren lustigen Aussprüchen sie uns oft erzählt hatten. Es war richtiger Kindermund. Zum Kotzen.
»So eine Freude!« rief ich. »Warum haben Sie uns denn nicht wissen lassen, daß Sie kommen?«
»Wollten wir«, sagte Heinz Uwe, »aber erst vom Hotel aus. Wir hatten gebucht, leider klappte es nicht.«
»Das ist aber schade«, bedauerte ich. »Jetzt haben Sie den weiten Weg gemacht, und nun müssen Sie schon wieder nach Hause.« Damit wollte ich die Türe schließen, aber der listige Nibelunge hatte bereits den Fuß dazwischen gestellt.
»Wir fahren nicht nach Hause«, tröstete er mich. »Als wir erfuhren, daß in Wien alle Hotelzimmer vergriffen sind, erinnerten wir uns an Ihre freundliche Einladung, und meine Frau meinte, Sie würden sich sicher freuen, wenn wir'n paar Tage bei Ihnen zubringen würden.«
Ich hörte einen dumpfen Fall aus dem Nebenzimmer. Meine Frau war ohnmächtig geworden. »Entschuldigen Sie«, rief ich und rutschte zurück, um ihr beizustehen. Ich wusch sie mit Essig, sie schlug die Augen auf. »Ich hatte

einen fürchterlichen Traum«, stöhnte sie. »Ich träumte, Karstens wären gekommen.« »Das war kein Traum«, sagte ich, »sie stehen draußen.« Nun erinnerte sie sich. »Du mußt sie abwimmeln!« beschwor sie mich. »Sag ihnen etwas! Sag, ich habe eine ansteckende Krankheit! Sag, ich habe Mumps!« »Ziegenpeter!« jubelte ich. So heißt Mumps in der Bundesrepublik. Meine Frau war wunderbar. Sie hatte uns wieder einmal gerettet. Ich rutschte durch das Vorzimmer der Türe zu, aber diesmal rutschte ich erleichtert, schadenfroh.

Karstens, die Koffer in Händen, standen noch immer da. Ihre Blicke waren lang nicht mehr so freundlich wie vorhin. Sie schienen zu glauben, daß uns ihr Besuch keine Freude machte.

»Verzeihen Sie«, sagte ich und schlug innerlich Purzelbäume vor Vergnügen, »aber da ist etwas. Meine arme Frau wollte nicht, daß ich es verrate, weil es Sie abhalten könnte, unsere Gastfreundschaft in Anspruch zu nehmen. Aber schließlich haben Sie ein Kind und –«, ich machte eine gekonnte Pause, »meine Frau hat –«, wieder eine Pause, dann, das Gesicht in traurige Falten gelegt: »Ziegenpeter!«

Kein Moser, kein Hörbiger hätte mir die Szene nachgespielt. Ich wartete auf die Reaktion. Nun werden sie erschrecken, werden sich zurückziehen, aber – im Gegenteil – sie lachten. »Ziegenpeter?« Karsten wieherte vor Vergnügen. »haben wir eben gehabt! Alle drei! Dagegen sind wir immun! Also unbesorgt – rein zu Ihrer Gattin!« Meine Frau, die alles mitangehört hatte, hatte sich schnell die Klavierdecke um den Hals gewickelt und die Backen aufgeblasen, »'n Tag, gnädige Frau!« rief Karsten. »Das nenn' Sie Ziegenpeter? Da hätten Sie uns sehen sollen! Meine Frau sah aus wie 'n Fußball!« Meine Frau machte noch einen Versuch. »Ich habe Fieber«, hauchte sie mit aufgeblasenen Backen. »Das ist prima«, tröstete uns Frau Karsten. »Wenn Sie erst mal Fieber haben, denn ist es bald vorüber.« Und da meine Frau nicht gleichzeitig sprechen und die Backen aufblasen konnte, fielen die letzteren wieder ein, worauf Frau

Karsten bemerkte: »Na sehen Sie, es geht schon wieder zurück.«
»Wir werden Ihnen nicht länger zur Last fallen«, meinte Karsten. »Ihr Herr Gemahl wird uns 'n paar Sehenswürdigkeiten zeigen, wir werden einige Konzerte besuchen und in die Oper gehen – dann fahren wir wieder.«
Ich begann sofort mit den Sehenswürdigkeiten. Ich jagte sie wie die Rennpferde, hopp, durch Schönbrunn und das Belvedere, ich lief mit ihnen, hopp, an Burg, Parlament, Rathaus und Oper vorüber, ich zeigte ihnen, hopp, die beiden Museen. Karstens wollten die römischen Ausgrabungen sehen. Ich führte sie zu dem nächstgelegenen U-Bahn-Schacht. »Toll!« sagte Karsten bewundernd. »Diese Römer!«
Da wir eben über den Ring liefen, zeigte ich ihnen gleich das Reiterstandbild des Feldmarschalls Radetzky.
»Wer ist das?« fragte Gundi.
»Der Radetzky.«
»Und der Mann, der auf dem Radetzky sitzt?« Die Umstehenden lachten, die Eltern sagten »Niedlich!«, und ich kam mir vor wie ein Idiot. Gundi ist ein süßes Kind, aber – wie viele Süßigkeiten – schwer zu vertragen. Zum Glück wurde sie hungrig.
»Ich weiß ein Restaurant«, sagte ich, »sehr gut und nicht zu teuer.«
»Und wie weit?« erkundigte sich Frau Karsten, die meine Galopptour anscheinend müde gemacht hatte.
»Zehn Minuten.«
»Nun betommt Dundi ihren Daiserschmarren«, dalkte Karsten – und zu mir: »Wir haben ihr schon so viel vom Wiener Kaiserschmarren erzählt.«
»Daiserschmarren!« freute Gundi sich. »Wann?«
»Sofort.« Ich konnte nicht wissen, daß es unterwegs zwei Absperrungen und eine Umleitung geben würde, was die zehn Minuten auf fünfundzwanzig erhöhte. Aber da lag schon das Restaurant. Es lag wirklich da. Man hatte es niedergerissen. Beruhigend war nur eine Tafel: »Wegen Neu-

bau geschlossen. Besuchen Sie das Restaurant ›Wiener Schnitzel‹.«
»Finde ich prima«, meinte Karsten, »daß ein geschlossenes Lokal auf ein geöffnetes hinweist.« »Wiener Charme«, fand Frau Karsten. »Daiserschmarren!« rief Gundi. »Und wo befindet sich dieses ›Wiener Schnitzel‹?« fragte Karsten.
»In Grinzing. Knapp dreißig Minuten von hier.« Wir nahmen ein Taxi, da ich das erste weggeschickt hatte. Ich hatte natürlich wieder auf Absperrungen und Umleitungen vergessen, aber in einer Stunde waren wir dort. Frau Karsten erzählte Gundi während der ganzen Fahrt das Märchen vom Kaiserschmarren. »Es war einmal ein Vati Kaiserschmarren, eine Mutti Kaiserschmarren und ein ganz, ganz kleiner Kaiserschmarren.« »Dundi möchte keinen dleinen Daiserschmarren!« weinte das aufgeweckte Kind. »Dundi möchte einen dloßen Daiserschmarren!« »Ja, ja!« sagte die Mutter schnell. Man mußte die liebe Kleine bei guter Laune erhalten, da sie mich bereits einmal, vom Rücksitz aus, mit der Faust auf den Kopf geschlagen hatte.
Wir kamen an. Die geschlossene Tür machte mich unruhig. Richtig, kaum waren wir nähergekommen, lasen wir eine Tafel: »Wegen Urlaubs geschlossen. Besuchen Sie das Restaurant ›Fetter Karpfen‹.«
»Wo ist *das* nun wieder?« fragte Karsten gereizt. »An der Donau«, stammelte ich kleinlaut. »Ich finde es unverschämt«, zischte Frau Karsten, »ausländische Gäste so herumzuhetzen!« »Dafür werden Sie die besten Fische bekommen«, versprach ich. »Dundi mag keine Fische! Dundi mag Daiserschmarren!« brüllte das Blondköpfchen und trat mich gegen das Schienbein, wofür ich ihr in einem unbewachten Augenblick das linke Ohr verdrehte.
»Dundi betommt Daiserschmarren«, dalkte der Vater wieder. Dundi bekam *keinen* Daiserschmarren. Der »Fette Karpfen« *hatte* keinen Kaiserschmarren. Der »Fette Karpfen« hatte aber auch keine Fische, der »Fette Karpfen« hatte nichts – der »Fette Karpfen« hatte geschlossen. Und zwar – wir wir lesen konnten – wegen Neuübernahme. Und wei-

ter: »Besuchen Sie unser Ausweichlokal »Zur flotten Forelle« in Plattendorf.«
»Wo ist Plattendorf?« fragte Karsten, diesmal bereits ziemlich unfreundlich.
»Im Burgenland«, stotterte ich.
Der Taxilenker weigerte sich, uns hinzufahren. Plattendorf liegt an der ungarischen Grenze. Er war Ungarnflüchtling und wollte nichts riskieren. Da wir kein anderes Taxi fanden – während der Festwochen sind alle besetzt –, charterten wir einen Heuwagen. »Ich möchte wissen, warum wir gerade nach Wien fahren mußten!« fauchte Frau Karsten unterwegs. »Warum mußten wir dlade nach Wien fahren?« wandte Gundi sich an ihren Vater. »Weil ich einmal etwas anderes sehen wollte als die Gesichter meiner Schwiegereltern!« brauste Karsten auf. »Idiot!« sagte Frau Karsten. »Kuh!« sagte Karsten. »Daiserschmarren!« sagte Gundi.
Dann schwiegen sie bis zu unserer Ankunft in Plattendorf. Die »Flotte Forelle« hatte sonntags Ruhetag, empfahl uns aber das Restaurant »Nockerl« in Salzburg. Wir mieteten einen Traktor, versuchten es dann mit Autostopp und bekamen in Eisenstadt wieder ein Taxi. In Salzburg erfuhren wir, daß das Restaurant »Nockerl« geschlossen, dafür aber das Restaurant »Zum verdorbenen Magen« in Klagenfurt geöffnet sei. Es war spätabends, als wir dort ankamen. Auch der »Verdorbene Magen« hatte geschlossen. Man nannte uns das Restaurant »Zur schlechten Verdauung« in Tirol. Wir fuhren nach Tirol, fanden einen Zettel, daß das Restaurant wegen Konkurses geschlossen habe, daß sich aber das Restaurant »Zur lustigen Gastritis« in Linz freuen würde, uns zu empfangen. Wir fuhren nach Linz –, geschlossen – nach Vorarlberg – geschlossen –, in die Steiermark – geschlossen. Kreuz und quer durch Österreich. Karsten war apathisch geworden. Haar und Bart waren gewachsen, und er sah aus wie der Graf von Monte Christo. Frau Karsten blickte abwesend vor sich hin, ich sah mir den Taxilenker an und dachte an Kannibalismus, und nur Gundi hatte noch die Kraft, an das Fenster zu schlagen und »Daiserschmarren!« zu

rufen. Unterwegs wurden wir einigemale geknipst. Wie ich später erfuhr, waren die Fotos für Amnesty International bestimmt und sollten Aufschluß geben über die Behandlung von BRD-Bürgern in Österreich. Der Taxilenker verließ uns. Er war uns richtig ans Herz gewachsen und wir ihm auch, aber er mußte in zwei Tagen zum Bundesheer einrükken und fürchtete, zu spät zu kommen. Er verabschiedete sich von uns mit Tränen in den Augen. Immerhin hatten wir einen Teil unseres Lebens gemeinsam zurückgelegt.
Karsten raffte sich auf. »Fahren wir mit der Bahn«, schlug er vor. »Dort finden wir einen Speisewagen oder ein Buffet.« Wir schleppten uns zum Bahnhof. Kein Speisewagen, kein Buffet. In allen Stationen Ruhetag. Hier mußte Goethe die Inspiration zu seinem Gedicht »Über allen Wipfeln ist Ruh« gefunden haben.
Der Morgen dämmerte, als wir zu Hause ankamen. Meine Frau meinte: »Wir haben sicher etwas im Kühlschrank.« Wir hatten etwas im Kühlschrank. Eiswürfel. Frau Karsten und Gundi teilten sie sich. Man hatte der Kleinen eingeredet, daß das ein Kaiserschmarren sei. Karsten knabberte an seinen Schuhsohlen. Ich wurde vor Hunger ohnmächtig.
Am nächsten Morgen führte ich die Familie, reisefertig mit gepackten Koffern, zum Frühstück. In unserem Haus gibt es ein kleines Kaffeerestaurant. Ich erzählte dem Ober unsere Erlebnisse vom Tag zuvor. Der Ober wunderte sich. »Warum sind Sie nicht zu uns gekommen?« fragte er. »Wir haben immer geöffnet.« Karstens sahen mich an, mit einem Blick, in dem sich Haß und Verachtung mischten. Dann verließen sie mich. Ich bin ihnen nie wieder begegnet.

Meine Frau und ich feierten noch lange das Erlebnis ihrer Abreise, indem wir jeden Tag in einem andern der damals geschlossenen Lokale speisten.
Im »Fetten Karpfen« lernten wir ein nettes deutsches Ehepaar kennen. Hansens aus München. »Wenn Sie mal nach München kommen«, sagte Hansen, »müssen Sie unsere Gäste sein.«
»Und Sie«, sagte ich, »wenn Sie nach Wien kommen.«

Mitleid ist eine so wunderbare Sache, daß man sie nicht an andere verschwenden sollte. Auch nicht an Tiere. Auch nicht an

Meine Wespe

Ich stand vor dem Spiegel und rasierte mich. Unser Badezimmer ist bis zur Decke hinauf gekachelt. Auch die Fensterbretter sind gekachelt. Das heißt, »Fensterbretter«, kann man schwer sagen, weil es Kacheln sind. Fensterkacheln. Ich stand also vor dem Spiegel und rasierte mich. Der Spiegel ist nicht gekachelt, sonst könnte man nicht hineinsehen, aber rund um den Spiegel ist alles gekachelt. Auch die Decke und der Fußboden sind gekachelt. Und natürlich die Badewanne. Ich stand also vor dem Spiegel und rasierte mich – plötzlich sah ich, daß sich auf einer der Fensterkacheln etwas bewegte. Eine Wespe. Das arme Tier lag auf dem Rücken und war nicht imstande, sich umzudrehen. Es – das Tier – sah mich mit einem Blick an, daß mir das Herz brach. Sie – die Wespe – hatte so liebe Augen. Ich beschloß, ihr zu helfen. Ich nahm einen Zahnstocher und legte sie um. Wenn ich sage »ich legte sie um«, so bediene ich mich nicht der Krimisprache, wie sie unsere Kinder im Fernsehen gelehrt wird. Dort heißt nämlich »umlegen« soviel wie »umbringen«. Beispiel: A: »Nimm die Kanone und leg den Bullen um!« B: »Ich habe noch nie einen Bullen umgelegt.« A: (flucht) »Schei ...!« Das »Schei ...« ist wichtig. Ohne »Schei ...« kein Krimi, ohne »Schei ...« kein Fernsehen, ohne »Schei ...« kcine Literatur. Wobei man zu der Erkenntnis gelangt, daß wir heute, nach Homer, Euripides, Shakespeare, Cervantes, Goethe usw., eine »Schei ...literatur« haben.

Ich nahm also einen Zahnstocher und legte die Wespe um. Das heißt, ich wollte einen Zahnstocher nehmen, aber wo finde ich einen? Im Badezimmer gibt es keinen, da gibt es nur Kacheln. Ich eile, Schaum vor dem Mund, zur Küche und stoße auf unsere Haushaltshilfe, die schreiend davonrennt, weil sie denkt, daß ich plötzlich wahnsinnig geworden bin. Ich rufe ihr nach: »Bleiben Sie, ich will sie nur umlegen!« – ein Schrei – fort war sie. Dabei habe ich nur die Wespe gemeint. Wo ist ein Zahnstocher? In der Küche gibt es Messer, Gabeln, Löffeln, ein Speiseservice für 24 Personen, Sektgläser, Weingläser, Biergläser für 24 Personen, Kaffeetassen, Teetassen, Mokkatassen, alles für 24 Personen, und nichts für eine Wespe. Keinen Zahnstocher. Nicht einmal einen für 24 Personen. Erfinderisch wie ich bin, löse ich ein Stückchen Holz vom Küchentisch – meine Frau wird sich ärgern –, spitze es zahnstocherartig zu – wozu eigentlich? Zum Umlegen der Wespe muß es nicht spitz sein. Leider *war* es bereits spitz. Ich laufe zurück zum Badezimmer, wo mir ein Türstock in den Weg rennt, ich stoße mir das unnötig gespitzte Hölzchen unter den Nagel meines rechten Mittelfingers, lege mir ein Pflaster auf, d. h. *will* mir ein Pflaster auflegen, aber wo ist ein Pflaster? In der Küche. Meine Frau hat sich vor ein paar Tagen beim Zwiebelschneidenzuschauen in den linken Fuß geschnitten. Experten zerbrechen sich noch heute den Kopf darüber, wie man sich beim Zwiebelschneiden in den Fuß schneiden kann, noch dazu beim Zwiebelschneidenzuschauen. Egal. Ich eile zurück zur Küche – kein Pflaster. Stimmt! Meine Frau hat mir das Pflaster ins Arbeitszimmer gebracht, weil sie sich allein keines auflegen konnte. Ich stürze zum Arbeitszimmer. Natürlich! Der Schreibtisch angeräumt mit den dümmsten Dingen wie z. B. mit meinen Manuskripten, Kugelschreibern, Nachschlagewerken, Weihnachtsbriefen, die ich zu Ostern und Osterbriefen, die ich zu Weihnachten beantworten wollte, weiteren Kugelschreibern, Büroklammern, Heftmappen, wieder Kugelschreibern – kein Pflaster. Moment! Dort, in der Bibliothek, guckt es zwischen zwei Bänden hervor. Shakespeares Werke auf Dünndruckpapier. So dünn, daß man, wenn man sich bei Heinrich VIII. verblättert, nicht weiß, wieso plötzlich Julius Cäsar da ist. Egal. Ich lege mir ein Pflaster auf, nicht einfach, mit *einer* Hand, und laufe zurück zum Badezimmer. Hoffentlich lebt sie noch, die Wespe! Sie lebt. Vorsichtig führe ich das spitze Hölzchen unter ihre Wespentaille, sie zuckt, ich scheine sie gekitzelt zu haben. Sie versucht aufzustehen, hält sich das Kreuz – steht! Sie ist etwas angeschlagen, aber sie steht! Dankbar blinzelt sie mir zu. Ich bin stolz. Ich habe ein gutes Werk getan – mein Platz im Himmel ist mir sicher. Ich gehe zum Spiegel. Der Schaum ist eingetrocknet, ich muß von vorn anfangen. Gesicht waschen, abtrocknen, Creme auftragen, Gesicht anfeuchten, Schaum auftragen. Ich werfe einen Blick auf die Wespe – sie liegt wieder auf dem Rücken. Ich erschrecke. Wo ist der Zahnstocher, der keiner ist? Der Zahnstocher, der keiner ist! Das muß ich mir merken, das ist ein Titel für einen Agententhriller. Notieren? Keine Zeit. Ich gebe Herzalarm. Ich stürme zur Küche, ich brauche ein neues Hölzchen, unterwegs fällt mir ein, daß ich das alte in den Papierkorb geworfen habe. Ich stürme zurück – wir haben zwischen Schlaf- und Badezimmer eine ziemlich hohe Stufe –, ich falle hin, schlage mir die Nase wund, egal, leere den Papierkorb, finde das Hölzchen, führe es wieder unter den Leib der Wespe, deren Augen mich anschauen, als ob sie sagen wollten: »Es hat keinen Zweck mehr!« – aber ich lasse nicht nach. Ich stelle sie auf – schon liegt sie wieder da. Hab ich dir's gesagt, fragen ihre Augen – aber diesmal habe ich es gesehen: Sie ist ausgerutscht. Ausgerutscht auf diesen verdammten Kacheln. Was tun? Ich *muß* sie retten, ich habe es mir in den Kopf gesetzt. Ich habe eine Idee. Ich nehme ein Stück Papier, schiebe es langsam unter die Wespe, so, daß sie drauf zu liegen kommt und trage sie zu einem Schrank, der kachellos dasteht. Wespenglück! Wäre es nach meiner Frau gegangen, wäre auch der Schrank gekachelt, aber eines Tages sagte der Kachelleger: »Ich hole mir eine Flasche Bier!«, und wir warten jetzt schon seit zwei Jahren, daß er zurückkommt. Egal. Ich helfe der Wespe auf – sie atmet erleichtert und bleibt stehen. Ich nehme meine Stoppuhr – zwanzig, dreißig, sechzig Sekunden! Die Krise ist vorüber – die Wespe ist gerettet. Ich habe Tränen in den Augen. Lieber Gott, ich danke dir!

Ich gehe zum Spiegel. Der Schaum ist eingetrocknet, ich muß von vorn anfangen. Gesicht waschen, abtrocknen, Creme auftragen, Gesicht anfeuchten, Schaum auftragen. Ich schaue nach der Wespe. Sie fliegt! Fliegt! Stolz wie ein Adler zieht sie ihre mächtigen Kreise hoch über der Badewanne! Eine ziemliche Weile sehe ich ihr zu – glücklich, zufrieden –, ein Arzt, der einen Patienten dem Leben zurückgegeben hat. Ich rasiere mich. Der Schaum ist eingetrocknet, ich muß von vorn anfangen. Gesicht waschen, abtrocknen, Creme auftragen, Gesicht anfeuchten, Schaum auftragen. Sssss! Da ist sie. *Meine* Wespe! Ich glaube, ich darf sie so nennen – ohne mich wäre sie elend zugrunde gegangen. Ssss! Sie kommt näher. Will sie mir ihre Dankbarkeit beweisen? Vielleicht ihr Köpfchen an meiner Schulter reiben? Ssssss! »Schon gut«, sage ich, »ich hab's ja gern getan!« Sssss! Sie läßt sich nieder. Auf meinen linken Arm. Es ist reizend von ihr, aber ich will mich rasieren. Ich mache eine leichte Bewegung mit der Hand, sie fliegt fort, kommt aber gleich wieder zurück. Sssss! »Brav!« lobe ich sie. »Aber jetzt flieg schön nach Haus, Papi und Mami werden sich bereits ängstigen!« SSSS! Das klingt drohend. Sie wird doch nicht –? Ich sehe sie an. Ihr Gesichtsausdruck hat sich total verändert. Die früher so lieben Augen sehen aus wie aus einem Hitchcockfilm. Ich nehme das Handtuch, um sie zu verscheuchen. Das hat sie nicht gern. Sie hebt den Hinterkörper. »Geh!« bitte ich sie sanft. »Geh!« Ich will sie nicht verletzen. Was macht sie da? Sie setzt zum Sturzflug an. »Geh, du Bestie!« schreie ich und schlage mit dem Handtuch nach ihr. Sie lacht. »Geh, geh!« schreie ich immer wieder. Ich laufe wie gehetzt durch das Badezimmer -- sie folgt mir. Ich stürze auf die Knie: »Geh!« bitte ich. »Bitte, geh!« Sie fliegt auf mich zu, ein Blutrausch hat sie erfaßt, sie landet auf meinem Gesicht und bohrt mir den Stachel in die Wange. Als gewiegter Fernsehzuseher sage ich noch »Schei ...!«, dann falle ich in Ohnmacht.

Meine Frau kam mit dem Arzt. Er sah mich an und sagte verächtlich: »Ein Wespenstich.« Ich schämte mich.

»Und die Nase?« fragte ich hoffnungsvoll. »Sie schmerzt.«
»Angeschlagen«, sagte der Arzt kurz. Angeschlagen. Konnte es nicht wenigstens ein kleiner Nasenbeinbruch sein? Nur damit ich vor dem Arzt nicht so dastehe.
»Ich werde es Ihnen hoch anrechnen«, stammelte ich verlegen, »daß Sie so schnell gekommen sind.«
»Ich Ihnen auch«, antwortete der Arzt.

Das war vor fünf Tagen. Meine Frau hat bis heute nicht über den Fall gesprochen. Sie hat überhaupt noch nicht mit mir gesprochen, und ich werde mich hüten, anzufangen.
Allen jenen aber, die vielleicht einmal unmittelbar bedroht sind, von einer Wespe gestochen zu werden, kann ich schon jetzt zur Beruhigung sagen: Der Stachel einer Wespe ist 1 cm lang. Die restlichen 9 cm sind Einbildung.

Ein altes Sprichwort sagt: Zeit ist Geld. Wenn Sie mit Ihrer Frau ausgehen um Einkäufe zu machen, nehmen Sie sich viel Zeit mit. Gehen Sie einfach nicht mit Ihrer Frau Einkäufe machen, wird der eine oder der andere von Ihnen sagen, aber der Teufel hat auch dafür gesorgt. Er hat die Versandhäuser erfunden, die uns die Versuchungen ins Haus schicken, und eine dieser Versuchungen ist

Der Versandkatalog

Trude Spannagl gehört nicht zu den Frauen, die besonderen Wert darauf legen, immer nach der letzten Mode gekleidet zu sein. Sie hält mehr auf ihre Wohnung, auf ihr Heim. Immer wieder gestaltet sie die Räume um, um sie noch gemütlicher zu machen, als sie es bereits sind, und immer wieder findet sie einen freien Platz, den man nützen könnte, damit es ungemütlicher wird. Hier, findet sie, fehlt noch ein Tischchen, dort ein Stuhl, hier ein Schränkchen, dort ein Bild. Und immer wieder geschieht es, daß Spannagl todmüde vom Büro nach Hause kommt, sich in seinen Lieblingsfauteuil fallen läßt und plötzlich am Boden sitzt. Wieso? Weil Trude einen Teppich gekauft hat, der wohl zu dem Fauteuil, aber nicht in das Wohnzimmer paßt. Er liegt deshalb im Schlafzimmer, der Fauteuil steht daneben, und an der Stelle, an der bisher der Fauteuil stand, sitzt Spannagl am Boden. Aber Trude wird auch dieses Problem lösen. Wie wäre es, dachte sie in der Nacht anstatt zu schlafen, mit einem Schaukelstuhl, wie ihn ihre Großeltern hatten? Am nächsten Tag war der Schaukelstuhl da. Wieder kam Spannagl todmüde nach Hause, wieder ließ er sich in den Stuhl fallen, ahnte nicht, daß es ein Schaukelstuhl war und fiel nach vorne auf das Gesicht. Dem Stuhl war nichts geschehen, und Spannagl, meinte der Arzt, könne von Glück sagen, daß er sich nicht das Nasenbein gebrochen habe. Die aufgeschlagene Stirne und die Verrenkung des rechten Handgelenks seien eine Kleinigkeit.

»Der Teufel soll diesen verdammten Stuhl holen!« fluchte Spannagl, aber der Teufel holte ihn nicht, er war froh, daß er ihn los war. Dafür rächte er sich auf andere Weise. Auf *seine* Weise. Er schickte Trude den Katalog eines Versandhauses – und nicht nur das! Die billigen Angebote, die man darin fand, waren mit einem Preisausschreiben verbunden, bei dem man allerlei schöne Dinge gewinnen konnte. In einem an »Frau Trude Spannagl« gerichteten, persönlichen Schreiben hieß es: »Wir gratulieren, Frau Trude Spannagl, Sie haben bereits einen Preis gewonnen. Welchen, das wissen wir noch nicht, aber Ihre Nummer wurde im Beisein eines Notars gezogen. Senden Sie sie zurück, sie liegt diesem Schreiben in Form eines vierblättrigen Kleeblattes bei. Es wäre durchaus möglich, daß Sie bereits die glückliche Besitzerin eines Autos, eines Wochenendhauses, eines Weltreisetickets oder einer Million Schilling in bar sind. Natürlich ist die Wahrscheinlichkeit größer, daß Sie einen von den vielen kleineren Preisen gewonnen haben, aber auch dieser wird Ihnen große Freude bereiten. Es ist dabei absolut unwichtig, ob Sie eine Bestellung aus unserem reichhaltigen Angebot machen oder nicht – der Preis gehört bereits Ihnen.« Trude wird bestimmt keine Bestellung machen. Sie hat noch nie etwas aus einem Versandhaus gekauft, sie wird es auch diesmal nicht tun.
Als Spannagl am Abend nach Hause kam, war sie bereits anderer Meinung. Man hätte sicherlich eine größere Chance auf einen Haupttreffer, wenn man eine Bestellung machen würde. Spannagl hielt von der Sache nichts, aber schließlich – man konnte nicht wissen. Was sollte man also bestellen? Die beiden blätterten den Katalog durch. »Wie gefält dir diese ›Fröhliche Gartenmöbelgarnitur Sunny Morning‹?« fragte Trude.
»Sie ist sehr hübsch«, meinte Spannagl, »aber wir haben keinen Garten.«
Trude hatte bereits weitergeblättert. »Hier! Das wäre doch etwas!« rief sie. »›Der Luxus für Ihr Heim! Ihr Schlafzimmer wird zum Märchenraum durch die elegante Tagesbett-

decke mit den zwei Pferdeköpfen! Die 200 cm breite Decke macht Ihr Doppelbett zum Paradies!‹«

»Doppelbett?« fragte Spannagl. »Wir haben doch getrennte Schlafzimmer. Die Decke müßte entweder zehn Meter breit sein, damit wir sie durch das Wohnzimmer ziehen könnten, oder wir müßten sie auseinanderschneiden, wobei wir noch nicht wissen, in welcher Form die Pferdeköpfe angebracht sind. Es könnte sein, daß jeder von uns einen Pferdekopf bekommt oder der eine beide und der andere gar keinen. Das ist nichts für uns.«

Trude sah es ein. »Es muß ja nicht für beide sein«, sagte sie. »Es handelt sich ja bloß um eine Bestellung. Wie wäre es mit diesem Bastlerset für dich? Vierzigteilig! Dazu gratis eine Bastlertasche aus echtem Schaumkunstleder!«

»Bin ich ein Bastler?« brummte Spannagl.

»Ich denke mir, wenn du in Pension gehst ...«

»Wenn ich in Pension gehe, will ich endlich einmal Zeit zum Bridgespielen haben. Wie wäre es mit diesem Küchenroboter für dich? 14-Stufen-Schaltung! Mixt, rührt, schlägt, hackt, mahlt, schneidet –«

»Und wer wird ihn reinigen?« unterbrach ihn Trude gereizt. »Natürlich ich! Als ob ich nicht schon genug Arbeit hätte. Da ist etwas«, las sie fasziniert. »Für Ihre Gäste! Sechs Cocktailgläser aus unserer Komponistenserie! Jedes mit dem Porträt eines unserer großen Meister geschmückt: Bach, Beethoven, Brahms, Schubert, Mozart und Johann Strauß. Ihre Gäste werden begeistert sein und noch auf dem Nachhauseweg von den herrlichen Gläsern sprechen.‹«

»Das ist auch nichts«, meinte Spannagl.

»Da ist etwas!« rief Trude plötzlich. »Etwas, das ich mir schon lange wünsche. Ein Luster mit Wandarmen! Da, lies! ›Märchenhafte Hängelampe mit funkelndem Glasbehang und sechs Wandarmen. Fühlen Sie sich wie die Carringtons in ›Dynasty‹, für nur 4998 Schilling.‹«

»Nur?« knurrte Spannagl. »Außerdem – was machen wir mit *unserem* Luster?«

»Den werden wir schon irgendwo hinhängen.«

»Irgendwo hinhängen?« wiederholte Spannagl ärgerlich. »Den wertvollen Polenluster von meinen Eltern!«
»Es geschieht ihm ja nichts«, beruhigte ihn Trude. »Wir hängen ihn ins Vorzimmer, wo ihn jeder, der hereinkommt, auf den ersten Blick sehen muß. Da kommt er doch viel mehr zur Geltung als hier im Wohnzimmer.«
Spannagl gab sich zufrieden, also bestellte man die märchenhafte Hängelampe mit funkelndem Glasbehang und sechs Wandarmen, für nur 4998 Schilling. Nicht um sich wie die Carringtons in »Dynasty« zu fühlen, sondern um mit größerer Wahrscheinlichkeit in den Genuß eines der Hauptpreise des Versandhauspreisausschreibens zu kommen: eines Autos, eines Wochenendhauses, einer Weltreise oder gar einer Million Schilling in bar.
Trude sah sie schon über dem Tisch hängen, die märchenhafte Hängelampe mit dem funkelnden Glasbehang. Von den Wandarmen wird sie zwei an jeder Wand anbringen. Dreimal zwei ist sechs. Eine vierte Wand hatten sie nicht, da vom Wohnzimmer ein Bogen in den Salon führte. Natürlich muß sie Kabel legen lassen, dazu braucht sie einen Elektriker, und der ist gar nicht so einfach zu kriegen. Lisa Wimmer verschaffte ihr einen. Auf Umwegen. Wimmer, Lisas Mann, war der Tennispartner eines Bundesministers, der wieder hatte eine Frau, die Frau hatte eine Köchin, die Köchin einen Lebensgefährten, der Lebensgefährte einen Stiefbruder, und der Wohnungsnachbar des Stiefbruders war Elektriker. Schon am nächsten Tag erschien er und sah sich die Sache an. »Wollen Sie die Leitungen außen?« fragte er.
»Um Gottes willen, nein!« sagte Trude. »Unter Verputz.«
»Wenn Sie die Leitungen unter Verputz haben wollen, müssen wir stemmen.«
Trude erbleichte, aber es war ja klar. Wenn sie die Leitungen unter Verputz haben wollte, mußte man stemmen. »Gut«, sagte sie, »stemmen Sie.«
»Okay«, meinte der Meister, »morgen fangen wir an.«
Morgen fing er *nicht* an. Morgen fing er an, ihr täglich durch seinen Lehrjungen sagen zu lassen, daß er *morgen* anfangen

werde. Spannagl wurde ungeduldig. »Was ist mit dem Elektriker?« fragte er, sooft er am Abend nach Hause kam. »Morgen«, antwortete Trude jedesmal, »morgen fängt er an.« Bei Nacht konnte sie nicht schlafen, bei Tag horchte sie ängstlich auf jedes Geräusch auf der Treppe. Die märchenhafte Hängelampe mit dem funkelnden Glasbehang und den sechs Wandarmen konnte jeden Tag geliefert werden, und die Leitungen waren noch nicht gelegt. Langsam fragte sie sich, ob es nicht klüger gewesen wäre, damit zu warten, bis Lampe und Wandarme eingelangt waren, aber dann sagte sie sich wieder nein, das hätte wieder Wochen gedauert, und sie wollte die Pracht so schnell wie möglich genießen. Und eines Morgens kam der Elektriker wirklich. Er stieg auf eine Leiter, stemmte und stemmte – und stemmte ein Wasserrohr auf. Rohrbruch! Das Wasser schoß in Strömen heraus – das Wohnzimmer sah aus wie Venedig im Frühling. Während Trude, außer sich vor Entsetzen, mit Hilfe des Elektrikers die Möbel in Sicherheit brachte, das Wasser abschöpfte und kübelweise in die Badewanne goß, rannte der Lehrjunge fort und holte einen Installateur. Der Installateur kam, sah sich die Sache an und meinte, daß er morgen kommen werde. Trude versperrte ihm den Weg. »Nur über meine Leiche!« rief sie. Also mußte er den Schaden sofort beheben. Er stemmte die ganze Wand auf, legte das Rohr frei und verlötete die Öffnung, durch die das Wasser gekommen war.

Spannagl kam nach Hause. In seinem Schlafzimmer standen die nassen Möbel, im Wohnzimmer fand er die nackte Ziegelmauer, die Perserbrücken sahen aus wie Fußabstreifer nach der Sintflut, und das einzige, was noch trauriger herunterhing als die Tapeten, waren Trudes Mundwinkel. Sie weinte. Eben waren auch die Mieter, die unter ihnen wohnten, nach Hause gekommen. Sie riefen wütend an, weil das Wasser von ihrer Decke tropfte, und drohten, Spannagls zu verklagen, wenn sie nicht für den Schaden aufkommen sollten. Spannagl verließ die Wohnung. Er schlief im Büro.

Am nächsten Tag gelang es Trude, einen Tapezierer aufzu-

treiben. Er kam mit Mustern, Trude wählte eines aus, der Tapezierer ging und ward nicht mehr gesehen. Wozu er überhaupt gekommen war, wußte man nicht. Spannagl kam nach Hause, packte die Koffer und übersiedelte ins Hotel. Trude fand einen anderen Tapezierer. »Wird es lange dauern?« fragte sie ängstlich.
»Lange?« lachte der Tapezierer. »Das ist eine Sache von ein paar Stunden.«
Er kam, stellte die Leiter auf und machte Pause. Dann kratzte er eine Wand ab und machte Pause, dann kratzte er die zweite Wand ab und machte Pause, dann kratzte er die dritte Wand ab und ging nach Hause. Trude war verzweifelt. Am nächsten Tag aber wurde tapeziert. Und schön tapeziert. Trude gefiel die neue Tapete.
Nun stellte sie die Möbel wieder hin, aber ach, wie hatten sie unter dem Hochwasser gelitten. Besonders der Tisch, über dem die märchenhafte Hängelampe mit dem funkelnden Glasbehang hängen sollte, war nicht mehr zu gebrauchen. Trude kaufte einen neuen Tisch, und da die alten Stühle nicht dazu paßten, kaufte sie auch neue Stühle. Als Spannagl die Rechnung bekam, reichte er die Scheidung ein. Nach drei Wochen kam er zurück – das Leben im Hotel behagte ihm nicht.
Er besah sich das Wohnzimmer – Trude hatte die ganze Einrichtung erneuert.
»Aber«, fragte er, »wo ist die märchenhafte Hängelampe mit dem funkelnden Glasbehang und den sechs Wandarmen?«
»Die«, erwiderte Trude traurig, »ist noch immer nicht gekommen.«
Sie suchte den Katalog, rief das Versandhaus an und sagte: »Hören Sie, Fräulein, ich habe vor ungefähr drei Monaten ein Stück aus Ihrem Katalog bestellt. Die märchenhafte Hängelampe mit dem funkelnden Glasbehang und den sechs Wandarmen. Ich habe sie noch immer nicht bekommen.«
»Ich weiß es«, sagte die Frauenstimme am anderen Ende der

Leitung bedauernd. »Die ist leider momentan nicht lieferbar, aber wir bekommen sie wieder.«
»Und wann?« erkundigte sich Trude.
»In ungefähr zwei Jahren.«
Trude legte den Hörer auf. In zwei Jahren! Zum Ausgleich dafür kam am nächsten Tag der Gewinn des Preisausschreibens. Es war natürlich nicht der Hauptpreis, sondern einer jener kleineren Preise, die man, wie im Katalog stand, mit größerer Wahrscheinlichkeit gewinnen konnte. Es war ein Cocktailglas aus der »Komponistenserie« mit dem Porträt von – ja, von wem?
»Ein hübsches Bild von Schubert«, fand Spannagl.
»Schubert?« sagte Trude. »Das ist nicht Schubert, das ist Beethoven.«
Zum Glück lag der Schachtel, in der das Glas gekommen war, ein Zettel bei: »Wir gratulieren zu dem Gewinn und hoffen, daß Ihnen das Glas mit dem Mozartporträt große Freude bereiten wird. Sollten Sie auch die fünf anderen Gläser unserer Komponistenserie besitzen wollen, können Sie sie zum Preis von Sch. 99,80 von uns beziehen.« Sie bezogen sie nicht.

Und doch – der gläserne Preis hatte allen anderen kleinen Preisen gegenüber einen Vorteil: Als er Spannagl aus der Hand fiel, brauchte er ihn nicht mehr aufzuheben.

Je mehr man lernt, desto mehr weiß man, je mehr man weiß, desto mehr vergißt man, je mehr man vergißt, desto weniger weiß man – also wozu lernen? *(Ladi Goldmann)*

O selig, o selig ...

In einem gewissen Alter gibt es zwei Klassen von Menschen, die nicht zur Schule gehen wollen: die Lehrer und die Schüler ...

Es war am Tag der Zeugnisverteilung. Mein Neffe Ladi, damals 7, stand plötzlich an der Tür meines Arbeitszimmers und blickte mich an.

Ich kannte diesen Blick.

»Was gibt's, Ladi?« fragte ich deshalb in einem Ton, der ihm von vornherein klarmachen sollte, daß er von mir nichts zu hoffen hatte.

»Ich habe zwei Nachrichten für dich«, begann Ladi zögernd. »Eine gute und eine schlechte. Die gute ist: Ich habe ein prima Zeugnis bekommen ...«

»Und die schlechte?« fragte ich.

»Die schlechte ist, daß es nicht wahr ist. Ich habe eine Drei in Betragen. Bitte Onkel, sprich mit meinem Papa.«

»Erst erzähle mir, was du angestellt hast.«

»Nichts habe ich angestellt. Ich habe nur gesagt: ›Ja, Herr Lehrer.‹«

»Und deshalb hat man dir eine Drei in Betragen gegeben?« fragte ich ungläubig.

»Ja.«

Ich glaubte ihm nicht – und mit Recht. Er hatte, wie ich bald erfuhr, nicht nur nichts, er hatte ziemlich viel angestellt. Schuld dran war ich. Ich hatte ihn vor einiger Zeit ins Burgtheater zu Nestroys »Schlimmen Buben in der Schule« mitgenommen. Das Lachen des Publikums über die Antworten, welche die frechen Schüler ihrem Lehrer gaben, hatte ihm imponiert, und nun wollte er es ihnen gleichtun. Er wollte sein Publikum – seine Mitschüler – lachen machen.

Begonnen hatte es am frühen Morgen. Ladi war wieder einmal zu spät zur Schule gekommen.

»Eigenartig!« fand Herr Böckmann, sein Lehrer. »Der Wurlitschek wohnt eine halbe Stunde von der Schule entfernt und kommt immer rechtzeitig – und du wohnst der Schule gegenüber und kommst täglich zu spät.«

»Das kann ich Ihnen erklären«, sagte Ladi. »Wenn der Wurlitschek zu spät aufsteht, kann er laufen – wenn *ich* zu spät aufstehe, bin ich schon da.« Die Schüler lachten.

»Setz dich!« befahl Herr Böckmann. Er war ungehalten. »Wir haben eben über den Begriff ›Freizeit‹ gesprochen. Goldmann!« Ladi stand auf. »Wenn dein Vater den ganzen Tag gearbeitet hat, was macht er am Abend?«

»Das möchte die Mama auch gern wissen!« sagte Ladi. Die Schüler brüllten.

»Unerhört!« schrie Herr Böckmann und machte einen Punkt in seinen Katalog. »Setz dich!« Er war bereits *sehr* ungehalten. »Lechner!« fuhr er fort. »Wir werden rechnen.« Lechner, ein vierschrötiger, nicht sehr intelligenter Junge, erhob sich.

»Wenn vier Fliegen auf einem Tisch sitzen«, fragte Herr Böckmann, »und ich schlage eine tot – wie viele bleiben übrig?«

»Wenn vier Fliegen auf einem Tisch sitzen«, überlegte Lechner. Er wußte es nicht.

»Weiner!« rief Herr Böckmann.

»Wenn vier Fliegen auf einem Tisch sitzen ...« Auch Weiner wußte es nicht.

»Dann du, Goldmann! Wenn vier Fliegen auf einem Tisch sitzen und ich schlage eine tot – wie viele bleiben übrig?«

»Nur die tote«, antwortete Ladi. Die Schüler johlten.

Herr Böckmann lief rot an. Er machte einen zweiten Punkt in seinen Katalog. Lausbub, knirschte er dabei zwischen den Zähnen, weil er das Wort nach dem neuen Schulgesetz nicht laut sagen durfte. Lausbub, Lausbub, Lausbub! Er fühlte sich erleichtert.

»Kropatsch!« rief er. »Eine andere Frage. Wir sehen zwei

Ochsen. Wie kann man den Begriff ›zwei Ochsen‹ auch anders ausdrücken?«
Er wartete. »Durch die Worte –«
»Durch die Worte ›ein Paar‹!« fiel es Kropatsch rechtzeitig ein.
»Sehr gut! Wie heißt es nun, wenn viele Ochsen beisammen sind? Leitner, du weißt es sicher!«
»Wenn viele Ochsen beisammen sind«, entgegnete der Vorzugsschüler Leitner, »dann heißt es eine Herde.«
»Brav! Goldmann, du hast wieder nicht aufgepaßt! Wie heißt es, wenn viele Ochsen beisammen sind?«
»Wenn viele Ochsen beisammen sind, heißt es eine Behörde.« Die Schüler schrien vor Vergnügen. Herr Böckmann machte den dritten Punkt in seinen Katalog. »Nun werden wir sehen, was ihr in Deutsch könnt«, sage er. »Huber! Was habe ich dir und deinen Mitschülern für eine Hausaufgabe gegeben?«
Huber sprang auf. »Der Herr Lehrer hat mich und meinen Mitschülern –«
»Falsch!« unterbrach ihn Böckmann. »Du kannst nicht deklinieren. Wenn ich sage, Goldmann, ich habe mir in den Ferien nicht unterhalten – was habe ich da für einen Fehler gemacht?«
»Da haben Sie den Fehler gemacht, daß Sie sich keine Freundin mitgenommen haben«, entgegnete Ladi. Die Schüler kreischten vor Freude.
»Das ist doch zu bunt!« schrie Böckmann, innerlich aber rang er die Hände und knirschte: Schurke, Lump, Bösewicht! Er machte den vierten Punkt in seinen Katalog.
»Bleib stehen!« befahl er Ladi. »Das Thema unserer Hausaufgabe hieß: Die Ferien. Lies uns vor, was du geschrieben hast.«
Ladi nahm sein Heft und las: »Die Ferien. Heuer im Sommer waren wir auf dem Lande. Daselbst gab es gleich am ersten Tag eine Feuersbrunst. Feuersbrünste werden manchmal durch Kinder verursacht. Diese entstehen meistens aus Leichtsinn, Unvorsichtigkeit oder Spielerei.«

Die Schüler tobten.
»Setz dich!« tobte auch Herr Böckmann. »Sag deinem Vater, daß ich mit dir nicht zufrieden bin!«
»Herr Lehrer«, entgegnete Ladi ruhig. »Wer ist heute schon zufrieden?« Die Schüler bogen sich vor Lachen. Herr Böckmann machte den fünften Punkt in seinen Katalog. »Nun reden wir frei – ohne Buch, ohne Heft. Goldmann, erzähle, was du am Sonntag gemacht hast.«
Ladi stand auf. »Am Sonntag war der Huber bei mir, und wir haben ein Spiel gespielt. Wir haben jeder einen Schilling eingesetzt und haben gesagt, wer von der ganzen Klasse heute die größte Lüge sagt, hat gewonnen.«
»Schämt ihr euch nicht?« brüllte Herr Böckmann. »Ich bin so alt geworden und habe noch nie gelogen!«
Da ging Ladi nach vorne und sagte: »Da haben Sie die zwei Schilling.« Die Schüler gerieten in einen Freudentaumel.
»Ruhe!« schrie Herr Böckmann. »Ihr Lumpen! Ihr Spitzbuben! Ihr Halunken!« Er vergaß auf das neue Schulgesetz. »Glaubt ihr, daß ich euer Trottel bin?«
»Ja, Herr Lehrer!« sagte Ladi. Das war das »Ja, Herr Lehrer«, das er mir eingestanden hatte, und das, zusammen mit den fünf Punkten im Katalog, genügte für die Drei in Betragen.
Ich begleitete Ladi wie ein Abgesandter der UNO zu seinem Vater, um den Frieden im Hause Goldmann aufrecht zu erhalten.
Goldmann ließ sich auf keine Verhandlungen ein. Er gab seinem Sohn eine Ohrfeige und übernahm der Welt gegenüber dafür die Verantwortung. Dann schickte er ihn auf sein Zimmer. »Dort bleibst du bis morgen früh!« schrie er. »Dann werden wir weitersehen!«
Ladi verschwand. Während ich im Salon weiterhin versuchte, Goldmann zu Friedensgesprächen zu bewegen und mir sogar seine Frau Hermine als UNO-Truppe zur Unterstützung holte, zog Ladi auf seinem Zimmer aus einem Versteck eine Zigarette hervor, setzte sich zum offenen Fenster und rauchte. Vor seinem Vater war er sicher – den würde er erst am nächsten Morgen wieder sehen.

Inzwischen war es Hermine und mir gelungen, Goldmann umzustimmen. Er war sogar bereit, zu Ladi hinaufzugehen und ihm zu verzeihen. Zu dritt betraten wir sein Zimmer. Ladi hatte uns nicht erwartet, und so gelang es ihm nicht mehr, die Zigarette zu verstecken.

Goldmann traute seinen Augen nicht. »Du rauchst, du Lausbub?« rief er wütend. »Weißt du nicht, daß Kinder, die rauchen, nicht wachsen? Was willst du denn werden, wenn du älter bist?«

»Liliputaner«, meinte Ladi ruhig. »Da gehe ich zum Zirkus und verdiene viel Geld.«

»Du bist und bleibst ein Nagel zu meinem Sarg!« rief Goldmann aufgeregt. »Zur Strafe bekommst du jetzt auch nichts zu essen, damit du bedauerst und bereust, was du getan hast!« Ladis Mutter weinte, als wir zu dritt die Treppe hinuntergingen.

»Der Bub wird verhungern!« klagte sie. Aber Ladi verhungerte nicht. Im Gegenteil. Er war seinem Vater für den Entzug des Essens dankbar.

Nicht weil er bedauerte, nicht weil er bereute, sondern weil ihm schlecht war von der Zigarette.

Wir saßen noch beisammen.

»Du bist zu streng mit dem Kind!« jammerte Hermine. Goldmann schüttelte den Kopf. »Der Bub muß lernen, daß das Rauchen ungesund ist«, sagte er und steckte sich eine dicke Zigarre an.

Wer zuviel an die Zukunft denkt, ändert nichts an der Vergangenheit – läuft aber Gefahr, sich die Gegenwart zu verderben. Denn wer an die Zukunft denkt, muß zu der Überzeugung kommen: Wir haben

Schöne Aussichten!

In einem gewissen Alter denkt man an die Zukunft ...
Peter und Paul waren Freunde von Jugend an. Peter war der Tüchtigere. Die beiden hatten, wie man so sagt, dieselbe Schulbank gedrückt, sie hatten dieselben Ansichten gehabt, dasselbe Mädchen verehrt. Peter hatte es geheiratet, was aber der Freundschaft keinen Abbruch tat. Er war eben der Tüchtigere, und Paul nahm eine andere. Sie kamen in dasselbe Büro. Peter erbte von einer Tante einige Millionen. »Warum kannst *du* das nicht?« fragte Pauls Frau vorwurfsvoll. Peter war eben der Tüchtigere. Er machte sich selbständig, Paul wurde sein Kompagnon. Peter machte die Büroarbeiten, während Paul für das Haus auf Reisen ging. Das Geschäft war freundlich. Jeder, dem Paul eines anbot, lachte. Peter und Paul sahen ein, daß sie von dem Betrieb nichts verstanden. Sie nahmen Bibusch in die Firma. Bibusch war Fachmann. Er hatte die Kenntnisse, sie hatten das Geld. Nach einem Jahr hatten *sie* die Kenntnisse, und er hatte das Geld. Peter und Paul gingen auseinander. In Freundschaft. Trotzdem gingen zwei Jahrzehnte vorüber, ohne daß die beiden einander gesehen hätten. Aber Peter konnte den Freund nicht vergessen.
Gerade heute dachte er besonders intensiv an ihn. Es war ihm, als wäre Paul etwas zugestoßen. Ob er nach ihm sehen sollte? Hatte er überhaupt noch die alte Adresse? Peter fuhr hin, lief die Treppe hinauf – da – was war das? Er verspürte Gasgeruch. Er zog die Luft ein – der Geruch kam aus Pauls Wohnung. Peter wurde unruhig. Er klopfte – nichts. Er klingelte – nichts. Er pumperte mit den Fäusten, er trat gegen die Tür – nichts. Plötzlich fiel ihm ein, daß er von früher her noch einen Schlüssel zu Pauls Wohnung hatte. Er nahm

seinen Schlüsselbund heraus, fand den Schlüssel, der Schlüssel sperrte. Peter stürzte in das Vorzimmer, schnupperte, eilte in das Schlafzimmer – seine Befürchtung bestätigte sich. Im Bett lag Paul. Die Fenster waren abgedichtet, der Gashahn war offen, Paul war noch bei Bewußtsein. Peter öffnete die Fenster, drehte den Gashahn ab und setzte sich an das Bett seines Freundes.

»Bist du verrückt geworden?« fragte er keuchend.

»Laß mich ...«, lallte Paul schwach.

»Du willst dich vergiften? Warum? Brauchst du Geld? Das hättest du doch sagen können.«

»Geld«, lächelte Paul kraftlos. »Die Zukunft ...«

»Die Zukunft? Was ist mit der Zukunft?«

»Wie stellst du sie dir vor?«

»Bestens!« strahlte Peter. »Ich habe zwei Töchter, die eine ist verlobt, die andere verheiratet, ich habe ein Enkelkind, einen Jungen ...«

»Du Ärmster«, murmelte Paul müde.

Peter stutzte. »Warum Ärmster?« fragte er.

»Dein Enkel wird in den Krieg müssen.«

»Krieg?« Peter erschrak. »Wir werden Krieg führen?«

»Nicht nur wir. Die ganze Welt. Merkst du denn nicht, wie der Osten sich ein Land nach dem andern einverleibt? Das kann sich Amerika nicht gefallen lassen.«

Peter schüttelte den Kopf. »Deshalb wird es keinen Krieg geben«, sagte er.

»Deshalb vielleicht nicht. Aber nimm die Reichtümer dieser Erde. Sie sind ungerecht verteilt. Die einen haben das Öl – die andern nicht.«

»Dafür haben die andern den Weizen und die einen nicht. Nein, Paul – auch das ist kein Grund zum Kriegführen. Deshalb brauchst du dich nicht zu vergiften.«

»Und die Atomwaffen?« ereiferte sich Paul. »Die Boden-Boden- und die Luft-Luftraketen? Die sauberen Bomben, die die Menschen töten und die Steine leben lassen? Wenn es keinen Krieg gibt, geht die Rüstungsindustrie pleite. Dann haben wir Millionen Arbeitslose!«

»Man wird eine andere Beschäftigung für sie finden. Der Krieg wird vermieden werden. Die UNO –«

»Die UNO?« unterbrach Paul ihn höhnisch. »Weißt du, wie unnütz die UNO ist? Wie ein Fallschirm in einem U-Boot. In Afrika gärt es, in Asien gärt es ...«

»Laß es gären, Paul! Wir gehen in die Schweiz – die Schweiz ist neutral.«

»Neutral?« Paul lachte bitter. »Im nächsten Krieg gibt es keine Neutralität. Die Großmächte werden es verstehen, alle Staaten hineinzuziehen.«

»Auch die Schweiz?« fragte Peter bereits etwas zaghaft.

»Auch die Schweiz.«

»Und wie wird der Krieg ausgehen?«

»Wie ein Streit mit meiner Frau. Es wird keinen Sieger geben.«

»Weil es keinen Krieg geben wird. Ich glaube nicht daran.«

»Nimm an, du hast recht – es gibt keinen Krieg. Was geschieht mit der Überbevölkerung der Erde? Die Menschheit muß dezimiert werden. Dazu ist nur ein Krieg imstande.«

»Ich glaube es nicht.«

»Weißt du, was Ursache und Wirkung ist?«

»Gib mir ein Beispiel.«

»Das Wetter. Stell dir vor, im Winter herrscht ein schrecklicher Schneesturm, der ein paar Tage und ein paar Nächte anhält. Niemand geht aus – alles bleibt zu Hause. Das ist die Ursache. Was ist die Wirkung?«

»Überfüllte Entbindungsheime im Herbst.«

»Esel!« schrie Paul, der sich bereits wieder zu erholen begonnen hatte. »Eine entsetzliche Hungersnot wäre die Wirkung! Die Wintersaat ist erfroren! Womit sollen die Milliarden und Abermilliarden Menschen ernährt werden?«

»Mit Fleisch. Wir haben Schlachttiere –«

»Die haben doch selber nichts zu fressen!«

»Dann mit Gemüse. Jeder, der einen Garten besitzt, wird gezwungen, Gemüse anzubauen und allen, die keinen Garten haben, davon zu geben.«

»Und die Insekten? Wir müßten das Gemüse mit immer

stärkeren Insektiziden bespritzen, weil die Schädlinge dagegen immun werden. Schwaden von Heuschrecken würden kommen, Millionen Termiten würden uns anfallen ...«
»Dann müßte man eben eine andere Art der Ernährung finden. Aus dem Meer zum Beispiel.«
»Und die Wasserverschmutzung? Tanker stoßen zusammen, die Ölpest breitet sich aus, die Fische sterben wie die Fliegen. Aber selbst wenn wir zu essen hätten – wir würden erfrieren.«
»Wieso?« Peter war blaß geworden. »Ist der Schneesturm noch nicht vorüber?«
»Längst«, entgegnete Paul. »Aber wir können nicht heizen. Der Strom, der heute schon knapp ist, ist zu Ende. Wir haben keine Energie.«
»Wir können doch mit Kernkraft heizen«, bemerkte Peter schüchtern.
»Mit Kernkraft willst du heizen?« fuhr Paul ihn an. »Soll die Welt an dem Müll zugrunde gehen, nur damit du es warm hast? Merkst du denn nicht, was das Atom für Unheil anrichtet? Woher, denkst du, kommen die vielen Naturkatastrophen? Erdbeben, Orkane, Überschwemmungen? Nur von den Atomversuchen! – Aber auch ohne Atome«, setzte er leiser hinzu, »würde die Menschheit sich selber umbringen.«
»Wieso, um Gottes willen?«
»Durch die Abgase. Unmengen von Autos verpesten die Luft. Du mit deinem Wagen bist mitschuldig, an dem Untergang der Menschheit.«
»Ab morgen fahre ich mit der Straßenbahn«, weinte Peter.
»Zu spät«, lachte Paul zynisch. »Fabrikschlote, Flugzeuge, ja selbst die Sprays, die uns die Werbung andreht, bedrohen unser Leben. Die Umweltverschmutzung hat ihr Vernichtungswerk begonnen. Mit jedem Atemzug, den du machst, atmest du den Tod ein. Tod! Tod! Tod!«
»Und wenn wir jeder Bequemlichkeit entsagen? Wenn wir zu Fuß gehen, wenn wir – wie unsere Urgroßväter – unsere Öfen mit Holz heizen?«

»Holz?« Paul lachte gellend auf. »Holz wird Goldwert haben. Alle Menschen werden zu der Erkenntnis kommen, zu der *du* jetzt gelangt bist. Aber dann werden unsere Wälder abgeholzt sein. Für ein Stück Holz wird man Menschen rauben, Geiseln nehmen, Flugzeuge entführen. Man wird Häuser niederbrennen, um seinen Körper wärmen zu können. Wir werden im Finstern in unseren Wohnungen sitzen, ohne Radio, ohne Fernsehen, werden hungern und frieren und auf das Ende warten. Und das Ende – wird schrecklich sein.«
Da erhob Peter sich von seinem Stuhl, schloß die Fenster, drehte den Gashahn an und sagte zu Paul: »Mach Platz – ich vergifte mich mit dir!«

Die Zukunft hat ein *Gutes: Sie geht vorüber.*

Robin Hood bestahl, wie man weiß, nur die Reichen. Warum? Weil die Armen kein Geld hatten. Robin war nicht der Mann, der sich mit kleinen Beträgen zufrieden gab. Er war schließlich kein Taschendieb. Taschendiebe sind bescheidener. Der Taschendieb denkt sich, es ist leichter, einer Million Menschen je einen Schilling zu stehlen, als einem einzigen Menschen eine Million. Leider gibt es heute sehr viele Taschendiebe, und man kann nicht genug auf der Hut sein. Mein Freund Robinson mußte das erfahren. Aber er triumphierte.

Robinson fängt einen Taschendieb

Robinsons Wagen war in der Werkstatt. »Nimm dir ein Taxi«, riet Mela, seine Frau, als er in die Kanzlei mußte. Mela riet immer etwas, was sich von selbst verstand. »Schon gut«, antwortete er deshalb schlecht gelaunt.
»Nimm dir ein Taxi«, brummte er, als er zum Standplatz kam und keines vorfand. »Das ist leicht gesagt.« Er wartete – kein Taxi. Noch fünf Minuten, nahm er sich vor – kein Taxi. Jetzt warte ich noch, bis drei schwarze Wagen vorbeifahren. Drei schwarze Wagen fuhren vorbei – kein Taxi. Robinson sah sich um. Wo ist die nächste Bushaltestelle? Dort drüben. Er ging hinüber – kein Bus. Noch fünf Minuten, nahm er sich vor – kein Bus. Jetzt warte ich noch, bis fünf blaue Wagen vorbeifahren. Fünf blaue Wagen fuhren vorbei – kein Bus. Robinson sah sich um. Wo war die nächste U-Bahn-Station? Dort vorne. Er ging hin, fuhr mit der Rolltreppe hinunter, die U-Bahn kam, total überfüllt. Robinson zwängte sich hinein. Ein Spatz in der Hand ist besser als eine Taube auf dem Dach, sagt ein altes Sprichwort. Robinson wandelte es ab: Ein Sitzplatz in einer vollen U-Bahn ist besser als zwei in einer leeren. Was nützte es? Er mußte stehen. Gedrängt, gequetscht, gepreßt.
Der Wagen brauste dahin. Erste Station, zweite Station, noch zwei, dann hatte er es überstanden. »Es ist furchtbar«, jammerte eine alte Dame, die neben ihm stand. »Ich stehe die ganze Zeit auf einem Fuß!« »Ich weiß es«, sagte Robin-

son unfreundlich, »es ist meiner!« »Entschuldigung!« Die Dame versuchte, ein Stückchen abzurücken. Jetzt drängte man von der anderen Seite. Robinson versuchte, seinen Platz zu behaupten. Er verteidigte ihn, wie Leonidas die Thermopylen gegen die Perser verteidigt hatte. Da war ein Mann, klein mit schwarzem Bart, in Jeans und Anorak, der besonders stark drängte. »Ich kann nichts dafür«, sagte er, als er merkte, daß Robinson ihn nicht gerade liebenswürdig ansah. »Ich werde gestoßen.« Robinson gab keine Antwort. Er hatte nicht die Absicht, sich mit dem schwarzen Mann in ein Gespräch einzulassen.

Dritte Station. Gott sei Dank, nur noch eine. Der schwarze Mann, der anscheinend ebenfalls aussteigen wollte, drängte sich an Robinson vorüber, der Zug hielt, der Mann fiel auf Robinson, hielt sich an seinem Handgelenk fest, sagte »Hoppla!«, stieg aus, ging, so schnell er konnte, zur Rolltreppe und fuhr hinauf. Jetzt war auch Robinson draußen. Er atmete auf. Es ist etwas später als sonst, dachte er, ich werde im Büro anrufen, damit Dr. Mahler, mit dem ich um acht einen Termin habe, nicht gleich weggeht. Wie spät ist es eigentlich? Er sah nach seiner Quartzarmbanduhr, die Mela ihm geschenkt hatte – die Uhr war weg. Der schwarze Mann, durchfuhr es ihn sofort. Er war ihm gleich verdächtig vorgekommen. Deshalb hatte er getan, als ob er auf ihn fallen würde. Als er sich an seinem Handgelenk festhielt, hatte er ihm die Uhr gestohlen. Robinson stürzte die Treppe hinauf – die Rolltreppe fuhr ihm zu langsam –, er sah nach rechts, nach links – der Mann war längst verschwunden. Trotzdem. Robinson gab nicht auf. Er lief bis zur nächsten Ecke, bis zur übernächsten, blickte in alle Seitengassen – dort! Dort ging er! »Stehenbleiben!« rief Robinson. Der Mann drehte sich um, sah, daß Robinson ihn verfolgte und begann zu laufen. Robinson hinter ihm her. Jetzt lief er in einen Park. Robinson folgte ihm. Der Park war menschenleer. Kein Fußgänger, dem er hätte zurufen können, daß er den Dieb aufhalten solle – kein Polizist. Der Verbrecher wußte schon, weshalb er sich gerade diesen

Park ausgesucht hatte. Der Mann lief schneller, Robinson ließ sich nicht abschütteln. Er war gewohnt zu joggen, er kannte keine Atemnot. Der Mann sprang in ein Gebüsch. Robinson ihm nach. Der Mann kam auf der anderen Seite wieder heraus, Robinson ebenfalls. Der Mann sprang über ein Eisengitter, Robinson dito. Jetzt kam ihm das Glück zu Hilfe. Der Mann stürzte über einen Stein und fiel hin. Ehe er sich erheben konnte, stürzte Robinson sich auf ihn und packte ihn bei der Gurgel. »Die Uhr her!« rief er drohend.
»Ja, ja«, weinte der Mann, »da haben Sie! Nur lassen Sie mich laufen! Ich habe eine Frau und zwei Kinder zu Hause!« Er gab Robinson die Quartzarmbanduhr.
»Gut«, sagte Robinson keuchend, »und jetzt lauf! Lauf schnell, bevor ich es bereue, so gnädig mit dir gewesen zu sein.«
Der Mann sprang auf und lief, so schnell er konnte. Robinson nahm die Uhr um, ging in seine Kanzlei, wollte seine Frau anrufen, um ihr zu berichten, was ihm passiert war, das Telefon war besetzt, sein Klient wartete, nach ihm kam ein zweiter, ein dritter, dann mußte er zu Gericht. Im Kaffeehaus werden sie sich wundern, dachte er, wenn ich ihnen sage, daß ich einen Taschendieb gefangen habe.
Stolz kam er nach Hause. Auch Mela wird sich wundern.
»Na?« fragte sie sofort, als er zur Tür hereinkam. »Du schaust doch hundertmal am Tag, wie spät es ist. Wie bist du denn heute ohne Uhr ausgekommen?«
»Ohne Uhr?« wunderte sich Robinson. »Woher weißt du – ?«
»Du hast sie doch auf dem Schreibtisch liegen lassen.«

»Ich verstehe die heutige Welt nicht mehr«, sagte zur selben Zeit der schwarze Mann zu seiner Frau und seinen beiden Kindern. »Rennt mir ein Mann, der aussieht wie ein Herr, am hellichten Tag nach und raubt mir die Uhr!«

Ich habe in meinen Werken schon oft die Grundbegriffe der deutschen Sprache behandelt. Jeder Schüler weiß (oder sollte es wissen), daß unsere Sprache aus verschiedenen Wortgruppen besteht. Da haben wir das Hauptwort, das Eigenschaftswort, das Fürwort, das Umstandswort, das Zahlwort, das Zeitwort u. a. Jede Sprache wächst im Laufe der Zeit. So wurde auch unsere Sprache um eine Wortgruppe bereichert: um

Das Fäkalwort

Liebe Leserinnen und Leser! Sie kennen mich als feinsinnigen, vornehmen Schriftsteller, dem jede Zote fremd ist und der es vorziehen würde, eher seinen von ihm so geliebten Beruf aufzugeben, als seine Gemeinde durch den Gebrauch unflätiger Wörter zu verärgern. Und doch – heute muß ich es tun. Ich muß mich eines Wortes bedienen, welches man seinerzeit nur von ganz ordinären Betrunkenen in den niedrigsten Schenken der Vorstädte hörte und das nun aus dem Dialekt in die Umgangs- und Hochsprache aufgenommen wurde. Es handelt sich um das Wort – nein, ich kann es nicht einfach hinschreiben. Meine Füllfeder sträubt sich dagegen, mein Kugelschreiber weigert sich, seine gute »Mine« zum bösen Spiel zu machen, die Lettern meiner Schreibmaschine verwickeln sich ineinander – es geht nicht. Ich frage mich nur, *warum* nicht? Nicht nur, daß es in den besten Kreisen gebraucht wird, es steht selbst im Duden (Ausgabe 1973, Band 1, S. 599). Das Wort heißt – oh, hätte ich nur nicht damit angefangen. Ich schlage Ihnen etwas vor, liebe Leser: Ich werde den Anfangsbuchstaben schreiben und die anderen durch Punkte ersetzen. Es heißt – ich wende schamhaft meinen Blick zur Seite und tippe es hin: Sch.... (der dritte Punkt ist ein scharfes ß).

Es gibt kein Drama, kein Lustspiel, in dem es nicht vorkommt. Man hört es im Burg- und im Bauerntheater. Im Bauerntheater übrigens seltener als im Burgtheater. Es hat seinen Einzug in das heimische Fernsehen gehalten, und dort, wo es vor gar nicht so langer Zeit noch verboten war, einen Darsteller in gewissen Situationen ein wütendes »Sch« sagen zu lassen, sagt man heute ganz ungeniert »Sch....!« (Der dritte Punkt ist ein scharfes ß.) Es fällt uns gar nicht mehr auf, daß man es sagt, ja, wir würden es vielleicht missen, wenn man es *nicht* sagen würde. Bald wird es ein progressiver Regisseur auch auf die Opernbühne bringen, und ich höre schon den Bayreuther Lohengrin, wenn Elsa ihn im Brautgemach nach sein' Nam' und Art fragt, wutschnaubend singen: »Sch....!« (Der dritte Punkt ist ein scharfes ß.) Und man könnte es fast verstehen. Schließlich war er schon froh, bis ins Brautgemach gekommen zu sein, und jetzt muß er unvollendeter Dinge wieder nach Hause, nur weil seine ihm angetraute Frau wissen wollte, wen sie geheiratet hat. Aber warum erzähle ich Ihnen das alles? Nur um Ihnen zu beweisen, in was für einer häßlichen Zeit wir leben.

Gestern war ich nach längerer Pause wieder einmal in meinem Stammkaffeehaus, und wen fand ich dort? Meinen Freund Joschi. Er schien mir etwas unruhig zu sein. Nervös. Er sah mich nicht sofort, und so konnte ich ihn ungestört beobachten. Er blickte auf seine Armbanduhr, sah nach der Wanduhr, nahm eine Zeitung, legte sie wieder weg, führte die Kaffeetasse zum Mund, obwohl er sie längst geleert hate, blickte wieder auf seine Armbanduhr, sah nach der Wanduhr, nahm eine Zeitung, legte sie wieder weg – genug. Ich ging auf ihn zu. »Servus«, sagte ich.

»Servus.«

»Du bist so zappelig. Was hast du?«

»Nichts«, erwiderte er ausweichend.

»Das glaube ich nicht. Wegen nichts ist man nicht so zerfahren. Also?«

»Ich habe ein Stück geschrieben«, sagte er zögernd.

»Na und? Das ist doch nicht dein erstes.«

»Das nicht«, sagte er, »aber diesmal ist es etwas anderes. Du mußt wissen, ich stehe an einem Wendepunkt meiner Karriere.«

»Ach so?«

»Ja. Ich hatte es satt, immer nur Boulevardkomödien zu

schreiben, alte Possen zu frisieren, Kabarettsketche zu stehlen – ich wollte einmal etwas schaffen, das ich der Nachwelt hinterlasse.«

»Und zwar?«

»Ein Drama.«

»???«

»Ein Drama, in dem ich die Tragödie von Mayerling aufrolle.«

»Wieder einmal?«

»Nicht so, wie du denkst. Es ist ein Drama in Versen. Ich sehe Rudolf anders als ihn die Historiker sehen. Bei mir ist er kein Romeo, bei mir ist er ein Held, wohl eine Art Hitzkopf, aber ein Held. Meine Frau war begeistert, als ich ihr das Werk vorlas. ›Endlich‹, sagte sie, ›beweist du, daß du ein Dichter bist. Jetzt mußt du aber zu deiner Sache stehen. Laß dir von keinem Regisseur auch nur ein Wort streichen oder von einem der Darsteller eines dazugeben. Mit diesem Werk wirst du unsterblich werden.‹ Sie küßte mich auf die Stirne. Auch ich war so überzeugt von meiner Genialität, und dann ...«

»Was war dann?«

»Ich wollte es von einer Firma für das Fernsehen produzieren lassen. Ich ging zur Tele-tele ...«

»Gratuliere!« unterbrach ich ihn.

»Warte. Ich sprach mit Markoscheck persönlich, du weißt ja, daß nur er dort zu reden hat, ich erklärte ihm, in welch geschliffener Sprache die Verse geschrieben sind, worauf er mich sofort fragte, ob das Wort ›Scheiße‹ drin vorkomme. Ich sagte empört: ›Natürlich nicht!‹, darauf erklärte er mir, dann könne er es nicht brauchen, er produziere nur moderne Werke, Werke in moderner Sprache, wenn ich bereit wäre, es einzubauen, könne man darüber reden – sonst nicht. Ich nahm mein Manuskript und ging.«

»Wohin?«

»Zur FEFIPRO. Fernsehfilmproduktion. Ich sprach mit Klarbein.«

»Und?«

»Dasselbe. Ohne ›Scheiße‹ uninteressant. Ich ging zum FIFEPRO, Filmfernsehproduktion. Dasselbe. Ich war bei PROFEFI, Produktionfernsehfilm, bei FIPROFE, Filmproduktionfernsehen, bei FEPROFI, Fernsehproduktionfilm – überall dasselbe. Moderne Sprache. Aber ich blieb hart. Ehe ich dieses Wort in mein Werk aufnehme, spucke ich mir selber ins Gesicht.«
Ich wußte nicht, wie er das machen würde, ich fragte auch nicht danach. Ich fragte nur: »Und jetzt? Willst du jetzt vielleicht aufgeben?«
»Gestern war ich so weit«, entgegnete er.
»Und heute?«
Er zögerte. »Heute«, sagte er langsam, »war ich bei Herlinger.«
Ich traute meinen Ohren nicht. »Bei Herlinger? Dem unseriösesten Menschen in der ganzen Branche? Mit dem wirst du dich doch nicht einlassen? Von Herlinger bekommst du nicht einen Groschen deines Honorars.«
»Ach, weißt du«, sagte Joschi verträumt, »Geld ist mir in diesem Fall nicht so wichtig. Mir geht es um den Ruhm, um die Achtung, die man mir plötzlich erweisen wird, um die Nachwelt, um meine Frau, die zu mir aufsieht wie zu einem Klassiker, seit ich ihr das Stück vorgelesen habe.«
»Wie du meinst. Was war bei Herlinger?«
»Dasselbe. Auch er sagte, daß das Wort ›Scheiße‹ unbedingt vorkommen müsse. Er könne dem Fernsehen keine altmodischen Stücke vorschlagen, und er könne es sich nicht leisten, daß der Infratest beweist, daß bei der Sendung die Zuseher einer nach dem andern abgedreht haben. Schließlich sagte er zu mir: ›Ich brauche ein Stück in moderner Sprache, und wenn Ihre Ehre es Ihnen nicht erlaubt, ›Scheiße‹ in das Drama zu schreiben, dann lassen Sie es *mich* für Sie tun. Nur ein einziges Mal, gleich am Anfang. Wenn die Zuseher es einmal gehört haben, wissen sie, daß es sich um ein modernes Stück handelt und bleiben vor dem Bildschirm sitzen.‹ Ich sagte: ›Das ist unmöglich. Das Stück spielt bei Hof, dort spricht man nicht so vulgär.‹ Herlinger überrede-

te mich. Er sagte: ›Bei Hof gibt es Lakaien. Lassen Sie das Drama mit einem Bankett anfangen, an der Tafel sitzen nur gekrönte Häupter, die Lakaien servieren, plötzlich fällt einem von ihnen die Suppenschüssel aus der Hand, was sagt er? Scheiße! Das genügt.‹ Ich gestand es ihm zu.«

»Schäm dich!«

»Das wird mir meine Frau auch sagen. Ich weiß gar nicht, wie ich es ihr beibringen soll.«

»Hast du den Vertrag schon unterschrieben?«

»Nein. Ich gehe jetzt zu Herlinger. Er wartet auf mich im Kaffeehaus gegenüber. Er wollte das Drama lesen, was ja selbstverständlich ist.«

»Ich bleibe noch eine Stunde hier«, sagte ich. »Wenn du früher fertig bist, dann komm noch einmal herüber. Ich wäre neugierig, wie es ausgegangen ist.«

Joschi ging. Ich hatte meine Zeitung noch nicht ausgelesen, als er schon wieder zurück war. Wütend, mit rotem Gesicht, ein Manuskript in der Hand.

»Was war?« fragte ich sofort.

Joschi setzte sich. »Dieser Verbrecher«, stieß er hervor.

»Wollte er dich hereinlegen?«

»Das wäre nicht das Schlimmste gewesen.«

»Hat er das Wort in dein Manuskript geschrieben?«

»Ja.«

»Einmal oder öfter?«

»Einmal. Aber nicht, wie es besprochen war, am Anfang –«

»Sondern?«

»Am Schluß, unter ›ENDE DES DRAMAS‹.«

Liebe Leserin, lieber Leser, wenn Sie mit dieser Geschichte fertig sind, klappen Sie das Buch nicht zu, blättern Sie bitte um, und lesen Sie weiter. Ich möchte, daß Sie das eben Gelesene so schnell wie möglich vergessen und daß Sie den guten Eindruck, den Sie von mir hatten, auch weiterhin behalten. Vielleicht aber, das fällt mir eben ein, hat die Geschichte dem einen oder dem andern von Ihnen gefallen, und er sagt: »Endlich schreibt er eine moderne Sprache.«

Es gibt Sänger, die singen, wenn sie allein sind – und es gibt Sänger, die allein sind, wenn sie singen. *(Aus Erfahrung)*

Don José ... Herr Borgmann a. G.

Borgmann war Sänger. Opernsänger. Wir kennen den Künstler seit langem, bloß seine Stimme kannten wir nicht. Wir wußten nur, daß sie für die Wiener Staatsoper nicht gereicht hat – und so sang Borgmann auf kleinen und kleinsten Bühnen Österreichs und der BRD. Er haßte die Wiener Opernkritiker, und vielleicht mit Recht. Sie haben den Schalk im Nacken sitzen. So las ich vor kurzem in einer »Troubadour«-Rezension (die Namen der Künstler sind nicht ihre wirklichen. Wozu auch? Anm. d. Autors): »Wer oder was veranlaßte bloß Herrn Paulus, den Manrico zu singen? Ein Frosch macht dasselbe Geräusch, und man kann noch seine Schenkel essen.« Ein andermal über die Abschiedsvorstellung eines Sängers – man gab die »Entführung« –, der von Wien nach Graz wechselte: »Herr Robert, der nun endgültig nach Graz geht, sang den Belmonte. Während das ganze Haus ›Buh!‹ machte, riefen sechs Herren aus einer Loge unentwegt: ›Nicht nach Graz gehen! Hierbleiben!‹ Wie ich später erfuhr, waren die Herren aus Graz.« Schonender geht die Kritik mit Damen um. So las ich z. B.: »Frau Ada Rom hat einen Singvogel in ihrer Brust wohnen.« Ich sah sie mir an. Der Singvogel war klein, aber er wohnte sehr schön.

Aber zurück zu Borgmann. Er sang, wie erwähnt, auf kleinen und kleinsten Bühnen und spezialisierte sich im Laufe der Zeit auf eine bestimmte Partie. Es war der Don José in »Carmen«. In Znaim, in St. Pölten, in Bielefeld, in Saarbrücken, in Kamen und Duisburg, in Lübeck und Lüneburg – wo immer man »Carmen« spielte, las man auf dem Programmzettel: Don José – Herr Borgmann a. G.

Eines Tages erfuhr ich von Dr. Wronsky, daß Borgmann am Abend in der Nähe Wiens singe. Meine Frau meinte:

»Fahren wir hin, er wird sich freuen.« Da ich derselben Ansicht war, fuhren wir hin. Man gab natürlich »Carmen«, und die Plakate waren mit roten Streifen überklebt, auf denen zu lesen stand: Don José – Herr Borgmann a. G.
Wir schickten Borgmann einen Strauß Rosen in die Garderobe – er sollte wissen, daß wir da sind – und teilten ihm mit, daß wir ihn in der Pause nach dem zweiten Akt aufsuchen würden. Das Haus war ausverkauft – es war nicht sehr groß –, die Vorstellung begann. Borgmann sang. Wir trauten unseren Ohren nicht. Er schrie, er grölte, er brüllte, seine Stimme füllte den Zuschauerraum, und wir wären am liebsten fortgegangen, um ihr Platz zu machen. Aber das konnten wir nicht. Durch die dummen Rosen hatten wir ihm ja verraten, daß wir hier sind. Jetzt sang er piano, wir atmeten auf, aber schon legte er wieder los. Ich sah ihn an, ich sah, ich sah – nur um ihn nicht hören zu müssen. Es nützte nichts. Meine Frau hatte am Buffet ein Säckchen mit Malzbonbons gekauft, wir steckten uns jeder zwei Bonbons in die Ohren – vergebens. Borgmanns Stimme durchdrang das härteste Malz. Das Aufgraben einer Straße mit dem dazugehörigen Getöse, dem trommelfellzerreißenden Dröhnen der Preßluftbohrer, den aufmunternden »Horuck«-Rufen der Vorarbeiter, diese ganze Lärm-Sinfonie war eine einschmeichelnde Weise gegen die Geräusche, die aus Borgmanns Kehle kamen. Das war ein Gekreisch, ein Geheul, ein Gejammer – sechs jaulende Kettenhunde hätten ihn darum beneidet. Der erste Akt war zu Ende, wir erwarteten einen Skandal – im Gegenteil! Das Publikum applaudierte, rief »Bravo!« und »Hoch!« – wir verstanden es nicht. In der Pause fragten wir nach einer Apotheke, wir wollten uns Oropax kaufen, aber sie war bereits geschlossen.
Wir berieten, was zu tun sei. Daß wir Borgmann in der Garderobe aufsuchen mußten, war uns klar. Aber was sagen wir ihm bloß? Wir einigten uns auf folgenden Dialog. Ich werde sagen: »Borgmann, ich bin begeistert!«, worauf meine Frau sagen wird: »Mir fehlen die Worte!« Wir probierten den Text einigemal durch: »Ich bin begeistert!« – »Mir feh-

len die Worte!« – »Ich bin begeistert!« – »Mir fehlen die Worte!« Wir sahen uns glücklich an – es war unsere Generalprobe gewesen. Der zweite Akt begann. Borgmann mußte sich in der Pause eingeschrien haben, er sang jetzt noch lauter als im ersten Akt. In der Blumenarie »und ewig dir gehör ich an« stieß er ein hohes C heraus, was leider nicht die gewünschte Wirkung hatte, weil das Orchester ein B spielte. Und da im Orchester sechsundzwanzig Mann saßen, während Borgmann mit seinem C allein war, dürfte das Orchester mit dem B recht gehabt haben. Die Sängerin der »Carmen« war uns eigentlich ganz sympathisch, und doch warteten wir schon auf ihren Tod, weil wir wußten, daß Borgmann dann nur noch zu heulen hatte: »Seht mich hier blutgerötet! Ja, ich hab sie getötet! Ach, Carmen, du mein angebetet Leben!« Dann fällt der Vorhang, so lange mußten wir durchhalten. Da war aber noch diese verwünschte Pause, in der wir Borgmann aufsuchen mußten. Der zweite Akt war aus – tosender Beifall. Wir gingen hinter die Bühne und sprachen uns dauernd unseren Text durch. Ich: »Borgmann, ich bin begeistert!« Meine Frau: »Mir fehlen die Worte!« Im Garderobengang sahen wir, wie üblich, einen Anschlag: »Rauchen verboten!« Ein Feuerwehrmann kam uns entgegen. Schnell zündete ich mir eine Zigarette an und blies ihm den Rauch ins Gesicht, in der Hoffnung, daß er uns hinausweisen würde. Hätte er das getan, hätte ich ihm einen Krach gemacht, hätte ihm vielleicht sogar eine Ohrfeige gegeben, weil ich im Moment lieber in den Arrest gegangen wäre als in Borgmanns Garderobe. Der Feuerwehrmann enttäuschte mich. Er nahm eine Zigarette aus der Tasche, bat mich um Feuer und ging weiter. Nun hatten wir keine andere Wahl mehr – wir mußten zu Borgmann. Wir klopften an die Tür und traten ein. Borgmann saß leichenblaß vor dem Spiegel und stierte vor sich hin. »Borgmann!« rief ich. »Ich bin begeistert!« Und meine Frau sagte: »Mir fehlen die Worte!« Borgmann hörte uns nicht. Er saß nur da und schüttelte verzweifelt den Kopf.
Der Direktor trat ein. »Borgmann!« rief er glücklich. »Gra-

tuliere! Sie haben einen tollen Erfolg!« Borgmann beachtete ihn nicht. »Dieses Publikum!« flüsterte er unglücklich vor sich hin. »Dieses Publikum!«

Wir wunderten uns. »Was haben Sie gegen das Publikum?« fragte der Direktor verständnislos. »Das Publikum ist außer sich vor Entzücken! Was sagen *Sie?«* wandte er sich an mich. Ich sagte: »Ich bin begeistert!«, worauf meine Frau schnell einfiel: »Mir fehlen die Worte!« Borgmann saß da – ein Bild des Jammers – am Boden zerstört. »Lassen Sie mich mit ihm allein«, bat uns der Direktor. Wir verließen die Garderobe. Als wir wieder auf unseren Plätzen saßen, wurde das Licht eingezogen, wir erwarteten den dritten Akt – plötzlich trat der Direktor vor den Vorhang und verkündete traurig: »Meine Damen und Herren! Wir sind leider gezwungen, die Vorstellung abzubrechen. Unser Gast, Herr Borgmann, ist plötzlich heiser geworden. Die Eintrittskarten behalten für die morgige Schneewittchenvorstellung ihre Gültigkeit.« Das Publikum verließ tief enttäuscht das Theater. Wir gingen in unsere Stammbar, um die beiden Akte, die man uns erspart hatte, zu feiern.

Auf Umwegen erfuhr ich es. Borgmann war gar nicht heiser geworden. Er hatte den dritten und vierten Akt niemals studiert, weil man ihn bisher immer nach dem zweiten Akt hinausgeworfen hatte.

Ich erzählte es meiner Frau und setzte hinzu: »Wirklich ein Mut von Borgmann. Ich bin begeistert!« Worauf meine Frau sagte: »Mir fehlen die Worte!«

Gott möge das Theater vor modernen Regisseuren behüten. Sie sind zu allem fähig. Sie spielen Theater ohne Dekorationen, ohne Kostüme, ohne Licht, ohne Requisiten, und so werden sie bald ohne Publikum spielen. Aber das macht ihnen nichts aus. Das Theater muß auf alles unnötige verzichten können, solange es die Subvention erlaubt. Jetzt gibt es einen neuen Trend:

Die wandernde Inszenierung

In Wien (das ist wahr!) gibt es eine Inszenierung von Brechts »Heilige Johanna der Schlachthöfe«, in der man dem Publikum zumutet (und das Publikum nimmt es begeistert auf), den Darstellern von einem Schauplatz zum andern zu folgen. Bald sitzt es im geheizten Saal, bald begibt es sich ins Freie, bei Kälte und Sturm, bei Regen und Schnee. Die Zuschauer (so der Regisseur) sollen die Armut und die Trostlosigkeit des Milieus richtig mitempfinden.
Meinem intimsten Feind, Regisseur Zebisch, ließ die Sache keine Ruhe. Warum nur Brecht und warum nur Schauspiel? Hat nicht die Oper dasselbe Recht auf eine moderne Inszenierung? Er fuhr nach Sevilla, besorgte sich die nötigen Verbindungen, die Verbindungen besorgten ihm das nötige Geld, und mit dem Geld inszenierte er »Carmen auf Wanderschaft«.
Vor Beginn des ersten Aktes versammelte sich das Publikum vor der Zigarettenfabrik. Zu den Klängen der Ouvertüre betrachtete es das bunte Straßenleben von Sevilla um 1830, es sah Micaela, die sich bei der Wache nach ihrem Freund, dem Sergeanten Don José, erkundigte, es machte die Wachablösung mit, es erlebte den Streit Carmens mit den Arbeiterinnen, es sah Carmens Verhaftung, sah, wie Don José ihren Verführungskünsten erlag und sich von ihr, anstatt sie ins Gefängnis zu führen, umrempeln läßt, damit sie sich der Strafe durch die Flucht entziehen kann. Das Publikum war begeistert.
Nun folgte der zweite Akt. Das Publikum, hauptsächlich Touristen, wurde in die Schenke des Lillas Pastia geführt,

wo ihm, außer der Oper, Manzanilla und original Flamencotänze geboten wurden. Escamillo, der berühmte Torero, trat auf, sang »Auf in den Kampf, Tore-e-e-e-ro«, das Publikum, durch den Manzanilla animiert, sang mit – es war ein einmaliges Erlebnis.
Zum dritten Akt ging es in die Berge, wo Don José zu einer Gruppe von Schmugglern gestoßen war, der auch Carmen angehörte. Die Schmuggler trieben nicht nur ihr Unwesen, sie trieben auch Handel mit dem Publikum. Sie verkauften den Leuten Souvenirs aller Arten wie Kastagnetten, mit Straß besetzte Kämme und echte spanische Mantillas, made in Hongkong. Daneben gab es noch immer die Oper.
Vor dem vierten Akt ging es wieder bergab, man führte die Zuschauer in die Arena, wo ein glänzender Stierkampf abgezogen wurde. Carmen wurde von José erstochen. José wurde verhaftet – es war ein richtiges Ereignis. Zebisch hatte mit seiner Inszenierung den Erfolg des Jahres für sich entschieden.
Nun traten die Fremdenverkehrsexperten auf den Plan. Die Idee mit der »wandernden Inszenierung« müßte sich doch auch für *ihre* Zwecke nützen lassen. Natürlich im Rahmen der Operette. So spielten die einen das »Weiße Rössel« nicht nur vor der Kulisse des gleichnamigen legendären Hotels, sondern im ganzen Ort, während die andern Fritz Kreislers »Sissy« wählten. Erster Akt: Schloß Possenhofen in Bayern, zweiter Akt Fahrt nach Bad Ischl mit Spiel und Gesang vor der Kaiservilla, dritter Akt Reise nach Wien, mit Hochzeit und Krönung vor dem Schloß Schönbrunn. Das waren aber, wie man bald sah, kleine Fische, denn nun schlug die Firma Beckermann zu. Woran niemand gedacht hatte – Beckermann machte es möglich. Die Firma lud die Direktoren der hauseigenen Reisebüros zu einer Tagung ein, man faßte einen Beschluß, engagierte Zebisch als obersten künstlerischen Leiter der Beckermann-Operettenfestspiele, und bald erschienen in allen Zeitungen ganzseitige Inserate:
»Erleben Sie die Operette ›DER ZAREWITSCH‹ von Franz

Lehár an ihren Originalschauplätzen. Näheres in unseren Reisebüros.« Die Reisebüros wurden gestürmt, die erste Vorstellung war innerhalb weniger Tage ausverkauft.
Die Aufführung fand natürlich im Winter statt, denn was wäre Rußland, die Heimat des Zarewitsch, ohne Schnee? Für einen Regisseur wie Zebisch gar nichts. Um möglichst viele Schauplätze zeigen zu könneen hatte er die drei Akte der Operette in Bilder aufgelöst. Das Publikum versammelte sich bei eisiger Kälte auf dem Flugplatz Wien-Schwechat, die Beckermannschen Reisebüros hatten für die Visa sowie Unterbringung in eigens dafür gemieteten Hotels gesorgt – und auf ging's.
Zuerst ging die Reise nach Petersburg (Leningrad). Umständliche Kontrollen am Flughafen, dann Fahrt zum ehemaligen Zarenpalast. Es wird Wodka gereicht, im Kamin knistert ein behagliches Feuer, man wärmt sich auf. Die Operette beginnt. Knapp vor dem Wolgalied wird abgeblasen. Zebisch hat sich dafür etwas Besonderes einfallen lassen. Das Publikum wird wieder in die Kälte hinausgejagt, in Autobussen geht es zum Flugplatz, von dort fliegt man nach Kuibyschew, fährt mit Pferdeschlitten an das dort flache Wolgaufer, wo der Zarewitsch, der übrigens von Placido Domingo gesungen wird, bereits seine Gäste erwartet. Nachdem alles auf den Tribünen Platz genommen hat, singt er mit schmachtender Stimme: »Hast du dort oben vergessen auf mich?«, wirft einen Blick zum Himmel, ein Scheinwerfer projeziert ein Bild von Väterchen Frost auf das Firmament. Väterchen schüttelt verneinend den Kopf: Diesen Zarewitsch wird Väterchen nie vergessen. Das Publikum ist derselben Ansicht: Diesen Zarewitsch wird es nie vergessen. Die einen holten sich einen Schnupfen, die anderen einen Husten, die dritten Frostbeulen auf den Füßen, die vierten steife Nasen und Ohren. Aber schon geht es wieder weiter, diesmal nach Moskau. Dort spielt der nächste Akt, und zwar in Kolomenskoje, der ehemaligen Sommerresidenz des Zaren. Die für das Publikum eingebauten Heizungen funktionieren nicht. In Wassergläsern wird Wodka ser-

viert, um die Zuschauer von innen her aufzuheizen. Dies hat die unterschiedlichste Wirkung. Die einen kommen in Stimmung, singen und grölen, die andern protestieren, weil sie der Handlung folgen wollen, den dritten wird speiübel, es wird gestritten und gerauft, die Polizei schreitet ein, Onkel Großfürst spinnt inzwischen seine Intrige gegen Sonja, die Geliebte des Zarewitsch, Sonja und der Zarewitsch fliehen nach Neapel, das Publikum muß mit. In Neapel wird es bereits erwartet, man freut sich auf sein Kommen, von der Camorra (Mafia) bis hinunter zu den kleinen Taschendieben. Letztere stehlen Brieftaschen, Uhren und Fotokameras, während die Camorra einige prominente Besucher entführt und Lösegeld verlangt.
Die Sache endet mit einem Skandal, aber Beckermann gibt nicht auf. Er spielt das »Land des Lächelns« in China, die »Lustige Witwe« in Paris, wobei er den ersten Akt, der bekanntlich in der pontevedrinischen Gesandtschaft spielt, um der Reise willen nach Pontevedro verlegt. *Wo ist* Pontevedro, werden Sie mich fragen. Pontevedro ist nirgends, weil es kein Pontevedro gibt. Beckermann weiß sich zu helfen. Er kauft die Republik Andorra und nennt sie Pontevedro. Der »Bettelstudent« wird in Polen gespielt, »Frau Luna« auf dem Mond. Das Publikum wird mit Raketen hinauf befördert. Dies ist der absolute Höhepunkt der wandernden Inszenierungen. Das Vergnügen daran läßt nach. Da, eines Tages, hat ein progressiver Jungregisseur einen Einfall.
Er inszeniert die »Fledermaus« in einem richtigen Theater mit aufgebauten Dekorationen, die Handlung spielt sich durchwegs auf der Bühne ab, das Publikum sitzt im Zuschauerraum, es gibt zwei Pausen, die man im Buffet verbringt. Die Leute stürmen die Kassen, man spricht von dem Theaterereignis des Jahrhunderts. Das Publikum war wieder vernünftig geworden.

Es gibt nur eine *Art von Vernunft, aber Tausende Arten von Dummheit.*

Wir alle waren einmal Babys. Auch ich – und ich soll reizend gewesen sein. Die Augen, so erzählte man mir, hatte ich vom Vater, das Näschen von der Mutter – und die Stimme von einer Autohupe. Trotzdem liebte man mich. Babys liebt man immer. Ich z. B. habe alle Babys gern, und am liebsten habe ich sie, wenn sie schreien, weil man sie dann aus dem Zimmer trägt. Eines Tages, es ist noch nicht lange her, lernte ich zwei Babys kennen, und ich muß sagen – es waren

Zwei süße Babys!

Ich ging durch den Park. Die Sonne schien, und die Vöglein sangen, und die auf den Bänken sitzenden jungen Mütter schoben ihre Kinderwagen hin und her.
»Gestatten?« fragte ich und setzte mich neben eine jener kinderwagenschiebenden Damen. Sie saß rechts von mir. Ich warf einen Blick auf das Baby – bezaubernd! Nach dem blauen Häubchen und Jäckchen zu schließen, ein Junge.
»Eideidei!« lachte der Kleine mich an.
Ich lachte zurück. »Jawoiserdenn?« fragte ich. Es ist die blödeste Frage, die ein Erwachsener einem Kind stellen kann, aber was sonst sollte man fragen? Wie geht es Ihnen? Was macht das Geschäft?
»Eideidei!« lachte das Baby wieder. Die Mutter lächelte mich an, ich lächelte zurück.
»Gestatten?« Eine andere junge Mutter setzte sich links neben mich. Auch sie hatte einen Kinderwagen, den sie hin und her schob, und auch sie hatte einen Jungen.
»Adawa!« jauchzte er dem andern zu.
»Eideidei!« antwortete dieser.
»Ijuiii!« jubelte der zweite.
Ob sie wohl einander verstehen, fragte ich mich. Ob es so etwas wie Babysprache gibt? Und plötzlich, ich weiß nicht wie es kam, verstand ich sie – die Babysprache.
»Wie heißt du?« fragte der Zuletztgekommene.
»Bubi. Und du?«
»Maxi.«

»Wir haben noch nie nebeneinander geparkt, aber ich sehe dich jeden Tag. Wo warst du denn gestern?«
»Gestern habe ich mich nicht wohl gefühlt. Ich habe, während meine Mama geschlafen hat, die Farben abgeleckt.«
»Von deinen Spielsachen?«
»Von meiner Mama.«
Bubi sah Maxi bewundernd an. »Du bist ein schlimmes Kind, nicht wahr?«
»Ja. Und du?«
»Ich nicht. Von mir sagen alle, daß ich brav bin.«
Maxi wunderte sich. »Hast du noch nie deine Gummipuppe aus dem Wagen geworfen?« erkundigte er sich.
»Noch nie.«
»Hast du keine Lust dazu?«
»Lust hätte ich schon, aber ich trau mich nicht.«
»Probier es doch!« ermunterte ihn Maxi.
Bubi zögerte, dann warf er die Puppe aus dem Wagen.
»Aber Bubi!« sagte seine Mama mit leisem Vorwurf in der Stimme. »Das hast du doch noch nie getan!« Sie hob die Puppe vom Boden auf und gab sie Bubi zurück.
»Jetzt ich!« sagte Maxi und warf seine Puppe hinaus.
»Fängst du schon wieder an, du Fratz, du elender?« zischte seine Mutter ihn an, hob die Puppe auf und gab sie ihm wieder.
»Jetzt beide!« lachte Maxi diabolisch. »Los!« Beide Gummipuppen flogen durch die Luft.
»Was soll denn das, Bubi?« fragte Bubis Mama ärgerlich und wandte sich über mich hinweg an meine Nachbarin zur Linken: »Daran ist Ihrer schuld!«
»Sie können sich ja woanders hinsetzen!« sagte diese.
»Ich kann sitzen, wo ich will!« sagte die erste.
»Ich auch!« sagte die zweite. Beide drehten mir ihre Rücken zu.
»Ist das nicht lustig«, fragte Maxi und lachte.
Bubi war begeistert. »Sehr lustig!« sagte er.
»Wer ist denn dein Vater?« erkundigte sich Maxi.
»Generaldirektor Felber, Textil. Und deiner?«

»Einer von der Blutgruppe B«, sagte Maxi und setzte unvermittelt hinzu: »Ich habe einen Onkel.«
»Ich auch«, meinte Bubi.
»Aber meiner hat einen Bauch«, renommierte Maxi.
»Und meiner hat eine Brille!« entgegnete Bubi.
»*Mein* Onkel hat einen Goldzahn!« trumpfte Maxi auf.
Bubi ließ sich nicht kleinkriegen. »Meiner hat so viele Goldzähne, daß er mit dem Kopf in einem Safe schlafen muß!« sagte er.
In diesem Augenblick erschien ein junger Mann. Er sah Maxis Mutter und rief freudig überrascht: »Fräulein Grete!«
Fräulein? wunderte ich mich. So ist das?
»Herr Heinz«, sagte Fräulein Grete, ebenfalls erfreut. »Wir haben uns lange nicht gesehen!«
»Zwei Jahre«, meinte Heinz und betrachtete sie verliebt.
»Darf ich?« Er setzte sich zu uns. Wir rückten zusammen. Er erblickte das Baby.
»Was haben Sie da für ein süßes Putzi?« fragte er.
»Putzi!« sagte Maxi ärgerlich zu Bubi. »Alles kann ich leiden, nur nicht, wenn einer ›Putzi‹ zu mir sagt!« Heinz begann zu dalken. »Dudududu!« machte er und tupfte mit dem Finger auf Maxis Nase. »Bist du ein Bubi oder ein Mädi?«
»Eiwawa!« rief Maxi.
»Ein Bubi, sagt er«, übersetzte seine Mutter lächelnd.
Heinz inquirierte weiter. »Und wie heißt du?«
»Ullawulla!« machte Maxi, und seine Mutter verdolmetschte: »Maxi, sagt er.« Ich hatte genau gehört, daß er »Kropatschek« gesagt hatte.
Heinz ließ nicht locker. »Was willst du denn werden, wenn du groß bist?«
Maxi jauchzte. »Ullawulla dadada!«
»Das habe jetzt nicht einmal ich verstanden«, gab seine Mutter zu. Ich schon. Maxi hatte deutlich gesagt: »Toilettenfrau!«
»Warum gibst du so dumme Antworten?« fragte ihn Bubi.
»Weil er so blöde Fragen stellt«, meinte Maxi. Er streckte Heinz die Zunge entgegen. »Bäääh!«

»Zeig dem Onkel nicht die Zunge!« fauchte Grete.
Maxi lachte. »Ich hab geglaubt, es ist der Doktor!« sagte er zu Bubi. Die beiden Babys unterhielten sich königlich.
Heinz zeigte auf Bubi. »Der andere Knirps ist aber auch niedlich!«
Bubi amüsierte sich wie noch nie. »›Knirps‹ sagte er zu dem Sohn eines Generaldirektors!«
Heinz hielt ihm seine Taschenuhr vors Gesicht und ließ sie an der Kette baumeln. »Guckguck!« dalkte er wieder.
»Uhrli, Uhrli!« Bubi schrie vor Vergnügen. »Uhrli!« rief er Maxi zu. »Eine Schweizer Markenuhr!«
»Hörst du?« fragte Heinz und hielt ihm die Uhr näher ans Ohr. »Sie macht tick-tack!«
Bubi schüttelte sich vor Lachen. »Was denn soll sie? Jodeln?« fragte er Maxi.
»Süß!« Heinz wandte sich wieder Maxi zu. »Wer ist denn dein Papi?« erkundigte er sich.
»Atschibatschi!« lallte Maxi, was soviel hieß wie: »Wir wissen es noch nicht, aber die Mutti hat schon einen Verdacht!«
»Das Kind gehört meiner Schwester!« sagte Grete schnell.
»Wenn ich denke, wie lange wir schon nicht so nebeneinander gesessen haben ...« flüsterte Heinz ihr zu.
»Schon sehr lange«, nickte sie. »Aber ich habe oft an Sie gedacht ...«
»Ich auch«, gestand Heinz und setzte hinzu: »Wenn Sie noch dieselben Gefühle hätten wie damals ...«
»Weinen wir!« sagte Maxi leise zu Bubi. Beide schrien und zerrissen die romantische Stimmung.
Heinz sprang besorgt auf. »Das Baby!«
»Wahrscheinlich ist es wieder naß!« jammerte Grete verzweifelt. »Es ist *immer* naß!«
Heinz wandte sich wieder Maxi zu. »Ist das wahr?« fragte er teilnahmsvoll. »Warum denn?«
»Olliballiball!« antwortete Maxi. Das hieß: »Was weiß denn ich? Vielleicht habe ich einen Rohrbruch!« Die beiden Babys strampelten vor Lust.

»Mein Papa«, sagte Bubi vergnügt zu Maxi, »hat gestern gesagt, ich bin wie das Meer!«
»So stürmisch?« fragte Maxi.
»Nein«, erwiderte Bubi und prustete lachend heraus: »Er hat gesagt, wo man mich anfaßt, bin ich naß!« Die beiden quietschten vor Wonne.
»Ich werde das Kind ein wenig zerstreuen«, schlug Heinz vor. »Da schau – Eisibahn!« Er machte einen D-Zug nach. »Tsch tsch tsch tsch tsch tsch tsch!«
Maxi schüttelte den Kopf. »Ein kindischer Mensch!«
»Lassen Sie doch das Kind!« flötete Grete.
»Lassen Sie das Kind!« imitierte Maxi sie verärgert. »Aber die staatliche Kinderbeihilfe einstecken – das paßt ihr!«
»Sie wollten mir doch etwas sagen ...«, begann Grete wieder.
»Ich wollte sagen«, stammelte Heinz, »daß ich oft an Sie gedacht habe ... und wenn Sie noch dieselben Gefühle hätten wie damals ...«
»Weinen!« kommandierte Maxi. »Aaahhh!« heulten die beiden.
Heinz sprang nervös auf. »Sie schreien schon wieder!«
»Was hast du denn?« wunderte sich nun auch Bubis Mama.
»Ich werde die beiden beruhigen«, meinte Heinz und zeigte auf die Straße. »Seht dorthin! Ein Töfftöff-Wagi!«
»Töfftöff-Wagi!« wiederholte Bubi belustigt. »Ein Maserati-Mexico um 435.000 Schilling.«
»Setzen Sie sich doch wieder zu mir, Heinz!« hauchte Grete verführerisch.
Heinz war glücklich. Er setzte sich, wobei er mich so fest an Bubis Mama drückte, daß sie fast von der Bank gefallen wäre, was mir einen höchst unfreundlichen Blick von ihr eintrug. »Wovon haben wir gesprochen?« fragte Heinz. »Ich weiß es schon. Ich sagte, ich habe oft an Sie gedacht, und wenn Sie noch dieselben Gefühle hätten wie damals ...«
Maxi machte ein Zeichen mit der Hand, ungefähr wie Karajan, wenn er den Einsatz für die Bläser gibt. »Aaaaahhhh!«

brüllten die beiden Babys. Heinz wurde langsam wütend. »Diese Kinder!« rief er.
Das war zuviel für Bubis Mama. »Das ist nur dieser Bengel!« mischte sie sich ein. »Mein Bubi ist brav! Ich werde es Ihnen beweisen!« Sie wandte sich an Bubi: »Ich lese das Märchen weiter, das wir gestern begonnen haben.« Sie schlug ein Buch auf und las: »Dornröschen ...«
»Im Atomzeitalter!« sagte Bubi zu Maxi. »So dumm macht man uns Kinder!«
»Sehr richtig!« pflichtete Maxi ihm bei. »Statt daß sie uns die ›Josefine Mutzenbacher‹ vorlesen würden ...«
Bubis Mama setzte fort: »Dornröschen stach sich an der bösen Spindel, es fiel in einen tiefen Schlaf und der ganze Hofstaat mit ihm. Der Koch hörte auf zu kochen, der Bäcker zu backen – und alle Räder standen still!«
»Generalstreik!« meinte Maxi und begann wieder zu brüllen. Heinz hielt sich die Ohren zu. »Ich kann nicht mehr!« stöhnte er. »Warum kümmern Sie sich um das Kind Ihrer Schwester, wenn es so ungezogen ist!«
Nun verlor auch Grete die Nerven. »Ich muß mich kümmern«, schluchzte sie. »Es gehört mir!«
Heinz wurde blaß. »So ist das also?« tobte er. »Ich hatte es gleich geahnt! Ich wollte es bloß nicht wahrhaben! Da hast du!« Er gab Maxi eine Ohrfeige und ging. Bubi lachte, Maxi weinte. »Sei still!« schrie Grete ihren Sprößling an. »Du hast mir noch keine Freude gemacht, seit du auf der Welt bist!«
»Wawawa!« machte Maxi, was soviel heißt wie: »Seit ich auf der Welt bin vielleicht nicht!«, worauf beide Babys hinzusetzten: »Odada!«, was soviel heißt wie: »Aber vorher!«

Seither frage ich kein Baby mehr: »Jawoisesdenn?« Es könnte antworten: »Deileilei!« – was soviel heißt wie »alter Depp!«.

Die Klugheit des Fuchses wird oft überschätzt, weil man ihm auch noch die Dummheit der Hühner als eigenes Verdienst anrechnet. Also sprach Hans Kasper. Mein Freund Robinson ist kein Fuchs, aber er ist klug – seine Frau Vera ist kein Huhn, aber sie ist – lesen Sie:

Klugheit

(Die folgende Geschichte ist nur ein Entwurf, aber die Entwürfe großer Dichter sind für die Nachwelt von unschätzbarem Wert. Neulich habe ich gelesen, daß bei einer Auktion ein Entwurf zu einem Gedicht von Heinrich Heine um eine halbe Million Schilling versteigert wurde. Und das waren bloß vier Zeilen. Bei mir werden es mindestens zwei Seiten sein, also ungefähr sechzig Zeilen, das ergibt – nach Heine gerechnet – bei einem Zeilenhonorar von 125.000 Schilling: sieben Millionen fünfmalhunderttausend Schilling. Warum sollte ich also nicht entwerfen? Meine Erben werden es mir danken. Ich entwerfe:)

Der Name:
Entwurf zu einem verhinderten Ehedrama.

Personen:
Dr. Robinson, Anwalt
Mela, seine Frau
Miroslava

Erster Akt: Bei Miroslava.
Miroslavas Eltern stammen aus Prag. Bei einer Gesellschaftsreise nach Wien springen sie ab und suchen um politisches Asyl an.
Miroslava ist ein Kind. Sie wächst in Wien auf, geht in Wien zur Schule, besucht einen Lehrkurs und wird Sekretärin. Sekretärin in einer Anwaltskanzlei. Dort lernt sie Robinson kennen. Sie ist sehr hübsch. Robinson lädt sie zum Abend-

essen ein. Beim Frühstück merken sie, daß sie sich ineinander verliebt haben. Er sich in ihr Gesicht, sie sich in sein Bankkonto. Robinson mietet ihr eine kleine Garconniere, in der er sie fast täglich besucht.

Zweiter Akt: Bei Robinson.
Mela, Robinsons Frau, ist im Begriff, einen seiner Anzüge in die Reinigung zu geben. Sie durchsucht die Taschen, um zu sehen, ob er nicht etwas drin vergessen hat, und findet einen Zettel mit einer Telefonnummer. Wahrscheinlich die Nummer eines Klienten, denkt sie. Das heißt, durchzuckt es sie plötzlich, es könnte doch ebensogut die Nummer einer Frau sein. Sie ist eifersüchtig. Immer gewesen. Sie liebt ihren Mann, als ob sie ihn hassen würde. Unsinn, versucht sie ihre Bedenken zu zerstreuen, die Nummer gehört sicher einem Klienten. Oder nicht? Oder doch? Zweifel erfassen sie, das Blut steigt ihr zu Kopf. Sie beschließt, die Nummer anzurufen. Oder lieber nicht? Oder doch? Was sagt sie, wenn sich eine Frau meldet? Ganz einfach. Ihren Namen. Stark und fest ihren Namen. Die andere soll wissen, daß man sie nicht ohne weiteres betrügen kann. Das heißt, zweifelt sie wieder, vielleicht gibt es gar keine andere. Natürlich gibt es eine, zerstreut sie ihre Bedenken. Sie kennt ihren Mann. Sie wird anrufen. Oder soll sie nicht? Doch. Kurz entschlossen geht sie zum Telefon und wählt die ominöse Nummer. Eine Frauenstimme meldet sich: »Hier Rathaus«.
»Wie bitte?« Mela ist perplex.
»Hier Rathaus«, wiederholt die Stimme ungeduldig. »Wer spricht bitte?«
»Niemand«, sagt Mela verlegen. »Das heißt ... mein Name ist Robinson ... Mela Robinson ... Sie entschuldigen.« Sie legt den Hörer auf. Sie schämt sich, daß sie ihren Mann wieder einmal ungerechtfertigterweise verdächtigt hat.

Dritter Akt: Bei Miroslava.
Miroslava legt den Hörer auf. »Deine Frau war am Appa-

rat«, sagt sie zu Robinson. »Es war eine gute Idee von dir, meinen Namen von ›Powondra‹ auf ›Rathaus‹ ändern zu lassen.«

Ich werde diesen Entwurf nie ausführen. Ich habe ihn nur geschrieben, damit er versteigert werden kann. Sieben Millionen und etwas mehr sind eben nicht zu verachten.

Ich hasse das Fernsehen. Ich hasse es ebenso wie Haselnüsse und kann nicht aufhören, sie zu essen. (Orson Welles)

Farbfernsehen

Wir besitzen keinen Farbfernsehapparat. Meine Frau mag keinen. Sie sagt, ein solcher Apparat ist schlecht für die Augen und schlecht für die Kasse, er verbraucht viermal soviel Strom wie ein anderer und muß dreimal so oft repariert werden. Sagt sie.

Heute rief Goldmann an. »Weißt du, daß ihr abends im Fernsehen seid?«

»Nein!« sagte ich überrascht. Ich hatte es wirklich nicht gewußt. »In was für einer Sendung?« fragte ich.

»›Wenn die kleinen Veilchen blühen‹. Wollt ihr zum Abendessen zu uns kommen? Wir haben einen neuen Fernsehapparat. Farbe.«

»Gut!« sagte ich erfreut. »Wann sollen wir bei euch sein?«

»Gegen sieben, damit wir noch gemütlich essen können.«

»In Ordnung.« Ich legte auf. »Wenn die kleinen Veilchen blühen« war eine Operette, Musik von Robert Stolz, meine Frau spielte eine Nachtlokalsängerin, und ich hatte das Buch bearbeitet. Das fertige Produkt hatten wir nie gesehen. Ich sagte meiner Frau, daß uns Goldmanns zu den »Veilchen« eingeladen haben, brachte ihr schonend bei, daß wir die Sendung in Farbe sehen würden, und waren am Abend pünktlich dort. Auch Robinsons waren da und mein Neffe Ladi, der kleine Sonnenschein des Hauses.

Von einem gemütlichen Essen war natürlich keine Spur. Es gab Suppe, gedünsteten Rindsbraten mit Kartoffeln und anschließend Eis, aber um ja nichts zu versäumen, hatte man im Fernsehzimmer gedeckt, wo wir gezwungen waren, um einen kleinen Tisch herumzusitzen. Daß wir dauernd mit den Knien zusammenstießen, hätte mich nicht gestört, weit ärgerlicher fand ich es, daß Frau Robinson, mit Blick auf den Bildschirm, meine Kartoffeln aß. Dafür trank ich ihren Wein.

Wir sahen die Werbung, die Nachrichten, die Werbung, den Sport und die Werbung. Endlich erschien die Sprecherin. Sie hatte eben begonnen: »Guten Abend, meine Damen und Herren! Im ersten Programm sehen Sie jetzt die Operette –«, als Ladi sagte: »Die Farben sind schlecht.« Er stand auf, ging zu dem Apparat, drehte an einigen Knöpfen, und richtig – die Farben veränderten sich. Gesichter wurden rot, Nasen blau, Augen violett.

»Laß das, du Lausbub!« schrie mein Schwager Goldmann, sprang auf und gab Ladi eine Ohrfeige. Ladi heulte wie ein Kettenhund, was – gemixt mit der zarten Stolz-Musik – in einem kühnen, aber nicht reizlosen Kontrast stand. »Ich werde dir zeigen, wie man das macht!« Goldmann drehte an den Knöpfen, und wieder veränderten sich die Farben. Gesichter wurden blau, Nasen violett, Augen rot.

»Lassen Sie *mich* versuchen«, sagte Robinson. »Wir haben doch das gleiche Gerät.« Er drehte an den Knöpfen, die Darsteller wurden gelb, lang und dünn. Plötzlich sah ich Johannes Heesters in einem Lift nach oben fahren. Was war das? Das hatte ich doch nie geschrieben? Und jetzt kamen Thomas Fritsch und Peter Kraus und fuhren ebenfalls im Lift nach oben. Nun begriff ich. Alle fuhren im Lift nach oben, das Bild war nicht zu halten.

»Laß doch das!« sagte Frau Robinson ängstlich. »Du wirst den Apparat kaputtmachen, wie du den unsrigen kaputtgemacht hast.«

Goldmann wurde bleich, seine Frau faßte seine Hand, als wollte sie sagen: Was immer kommen mag, ich steh zu dir!

»Keine Angst«, sagte Robinson, »ihr werdet gleich sehen.« Nichts sahen wir. Das Bild war weg, einfach weg, wir hörten nur noch den Dialog. Plötzlich erschien etwas Giftgrünes auf dem Bildschirm, das aussah wie ein Geist, dem schlecht geworden war.

»Das sind *Sie*, Frau Cissy!« rief Frau Robinson. »Fesch wie immer!« Aber Frau Cissy entpuppte sich als Theo Lingen. Aber was für ein Theo Lingen! Sein Gesicht war grün und so langgezogen, daß ich befürchtete, er könnte mit dem

Kopf den Kasten durchstoßen und oben herauskommen. Meine Frau warf mir einen wütenden Blick zu. Um das zu sehen, mußte sie hier essen, wo sie eben eine Abmagerungskur machte, bei der sie bisher bloß ein Viertelkilo zugenommen hatte. Lingen ging eine Treppe hinunter und fuhr gleichzeitig mit der Treppe hinauf. Wie er das machte? Jetzt stand das Bild still. »So!« sagte Robinson zufrieden. »Jetzt ist es da!« Und schon war es weg.

Ich schloß die Augen und lauschte dem Ton, der klar und rein aus dem Lautsprecher kam. Jetzt mußte das Chanson meiner Frau kommen. »Jetzt kommt dein Lied!« sagte ich, um sie gnädiger zu stimmen und um die andern darauf aufmerksam zu machen. Inzwischen hatte Robinson wieder an einem Knopf gedreht. Aus dem Apparat ertönte ein Kreischen, das selbst uns, die wir jahrelang in der Nähe einer U-Bahn-Baustelle gewohnt hatten, erzittern ließ. Robinson sprang zurück, er fürchtete einen Terroranschlag.

»Ich verstehe zwar nichts von solchen Geräten, aber laßt mich einmal probieren«, sagte ich. Goldmann wankte. Rechts wurde er von seiner Frau gestützt, links hielt er sich an einem Schrank fest. Ich drehte an einem Knopf, das Kreischen verstummte, der Ton war wieder in Ordnung. Daß das Lied meiner Frau inzwischen vorüber war, ist eine andere Sache. Liebes Fernsehen, bat ich im stillen, sei gut und funktioniere! Gib ein Bild, liebes Fernsehen, gib ein Bild! Gib ein Bild, und ich will nie wieder auf dich schimpfen!

Da war es. Heesters, Lingen, Kraus und Fritsch fuhren mit dem Lift nach unten, immer tiefer und tiefer. Mich packte die Wut. Elender Mist, fluchte ich und schlug mit der Faust auf den Kasten. Der Lift änderte die Richtung und fuhr nach oben, immer höher und höher. Nun schlug auch Robinson zu, mit dem Resultat, daß der Lift jetzt schräg fuhr und die Darsteller zitterten. Meine Frau zog den rechten Schuh aus und schlug mit dem Absatz auf den Apparat ein, Frau Robinson folgte ihrem Beispiel, Ladi brachte Robinson einen Holzhammer, wie man ihn zum Nüsseknacken verwendet, Robinson packte die Wut, er drosch drauflos

und traf meinen Daumen (ich werde nie mehr Klavier spielen können), meine Frau zog sich an einer herausstehenden Schraube eine Rißwunde zu, Frau Goldmann stand auf dem Fensterbrett, bereit, sich hinunterzustürzen, während Goldmann mit irrem Blick seine spärlichen Haare raufte. Da plötzlich – wie von Zauberhand berührt – war alles vorüber. Bild und Ton waren wieder klar, und da erschien auch schon die Sprecherin und sagte:
»Meine Damen und Herren! Wir bitten die Fernseher im Bereich des Senders Kahlenberg die schlechte Bild- und Tonqualität zu entschuldigen.«
Beschämt setzten wir uns hin. Es war nicht nur bei Goldmanns so gewesen, sondern im ganzen Bereich des Senders Kahlenberg. Traurig drehte Goldmann den neuen, zusammengeschlagenen Farbfernsehapparat ab ...
Am nächsten Tag erfuhren wir, daß er sich wegen Totalschadens nicht mehr aufdrehen ließ.
»Du hast recht«, sagte ich zu meiner Frau. »Ein Farbfernsehgerät braucht wirklich mehr Reparaturen.«

Es wird Ihnen vielleicht aufgefallen sein, daß wir damals mit unseren späteren Freunden, den Robinsons, noch per Sie waren. Zu jener Zeit übrigens auch noch mit Joschi, den Wronskys, den Spannagls usw. Die Geschichte, in der wir an einem Silvesterabend miteinander Bruderschaft tranken, ist in diesem Band nicht enthalten. (Apropos, damit Sie uns nicht für rückständig halten: Heute haben wir natürlich bereits einen Farbfernsehapparat.)

»Es ist noch die Frage, ob Wahnsinn nicht die höchste Form von Intelligenz ist«, sagte Edgar Allan Poe.
Ich weiß es nicht. Ich hatte in meinem Leben viel mit Verrückten zu tun, aber nie mit Wahnsinnigen. Einer dieser Verrückten war Birnbaum. Hätte er sich eingebildet, ein Birnbaum zu sein, hätte ich es eingesehen – aber das genügte ihm nicht. Er schien sich gedacht zu haben: »Wenn ich mir schon einbilde, etwas anderes zu sein als ich bin, dann etwas Höheres. Ein König. Und kein gewöhnlicher König. Ein Roi.« Und so wurde Birnbaum

Ludwig XVI.

Birnbaum war über Nacht verrückt geworden. Am Abend sagte er noch zu seiner Frau Mathilde wie an jedem Abend vor dem Schlafengehen »Gute Nacht!«, am Morgen sagte er »Bon jour!« und verlangte mit »Sire« angesprochen zu werden. »Ich bin Ludwig XVI.«, setzte er hinzu.
Seine Frau sah ihn erschrocken an. »Ludwig«, sagte sie (Ludwig hieß er wirklich), »was ist los mit dir? Du bist Ludwig Birnbaum, hast eine Buch- und Papierhandlung, warst immer zufrieden – warum willst du plötzlich ein König sein?« Aber Birnbaum, der in letzter Zeit viel über französische Geschichte gelesen hatte – er pflegte immer zu lesen, wenn keine Kundschaft im Laden war –, fuhr sie an: »Bring mir das Déjeuner oder – Milletonerre! – ich werfe dich in die Bastille!« Mathilde zog sich zitternd zurück und machte das Frühstück: Kaffee, Milch, Butter, Marmelade, Brötchen und ein weiches Ei. Birnbaum fegte es mit der Hand vom Tisch. »Das nennst du ein Déjeuner?« schrie er. »Das ist im besten Fall ein Frühstück für einen Buchhändler, aber nicht für einen König! Wo sind die Austern? Wo ist der Kaviar? Wo ist das délicieuse Naschwerk, das mir mein Hofkonditor zu backen pflegt? Fort damit.«
Mathilde trug das Frühstück in die Küche zurück und rief ihre Mutter an. »Was will er sein?« fragte Birnbaums Schwiegermutter. »Ludwig XVI.? Laß *mich* mit ihm reden, ich komme sofort zu dir!«

Sie kam. Nun war Birnbaums Schwiegermutter keine von den angenehmsten. Hätte Siegfried sie seinerzeit besiegen müssen, hätten wir heute keine Nibelungensage. »*Wer* willst du sein?« fragte sie ihren Schwiegersohn unfreundlich.

»Ich bin Ludwig XVI.«

»Ein Schmarrn bist du!« antwortete die Schwiegermutter. »Du bist Ludwig Birnbaum und bist mit meiner Tochter verheiratet!«

»Sie meinen Maria Antoinette? Dann sind Sie die Kaiserin Maria Theresia?«

»Ich bin nicht die Kaiserin Maria Theresia, ich bin deine Schwiegermutter Rosa Rechnitzer!«

»Was erkühnen Sie sich, Madame! Ich bedaure es, daß Ihr Gemahl Franz Stephan von Lothringen nicht mehr unter den Lebenden weilt, ich hätte bei ihm Beschwerde eingelegt!«

»Mein Gemahl ist nicht Franz Stephan von Lothringen, mein Gemahl war Heinrich Rechnitzer, Buch- und Papierhändler! Du bist als Verkäufer bei uns eingetreten, hast unsere Tochter geheiratet und hast das Geschäft geerbt!«

»Geschäft?« sagte Birnbaum geringschätzig. »Ich habe alles geerbt! Ganz Frankreich! La grande nation!«

»Was redest du da?« Frau Rechnitzer war verzweifelt. »Du hast nur das Geschäft geerbt! Ich muß es doch wissen! Ich bin doch die Mutter deiner Frau!«

»Dann seid Ihr doch Maria Theresia!« freute sich Birnbaum.

Frau Rechnitzer zwang sich zur Ruhe. »Hör zu«, sagte sie, »ich werde dir alles erklären.«

Mathilde stand draußen vor der Tür. Nach einer Stunde kam ihre Mutter heraus. »Fürchte nichts«, sagte sie zu ihrer Tochter, »es wird alles gut werden. *Einen* Ludwig habe ich ihm schon heruntergehandelt. Er glaubt nur noch Ludwig XV. zu sein.«

Aber auch als Ludwig XV. war es nicht besser. Er freute sich zwar, daß er Lothringen bekam, ärgerte sich aber, daß

es ihm im Österreichischen Erbfolgekrieg trotz großer militärischer und finanzieller Anstrengungen nicht gelang, das Haus Österreich niederzuringen. Mathilde rief den Arzt Dr. Merzenberger.
»Birnbaum!« sagte der Medizinalrat Dr. Merzenberger jovial, als er eintrat. »Ihre Frau hat mich gebeten zu kommen. Wie geht es Ihnen?«
Birnbaum nickte ihm hoheitsvoll zu. »Meine Majestät« sagte er, »fühlt sich gesundheitlich wohl. Eben habe ich Ihre Majestät, die Kaiserin von Österreich, in Audienz empfangen.«
»Sie meinen Frau Rechnitzer«, sagte Dr. Merzenberger vorsichtig.
Birnbaum wurde wütend. »Parbleu!« rief er. »Wie unterstehen Sie sich, Ihre Majestät zu benamsen!«
Merzenberger erschrak. »Pardon, Sire!« entschuldigte er sich. »Es war nicht meine Absicht ...«
»Eh bien«, unterbrach ihn Birnbaum herablassend. »In Anerkennung Ihrer Verdienste ernenne ich Sie zum Hofmedikus. Die Audienz ist beendet.«
Dr. Merzenberger verließ mit einem untertänigen Bückling das Zimmer. Draußen wartete Mathilde. »Wie geht es ihm, Herr Medizinalrat?« fragte sie ängstlich.
»Medizinalrat?« wiederholte Dr. Merzenberger stolz. »Hofmedikus.« Damit verabschiedete er sich hocherhobenen Hauptes. Eine Stunde später kam Professor Dr. Mondschein. »Beruhigen Sie sich«, sagte er zu Mathilde. »Lassen Sie mich nur machen. Solche Patienten muß man mit Grobheit behandeln.«
»Da sind Sie ja!« polterte er, als er eintrat und schlug Birnbaum kräftig in den Rücken. »Ihre Frau hat mir erzählt, was Sie für Sachen machen!«
»Halt Er den Mund!« befahl Birnbaum. »Weiß Er nicht, wer ich bin? Ich bin Ludwig XV.!«
»Ein Dreck sind Sie!« entgegnete Dr. Mondschein grob. »Ein kleiner Geschäftsmann sind Sie, der mir noch die letzte Visite schuldig ist!«
»Wache!« rief Birnbaum. »Musketiere des Königs! D'Arta-

gnan, Porthos, Aramis! Verhaftet ihn!« Birnbaum richtete sich auf, daß er um einen Kopf größer wurde, dann wendete er sich an Dr. Mondschein. »Ich aberkenne Ihnen die Doktorwürde und verurteile Sie zu lebenslänglicher Deportation auf der Teufelsinsel! Begeben Sie sich sofort dorthin, oder ich lasse Sie füsilieren! Hinaus!«

Dr. Mondschein zog sich erschrocken zurück. »Wie geht es ihm?« wimmerte Mathilde.

»Halten Sie mich nicht auf«, antwortete Dr. Mondschein. »Ich muß das Flugzeug nach der Teufelsinsel erreichen!«

Am Abend kam endlich der Psychiater Dr. Eidlitz.

»Wundern Sie sich nicht«, sagte er zu Mathilde, »wenn ich Ihrem Gatten anfangs in allem recht gebe. Narren soll man nicht widersprechen. Vor allen Dingen muß man ihn von der Idee abbringen, der Fünfzehnte zu sein.« Sie traten ein.

»Sire!« sagte Dr. Eidlitz und verneigte sich tief.

»Wer ist Er?«

»Chevalier Eidlitz, Sire, der Hofpoet Eurer Majestät. Ich schreibe ein Buch über Euch und bin in meinen Nachforschungen auf einen gewissen Birnbaum gestoßen, der Euch einmal viel bedeutet hat. Erinnert Ihr Euch an ihn?«

»Naturellement!« lachte der König. »Ludwig Birnbaum, ein kleiner Buch- und Papierhändler.«

Eidlitz nickte Mathilde triumphierend zu und setzte fort. »Kennen Majestät vielleicht die Familienverhältnisse dieses Birnbaum?« fragte er.

»Ob ich sie kenne. Birnbaums Eltern hatten viele Kinder, und was das Seltsame war – lauter Knaben.«

»Und?« fragte der Chevalier begierig. »War Ludwig der erste?«

»Nein«, erwiderte der König, »der fünfzehnte.«

Chevalier Eidlitz zuckte zusammen. »Was wißt Ihr sonst noch von ihm, Majestät?« erkundigte er sich. »Wie war er in der Schule? War er da wenigstens der Erste?«

Ludwig schüttelte den Kopf. »Der Fünfzehnte.«

Eidlitz gab nicht auf. »Seine erste Liebe«, fuhr er fort. »Wer war sie?«

»Frieda Papanek«, gab der König bereitwillig Auskunft. »Er wollte sie heiraten, aber er kam bald dahinter, daß er bereits Vorgänger hatte.«
»Und der wievielte war er?«
»Der Fünfzehnte.«
Dr. Eidlitz ließ ihn in seine Klinik bringen. Im Wartezimmer saßen noch zwei andere Patienten.
»Churchill«, stellte der erste sich vor.
»Ludwig XV.«
»Woher wissen Sie das?«
»Der liebe Gott hat es mir gesagt.«
Drauf sagte der dritte: »Ich habe kein Wort gesprochen.«
Nach drei Monaten wurde Birnbaum geheilt entlassen. Er verabschiedete sich von Ärzten und Schwestern. »Es ist ein schönes Gefühl«, sagte er gerührt, »wieder gesund zu sein. Nun eine Bitte: Darf ich Sie nach Beendigung des Siebenjährigen Krieges, den ich gemeinsam mit Österreich gegen die Preußen führen werde, zu einer Genesungsparty einladen?«

Birnbaum redete sich nicht mehr ein, ein anderer zu sein. Er stand wieder im Geschäft und verkaufte Kugelschreiber und Bücher – aber er blieb verrückt. So fiel er weiter nicht auf.

Wenn ein Theaterstück Erfolg hat, denkt jeder der Mitwirkenden: Kunststück, ich war eben gut! – Hat es einen Mißerfolg, sagen sie gemeinsam: Das Publikum war schlecht. So oder ähnlich sprach:
Sacha Guitry

Premiere

Was halten Sie von ernsten, seriösen Menschen, die Operettenbücher schreiben oder alte, bewährte Operetten für das Fernsehen bearbeiten? Ich bewundere sie, ich bete sie an, ich verehre sie. Ich gehöre nämlich zu ihnen. Ich halte die Tradition in Ehren, das richtet mich auf und bringt Tantiemen. Sie dürfen nicht glauben, daß es so einfach ist, eine Operette zu schreiben. Da ist vor allem einmal die Handlung. Ich weiß, die kann man stehlen und wenden. Da sind aber auch die Dialoge. Soweit es sich um Liebe dreht, versucht man, sich zu erinnern. Was habe ich damals der Blonden gesagt, bevor wir, oder was habe ich damals der Schwarzen gesagt, nachdem wir? Es fällt einem wieder ein. Aber die Witze! Das Publikum will lachen. Es ist klar, daß so etwas die Kritiker verstimmt, die Kritiker wollen Probleme. Wenn die wüßten, was ich für Probleme habe, bis so eine Operette fertig ist.
Der erste Akt spielt, sagen wir, in einem Antiquitätengeschäft. Was liegt näher als der folgende Dialog zwischen den beiden Komikern. Den einen spielt Toplitz, den andern Holberg.
TOPLITZ: Wer sind die Leute auf diesen Bildern?
HOLBERG: Die Ahnen.
TOPLITZ: Von wem?
HOLBERG: Von dem, der sie kauft.
Ich lache schon beim Niederschreiben dieser Worte. Das ist ein Witz, der einem einfallen muß. Entweder man hat ihn, oder man hat ihn nicht. Ich habe ihn – und zwar aus einem englischen Musical, das ich in London gesehen habe. Aber wird unser Publikum darüber lachen? Und wird Holberg

die Pointe bringen können? Er wird sie *nicht* bringen können. Also muß ein anderer Witz her. Ich habe einen, um den zu verwenden, müßte allerdings der erste Akt in einem Eisenbahncoupé spielen, was absolut möglich wäre. Toplitz spielt den Schaffner, Holberg den Passagier.

TOPLITZ: Ihre Fahrkarte, bitte.

HOLBERG: Ich habe sie verloren.

TOPLITZ: Erwarten Sie, daß ich das glaube?

HOLBERG: Warum nicht? Ich glaube ja auch, daß die Bundesbahn Geld verliert.

Das geht, das kann er bringen, dazu ist er dumm genug. Außerdem bleibt der Witz aktuell, weil die Bundesbahn immer Geld verlieren wird. Soviel über Witze, jetzt kommen aber erst die Gesangstexte. Versuchen Sie einmal einen genialen Einfall zu haben wie diesen:

Komm mit nach Teheran,
Dort komm ich an dich näher ran!

Glauben Sie, daß das so leicht ist? Wenn ja, warum hat Shakespeare es nicht geschrieben? Oder Goethe? Oder Schiller? Aber lassen wir das, ich wollte nur meine Probleme aufzeigen.

Nehmen wir nun an, die Operette ist fertig, sie wird von einem Theater angenommen, die Premiere findet statt. Das Haus ist voll, Tenor und Sängerin singen und spielen ihre Liebesszenen so überzeugend, daß jeder im Publikum denkt: »Die haben auch privat etwas miteinander!« Dasselbe gilt für den Buffo und die Soubrette. Unbeschwert fliegen sie im Tanz dahin, daß alle sagen: »Die sind auch im Leben ineinander verliebt!« Und dann kommt der Komiker. Er schleudert einen Witz nach dem andern in den Zuschauerraum, und die anwesenden Frauen denken: »Mit dem möchte ich verheiratet sein! Da könnte ich den ganzen Tag lachen! Der ist bestimmt kein solcher Griesgram wie mein Mann.«

Und dann, nach dem dritten Akt, fällt der Vorhang. Die Darsteller stehen, glücklich lächelnd, in einer Reihe auf der Bühne und nehmen den Applaus des Publikums entgegen.

Und nun will ich Ihnen verraten, was jeder der Künstler denkt.
Der Tenor, seine Partnerin, die Sängerin, an der Hand haltend:
Schön hätte sie ausgeschaut, wenn ich nicht mit ihr gesungen hätte. Nach ihrem Solo hätte sich keine Hand gerührt, aber sie hat ja die Claque bezahlt. Ich möchte wissen, was sie das kostet. Glotz nicht ins Publikum, und lächle mich an, du Gans! So ist's recht. Jetzt muß ich ihr noch die Hand küssen! Das wäre auch überstanden. Morgen muß ich ihr wieder sagen, daß sie nicht soviel Puder auflegen soll. Abgesehen davon, daß sie ausschaut wie ein Geist und daß kein Mensch verstehen wird, wie ein Mann wie ich sich in so etwas verlieben kann, macht sie mir auch noch den Frack weiß. In jeder Operette, in der ich einen Frack trage, legt sie ihr verdammtes Wuschelköpfchen auf meine Schulter. Hundertmal habe ich es ihr schon gesagt, aber sie macht es ja absichtlich, weil sie weiß, wie schwer es ist, solche Flekken zu entfernen. Lächle mich an, du Kuh, lächle! Endlich! Der letzte Vorhang!
Die Sängerin:
Gott sei Dank, daß das vorüber ist! Mit diesem Ekel zu singen ist wirklich kein Vergnügen. Wozu geht so ein Mann zum Theater? Es gibt doch so viele andere Berufe. Aber was hätte er schon werden können! Für einen Beamten ist er zu dumm, für einen Vertreter zu blöd und für einen Playboy zu fad. Mit seinen Qualitäten *konnte* er nur Tenor werden. Jetzt lächelt er mich noch an, und ich, ich muß zurücklächeln. Gut hätte er ausgeschaut, wenn ich nicht mit ihm gesungen hätte. Ich weiß nicht, wie ich dazu komme meine Stimme zurückzuhalten, nur damit man ihn überhaupt hört. Wo sind meine Blumen? Endlich bringt man sie. Neun Körbe? Wieso? Ich habe doch zehn bezahlt?! Schon wieder lächelt mich dieses Vieh an. Bäh! Jetzt küßt er noch meine Hand. Ich muß sie sofort mit Alkohol waschen, sonst riecht man noch morgen das ekelhafte Parfüm, das er benützt. Ich freue mich nur, daß ich seinen Frack weißge-

macht habe. Das kann er nicht leiden. Endlich! Der letzte Vorhang!

Der Buffo, die Soubrette an der Hand:

Das war wieder ein Abend! Zweimal ist sie mir beim Tanz auf den Fuß gestiegen, wo sie weiß, daß ich ein Hühnerauge habe. Sie denkt, weil sie mit mir liiert ist, kann sie sich alles erlauben. Abnehmen muß sie auch, ich kann sie nicht mehr hochheben. Was drückst du dauernd meine Hand, du Bestie? Richtig, sie hat mir gesagt, daß ich beim Verneigen auf sie zeigen soll. Na schön, ich tu ihr den Gefallen. Jetzt freut sie sich, die dumme Pute. Ich begreife nicht, wie man so eitel sein kann. Na, zeig schon auf mich! Oder denkst du, du stehst allein auf der Bühne? Wenn ich sie nur schon los wäre! Aber wie? Wir sind nun mal die Lieblinge in diesem Kaff! Alle meine Kollegen haben mit ihren Partnerinnen Liebschaften gehabt, und alle haben sie wieder angebracht, nur ich nicht. Ich weiß nicht, was ich falsch mache. Endlich! Der letzte Vorhang! Die Soubrette:

Habe Dank, lieber Gott, ich habe ausgelitten. Es ist kaum zu glauben, daß auch *so* ein Abend vorübergeht. Was habe ich verbrochen, daß ich diesen Kerl ertragen muß! Nicht einmal tanzen kann er mehr. Er ist zu schwer, weil er zuviel frißt. Jetzt wird er wieder sagen, ich bin ihm auf das Hühnerauge gestiegen. Hättest du den Fuß zurückgezogen, wie wir es probiert haben, du Kamel! Aber er merkt sich ja nicht einmal die einfachsten Schritte. Wie ich mich mit so etwas einlassen konnte! Jetzt zeigt er auf mich. Ein Wunder, daß er das nicht vergessen hat. Werner applaudiert mir aus seiner Loge zu. Ich danke dir, Liebster! Auch für das Armband, das du mir in die Garderobe geschickt hast. Ich werde es nur tragen können, wenn ich mit dir allein bin. So borniert der Schöps ist, es würde ihm auffallen. Morgen um vier. Ich kann es kaum erwarten. Richtig, ich muß ja auf *ihn* zeigen! Verbeuge dich nur! Hoffentlich merkst du, wie der Applaus nachläßt, wenn du dich allein verneigst. Ach, möchte ich schon gern von dir erlöst sein, aber wie? Wie soll ich dir beibringen, daß ich einen andern liebe? Schließlich will ich nicht, daß du Selbstmord begehst. Werner würde mich heiraten, sobald er von seiner Frau geschieden ist. Wie werde ich dich los? Endlich! Der letzte Vorhang!

Der Komiker:

Was applaudiert ihr, ihr Lemuren! Glaubt ihr, es macht mir ein Vergnügen, hier den Affen abzuziehen? Und alles, damit ihr lacht? Und dann lacht ihr gerade dann nicht, wenn ich es will! Zum Beispiel bei meinem Extempore. Der Regisseur wollte es nicht, Holberg wollte es nicht, und ich habe es durchgesetzt. Und ihr sitzt unten und verzieht keine Miene. Morgen wird es gestrichen, und ich bin blamiert. Ein Künstler, der in seiner Jugend den Hamlet und den Don Carlos gespielt hat, muß hier den Operettendreck spielen! Nur weil ich mich in Linz in die Naive verliebt habe und mich mit ihr hierher engagieren ließ. Heute ist sie komische Alte, aber mir hat sie meine Karriere zerstört! Oh, wie ich alle Weiber hasse! Zum Glück spiele ich nur noch bis zur Pension. Was mich heute freut, ist, daß ich der einzige bin, der gefallen hat. Erfolg am Theater ist etwas Schönes, aber die Mißerfolge der Kollegen sind auch nicht zu verachten. Ha, ha! Verneigt euch nur, macht euch lächerlich, seht ihr denn nicht, daß der ganze Applaus nur mir gilt? Endlich! Der letzte Vorhang!

Ich, hinter den Kulissen stehend:

Applaus, vierzehn Vorhänge, und keiner holt mich auf die Bühne! Was glaubt ihr eigentlich? Denkt ihr, den Erfolg habt *ihr* gemacht? Der Erfolg war mein Stück! Holt mich doch endlich! Ich weiß nicht, warum ich diesem undankbaren Gesindel immer so gute Rollen schreibe! Was ruft der Regisseur? »Den Autor! Holt den Autor!« Ich winke lächelnd ab. Er soll denken, ich will nicht. Na also, jetzt kommt die Sängerin auf mich zu. Sie ist mir von allen noch die liebste. Jetzt bleibt das Aas wieder stehen! Jetzt sagt sie der Soubrette (Gott, war die wieder schlecht!) etwas ins Ohr, und jetzt kommen beide, um mich zu holen. Ich sträube mich, was gar nicht so leicht ist, wenn man sich nicht sträuben will. Der Regisseur gibt mir einen Stoß – ich stehe

auf der Bühne. Tosender Beifall! Noch ein Vorhang, noch einer und noch einer! Das Publikum versteht, daß nur mein Stück den Abend so amüsant gemacht hat. Ich muß auf den Dirigenten zeigen, er wartet schon die ganze Zeit auf diesen Augenblick. Jetzt spielt er den Überraschten. Verlegen verneigt er sich, der unbegabte Trottel, und zeigt auf die Musiker.
Die Musiker:
Du kannst uns danken. Wenn wir nicht gespielt hätten, wie *wir* wollten, hättest du die ganze Vorstellung geschmissen!
Endlich! Der letzte Vorhang!
Im Zuschauerraum wird es hell, die Zuschauer verlassen das Theater, nur die Claque tobt weiter. Da wir wissen, daß sie von der Sängerin bezahlt wurde, lassen wir sie allein vor den Vorhang gehen.
Hinter der Bühne folgt nun das übliche Händeschütteln, das Umarmen, das Küssegeben. Und dann geht's zur Premierenfeier.

Während des Essens erscheinen bereits die ersten Kritiken. Wir erfahren, daß ein solcher Mist schon lange nicht da war und daß der Erfolg nur dem glänzenden Zusammenspiel des aufeinander eingestellten, spielfreudigen Ensembles zu danken ist.

»Hypo« ist griechisch und heißt »unter«. Was »chonder« heißt, weiß ich nicht, aber ich bin es: ein Hypochonder. So sagt man von mir. Ich selbst weiß, daß ich mir meine Krankheiten nicht einbilde, sondern daß ich sie wirklich habe. Ich bin, wie ich *mich nenne: Ein*

Patient der gesamten Heilkunde

Ich öffnete das Fenster. »Ein herrlicher Frühlingstag!« rief ich aus und atmete die frische Luft ein, die durch die Tankstelle vor unserm Haus erst richtig würzig wurde. »Die Sonne scheint, die Blumen blühen, die Welt hat sich verjüngt!«

»Du auch«, meinte meine Frau, die mir gern mein antiquarisches Aussehen vorwirft, weil ich, anstatt Waldspaziergänge zu unternehmen, lieber beim Schreibtisch oder im Kaffeehaus sitze. »Du wirkst heute bedeutend jünger und gesünder.«

Sie hatte recht. Heute fühlte ich mich wirklich jung und gesund. Heute würde ich am liebsten hinausfahren, irgendwohin ins Freie, weg von der Großstadt, weit, weit weg. Schade, daß ich zu einer Besprechung mußte.

Lustig vor mich hinpfeifend ging ich zum Haustor hinaus, auf die Straße. Kaum hatte ich ein paar Schritte getan, traf ich meinen Freund Pfandl.

»Hast du was?« fragte er, nachdem wir uns begrüßt hatten.

»Nein«, sagte ich verwundert. »Warum?«

»Weil du so blaß und grün bist«, meinte er besorgt, setzte aber sofort aufmunternd hinzu: »Die Frühlingssonne wird es schon machen. Tschau!« Er ging.

Blaß, dachte ich, wieso blaß? Ich fühle mich doch heute so wohl. Das heißt, überlegte ich, so richtig wohl fühle ich mich gar nicht. Was hatte ich bloß zum Frühstück gegessen? Tee, Schinken, Eier – das war's! Die Eier. Ich weiß, daß ich keine Eier vertrage, und immer wieder esse ich welche. Ab morgen gibt es für mich keine Eier mehr. Ich betrachtete mich im Spiegel eines Schaufensters. Ich war wirklich blaß und grün. Wenn man keine Eier verträgt, grübelte ich, muß doch irgend etwas nicht in Ordnung sein. Aber was? Der Magen? Ob ich Gastritis habe? Oder Geschwüre? Andererseits, wenn es der Magen ist, wieso habe ich jetzt plötzlich Schmerzen auf der rechten Bauchseite? Das kann der Blinddarm sein, aber auch die Leber. Blinddarm wäre mir lieber, obwohl man mit einer Blinddarmreizung nicht spaßen soll. Und wer sagt schon, daß es bloß eine Reizung ist? Es kann doch ebensogut eine Entzündung sein. Das würde heißen, daß ich mich operieren lassen muß, ehe es zum Durchbruch kommt. Bei meinem Pech kommt es zum Durchbruch. Mir – ich meine beruflich – ist der Durchbruch nicht gelungen, meinem Blinddarm wird er gelingen. In meinem Lieblingsbuch »Was mache ich, bis der Arzt kommt?« habe ich gelesen: »Blinddarmentzündung erkennen Sie, wenn Sie das rechte Bein in der Leistengegend abbiegen und sechsmal hintereinander hochheben. Anschließend drücken Sie beide Hände in die rechte Bauchseite. Fühlen Sie einen stechenden Schmerz, ist es eine Entzündung.«

Es war zur Stoßzeit. Menschen kamen mir entgegen, hasteten an mir vorüber, überholten mich. Ich stellte mich hin, bog mein rechtes Bein in der Leistengegend ab und hob es sechsmal hoch. Einer der Vorübergehenden sagte »Trottel!«, ein anderer »Vormittag schon besoffen!«, während mir die übrigen den Autofahrergruß leisteten, indem sie mit dem Zeigefinger an die Stirn tippten. Ich stand da, auf einem Bein, und drückte beide Hände in die rechte Bauchseite. Ein Stich. Ich wußte es. Aber Moment – da links spüre ich auch einen Stich. Sollte ich zwei Blinddärme –? Ausgeschlossen. Aber was hat man links? Weiß schon: den Dickdarm. Also Blinddarm- und Dickdarmentzündung. Mir bleibt doch nichts erspart. Es könnte auch bloß eine Ausstrahlung sein – aber von wo? Von der Niere? Dr. Bachl konstatierte einmal, daß ich eine Wanderniere habe. Ich hatte *keine* Wanderniere, aber er blieb bei seiner Diagnose.

In der Honorarnote, die er mir schickte, stand: »Behandlung einer Wanderniere ... öS 6000.« Ich glaube, er hat pro Kilometer gerechnet. Warum mache ich Witze? Warum schweife ich vom Thema ab? Weil ich der Wahrheit nicht ins Auge schauen will. Ich überlegte: Der stechende Schmerz ist da. Gut. Gibt es noch andere Symptome, die auf eine Blinddarmentzündung schließen lassen? Ja. Kopfschmerzen. Habe ich schon. Fieber. Ich fühle meinen Puls. Zweiundsiebzig. Das wäre normal, kann aber auch täuschen. Vielleicht geht meine Uhr zu schnell. Ich werde zum nächsten Uhrmacher gehen. Oder lieber zum nächsten Arzt. Wer soll mich operieren? Dr. Schneider? Besser nicht. Er ist Chirurg. Schneider schneidet auf alle Fälle. Ich war selbst dabei, als er in einer Gesellschaft sagte: »Patienten können ohne Blinddarm leben – Ärzte nicht.« Es sollte ein Scherz sein – ich fand es makaber. Ich werde lieber einen Internisten konsultieren. Vielleicht kriege ich die Blinddarmentzündung mit Antibiotika weg. Aber die Dickdarmentzündung? Und der Kopfschmerz, der immer schlimmer wird? Kopfschmerz, habe ich einmal gelesen, ist keine Krankheit an sich, kann aber das Zeichen einer solchen sein. Sogar einer lebensbedrohlichen. Vor Monaten hatte ich Kopfschmerzen durch Schlaflosigkeit. In der letzten Nacht habe ich zwar gut geschlafen, habe aber geträumt, daß ich wach bin. Davon kann es aber nicht sein. Wovon also doch? Vielleicht habe ich eine Stirnhöhlenentzündung? Blinddarm-, Dickdarm- *und* Stirnhöhlenentzündung? Schrecklich. Kann man aber so flott dahinspazieren wie ich, wenn man drei so schwere Krankheiten hat? Schon konnte ich nicht mehr spazieren. Meine Beine wurden schwer, ich blieb stehen. Dann versuchte ich es wieder. Langsam, langsam bewegte ich mich vorwärts.
Plötzlich kam eine junge Dame auf mich zu. Es war Monika, ein kleines Starlet, das mir schon immer äußerst sympathisch war.
»Wie geht's?« fragte sie mich mit einem sonnigen Lächeln. Und schon war ich gesund. Der Kopfschmerz war weg, die

Beine wurden leicht, und während ich auf Monika wartete, die in der Parfümerie, vor der wir standen, etwas zu erledigen hatte, bog ich schnell das rechte Bein in der Leistengegend ab, hob es sechsmal hintereinander hoch und drückte beide Hände in die rechte Bauchseite. Kein Stich, keine Blinddarm-, keine Dickdarm-, keine Stirnhöhlenentzündung. Wir gingen in eine Tagesbar und unterhielten uns wahrlich königlich.

Am Nachhauseweg traf ich wieder Pfandl.

»Hast du was?« fragte ich, nachdem wir uns begrüßt hatten.

»Nein«, sagte er verwundert. »Warum?«

»Weil du so blaß und grün bist«, meinte ich besorgt, setzte aber sofort aufmunternd hinzu: »Die Frühlingssonne wird es schon machen. Tschau.« Ich ging.

An der Ecke sah ich mich nach ihm um. Er betrachtete sich eben angstvoll im Spiegel eines Schaufensters, und ich wußte, daß er dachte: Ich bin wirklich blaß und grün. Dann bog er das rechte Bein in der Leistengegend ab, hob es sechsmal hintereinander hoch und drückte beide Hände in die rechte Bauchseite.

Eine alte Ärzteweisheit: Ein Hypochonder ist ein Mensch, der keine Krankheit, aber viele Leiden hat.

Ein junger Konstrukteur sagte einmal zu einem Theaterdirektor: »Ich verwende jetzt eine Erfindung, die Ihr Haus, im Falle eines Feuers, in zwei Minuten leert.« Drauf der Theaterdirektor: »Ich brauche keine Erfindung, die mein Haus leert – ich brauche eine, die mein Haus füllt.«
Ich glaubte, diesem Direktor helfen zu können. Ich schrieb:

Ein tolles Stück

In einem gewissen Alter hat jeder Autor das Verlangen, etwas Bleibendes zu hinterlassen. So auch ich.
Zum Teufel, dachte ich eines Tages, soll das mein Lebenszweck sein? Operettenunsinn verzapfen. Kabarettexte hinhauen, Satiren gebären? O nein! Ich bin zu Höherem geboren. Ich schreibe ein Problemstück. Progressiv, aggressiv, negativ. Wo siedle ich es an? In den Slums von Wien. Vater Säufer, Mutter Säuferin. Vater will Tochter vergewaltigen, Mutter hindert ihn, Vater schlägt Mutter, Sohn, der mit Mutter und Schwester in erotischen Beziehungen steht, tötet Vater durch Messerstich. Gegensätze innerhalb der Familie: Vater säuft Rotwein, Mutter säuft Weißwein. Einziger Berührungspunkt: Beide saufen Schnaps. Vater und Sohn gehören zwei feindlichen Unterweltgruppen an. Sohn schickt Mutter auf den Strich, um Schwester erhalten zu können. Schwester hat Freund bei der Polente. Freund, junger, ehrenwerter Beamter, unterrichtet Vater vor jedem Fischzug, ob Razzia kommt. Bruder erschießt Freund, Schwester beißt Bruder die Kehle durch. Titelsorge. Eine feine Familie? Zu schwankmäßig. In den Slums von Wien? Titel für Fernsehserie. Vater und Sohn? Operette. Unsere Sorgen? Satire. Probleme der Großstadt? Blödsinn. Ich habe es: Die Schuld der Gesellschaft.
Ich beginne zu schreiben. Ich schreibe Tag und Nacht. Ich vergesse auf Frau und Freunde. Alle respektieren es. Kommt Besuch, flüstert meine Frau: »Pst! Mein Mann schreibt ein ernstes Stück.« Ich erreiche innerhalb meines

Kreises eine Bewunderung, die ich mit fünfhundert Satirenbänden nicht hätte erreichen können. Mein Bart wächst, meine Haare wachsen, meine Wangen fallen ein – ich gleiche einem wirklichen Dichter. Und ich schaffe es. Ich lasse den Wagen meiner Schreibmaschine zur Mitte fahren und schreibe: ENDE. Ich atme auf. Was jetzt? Ich lese das Stück meiner Frau vor. Sie sagt nichts. Vielleicht ist sie zu geschockt. Ich lade meine Freunde zu einer Leseparty. Sie äußern sich nicht. Sie gehen fort, ohne unsere Brötchen anzurühren. Verständlich. Sie gehören ja selbst jener Gesellschaft an, die die Schuld trägt an der Tragödie, wie ich sie in meinem Stück schildere. Ich bin entschlossen, meinem Werk den Rahmen zu geben, den es verdient. Ich gehe zum Direktor des Burgtheaters. Ich lese es ihm vor – er ist sichtlich ergriffen. Aber – und das verstehe ich – er hat mit Gästen zu rechnen, so daß er auf Jahre hinaus keinen Termin frei hat. Aber er gibt mir einen Denkanstoß. Ich möge, meint er, mein mutiges Eintreten für Progreß, Aggression und Negative intensivieren und mein Stück von einem Kellertheater zur Aufführung bringen lassen. »Unsere saturierten Stars«, sagte er, »sind viel zu sehr auf die heile Welt programmiert. Sie würden den Wert Ihres Dramas nicht verstehen.« Also ging ich zu Frau Bechstein, einer ehemaligen Schauspielerin, die jetzt die Kellerbühne »BB« leitet. (Bisher dachte ich immer, daß BB »Bert Brecht« heißt, jetzt erfuhr ich, es heißt »Berta Bechstein«.) Egal. Frau Bechstein las mein Stück durch und war, gegen einen Zuschuß von hunderttausend Schilling meinerseits, begeistert sowie bereit, mein Werk aufzuführen. Nur junge Schauspieler sollten mitmachen, die erstens den Kampf gegen die Gesellschaft im Herzen trugen und zweitens keine hohen Gagen verlangten.

Die Proben verliefen zufriedenstellend. Ich führte selber Regie, und ich bekam von Tag zu Tag mehr Achtung vor mir. Die jungen Darsteller waren hingerissen, und wenn ich sie während der Mittagspause zum Essen einlud, kannte ihre Bewunderung für mich keine Grenzen.

Die Frage des Premierentermins rückte näher. Welchen Wochentag sollten wir wählen? Ich schlug vor, einen Montag.
»Sind Sie wahnsinnig?« fragte Frau Bechstein. »Sie – ein Theatermensch? Montag sind die Leute noch müde vom Weekend. Außerdem sind im Fernsehen ›Die Straßen von San Francisco‹.«
»Dann Dienstag?«
»Dienstag sind die Leute müde vom Montag.«
»Und Mittwoch?«
»Mittwoch ist kein Tag für eine Premiere.«
»Dann Donnerstag?«
»Donnerstag ist gut. Donnerstag gehen die Leute ins Theater.«
»Fein!«
»Aber nicht in unseres. Donnerstag ist Nobeltag. Da gehen sie in die Oper, in die Burg, in die Josefstadt. Unser Publikum ist mehr ein Samstagpublikum.«
»Also Samstag.«
»Da fahren sie aber schon wieder auf Weekend. Freitag ist ein *schlechter* Tag, aber ich glaube, er wird noch der beste sein.«
Wir entschlossen uns also für Freitag, den 13. Den 13.? Ich erschrak. Das ist doch ein Unglückstag! Noch dazu in Verbindung mit Freitag!
»Nicht für mich«, lächelte Frau Bechstein. »Ich hatte noch immer Glück, wenn der 13. auf einen Freitag fiel. An einem Freitag, dem 13. wurde ich geboren – an einem Freitag, dem 13. starb mein Mann ...« Es blieb also dabei.
Auf der Straße klebten die Plakate. Meine Frau, die schon während der Proben immer weniger und weniger gesprochen hatte, war ganz still geworden. Und blaß und schmal. Unser Arzt, Dr. Jellinek, gab mir den Rat, sie in ein Sanatorium zu schicken. »Das wird sie nicht wollen«, sagte ich. »Da wäre sie doch nicht bei der Premiere.« Dr. Jellinek warf ihr einen Blick zu, der ungefähr ausdrückte: »Sie sehen – ich habe es versucht!« Aber das habe ich mir sicher nur einge-

bildet. Meine Nerven waren in jener Zeit gespannt. So bildete ich mir z. B. auch ein, daß keiner meiner Freunde mich nach meinem Stück fragte. Alles Einbildung. Alles Nerven. Zwei Tage vor der Premiere war noch keine Karte verkauft. Frau Bechstein meinte, es sieht aus, als ob es am Premierentag regnen würde, da gehen die Leute nicht aus. Sie verlangte noch hunderttausend Schilling von mir, um den Kartenverkauf anzuheizen. Ich gab sie ihr. Karten wurden trotzdem keine verkauft. Ich rief Wimmer an. Er schickte mir fünfzig Arbeiter aus seiner Möbelfabrik. Dreißig Karten bekamen meine Freunde Dr. Robinson, Joschi, Poldi, Mario etc., die ihrerseits wieder ihre Freunde und Bekannten mitbrachten. Nun waren wir schon achtzig. Frau Bechstein hatte sechzehn Stammgäste, die zu jeder Premiere kamen, ferner waren noch Frau Bechstein und Tochter, meine Frau und ich anwesend, so daß die hundert Plätze, über die das Theater verfügte, besetzt waren. Wir waren, wie man sagt: ausverkauft.

Die Vorstellung begann. Das Publikum folgte aufmerksam der Handlung. Ich konnte die Stimmung nicht taxieren. Bei einer Operette, bei einem Kabarettprogramm hatte ich einen Maßstab. Ich wartete auf den ersten Witz. Da sagte z. B. A zu B: Waren Sie im Weltkrieg? B: Nein. A: Da sollten Sie einmal hingehen. Wurde da gelacht, wußte ich, es wird ein Erfolg. Aber hier, bei dem ernsten Stück? Ich prüfte die Mienen der Zuschauer. Plötzlich bemerkte ich einen älteren Herrn, einen Stammgast von Frau Bechstein, der sich eine Träne aus dem Auge wischte. Vielleicht habe ich mich getäuscht. Ich beobachtete ihn aufmerksamer. Wieder wischte er sich die Augen aus. Diesmal beide. Jetzt schluchzte er. Er schluchzte immer heftiger. Er hörte nicht auf zu schluchzen. Er weinte! Er weinte bitterlich! Hurra! Ich hatte gewonnen! Am Schluß gab es Applaus, nicht zuviel, das Publikum war zu ergriffen. Ich schlängelte mich durch die Menschen zu dem älteren Herrn, der sich noch immer die Augen trocknete.

»Darf ich Sie etwas fragen?« bat ich, ohne mich vorzustellen.

»Bitte«, schluchzte er.
»Ich habe Sie die ganze Zeit beobachtet. Sie haben zuerst geschluchzt, dann geweint, richtig geweint. Hat Sie das Stück so ergriffen?«
»Nein«, heulte er und legte den Kopf an meine Schulter. Sein ganzer Körper wurde geschüttelt, und die Tränen flossen auf meinen Smoking.
»Was denn«, fragte ich, »hat Sie zum Weinen gereizt, wenn nicht das Stück?«
Er putzte sich die Nase. »Ich werde es Ihnen sagen«, wimmerte er. »Ich habe einen Sohn zu Hause, der ebenfalls Stücke schreiben will. Wenn ich, als Vater, mir vorstelle, daß mein Kind vielleicht auch einmal so einen Mist fabrizieren könnte ...«
Er heulte laut auf und ließ mich stehen. Mitleidige Menschen geleiteten ihn auf die Straße. Er nahm mir nicht den Mut. Warten wir die Kritiken ab.
Die Kritiken waren schlecht. Meine Schreibmaschine sträubt sich, die Beleidigungen zu wiederholen, mit denen man mich bedachte, aber maßgebend ist das Publikum. Nicht die Presse und nicht jener einzelne Mann.
Warten wir die zweite Vorstellung ab. Es gab keine zweite Vorstellung, da keine Karte verkauft wurde. Wimmers Arbeiter weigerten sich, sich das Stück noch einmal anzuschauen. Es gab auch keine dritte, keine vierte Vorstellung – es gab überhaupt keine mehr. Jetzt schreibe ich wieder Operettenunsinn, haue Kabarettprogramme hin und gebäre Satiren. Und bin glücklich.

Und doch bin ich mit dem Kritiker einer Wochenzeitung, die erst später erschien, einer Meinung. Er schrieb: »Hugo Wiener wird man spielen, wenn alle anderen Dramatiker vergessen sind.« Leider setzte er hinzu: »Aber nur *dann.*

Gewiegte Leser meiner Bücher werden fragen: Wann kommt die Kaffeehausszene? Darauf sage ich: Jetzt. Auf diese Szene verzichte ich nicht. Sie besteht aus einem Gespräch zwischen zwei Herren, von denen der eine von etwas spricht, wovon er nichts versteht, während der andere glaubt, etwas davon zu verstehen. Die beiden Herren heißen Rott und Jorisch, und das erwähnte Gespräch findet in ihrem Stammcafé statt. Was ein Stammcafé ist, glaube ich bereits einmal erklärt zu haben: Ein Stammcafé ist der Ort, von dem man jeden Tag schwört, daß man zum letztenmal hingeht. Die Gespräche der beiden sind verschiedener Natur. Heute handelt es sich um Glück haben oder nicht, und die Szene heißt:

Der Ring des Polykrates

(Kleines Wiener Kaffeehaus mit einigen Logen, einigen Tischen, einem Kleiderständer, einer Zeitungsablage sowie einer Ausschank, durch die man in die Küche sieht. Der ganze Raum strahlt die heute so selten gewordene Gemütlichkeit aus. An einem der Tische sitzt Herr ROTT, *ein etwas cholerischer Mensch.)*

ROTT *(ruft ungeduldig):* Josef! Josef!

JOSEF *(der Ober, stürzt herein):* Guten Morgen, Herr Rott! Verzeihung, aber ich habe nicht gewußt, daß Sie da sind. Wir haben in der Küche Radio gehört. Ich sage Ihnen, Herr Rott – diese Werbung! Da hat jetzt einer behauptet, daß der Methusalem noch heute leben würde, wenn er immer Dentathol-Zahnpasta verwendet hätte.

ROTT: Es ist schrecklich. Eine Volksverdummung. Aber was wollen Sie machen? Ein Artikel ohne Werbung ist wie ein Mann, der einem Mädchen im Finstern zublinzelt. *Er* weiß, daß er geblinzelt hat, aber sonst weiß es niemand.

JOSEF: Das stimmt, Herr Rott. Was darf ich bringen?

ROTT: Bringen Sie mir einen Kaffee, aber nicht zu stark, sonst kann ich im Büro nicht schlafen. *(Herr* JORISCH, Herrn Rotts Gesprächspartner, tritt ein)

JORISCH: Guten Morgen!

JOSEF: Guten Morgen, Herr Jorisch!

ROTT: Guten Morgen, Herr Jorisch. Wie ich Sie kenne, werden Sie sich doch wieder zu mir setzen.
JORISCH: Das muß ich mir noch überlegen. Ich habe gehört, daß Sie gesagt haben, daß ich dumm bin.
ROTT: Verzeihung, aber ich habe nicht gewußt, daß das ein Geheimnis ist.
JORISCH *(außer sich, zu Josef):* Haben Sie gehört?
JOSEF: Der Herr Rott wird das bestimmt nicht so gemeint haben.
JORISCH: Na gut. *(setzt sich)*
JOSEF: Was werden Sie nehmen, Herr Jorisch?
JORISCH: Lassen Sie mich überlegen. Haben Sie kalten Kaffee?
JOSEF: Selbstverständlich.
JORISCH: Eiskalt?
JOSEF: Wie am Nordpol.
JORISCH: Dann wärmen Sie ihn, ich mag keinen kalten Kaffee.
JOSEF *(kopfschüttelnd):* Also, Herr Jorisch ... *(geht ab)*
JORISCH *(zu Rott):* Ich sollte ja überhaupt keinen Kaffee trinken. Kaffee ist Gift. Das Herz fängt zu schlagen an, die Schläfen zu hämmern, die Hände zu zittern – und das alles schon, wenn man hört, was er kostet.
ROTT: Sie waren lang nicht da. Waren Sie krank?
JORISCH: Ein blaues Auge habe ich gehabt.
ROTT: Wieso?
JORISCH: Sie wissen doch, daß der junge Neubach von der Hochzeitsreise zurückgekommen ist.
ROTT: Ja. Was hat das mit Ihrem blauen Auge zu tun?
JORISCH: Ich habe ihm geraten zu heiraten.
ROTT: Waren Sie wenigstens beim Arzt?
JORISCH: Nicht direkt. Ich konnte doch mit dem Auge nicht auf die Straße gehen. Zum Glück habe ich noch einen Arzt, der Hausbesuche macht.
ROTT: So einen habe ich auch. Er besucht sein Haus in Tirol, sein Haus in Lugano, sein Haus auf Mallorca ... Was hat er Ihnen verordnet?

JORISCH: Zuerst Umschläge. Drauf ist das Auge violett geworden.

ROTT: Und dann?

JORISCH: Dann hat er mir Tabletten gegeben. Drauf ist das Auge grün geworden.

ROTT: Und dann?

JORISCH: Dann hat uns unsere Nachbarin gesagt, daß das beste für ein blaues Auge kaltes Fleisch ist.

ROTT: Das stimmt. Kaltes Fleisch auf das Auge gelegt.

JORISCH: Das hat sie eben nicht gesagt. Meine Frau hat es mir zu essen gegeben. Drauf ist das Auge schwarz geworden.

ROTT: Das ist doch klar. Wenn man ein blaues Auge hat –

JORISCH: Ein schwarzes.

ROTT: Das ist doch egal.

JORISCH: Ihnen ist es egal. Wissen Sie, wie so etwas schmerzt?

ROTT: Also gut. Wenn man ein schwarzes Auge hat, nimmt man Beef tartar.

JORISCH: Das hat sie auch nicht gesagt. Meine Frau hat mir eine panierte Leber draufgelegt. Außerdem hat meine Schwiegermutter gesagt, daß Wärme besser ist als Kälte. Drauf hab ich mir die ganze linke Seite verbrannt.

ROTT: Und was haben Sie gemacht?

JORISCH: Ich bin zu einem andern Arzt gegangen, der hat mir eine Brandsalbe verschrieben, drauf ist die Verbrennung gut geworden und das Auge gelb. Aber seit ein paar Tagen ist es in Ordnung.

ROTT: Na also. Und wie geht es Ihnen sonst? Was macht das Geschäft? Unsere Regierung sagt, daß sich eine Besserung der wirtschaftlichen Lage bemerkbar macht.

JORISCH: Das stimmt. Die Leute stornieren bereits größere Aufträge.

ROTT: Machen Sie sich nicht lustig. Mein Sohn ist doch im Autogeschäft. Der sagt, daß die Leute Autos kaufen wie in den besten Zeiten. Und was das Sonderbare ist, die Nachfrage ist jetzt wieder nach größeren Autos. In Japan sollen sie jetzt ein Auto erzeugen, das so groß ist, daß das Handschuhfach sechs Sitze hat.

JORISCH: Also ich möchte nicht im Handschuhfach sitzen.

ROTT: Ich auch nicht. Ich mache mir überhaupt nichts aus Autos. Wenn meine Frau und ich auf Urlaub fahren, fahren wir immer mit der Bahn. Da setzen wir uns in den Speisewagen, und auf einmal sind wir in Mörbisch.

JORISCH: Sie fahren nach Mörbisch? Am Neusiedlersee?

ROTT: Jeden Sommer. Da gehen wir zu den Seefestspielen ... schauen uns die alten Operetten an ...

JORISCH: Das gefällt Ihnen?

ROTT: Und wie! Oder gibt es etwas Schöneres, als wenn die Gelsen die »Lustige Witwe« summen? Wohin fahren *Sie* im Sommer?

JORISCH: Nach Hofgastein. Aber nur äußerst selten im Speisewagen.

ROTT: Und warum?

JORISCH: Weil man alles verschüttet. Wenn ich im Speisewagen fahre, bestelle ich immer eine Suppe, die zur Hose paßt *(*JOSEF *kommt mit zwei Tassen Kaffee und stellt sie auf den Tisch)*

JOSEF: Da ist der Kaffee, meine Herren.

ROTT: Danke, Josef. Heute habe ich Ihre Frau gesehen.

JOSEF: Ah ja? Die ist schon mächtig aufgeregt. Morgen haben wir nämlich unseren dreißigsten Hochzeitstag.

ROTT: Gratuliere! Wie werden Sie ihn feiern?

JOSEF: Durch eine Trauerminute.

ROTT: Dreißig Jahre! Und mein Sohn will nicht heiraten, weil er Angst vor der Ehe hat.

JOSEF: Er soll sich schämen. Vor der Ehe habe ich nicht einmal gewußt, was Angst heißt. *(er geht ab)*

JORISCH: Armer Josef!

ROTT: Das sind doch nur seine Witze. Seine Frau und er leben sehr gut miteinander. Was macht *Ihre* Frau?

JORISCH: Was sie will.

ROTT: Geht sie noch in den Gesangverein?

JORISCH: Nein. Der Chordirektor hat ihr gesagt, weil sie

Beine hat wie ein Kanarienvogel, muß sie noch lange nicht singen können.

ROTT: Und Ihr Sohn? Hat er schon einen Job?

JORISCH: Job? *(stolz)* Mein Sohn ist Dichter.

ROTT *(verwundert):* Dichter? Was dichtet er?

JORISCH: Momentan schreibt er ein Drama: Hamlet.

ROTT: Sind Sie verrückt geworden? Das hat doch schon vor vierhundert Jahren der Shakespeare geschrieben.

JORISCH: Komisch. Dasselbe hat man ihm gesagt, wie er den »Othello« geschrieben hat.

ROTT: Herr Jorisch, wenn Sie so groß wären, wie Sie dumm sind, könnten Sie aus der Dachrinne Wasser trinken. Aber lassen wir das. Gedichte schreibt Ihr Sohn keine?

JORISCH: Natürlich schreibt er Gedichte.

ROTT: Was für welche?

JORISCH *(ärgerlich):* Was für welche! Gedichte, die sich reimen.

ROTT: Also altmodische?

JORISCH: Wieso altmodische?

ROTT: Weil sich moderne Gedichte nicht reimen. Die gehen so: *(rezitiert)* Der Mondschein bleicht auf die Kälber der Wüste – U-Bahnen reiten über Felsengletscher – wann schenkst du dich mir, du herrlicher Gnu!

JORISCH: Das ist doch ein Blödsinn!

ROTT: Aber modern ist es. Kennen Sie den »Erlkönig«?

JORISCH: Nicht persönlich.

ROTT *(gereizt):* Ich meine doch das Gedicht von Goethe! Aber Goethe ist für Sie sowieso zu hoch. Nehmen wir Schiller. Sie wissen doch, daß Schiller ein Dichter war?

JORISCH: Na hören Sie?

ROTT: Bei Ihnen bin ich mir da nicht so sicher. Aber wenn Sie es wissen, wissen Sie auch, was er geschrieben hat?

JORISCH: Natürlich weiß ich das.

ROTT: Na was?

JORISCH: Was? Der Schiller hat das Dingsda geschrieben ...

ROTT: Das Lied von der Glocke.

JORISCH: Ja. Dann das andere ...

ROTT: Die Kraniche des Ibikus.
JORISCH: Sehr richtig. Dann das ...
ROTT: Die Bürgschaft.
JORISCH: Genau. Sie sehen, wie ich es weiß.
ROTT: Mit allen diesen Gedichten – ich sage das im Interesse Ihres Sohnes – wäre der Schiller heutzutage nicht berühmt geworden. Heute genügt es für einen Dichter nicht, daß er ein Genie ist, heute muß er vor allem Glück haben. Kennen Sie den »Ring des Polykrates«?
JORISCH: Nein. Was ist das für ein Ring? Sie wissen, ich handle mit Schmuck.
ROTT *(gereizt)*: Das ist doch kein Ring, mit dem Sie handeln können! Das ist ein Gedicht von Schiller! *(rezitiert)*: »Er stand auf seines Daches Zinnen und schaute mit vergnügten Sinnen auf das beherschte Samos hin.«
JORISCH: Wer?
ROTT: Der Polykrates.
JORISCH: Und was ist mit dem Ring?
ROTT: Den wirft er ins Meer, weil er seinem Gast beweisen will, daß er so viel Glück hat, daß er ihn wiederbekommt. Richtig fangen die Sklaven einen Fisch, der Koch schneidet ihn auf, und der Ring ist drinnen. Aber wie ich Sie kenne, werden Sie das bei Schiller nicht verstehen, ich werde Ihnen auf andere Weise erklären, was Glück ist. Nehmen Sie an, ich habe eine Tante, die Tante stirbt und vermacht mir einen Grund in Texas.
JORISCH: Ich kenne doch Ihre Tante. Wie kommt die zu einem Grund in Texas?
ROTT *(gereizt)*: Das ist doch nicht *diese* Tante. Ich habe doch die Tante nur angenommen.
JORISCH: Sie haben eine angenommene Tante?
ROTT *(wütend)*: Nein!!!
JORISCH: Sie machen mich blöd, Herr Rott.
ROTT: Das ist bei Ihnen schwer möglich. Ich will Ihnen erklären, was Glück ist. Soll ich oder soll ich nicht?
JORISCH: Ja. Ich weiß zwar, was Glück ist ...
ROTT: Aber nicht dieses unheimliche Glück, das der Poly-

krates gehabt hat. *(setzt fort)* Ich habe also eine Tante, die Tante stirbt und vermacht mir einen Grund in Texas, und wissen Sie, was auf dem Grund gefunden wird? Öl!

JORISCH: Das ist doch kein Glück. Was machen Sie mit dem Öl? Salat können Sie machen. Oder wollen Sie sich mit den Ewings einlassen? Oder mit den Carringtons? Die zerbröseln Sie doch zwischen den Fingern.

ROTT: Das überlassen Sie mir. Ich habe also das Öl, kann es aber nicht fördern, weil mir die Geräte fehlen. Da stirbt eine zweite Tante und hinterläßt mir einen Bohrturm.

JORISCH: Ihre Tante hat einen Bohrturm gehabt? Wozu?

ROTT: Das ist Nebensache. Ich habe also jetzt einen Bohrturm, kann das Öl fördern, was mir aber fehlt, ist ein Transportmittel. Da stirbt eine dritte Tante –

JORISCH: Wo nehmen Sie die vielen Tanten her?

ROTT *(mit verhaltener Wut)*: Ich habe Ihnen schon gesagt, das ist Nebensache. Die Tante stirbt, und ich erbe ein Schiff. Was ist *das?*

JORISCH: *Das* ist ein Krimi. Drei Tanten und alle sterben. Da wird sich die Polizei um Sie kümmern.

ROTT: Niemand wird sich kümmern. Ich funktioniere das Schiff auf einen Tanker um, bringe das Öl nach Europa, verkaufe es, kaufe mir für das Geld einen zweiten Tanker, einen dritten – eine ganze Flotte. Was ist *das?*

JORISCH: *Das* ist ein Blödsinn. Was verstehen Sie von einer Flotte? Sind Sie ein Admiral?

ROTT *(wütend)*: Wollen Sie hören, was Glück ist?

JORISCH: Ja.

ROTT: Ich mache mit dem Öl Millionen, Milliarden, zehn, zwanzig! Was ist *das?*

JORISCH: *Das* ist eine Belastung. Zwanzig Milliarden! Haben Sie eine Ahnung? Allein die Steuer!

ROTT: Die stört mich nicht bei meinem Vermögen. Verstehen Sie denn nicht? Das ist Glück! Glück, wie es der Polykrates hatte! Aber weiter.

JORISCH: Es stirbt eine vierte Tante –

ROTT: Niemand stirbt. Im Moment meines höchsten Reichtums kommen *Sie* und wollen mir ein Los verkaufen. Haupttreffer: zehn Millionen Dollar. Ich sage zu Ihnen: »Schauen Sie sich um, Herr Jorisch. Soweit Ihr Auge reicht, gehört alles mir. Wozu brauche ich noch weitere zehn Millionen?« Aber Sie jammern und jeiern, erzählen mir, daß Sie für jedes verkaufte Los eine Provision bekommen – und nur um Ihnen zu helfen, kaufe ich eines.

JORISCH: Das ist schön von Ihnen. Danke.

ROTT: Am nächsten Tag ist die Ziehung – und wer, glauben Sie, gewinnt die zehn Millionen? Ich!

JORISCH: Sie?!?

ROTT: Ja.

JORISCH: Das nenne ich Glück.

ROTT: Endlich: Jetzt werden Sie hoffentlich begreifen, daß *alles* Glück war. Drei Tanten sterben, die eine vermacht mir einen Grund mit Öl, die zweite einen Bohrturm, die dritte ein Schiff, ich werde Milliardär –

JORISCH: Ich hoffe, daß Sie mir etwas abgeben von Ihrem Vermögen.

ROTT: Wieso?

JORISCH: Wenn ich vom ersten Moment an verstanden hätte, was Glück ist, hätten Sie es doch nie so weit gebracht. Außerdem habe ich Ihnen das Los mit dem Haupttreffer verkauft.

ROTT: Das stimmt. Sie verdienen eine Belohnung. Was wollen Sie, Sie können wählen: Soll ich Ihnen solange Sie leben, jedes Jahr eine Rente von zwanzigtausend Dollar anweisen – oder hätten Sie lieber fünftausend Dollar bar auf die Hand?

JORISCH: Fünftausend Dollar auf die Hand.

ROTT: Warum das?

JORISCH: Bei dem Glück, das Sie haben, sterbe ich in sechs Monaten, und Sie ersparen sich jedes Jahr die Rente.

Tucholsky sagt: »Der Vorteil der Klugheit besteht darin, daß man sich dummstellen kann. Das Gegenteil ist schon schwieriger.«

Die Mehrzahl der Hausfrauen hält auf Ordnung. Man findet bei ihnen alles, was man sucht, wenn man es nicht *sucht, und wenn man* dort *sucht, wo es nie wäre, wenn man es suchen* würde. *Sie werden sich wundern, liebe Leser, wie die nächste Geschichte zu ihrem Titel kommt – aber sie heißt*

Indianstory

In einem gewissen Alter sollte der Autor sein Arbeitsmaterial gesichtet und auf dem richtigen Platz haben, sonst ...

»Schwarze Wolke«, Häuptling der Apachen, hatte das Kriegsbeil ausgegraben. Nicht nur, weil er fand, daß es schon zu lange eingegraben war – er hatte seinen Grund. Es ging gegen den Erbfeind, gegen die feigen Coyoten, die Comanchen. Die Apachen lebten im Westen der Prärie, die Comanchen im Osten, und Westen und Osten konnten sich – zur Zeit, da sich diese Geschichte abspielt – nicht miteinander vertragen. »Roter Mokassin«, der Häuptling der Comanchen, hatte eine Ladung Kaffeebohnen abgefangen, die für die Apachen bestimmt gewesen war. »Roter Mokassin« liebte Kaffee. Es gab für ihn, nach dem Genuß eines zarten Büffelschinkens oder einer leckeren Bärentatze, nichts Besseres als eine Tasse dieses bekömmlichen Getränks mit dem herrlichen Aroma. Dabei hatte »Roter Mokassin« nie etwas von Fernsehwerbung gehört. Und weil er eines Tages äußerte: »Wenn ich eine Tasse Mokka trinke, bin ich ein anderer Mensch vom Kopf bis runter zum Schuh!«, nannte man ihn Mokassin, und nennt auch heute noch die indianischen Schuhe nach ihm »Mokassins«. Obwohl man Mokka im Sinn von Kaffee mit *zwei* Ka, und Moka im Sinne von Schuh mit *einem* Ka schreibt. Aber das wußten die Comanchen nicht.

»Schwarze Wolke« hatte die Weisen seines Stammes um sich versammelt. Diese Versammlungen ersetzten den Indianern das Parlament oder den Bundestag. Mit einem Unterschied. Die weisen Indianer sitzen um das Lagerfeuer herum, denken, aber reden nicht. Die Weisen im Parlament oder im

Bundestag sitzen in ihren Bänken, reden, aber denken nicht. Man kennt das. Was die Rechte vorschlägt, lehnt die Linke ab – was die Linke vorschlägt, lehnt die Rechte ab. Dabei beleidigen und befetzen sie einander – nicht so die Indianer. Die wissen, daß sie alle demselben Stamm angehören und daß alles, was sie beschließen, der Allgemeinheit dient. Die Indianer scheinen mir also die weiseren zu sein.
Nachdem die Weisen den ganzen Nachmittag geschwiegen hatten, erhob sich »Schwarze Wolke«. »Meine roten Brüder!« begann er.
»Uff, uff!« sagten die anderen.
»Ihr wißt, daß ich gegen die Hunde der Comanchen das Kriegsbeil ausgegraben habe.«
»Uff, uff!« sagten die andern wieder. Ich weiß nicht, was »uff« bedeutet, aber es ist ein Wort für alle Gelegenheiten. Sieht man ein hübsches Mädchen, sagt man »Uff!« – sieht man eine häßliche Squaw, sagt man »Uff!« Stößt man auf einen Freund, sagt man »Uff!« – stößt man auf einen Feind, sagt man auch »Uff!« Kommt ein ungebetener Besuch, und würden wir sagen: »Was wollen *Sie* schon wieder hier?«, wäre der Gast beleidigt. Der Indianer sagt: »Uff!«, und niemand findet das geringste daran.
»Wir müssen das Kriegsbeil wieder vergraben«, setzte »Schwarze Wolke« fort.
»Uff, uff!« machten die andern wieder.
»Die INO, die ›Indian-Nation-Organisation‹, hat es so bestimmt. Sie droht mit Sanktionen. ›Schwarze Wolke‹ und ›Roter Mokassin‹ müssen miteinander verhandeln. Laut Beschluß 492 der INO muß jeder Bogen, jeder Pfeil, jede Lanze abgezählt werden. Die Comanchen dürfen nicht mehr Waffen besitzen als die Apachen – die Apachen nicht mehr als die Comanchen.«
»Uff, uff!« Die Weisen waren überrascht.
»Schwarze Wolke« und »Roter Mokassin« trafen einander. Die Verhandlungen führten zu nichts. Die Apachen hatten inzwischen eine neue Waffe entwickelt, ein Seil, an dem sich eine schwere eiserne Kugel befand. Dieses Seil wurde im

Kreis geschwungen, und jeder Comanchenkopf, der mit der Kugel Bekanntschaft machte, konnte als zerschmettert gelten. Aber auch die Comanchen hatten eine neue Waffe. Brandfackeln. Die Brandfackeln wurden in das feindliche Lager geworfen und richteten dort verheerende Brände an. Die Verhandlungen wurden, laut INO-Beschluß, fortgesetzt. Inzwischen hatten die Comanchen wieder eine neue Waffe erfunden. Die Luft-Luftkugeln. Sie bestanden aus einem Seil mit *zwei* schweren Eisenkugeln dran, die sich in die Kugel des Apachen verwickelten und ihn aus dem Sattel rissen. Aber auch die Apachen waren nicht säumig gewesen. Sie hatten in jedes Zelt ein Faß mit Wasser gestellt, so daß jeder Brandpfeil – die Comanchen hatten inzwischen aus der Brandfackel den Brandpfeil entwickelt – sofort gelöscht werden konnte. Wieder wurden die Verhandlungen fortgesetzt – wieder brachten sie kein Ergebnis. Die INO verbot ihren Mitgliedern, den beiden Stämmen Waffen zu liefern, die die Macht besaßen, zu töten. Aber zum Unterschied von den Tirolern, die als lustig gelten, gelten die Indianer als listig. Die Sioux lieferten den feindlichen Brüdern Bogen ohne Pfeile, die Navajos Pfeile ohne Bogen, die Osakas Lanzen ohne Spitzen und die Ogellallahs Spitzen ohne Lanzen. Die INO wußte das natürlich, war aber machtlos dagegen, da sie von den Mitgliedsbeiträgen *aller* Indianer lebte.
Wieder hatte »Schwarze Woilke« die Weisen des Stammes um sich versammelt. Er hatte erneut beschlossen, das Kriegsbeil auszugraben, was mit größeren Schwierigkeiten verbunden war, weil er nicht mehr wußte, wo er es eingegraben hatte. Endlich wurde es gefunden, als ein überraschtes »Uff, uff!« durch die Reihen der Stammesgenossen ging. Ein junger Krieger galoppierte in das Lager. Er war einer der vier Kundschafter, die »Schwarze Wolke« ausgesandt hatte, um die Truppenbewegungen des Feindes zu beobachten. »Grüne Feder«, so der Name des Kriegers, schleppte sich mit größter Anstrengung vor das Zelt seines Häuptlings, wo der Weisenrat tagte. In seinem Rücken stak eine Lanze, das Blut rann in Strömen aus seiner Wunde. »Die Comanchen kom-

men!« rief er mit letzter Kraft, dann sank er aus dem Sattel und begab sich zu Fuß in die ewigen Jagdgründe. »Aka tutla!« riefen alle, was »Zu den Pferden!« heißen dürfte, da sie davoneilten und sich auf die Tutlas schwangen.

Nun will ich das Kampfgebiet beschreiben, damit der Leser eine Ahnung hat, in was für einem Gelände sich das Folgende abspielte. Rechts war ein Berg, links war ein Berg, dazwischen wand sich ein schmaler, staubbedeckter Weg. Schon ertönte das Kriegsgeheul der beiden gegnerischen Stämme. Von dem einen Berg kamen die Apachen herunter, von dem andern die Comanchen. Die einen schwangen ihre Kugeln, die andern ihre Kugel-Kugeln.

In diesem Augenblick erschien auf dem Weg zwischen den beiden Bergen ein Mann. Ein Mann, wie er gar nicht in diese Gegend paßte. Er war Europäer, trug einen dunklen Anzug, dunklen Mantel, den dazu passenden Hut und schwarze, blankgeputzte Schuhe. In der Hand hielt er eine Aktentasche – es gab keinen Zweifel, der Mann war Dr. Robinson.

Nachdenklich und ohne die gefährliche Situation, in der er sich befand, zu bemerken, schritt er dahin. Plötzlich sah er auf. Comanchen und Apachen hatten im letzten Moment ihre Pferde zurückgerissen. Robinson starrte auf die Indianer – die Indianer starrten auf Robinson. Schon hob einer der Krieger seine Lanze, um sie nach dem Fremden zu schleudern – schon zielte ein anderer mit seinem Pfeil nach ihm – da kam Leben in Robinson.

»Großer Gott!« rief er erschrocken aus. »Ich bin in der falschen Geschichte!«

Wie ich sagte: In einem gewissen Alter sollte der Autor sein Arbeitsmaterial gesichtet und auf dem richtigen Platz haben.

Solange es Fernsehkrimis gibt, so lange wird es Mörder geben. Und sie werden immer gefaßt werden. Im Fernsehen. Warum? Weil es keinen perfekten Mord gibt. Und doch, so unglaublich es klingen mag, mein Neffe Ladi, damals zehn, hat einen begangen. Natürlich nur im Geist. Sie glauben es nicht? Dann bitte lesen Sie:

Der perfekte Mord
oder
Ein paar liebe Kinder

Eines Tages, das Datum weiß ich nicht mehr aber es ist verbürgt, brachte die »Bildzeitung« folgenden Bericht: In Clayton, Kalifornien, gab ein Lehrer seinen Schülern nachstehendes Thema für ihre Hausaufgabe: »Überlege dir den perfekten Mord an deinem reichen Onkel.« Als die Eltern der Schüler davon hörten, waren sie empört. In Massen demonstrierten sie vor der Schule und verlangten, daß der Lehrer entlassen werde. Der Lehrer aber gab zu seiner Verteidigung an, daß die Aufsätze, die die Schüler brachten, eher komisch waren als makaber.
Thomas, einer von Ladis Mitschülern, brachte den Artikel in die Schule mit. Natürlich heimlich. In der Pause standen sie beisammen und diskutierten ihn: Thomas, Peter, Heinzi, Paul und mein Neffe Ladi.
»Angenommen, ich erschieße meinen Onkel«, begann Thomas. »Was mache ich mit der Leiche?«
»Die kannst du fortschaffen«, meinte Peter, »sobald es dunkel wird.«
»Sobald es dunkel wird«, antwortete Thomas, »darf ich nicht mehr auf die Straße.«
»Bei mir wäre das etwas anderes«, meinte Paul. »Ich könnte meinen Onkel vergiften. Ich bringe ihm immer Erdbeeren aus unserem Garten. Ich müßte bloß ein Insektizid dazumischen.«
»Und?« lächelte Peter ironisch. »Wie stellst du dir das vor? Die von der Polente untersuchen doch seinen Mageninhalt

und finden die Erdbeeren. Die hätten dich sofort. Ich«, sprach er weiter, »hätte eine Möglichkeit. Ich fahre fast jeden Sonntag mit meinem Onkel in seinem Boot auf der Donau – ich könnte ihn, wenn niemand in der Nähe ist, ins Wasser stoßen.«

»Du?« lachte Thomas. »Dazu bist du doch viel zu schwach. Dein Onkel ist ein Koloß von einem Mann. Außerdem hast du einmal erzählt, daß er Staatsmeister im Schwimmen war.«

»War er«, gab Peter kleinlaut zu, »aber sagt mir etwas Besseres. Wo willst *du* zum Beispiel einen Revolver hernehmen? Und du«, wendete er sich an Paul, »ein Insektizid?« Beide schwiegen.

»Ich«, nahm Heinzi das Wort, »ich hätte einen Revolver von meinem Vater, er liegt immer in der Schreibtischlade – ich hätte ein Insektizid von unserem Gärtner, der läßt es immer frei herumstehen – und ich hätte auch ein Boot, das immer vor unserem Sommerhaus am Wörthersee liegt, aber – –«, er stockte.

»Was aber?« fragten die andern.

»Ich habe keinen Onkel«, sagte Heinzi traurig. Ladi hatte bis jetzt geschwiegen.

»Was ist mit *dir?*« fragte Peter. »Bist du vielleicht der Ansicht, daß es einen perfekten Mord gibt?«

»Ja«, sagte Ladi nach einiger Überlegung.

»Und ich sage nein«, behauptete Peter.

»Wetten, daß –?« forderte Ladi ihn heraus.

»Um wieviel?«

»Wenn ich verliere, gebe ich dir fünfzig Schilling – wenn ich gewinne, gibst du mir fünfzig.«

»Einverstanden.« Peter hielt Ladi die Hand hin, Ladi schlug ein. Thomas schloß sich der Wette gegen Ladi an – die anderen waren Zeugen.

»Ich brauche natürlich Zeit«, sagte Ladi. »Heute in einer Woche bringe ich euch die Lösung.«

»Einverstanden«, sagte Peter. Die Glocke läutete, die Pause war zu Ende, die fünf gingen in die Klasse zurück. Eine Woche lang beschäftigte sich Ladi mit nichts anderem als mit

dem perfekten Mord an seinem Onkel. Nach acht Tagen standen sie in der Pause wieder beisammen: Thomas, Peter, Heinzi, Paul und Ladi.
»Na?« begann Peter ironisch. »Hast du die Lösung?«
»Ja«, nickte Ladi.
»Schieß los!«
»Ihr alle«, fing Ladi an, »kennt meinen Onkel Oswald. Ihr habt ihn auf meiner Geburtstagsparty kennengelernt. Er ist nicht reich, aber er hat gewisse Ersparnisse, die er sich nicht anzugreifen getraut, weil Tante Vilma ihre Hand drauf hält.«
»Er hat Angst vor ihr?« erkundigte sich Heinzi.
»Sie ist um vieles jünger als er«, setzte Ladi fort, »und das wirft sie ihm immer vor.«
»Weiter!« drängte Peter ungeduldig.
»Tante Vilma fährt jedes Jahr im Winter nach Lech auf Schiurlaub«, setzte Ladi fort, »und bleibt einen Monat dort. Einen Monat im Jahr, sagt sie, braucht sie für ihre Erholung. Da will sie von nichts wissen. Weder vom Geschäft noch von Onkel Oswald, sie schreiben sich nicht, sie rufen sich nicht an.«
»Weiter!« drängte Peter wieder.
»Gestern war es wieder soweit. Tante Vilma ist nach Lech gefahren. In ein paar Tagen werde ich Onkel Oswald besuchen, werde dumm herumreden, als ob ich etwas wüßte, was ich nicht sagen darf, Onkel Oswald ist neugierig, das weiß ich, er wird mir keine Ruhe geben, und da werde ich ihm sagen, daß ich gehört habe, wie mein Vater meiner Mutter erzählt hat, daß Tante Vilma mit ihrem Schilehrer durchgebrannt ist.«
»Und?« fragte Peter verständnislos. »Wo ist der perfekte Mord?«
»Warte«, beruhigte ihn Ladi. »Onkel Oswald wird sich freuen, *er* wird sein Geld abheben, wird seine Freunde einladen, wird Partys geben, natürlich mit Mädchen – und wenn Tante Vilma plötzlich zurückkommt, wird ihn der Schlag treffen. Auf diese Weise hätte ich meinen Onkel getötet, ohne daß man mir etwas beweisen könnte. Das ist der perfekte Mord.«
»Spitze!« sagte Peter bewundernd.

»Super!« sagte Thomas.
Irgendeiner aus der Runde hielt nicht dicht. Onkel Oswald und Tante Vilma erfuhren von der Sache.
Peter und Thomas gaben Ladi je fünfzig Schilling – Onkel Oswald und Tante Vilma gaben ihm je eine Ohrfeige.
Worauf Ladi überzeugt war, daß es keinen perfekten Mord gibt.

Kindheit ist die Zeitspanne im menschlichen Leben, in der man eher Masern bekommt als Skrupel.

Unser Leben leidet an zwei Übeln: Es ist fünfmal so teuer geworden wie früher – und sechsmal so aufregend. Gegen das erste gibt es nur ein Mittel: zehnmal soviel zu verdienen (der Finanzminister verlangt ja auch seinen Anteil) – gegen das zweite:

Ruhe, Ruhe, Ruhe

Meine Nerven waren am Hund. Ich war halb Mensch, halb Miltaun. Ich konnte nicht arbeiten. Ich zitterte mit den Fingern, meine Haut rötete sich, meine Fußsohlen juckten. Ich ging zu meinem Freund Dr. Wronsky und sagte: »Meine Nerven sind am Hund. Ich kann nicht arbeiten.« Drauf sagte er: »Daß du nicht arbeiten kannst, ist kein Unglück – da kannst du in diesem Jahr auch kein Buch schreiben, und meiner Frau muß endlich einmal ein anderes Geburtstagsgeschenk für mich einfallen. Außerdem kommt das alles von den Zähnen.«
Er war Dentist. Ich ging zu meinem zweiten Freund Dr. Robinson. Er war eben in einen Scheidungsfall vertieft. »Meine Nerven sind am Hund«, sagte ich. »Ich zittere mit den Fingern.« »Warum kommst du da zu mir?« fragte er. »Wenn du mit den Fingern zitterst, lern Gitarre spielen!« Sein Bruder hatte eine Musikschule. Es wurde immer schlimmer. Ich hörte Stimmen, obwohl niemand sprach, und sah Dinge, obwohl keine da waren. Ich ging zu meinem dritten und besten Freund – zu Joschi. Er schickte mich zu dem Psychiater Professor Dr. Weiß.
Obwohl ich telefonisch einen Termin bekommen hatte, war das Wartezimmer voll mit Patienten. Und alle sprachen von ihren Angelegenheiten.
»Wir sind außer uns«, klagte eine Dame eben einem neben ihr sitzenden Herrn. »Aus dem Kopf meines Mannes wachsen Karotten, und wir haben Schnittlauch gepflanzt.« »Das ist gar nichts«, entgegnete der Herr besorgt. »Meine Frau bildet sich ein, eine Laterne zu sein, und ich kann bei Licht nicht schlafen.«

Ein neuer Patient trat ein. Fast zur gleichen Zeit kam ein anderer aus dem Zimmer des Psychiaters. Die beiden kannten einander, sie begrüßten sich. »Kommen Sie oder gehen Sie?« fragte der erste. »Wenn ich das wüßte«, antwortete der zweite, »wäre ich nicht hier.«

Wo bin ich da hingeraten? Wohin hatte Joschi mich geschickt? Was soll ich hier? Ich bin doch nicht verrückt?

Eine reizende Schwester kam aus dem Ordinationszimmer, fragte freundlich: »Herr Wiener?« und ließ mich ein. Hinter einem großen Schreibtisch saß Dr. Weiß. Er war ein kleiner Mann mit einer Glatze, trug natürlich einen weißen Mantel und machte im großen und ganzen einen ausgeglichenen Eindruck. Er war keiner jener Psychiater, wie man sie im Film sieht. Ärzte, die noch verrückter sind als ihre Patienten. Nein, er war ausgesprochen ruhig. Kunststück. Ein Mensch, der keine Sorgen hat, solange die andern welche haben.

Er lud mich ein, Platz zu nehmen, und ich erzählte ihm meine Geschichte. »Streß«, sagte er sofort. »Das ist keine Angelegenheit. Bedenken Sie die Umwelt, mit welcher der heutige Mensch fertig zu werden hat. Lärm, Überforderung, Radio, Fernsehen, Auto, Katastrophen, Luft- und Wasserverschmutzung, Termine, Flugzeuge, Angst vor der Zukunft und so weiter. Was Sie brauchen ist nichts als Ruhe, Ruhe, Ruhe. Verzichten Sie ab sofort auf Tranquilizer und Weckamine – sie helfen Ihnen nicht. Sie haben Ihr Ich verloren. Fahren Sie für vierzehn Tage in ein kleines Nest, nehmen Sie sich einen Liegestuhl, legen Sie sich in den Garten, denken Sie in der ersten Woche an nichts, rein an nichts – und erst in der zweiten Woche an Ihr Ich. Sie werden es finden. In vierzehn Tagen sind Sie wieder Sie.« Ich bezahlte zweitausend Schilling und war entlassen. Ich war glücklich. In vierzehn Tagen werde ich wieder ich sein. Ich suchte sofort unter den Ferienangeboten einen kleinen Ort mit einem halbwegs netten Hotel, hatte das Glück, einen solchen zu finden, sagte mich telefonisch an und traf am nächsten Tag ein. Ich nahm sofort einen Liegestuhl, legte mich in den Garten und begann mit der Kur.

Es konnte doch nicht so schwer sein, an nichts zu denken. Ich schloß also die Augen und dachte an nichts. Hoppla! Kann man überhaupt an nichts denken? Wenn man an nichts denkt, denkt man doch auch an etwas. Eben an nichts. Und was *ist* nichts? Ich versuchte eine Definition zu finden, und ich fand eine: Nichts ist ein Messer ohne Klinge, dem das Heft fehlt. Nichts ist also etwas, das man nicht greifen kann. Und nicht *begreifen*. Sagen wir: Nichts ist ein Loch in der Natur. Wenn ich aber durch ein Loch gehe, gehe ich doch auch durch etwas und nicht durch nichts. Ich wurde nervös und nahm ein Miltaun. Ich weiß, ich sollte mir das abgewöhnen, aber *ein* Miltaun ist wirklich nichts. Moment! Habe ich nicht eben gesagt: Ein Miltaun ist nichts? Nichts ist also ein Miltaun. Wenn ich nun drei Miltaun nehme, nehme ich praktisch dreimal nichts. Wie kann man aber dreimal nichts nehmen. Ganz einfach. Man nimmt dreimal die leere Hand, führt sie dreimal zum Mund und schluckt nichts hinunter. Mir brach der Schweiß aus, ich wurde immer nervöser. Ich bemühte mich, an die Worte großer Männer zu denken. »Aus nichts wird nichts«, sagte Lukretius. Wenn also aus nichts nichts wird, wie sollte denn gerade bei mir aus nichts etwas werden? Nämlich meine Gesundung. Oder wie heißt es bei Goethe in Faust, zweiter Teil: »In deinem Nichts hoff' ich das All zu finden!« Was ist das All? Ich verstehe darunter das Universum, also einen ganz schönen Brocken. Wie will Goethe diesen Brocken, diesen Klumpen, diesen Klotz in einem Nichts finden? Wo doch Nichts nichts ist. Meine Finger begannen zu zittern. Ich schluckte noch drei Miltaun.

Ich beschloß, die Therapie Dr. Weiß' umzudrehen. Ich werde zuerst mein Ich suchen, und erst wenn ich es gefunden habe, an Nichts denken. Wer war ich, wer bin ich, wer werde ich sein? Wer oder, besser gesagt, was ich war, wußte ich. Ein mittelmäßiger Schüler, ein Lausbub, der nicht lernen wollte und der seinen Eltern durch seinen Drang zum Theater allerhand Sorgen bereitet hat. Wer bin ich? Einer jener Schriftsteller, die keine Millionenauflagen erreichen, ein

Autor, der der Welt nichts zu hinterlassen haben wird. Wer werde ich sein? Der, der ich immer war. Ein Niemand, ein Nichts. Da war es wieder. Meine Haut rötete sich, meine Fußsohlen begannen zu jucken, ich zuckte mit dem ganzen Gesicht. Ich war also nichts. Das konnte aber auch nicht stimmen. Nichts konnte nicht in dieses Nest fahren, nichts konnte nicht auf dem Liegestuhl liegen, nichts konnte sich nicht mit dem linken Fuß die Sohle des rechten kratzen.
Die Wirtin kam. »Was wird der Herr zu Abend essen?« fragte sie. »Nichts!« schrie ich, sprang auf, bezahlte meine Rechnung, packte meinen Koffer und fuhr nach Hause.
»Du bist schon wieder da?« rief meine Frau empört. »Glaubst du, daß ich es auf die Dauer aushalte, mit einem Narren zu leben? Ich hoffte, wenigstens vierzehn Tage allein sein zu können, und jetzt kommst du schon am ersten Tag zurück?«
Bei dieser liebevollen Begrüßung vollzog sich ein Wandel in meinem Innern – ich wurde wieder gesund. Ich konnte wieder arbeiten, meine Finger zuckten nicht, meine Fußsohlen juckten nicht, meine Haut rötete sich nicht, ich hörte keine Stimmen, ich sah keine Dinge, sofern sie nicht da waren. Ich war wieder ich.
Drum, wenn Sie einmal so unter Streß stehen sollten wie ich, denken Sie an alles – nur nicht an nichts.

Ich habe natürlich auch im Lexikon unter »N« nachgeschlagen und folgendes erfahren: Nichts ist im philosophischen Sinne die Verneinung eines Bestimmten oder des Seienden überhaupt. Nichts war der Gegenstand philosophischer Reflexion schon bei dem Sophisten Gorgias, der lehrte, daß im Grunde Nichts ist; wenn aber etwas sei, so wäre es nicht erkennbar.
Hätte ich das früher gelesen, hätte ich mich nie mehr gefunden.

Wir leben in einer unruhigen Zeit. Terroristen setzen die Welt in Schrecken. Sprengstoffattentate stehen auf der Tagesordnung. Die Massenmedien melden Entführungen. Verbrecher erpressen Lösegeld. Kein Land bleibt davon verschont. Und eines Tages erfuhr ich es:

Terrorismus auch bei uns

Heute, mit der Morgenpost, flatterte ein Brief auf meinen Schreibtisch. Ich las ihn und erbebte: »Sie haben bis zum 20. d. M. fünfzigtausend Schilling zu bezahlen«, hieß es da, »oder ...«

Der Rest verschwamm mir vor den Augen.

Bis zum zwanzigsten, und heute war der fünfzehnte. Wo sollte ich in fünf Tagen fünfzigtausend Schilling hernehmen? Es ist kein Vermögen, aber man hat doch sein Geld nicht flüssig. Sollte ich überhaupt bezahlen? Sollte ich nicht erst versuchen, den Erpressern etwas abzuhandeln? Vor allem – sollte ich es meiner Frau erzählen? Ich beschloß zu warten. Warum sollte ich die Ärmste auch noch aufregen. Genug, wenn ich – –

Das Telefon schrillte. Ich schrak zusammen. Das waren sie. Es hatte aber keinen Sinn, Vogel-Strauß-Politik zu betreiben. Ich faßte mich, ging zu dem Apparat und hob den Hörer ab.

»Ja?« sagte ich mit schwacher Stimme.

»Wer spricht?« fragte jemand am andern Ende.

»Hugo Wiener«, stammelte ich.

»Haben Sie das Schreiben bekommen?«

»Ja.«

»Sie bezahlen natürlich.«

»Ja ... das heißt, nein ... ich meine, könnte man den Betrag nicht ein bißchen ermäßigen? Sie müssen wissen, ich verdiene, aber ich bin kein reicher Mann ...«

»Das sagen alle. Sie müssen die Summe erlegen, hören Sie?«

»Haben Sie Erbarmen!«

»Verdammt nochmal!« fluchte der andere. »Es hängt nicht von mir ab.«
»Dann reden Sie doch mit Ihren Leuten. Ich bin ja gewillt zu zahlen, aber nicht so viel ...«
»Legen Sie den Hörer auf, ich werde sehen, was ich tun kann. Bleiben Sie aber in der nächsten halben Stunde zu Hause, es könnte sonst schreckliche Folgen für Sie haben.«
Er legte den Hörer auf. Eine halbe Stunde! Eine halbe Stunde, die mir scheinen wird wie eine Ewigkeit.
Meine Frau kam ins Zimmer. »Was hast du?« fragte sie besorgt. »Du bist ganz blaß ...«
»Nichts«, sagte ich schnell. Ich hatte beschlossen, die Angelegenheit allein auszutragen. »Ich bin ein bißchen überarbeitet ...«
»Na gut«, meinte sie. »Wenn du mich brauchst, ich bin bei Mela.«
Mela ist die Frau meines Anwalts, Dr. Robinson. »Sie hat mich angerufen und hat mich gebeten, zu ihr zu kommen. Robinson hat einen Brief bekommen und ist seither ganz verstört. Leb wohl!« Sie ging.
Also auch er. Auch Robinson. Und wahrscheinlich auch Wronsky, Pfandl und Joschi. Mein ganzer Bekanntenkreis. Ich fühlte das Ohnmächtige meiner Lage. Wenn Robinson, der gefinkelte Jurist, seit Erhalt des Briefes verstört ist, was konnte dann *ich* tun? Nichts. Ich sah auf die Uhr. Der Zeiger bewegte sich so langsam wie noch nie. Noch achtundzwanzig Minuten. Was wird man mir sagen? Wird man überhaupt noch einmal anrufen? Noch zwanzig Minuten, noch zehn, noch fünf, noch zwei, noch eine.
Das Telefon. Ich hob ab.
»Ja?« sagte ich wieder.
»Hören Sie«, meldete sich der Anrufer von vorhin. »Ich habe mit den Leuten gesprochen. Sie sind unnachgiebig. Sie haben die fünfzigtausend Schilling zu bezahlen, oder ...«
»Oder?« fragte ich zitternd.
»Es wird Sie noch mehr kosten.«
»Gut«, sagte ich kaum hörbar. »Ich will es tun.« Ich legte

den Hörer auf. »Erpresserbande ...«, murmelte ich vor mich hin, setzte mich an den Schreibtisch und füllte einen Erlagschein auf fünfzigtausend Schilling aus. Der Mann, mit dem ich telefoniert hatte, war mein Steuerberater – die fünfzigtausend Schilling gingen an das Finanzamt.

Ich bearbeite jetzt den »Faust« von Goethe. Im ersten Akt verkauft Faust dem Teufel seine Seele – in den übrigen Akten muß er dem Finanzamt beweisen, daß er nichts daran verdient hat.

Goethe sagt: »Viele Dinge sind's, die wir mit Heftigkeit ergreifen sollen.« Goethe liegt mir nicht, ich verstehe ihn nicht. Schiller liegt mir. Schiller sagt: »Die kleinen Dinge sind's, die unser Sein vergällen.« Das verstehe ich, das könnte von mir sein. Nur drücke ich es anders aus. Ich sage: »Die kleinen Dinge sind's, die uns das Leben miesmachen.« Und ich kann es beweisen. Wir können z. B. auf einem Berggipfel sitzen, aber nicht auf einem Reißnagel.
Ich fühle mich eins mit Schiller. Schiller schrieb: »Das Lied von der Glocke«, lesen Sie nun mein

Lied von der Klingel

Es begab sich in der niederösterreichischen Kurstadt Sauerbad an der Schwefel. Die Gemeinde hatte eine neue Schule gebaut, mit Klassenzimmern, Konferenzräumen, Sportplätzen, einem Turnsaal – und natürlich mit einer Klingel. Die Klingel war das Wichtigste. Sie hatte ja nicht nur Beginn und Ende des Unterrichts, sie hatte auch Anfang und Schluß der Pausen anzuzeigen. Und da – gleich in der ersten Woche – passierte es. Die Pause hatte begonnen, die Schüler und Schülerinnen – es war eine gemischte Schule – standen auf den Gängen, plauderten, aßen, rauchten und flirteten, die Zeit wäre längst um gewesen – die Klingel streikte. Einer der Schüler mußte den Klöppel, besser gesagt den Anker, es handelte sich ja um eine elektrische Klingel (siehe Lexikon: Wagnerscher Hammer), a) mit den Händen, b) mit Absicht außer Funktion gesetzt haben. »Die Pause ist um!« rief der Schulwart – die Schüler und Schülerinnen nahmen es nicht zur Kenntnis.
Der Direktor der Anstalt berief die Lehrer und Professoren zu sich ins Konferenzzimmer. »Meine Herren«, sagte er, »es muß etwas geschehen. Die Schüler müssen in die Klassenzimmer zurückkehren.« Einer der Professoren, der gestrenge Dr. Holzwarth, nahm es auf sich, dies zu veranlassen. Er pflanzte sich vor den Schülern und Schülerinnen auf und sprach: »Wie Sie gehört haben, ist die Pause vorüber – kehren Sie in Ihre Klassenzimmer zurück.« Nun traten die

Klassensprecher vor, und der älteste von ihnen sagte: »Herr Professor haben gesagt ›wie Sie gehört haben‹. Wir haben *nichts* gehört. Ich berufe mich daher auf Punkt sechzehn der Schulordnung, in dem es heißt: Sobald die Klingel ertönt, ist die Pause zu Ende, und die Schüler haben in ihre Klassenzimmer zurückzukehren. Das Ertönen der Klingel ist ausgeblieben – wir kehren *nicht* zurück.« Professor Holzwarth meldete dem Direktor das Scheitern seiner Mission. Nun trat Dr. Pampfinger vor, Deutschlehrer, der jüngste des ganzen Lehrkörpers. Er war bereit, sich zu opfern. Er lief durch die Korridore und machte »Bim, bim! Bim, bim!« Die Schüler lachten sich dumm, was ihnen nicht leicht fiel, da sie nicht klug waren.

»Ich weiß, was ich zu tun habe«, sagte der Direktor. Er rief die Baufirma an, die die Schule gebaut hatte. »Hier Direktor Moßbach«, meldete er sich. »Sie haben den Bau unserer Schule durchgeführt. Nun ist der Fall eingetreten, daß bereits nach wenigen Tagen die Klingel nicht funktioniert. Wir bitten Sie, den Schaden so schnell wie möglich zu beheben.« Die Firma bedauerte. »Die Schule wurde vom Bautenministerium übernommen, wenn Sie irgendwelche Klagen haben, wenden Sie sich an das Bautenministerium.«

Direktor Moßbach wendete sich an das Bautenministerium. Das Bautenministerium bedauerte. »Der Herr Bautenminister ist auf Urlaub in Spanien. Ist es dringend?«

»Sehr dringend.«

»Dann gebe ich Ihnen seine Nummer.« Er gab Moßbach die Nummer. Moßbach rief in Spanien an und verlangte den Bautenminister zu sprechen.

Man bedauerte. »Der Herr Bautenminister mußte seinen Urlaub unterbrechen, er befindet sich auf einer Tagung in Kanada. Hier ist das Sekretariat. Ist es dringend?«

»Außerordentlich.«

»Dann gebe ich Ihnen seine Nummer.« Er gab Moßbach die Nummer. Moßbach rief in Kanada an, nach einigen Schwierigkeiten wurde er mit dem Bautenminister verbunden. Er erzählte von dem Mißgeschick mit der Klingel.

Der Minister bedauerte. »Das ist nicht unsere Angelegenheit«, sagte er. »Die Schule untersteht dem Unterrichtsministerium. Rufen Sie das Unterrichtsministerium an.«
Moßbach rief das Unterrichtsministerium an.
Man bedauerte. »Der Herr Unterrichtsminister ist in Uganda, um das dortige Schulwesen zu studieren. Ist es dringend?«
»Ungewöhnlich dringend.«
»Dann gebe ich Ihnen seine Nummer.« Moßbach rief in Kampala an. »Oga otscha!« meldete sich eine Stimme, was auf ugandisch »Hallo!« heißen dürfte.
Da Moßbach nicht ugandisch konnte, versuchte er es mit Englisch. »Please give me the Minister of Education of Austria«, sagte er.
»Ich nicht können Französisch«, antwortete die Stimme.
»Du sprechen deutsch?«
»Ja!« sagte Moßbach erfreut.
»Ich gewesen Student in Deutschland. Was du wollen?«
Moßbach erzählte wieder die Geschichte von der Klingel.
»Ich verstehen«, sagte die Stimme. »Wir unterentwickeltes Volk, du wollen uns schenken einer Klingel.«
»Nein!« rief Moßbach. »Ich will nur berichten: Unsere Klingel geht nicht.«
»Oh, unser Klingel geht auch nicht. Unser Klingel hängen an Wand.«
»Unsere Klingel klingelt nicht!«
»Dann vielleicht sie sein kaputt?«
»Natürlich ist sie kaputt!« schrie Moßbach.
»Du nicht schreien mit mir!« warnte die Stimme. »Du Krokodil! Du Elefant! Du Nashorn! Ich Minister für Kultur!«
Endlich kam der österreichische Unterrichtsminister. »Sie wünschen?« erkundigte er sich. Moßbach erzählte von der Klingel. »Wo im Schulgebäude befindet sich die Klingel?« fragte der Unterrichtsminister.
»Innen.«
»Dann wenden Sie sich an das Innenministerium. Die An-

gelegenheit fällt nicht in meine Kompetenz.« Moßbach wendete sich an das Innenministerium.
»Die Klingel ist innen«, sagte man ihm dort, »aber der Strom kommt von außen. Da ist das Außenministerium zuständig.«
Im Außenministerium gab man Moßbach den Rat, sich an die UNO zu wenden. Die UNO-Vollversammlung wählte einen Oberausschuß, dieser einen Unterausschuß, dieser ein Komitee, das Komitee trat zusammen und vertagte sich.
Es vergingen Monate und Jahre, und in der Schule von Sauerbad war noch immer Pause. Da, wie bereits eingangs erwähnt, die Schule eine gemischte Schule war, kamen bald die ersten Babys zur Welt. Moßbach und andere Professoren erreichten die Altersgrenze und gingen in Pension. Der erste Schüler wurde Großvater.
Ein neuer Direktor wurde eingesetzt. Er tat das einzig Richtige. Er ließ einen Elektriker kommen, in einer halben Stunde war der Fall erledigt, die Klingel klingelte – die Schülerinnen und Schüler, würdige Damen und Herren, gingen in ihre Klassenzimmer zurück.
Dr. Pampfinger, der vor der Pause der jüngste Lehrer gewesen war, trat ein. Er war ein Greis geworden. »Wo sind wir stehengeblieben?« fragte er.
Glatz, der Musterschüler, erhob sich mühsam und sagte mit zittriger Stimme: »Beim Lied von der Glocke.«

Schnecke und Wiesel veranstalteten einen Wettlauf. Die Schnecke kam als erste ans Ziel. Wieso? Das Wiesel hatte den Amtsweg eingeschlagen.

Die Sprache der Zeitungen wird immer knapper. Während es früher hieß »Ein Esel wurde von einem Auto überfahren«, heißt es heute »Esel von Auto überfahren« oder noch kürzer »Auto überfährt Esel.« Obwohl ich weder mit dem Auto noch mit dem Esel in irgendeiner Weise zu tun habe, brachte mich dieses Journalistendeutsch einmal in

Eine heikle Situation

Ich heiße Wiener. Wirklich Wiener. Es ist kein Pseudonym – ich heiße so. Nun haben die Zeitungen in den letzten Jahren die Gewohnheit angenommen, nicht, wie es sich gehören würde, zu berichten: »In Baltimore hat ein Wiener einen Rivalen erschossen« (dies zum Beispiel), sondern bloß: »Wiener erschießt Rivalen.« Am Anfang fiel mir das gar nicht auf, als mir aber immer mehr meiner Freunde, natürlich im Spaß, sagten: »Heute habe ich wieder etwas Schönes von dir gelesen. Wiener erschlägt Geldbriefträger!« oder »Du machst ja feine Dinge. Wiener wirft Bombe!« – da fing ich an, Gefallen daran zu finden. Ich jagte diesen Titeln nach, schnitt sie aus und klebte sie in ein Album, das ich dann bei Hauspartys, zur allgemeinen Unterhaltung unseren Gästen präsentierte. So lange, bis ich eines Tages in die Türkei reiste. Wie das Album mit mir kam, weiß ich nicht. Als ich im Abteil – ich fuhr mit der Bahn – meinen Koffer öffnete, fiel es mir in die Hände. Ich hatte inzwischen eine nette Reisebekanntschaft gemacht – einen älteren Herrn, dem ich, ohne mir etwas dabei zu denken, das Album zeigte.

Wir kamen zur Grenze – mein Reisegefährte war etwas früher verschwunden –, ich stieg aus und erlebte eine Überraschung. Anstatt von dem Lohndiener des Hotels, für das ich gebucht hatte, abgeholt zu werden, nahmen mich zwei türkische Soldaten in Empfang und führten mich zum Bahnhofskommando. Dort erwarteten mich drei Personen. Ein türkischer Offizier, eine Dame, die sich als Dolmetscherin entpuppte, sowie der Herr aus dem Eisenbahnab-

teil. Wie kam der hierher? Was wollte man überhaupt von mir?
Der Offizier sah mich grimmig an, dann rief er der Dolmetscherin etwas zu. »Sie heißen Wiener?« fragte sie. »Ja«, antwortete ich. Wieder sagte er etwas. »Sie sollen Ihren Koffer öffnen«, übersetzte die Dolmetscherin. Ich öffnete den Koffer. Der Herr aus dem Eisenbahnabteil zeigte auf das Album. Was wollte er damit? Der Offizier nahm das Album heraus und übergab es der Dolmetscherin. Sie las, immer zuerst deutsch, dann türkisch: »Wiener ermordet Polizisten«, »Wiener stürzt Bergsteiger in Schlucht«, »Wiener in Rauschgiftaffäre verwickelt«, »Wiener verkauft Mädchen nach Orient«, »Wiener erschießt Gattin«, »Wiener zieht Callgirlring auf«, »Wiener als Juwelenräuber«, »Wiener inszeniert Bankeinbruch«, »Wiener begeht Menschenraub«, »Wiener ersticht türkischen Gastarbeiter« usw. Das Gesicht des Offiziers war immer drohender geworden. Schließlich rief er den beiden Soldaten etwas zu, sie ergriffen mich, warfen mich in ein Auto und brachten mich nach Ankara, wo sie mich in einem düsteren Gefängnis ablieferten.
Der Untersuchungsrichter, dem ich sofort vorgeführt wurde, sprach etwas deutsch. Ich versuchte, ihm die Sache zu erklären, versuchte, ihm begreiflich zu machen, daß ich die Zeitungsabschnitte nur zum Spaß gesammelt habe – er glaubte mir nicht. Ich wurde in den Kerker geworfen. Waren Sie schon einmal in einem türkischen Kerker? Beten Sie zu Gott, daß Sie niemals in einen solchen kommen. Bei Tag war ich allein, in der Nacht bekam ich Gesellschaft: Ratten, Mäuse und was es sonst alles in türkischen Kerkern gibt. Am nächsten Morgen waren die ersten Seiten sämtlicher Zeitungen mir gewidmet: »Wiener, größter Verbrecher der Geschichte, von türkischer Polizei gestellt.« Was hätte ich einmal für diesen Titel gegeben. Er wäre das Prunkstück meines Albums gewesen. Jetzt verwünschte ich ihn mitsamt dem Album.
Ich verlangte meinen Konsul zu sprechen. Er kam und sag-

te: »Ihr Fall ist nicht einfach. Ich werde sofort in Wien nachfragen, aber machen Sie sich nicht zu viele Hoffnungen, die Türken werden recherchieren.« Die Türken recherchierten. Es verging *ein* Tag, es vergingen zwei Tage, es vergingen drei Tage, es verging eine Woche – die Türken recherchierten. Ich lebte von Wasser und Reis, mein Bart reichte bis zum Boden, meine Haare wuchsen ins Unermeßliche, ich sah aus wie der Graf von Monte Christo, bevor er aus dem Chateau d'If entfloh – die Türken recherchierten. Es wurde Weihnachten, es wurde Ostern, aus Wien war natürlich längst die Nachricht gekommen, daß nichts gegen mich vorliege – die Türken recherchierten.

Meine Frau war, noch ehe die Sache passiert war, auf eine Weltreise gegangen. Sie wollte sich einmal wirklich erholen – sechs bis zwölf Monate lang. Sie ließ keine Adressen zurück – nichts. Die Wiener Polizei suchte sie – sie war verschwunden. Nun begann man auch in Wien zu recherchieren. Die Zeitungen brachten die Schlagzeilen: »Wiener erschießt Cissy Kraner – Leiche unauffindbar.« Man brachte mich nicht nur mit den in meinem Album gesammelten Untaten in Verbindung – man legte mir alle ungeklärten Verbrechen der letzten zwanzig Jahre zur Last. Ich wurde zum Helden der Weltpresse, zwei Amerikaner schrieben ein Buch über meinen Fall, das Buch wurde verfilmt, der Film bekam sechs Oscars – nur meine Frau wußte von nichts. Sie hatte sich vorgenommen, keine Zeitungen zu lesen, kein Radio zu hören, keinen Film und kein TV-Programm zu sehen – sie wollte nur ihrer Erholung leben.

Inzwischen hatte Österreich meine Auslieferung verlangt. Die Türken waren einverstanden, aber nur unter der Bedingung, daß ich, nach Verbüßung sämtlicher zu erwartender Strafen, wieder an die Türkei zurückgestellt werde. Das machte mir nichts aus – ich wußte, das erlebe ich nicht.

An Händen und Füßen gefesselt, von einem Zug türkischer Soldaten eskortiert, wurde ich an die Grenze gebracht und dem österreichischen Militär übergeben. An Händen und Füßen gefesselt, von einem Zug österreichischer Soldaten eskortiert, wurde ich nach Wien gebracht und der österreichischen Justiz übergeben. An Händen und Füßen gefesselt, von einem Zug österreichischer Polizisten eskortiert, wurde ich in das Landesgericht gebracht und dem bereits auf mich wartenden Gefängnisdirektor übergeben. So ein Gefängnis ist, wie ich schon in Ankara bemerkte, ein eigenes Ding. Man hat eine Zelle, eine Nummer und kein Telefon. Aber zu solchen Betrachtungen war nicht der Moment. Wien glich, wie man so sagt, einem brodelnden Hexenkessel. Es gab Demonstrationen für und gegen mich. Autos wurden umgeworfen, Straßenbahnzüge zum Entgleisen gebracht, Straßen aufgerissen. (Letzteres fiel weiter nicht auf, da in Wien auch in ruhigen Zeiten das ganze Jahr über die Straßen aufgerissen werden.) Man appellierte an den Justizminister, a) mich freizulassen, b) mich aufzuhängen – der Justizminister trat zurück. Einer unserer größten Dichter schrieb ein flammendes »J'accuse!« Amerika erinnerte an die Menschenrechte. Die Türkei zerstörte daraufhin die amerikanischen Militärbasen, weil ich ja schließlich einen türkischen Gastarbeiter erstochen hatte. Als Folge davon schloß Griechenland mit Amerika einen Beistandspakt. Da Großbritannien auf meiner Seite war, legte die IRA eine Bombe in das englische House of Lords. Das wieder bewog die ETA, spanische Fremdenverkehrsorte zu bombardieren. Deutschland bat um meine Freiheit, Portugal um einen Kredit. China behauptete, daß ich ein rußlandfreundlicher Kommunist sei, der von den Sowjets den Auftrag bekommen habe, Unruhe im Westen zu verbreiten. Rußland behauptete das Gegenteil, Jugoslawien konzentrierte seine Truppen an der russischen Grenze. Die Korsen sprengten in Paris irrtümlich das Grab Napoleons in die Luft, worauf die Franzosen einige Kanonenboote gegen Israel schickten. Lybien drohte mit dem Einmarsch in Holland. Aus der ganzen Welt setzte eine Goldflucht nach der Schweiz ein. Die Schweiz, die das viele Gold nicht mehr fassen konnte, eroberte in einem Blitzkrieg Liechtenstein und Luxemburg, um dort weitere Geldinstitute zu errichten. Die UNO löste sich auf. Die Welt war aus den Fugen geraten. Ich war ein so heißes Eisen geworden – wenn man mich anfaßte, zischte ich.

Endlich bekam ich meinen Prozeß. Er wurde unter den größten Vorsichtsmaßregeln abgehalten. In- und ausländische Journalisten wurden mit Sonderbewilligungen zugelassen, Maschinengewehre waren aufgestellt, das Gerichtsgebäude wurde von Hubschraubern überflogen, die Zuschauer wurden kontrolliert, ob sie kein Sprengmaterial bei sich trugen. Dr. Robinson war mein Verteidiger. Der Staatsanwalt hatte seinen großen Tag. Er verlangte von den Geschworenen ein eindeutiges »Schuldig« und damit ein Urteil auf mindestens zehnmal lebenslänglich. Männer und Frauen weinten, als er das Schicksal meiner unschuldigen Opfer schilderte. Auch mir kamen die Tränen. Nun hielt Robinson sein Plädoyer. Er forderte den Freispruch. Männer und Frauen weinten, als er meinen Charakter schilderte und sich dafür verbürgte, daß ich nicht eine Fliege erschlagen könne. Auch mir kamen die Tränen. Das letzte Wort hatte ich. Als ich gleich im ersten Satz sagte, daß die Sache mit dem Album ein Scherz gewesen sei, verbot man mir jede weitere Silbe und verurteilte mich wegen Verhöhnung des Gerichts außer den zu erwartenden zehnmal »Lebenslänglich« noch zu vier weiteren Tagen Arrest. Das wurmte mich am meisten. Die Geschworenen zogen sich zurück. Nach einer Beratung von sechs Stunden kamen sie wieder. Der Obmann nahm einen Zettel zur Hand und verlas die Erkenntnis, zu der man gekommen war.

Leider konnte ich sie nicht mehr hören, da ich plötzlich erwachte. Das Ganze war ein Traum gewesen. Ich hatte am Abend zuvor zu schwer gegessen – in einem türkischen Restaurant.

Das Album hat natürlich wirklich existiert – das war kein *Traum. Sollte sich die Presse jetzt noch dafür interessieren, könnten sie nur berichten: »Wiener warf Album ins Feuer.«*

Ich hasse neugierige Menschen – und mit Recht. Was geht es uns an, wie andere leben? Wissen möchte ich es natürlich auch, aber

Ich bin nicht neugierig

Neulich betrat in den Garten meines Stammkaffeehauses und ging schnurgerade auf meinen Tisch zu, als mir die Kuchenfrau entgegenkam. Wenn ich einen Frontalzusammenstoß vermeiden wollte, mußte ich einen Augenblick stehenbleiben und sie vorüberlassen. In diesem Moment hörte ich hinter mir eine Frauenstimme: »Ich kann dir nur eines sagen, Renate, du hättest dich sofort wehren müssen, als der Maler kam.« Schon mußte ich weiter. Ich setzte mich, in Gedanken versunken, an den Platz, an dem ich nun schon seit mehr als zehn Jahren zu sitzen pflege: »Wie bitte?« Anton, der Ober, hatte gefragt, was ich wünsche. »Einen Mokka«, sagte ich, ohne davon überzeugt zu sein. Was ich gehört hatte, ließ mir keine Ruhe. Warum hätte Renate sich wehren müsen, als der Maler kam. Wer war Renate? Ich blickte hinüber und sah sie. Jung, blaß, unattraktiv. Und trotzdem. Da war etwas in ihrem Leben, das mich interessierte. Der Maler. Was wollte er von ihr? Warum hätte sie sich wehren müssen? Die andere Dame, anscheinend Renates Mutter, konnte das nicht ohne Grund gesagt haben.

Renate trug einen Ehering, war also verheiratet. War der Maler ihr Liebhaber? Hatte ihr Gatte davon erfahren, und will er sich scheiden lassen? Und hatte die Mutter deshalb gesagt: »Du hättest dich sofort wehren müssen, als der Maler kam?« Ich blickte wieder hinüber. Renate sah mir nicht nach Liebhaber aus. Aber das konnte täuschen. Gerade solche Frauen sind unberechenbar, wenn es um Liebe geht. Ich hab es! Renate liebte den Maler, aber der Maler liebte Renate nicht. Wo sie ihn wohl kennengelernt hatte? Auf der Straße, im Supermarkt, auf einer Party? Auf einer Party. Nach einem unerfüllten Leben stand sie plötzlich dem Traummann gegenüber, der sie verschmähte. Der Maler machte ihr nichts vor. Er war vielleicht leichtsinnig, ein Künstler, aber in seinem Herzen war er ein edler Mensch. Er wollte die unscheinbare Frau, die da vor ihm stand, nicht zum besten halten. Nun ist sie unglücklich, sie flüchtet zur Mutter, um sich auszusprechen, und die Mutter sagt: »Du hättest dich sofort wehren müssen, als der Maler kam!« Wehren gegen ihre Liebe, gegen ihre Gefühle. Blödsinn! Renate ist nicht der Typ, der einem Mann nachweint. Auch hätte sie ihrer Mutter nichts davon erzählt, Renate ist eine Frau, die ihr Schicksal schweigend erträgt. Aber etwas war los mit ihr und dem Maler. Was nur? Was? Plötzlich wußte ich es. Die Sache war anders. Der Maler war ein Schuft. Renate hatte einen Geliebten, der Maler erfuhr davon und versuchte, sie zu erpressen. Am Anfang gab sie dem Schwein kleinere Beträge, aber die genügten dem Verbrecher nicht. Das Aas wollte mehr haben. Er drohte, ihrem Mann alles zu verraten. Wer *ist* ihr Mann? Vor allem, *was* ist ihr Mann? Architekt, Autovertreter, Bankbeamter? Bankbeamter. Renate hatte etwas Beamtöses an sich. Und da sie nicht wie die Frau eines Generaldirektors wirkt, dürfte ihr Mann wohl ein kleinerer Angestellter sein. Im besten Fall Kassierer. Was aber erhofft sich dieser malende Schurke von einem Bankkassierer? Trottel! (Das sagte ich zu mir.) Was erhofft er sich? Natürlich den Tresorschlüssel! Renates Gatte befindet sich im Kampf zwischen Pflicht und Liebe. Entweder er händigt dem Halunken den Tresorschlüssel aus, oder die Welt, und damit auch seine Bankfiliale, erfährt von dem Verhältnis seiner Frau mit einem andern. Renate kennt ihren Gatten. Sie weiß, daß er alles tun würde, um sie zu schonen. Sie schüttet der Mutter ihr Herz aus, aber die alte, erfahrene Frau kann ihr auch nichts anderes sagen als: »Du hättest dich sofort wehren müssen, als der Maler kam!« Das war es. Ich war stolz auf mich. Die Tragödie lag offen vor mir, ohne daß mir jemand einen Anhaltspunkt gegeben hätte. Ich sah noch einmal hinüber. Die beiden Damen standen eben auf, um zu gehen. Im selben Moment kam mein Freund Robinson in den Garten. Ich war perplex. Er grüßte die bei-

den, und sie dankten. Er kannte sie also. Er wird sich wundern, was ich alles über sie weiß. Er kam an meinen Tisch.
»Servus!« sagte er und setzte sich zu mir.
»Servus«, entgegnete ich und freute mich auf das Gespräch, das sich nun entwickeln würde. »Du kennst die Damen, die eben gegangen sind?«
»Ja. Die jüngere ist Frau Mailberger, die andere ihre Mutter.« »Hm. Soll ich dir die Geschichte dieser Frau Mailberger erzählen?«
»Wenn es eine solche Geschichte gibt – bitte.«
»Sei nicht so diskret, du kennst sie wahrscheinlich ebenso gut wie ich – nur mit dem Unterschied, daß man sie dir erzählt hat, während ich sie mir ausrechnen mußte. Frau Mailberger ist verheiratet.«
»Ja.«
»Mit einem Bankkassierer.«
»Nein.«
»Das gibt es nicht. Sie muß mit einem Bankkassierer verheiratet sein.«
»Du irrst. Ihr Mann ist in meiner Kanzlei Konzipient.«
»Er will sich scheiden lassen.«
»Er denkt nicht daran.«
»Er kann es doch nicht ruhig hinnehmen, daß seine Frau ihn betrügt?«
Robinson horchte auf.
»Seine Frau betrügt ihn? Mit wem?«
»Das weiß ich noch nicht. Wenn aber Mailberger keinen Tresorschlüssel auftreiben kann, werden wir es bald *alle* wissen.«
»Wieso?«
»Weil der Lump es verraten wird.«
»Was für ein Lump?«
»Der Erpresser.«
»Erpresser?« wiederholte Robinson nervös.
»Warum regst du dich auf?«
»Ich rege mich nicht auf, aber – schließlich kenne ich die beiden.«

»Dann wird es dich interessieren, daß Renate in der schamlosesten Weise erpreßt wird.«
»Von wem?«
»Von dem Gangster.«
»Von was für einem Gangster?« Robinson war außer sich.
»Von dem elendem Buben, der alles weiß.«
»Was für ein Bub weiß alles?«
»Das muß ich erst herauskriegen. Der Kerl ist zu allem fähig.«
»Um Gottes willen!« Robinson wurde blaß. Seine Anteilnahme an dem Schicksal seines Konzipienten und dessen Gattin war wirklich rührend.
»Sag mir«, setzte ich fort, »wie funktioniert die Mailbergerische Ehe?«
»Im allgemeinen gut. Bitte – in den letzten Tagen hängt der Haussegen etwas schief.«
»Aha! Und warum?«
»Wegen einer Lächerlichkeit. Die beiden wollten ihre Wohnung renovieren lassen. Sie war für Tapeten, während er behauptete, daß da die Wände nicht atmen könnten. Er schickte einfach, ohne ein Wort zu sagen, einen Maler – sie ließ es ruhig zu, später ärgerte sie sich darüber, und jetzt streiten sie seit Tagen nur über dieses eine Thema. Und ihre Mutter hetzt noch gegen ihn und sagt: »Du hättest dich sofort wehren müssen, als der Maler kam!«
Ich war baff. Der Maler war der Zimmermaler.
So problemlos löste sich diese Geschichte.
Wie sagte schon Einstein: Man sollte alles so einfach wie möglich machen – aber nicht einfacher.

Übrigens, eine *richtige Schlußfolgerung hatte ich doch gezogen. Renate* hatte *einen Liebhaber. Es war mein Freund Robinson.*

Ich glaube, es war Joseph Kainz, der berühmte Hamletdarsteller des Wiener Burgtheaters, der da sagte: »Nur bedeutende Menschen können Shakespeare spielen, aber bedeutende Menschen werden keine Schauspieler.«
Kainz irrte. Es gibt bedeutende Menschen, die Schauspieler werden. Z. B. mein Freund,

Der berühmte Toplitz

Lange habe ich nicht von meinem Freund Toplitz erzählt. Der Grund? Er war meinen Augen entschwunden. Wir waren Schulfreunde von frühester Jugend an. Wir kamen zusammen in die erste Volksschulklasse, die zweite mußte er wiederholen, in der dritten holte er mich wieder ein.
Toplitz war der geborene Schauspieler. Bekam er ein schlechtes Zeugnis, spielte er das kranke Kind, das von seinen Lehrern überfordert wurde, die Eltern empfanden Mitleid mit ihm, und die Tante nahm ihn für acht Tage zu sich auf den Semmelring, wo sie ein kleines Häuschen im Grünen hatte. Später, als Jüngling, machte er es ebenso. Fand er ein Mädchen, daß ihn nicht erhören wollte, mimte er den unglücklich Verliebten, der zusehends verfiel und mit Selbstmord drohte. Welches Mädchen konnte da widerstehen? Und dann kam die Schauspielerei als Beruf. Er besuchte eine Theaterschule, äußerlich hatte er sich prächtig entwickelt, er war der geborene Karl Moor, der ideale Ferdinand, der perfekte Faust, der vollkomene Othello, und doch – es wollte mit seiner Karriere nicht klappen. Er war der Held von St. Pölten, der Liebling von Biel, der Herrgott von Flensburg – dann verschwand er von der Bildfläche. Wohl entdeckte ihn das Fernsehen, er machte einen Senkrechtstart – mußte aber bald wieder notlanden. Es mochte wohl auch an ihm gelegen sein, er war, gelinde gesagt, ein bißchen schwierig geworden. Kaum hatte er irgendwo Fuß gefaßt und die Gunst des Publikums errungen, hatte er bereits tausend Wünsche. Er mußte als erster auf dem Plakat stehen, er wählte sich seine Partnerinnen aus, er verlangte

besondere Kostüme, er meckerte über alles und jedes. Bis er merkte, daß es so nicht weitergeht. Die Intendanten liefen ihm nicht mehr nach, er war nicht mehr so gefragt wie vorher, und so wurde er gemäßigt. Das wieder wirkte sich auf seine Psyche aus. Er bekam Minderwertigkeitskomplexe, was sich auf seine Leistungen niederschlug. Ein gedrückter Karl Moor, ein verklemmter Ferdinand, ein flügellahmer Faust, ein müder Othello – das war nicht möglich, und so bekam er eines Tages die Kündigung.

Vor einigen Jahren sah ich ihn auf dem Bildschirm wieder, und zwar in einem Zweipersonenstück. Im eleganten Smoking – ein Sir – stand er mit seiner nicht minder eleganten Partnerin im Salon eines englischen Herrschaftshauses in Stanhope Gate, jener Gegend in London, in der auch die Forsytes wohnten.

»Well, Lady Harriett«, begann er, »sind Sie glücklich?«

»Wie sollte ich nicht?« erwiderte sie und sah ihn aus strahlenden Augen an. »Besitze ich doch einen Gatten, der mir eine Plus-Pocketkamera mit eingebautem Elektronenblitz, Geschenkkassette, komplett mit Colorfilm und Tragetasche, unter den Weihnachtsbaum gelegt hat.«

»Für nur achthundertfünfzig Schilling«, nickte er.

Die Plus-Pocketkamera rückte groß ins Bild und verdeckte die beiden. Aus.

Und nun, liebe Stammleser, regen Sie sich nicht auf, und blättern Sie auch nicht in meinem Buch »Wie das Leben so spielt« nach, ich weiß, daß ich das alles bereits einmal geschrieben habe. Ich wiederhole es nicht nur zur Auffrischung Ihrer Erinnerung, sondern auch zur Einführung für neu eingestiegene Leser. So wie es das Fernsehen bei Sendereihen macht, wo auch vor jeder neuen Folge berichtet wird, was bisher geschah. Warum sollte ich mir also eine neue Schilderung des bisherigen Lebens meines Freundes Toplitz abquälen, wenn mir die alte, wie ich glaube, so trefflich gelungen ist. Gehen wir also weiter zur nächsten Folge.

Ich traf Toplitz noch einmal in Wien (ebenfalls nachzulesen

in »Wie das Leben so spielt«) und dann nicht mehr. Da, vor einiger Zeit, bekam ich ein Schreiben von ihm aus der Schweiz. Er hatte den Beruf aufgegeben, hatte eine Schweizerin geheiratet und war in ihrem Betrieb – einer Schokoladenfabrik – tätig. Er teilte mir mit, daß er nach Wien kommen werde, um seiner Frau die Stadt zu zeigen, in der er als Schauspieler seine großen Triumphe gefeiert hatte und in der man sich noch heute an ihn erinnern wird. An ihn erinnern? Wer soll sich in Wien an Adolf Toplitz erinnern, wo man ihn seinerzeit kaum gekannt hatte? Vielleicht der Schneider, bei dem er damals arbeiten ließ und dem er noch einen Frack schuldig war, oder eine Zimmervermieterin, der er die Miete nicht bezahlt hatte – aber sonst? Ich las weiter: PS. Meine Frau ist eben aus dem Zimmer gegangen. Du hast natürlich dafür zu sorgen, daß man sich an mich erinnert. Du verstehst, was ich meine. Die anfallenden Spesen werde ich dir natürlich ersetzen.

Ich verstand. Ich ging zum Bahnhof und bestach dort einen Gepäckträger sowie einen Taxifahrer, dann eilte ich in eines unserer besten Hotels, bestellte eine Suite und bestach den Portier, einen Herrn von der Rezeption und den Liftboy, dann ging ich in mein Stammrestaurant, erzählte dem Ober, worum es sich handelt und gab nicht nur ihm ein hohes Trinkgeld, sondern auch dem Speisenträger und der Garderobenfrau. Da Toplitz und seine Frau nur zwei Tage in Wien bleiben wollten, genügte das.

Der Tag seiner Ankunft kam – ich fuhr zum Bahnhof, um das Paar abzuholen. Der Zug rollte in die Halle, Toplitz stieg aus. Wir umarmten uns, er stellte mich seiner Frau vor, sie war nett und für eine Frau mit Schokoladenfabrik sogar hübsch. Kaum hatten wir ein paar Worte miteinander gewechselt, stürzte schon der Gepäckträger auf uns zu.

»Das ist doch –« rief er, »aber natürlich! Adolf Toplitz! Werden Sie in Wien auftreten? Ich habe Ihren ›Hamlet‹ bis heute nicht vergessen! Geben Sie mir Ihre Koffer! Die lasse ich keinen anderen tragen!« Toplitz sah ihn gerührt an – seine Frau machte große Augen. Wir gingen zu den Taxis.

»Herr Toplitz!« stürzte ein Taxichaffeur auf uns zu. »Endlich wieder einmal in Wien! Wo werden Sie gastieren? Im Burgtheater? Werden Sie den ›Othello‹ spielen? Ich habe meiner Frau so viel von Ihnen erzählt.«
Toplitz schüttelte den Kopf. »Ich spiele nicht mehr«, sagte er. »Ich habe mich zurückgezogen.«
»Schade!« meinte der Chauffeur enttäuscht. Frau Toplitz sah ihren Mann bewundernd an. »Wie lange ist es her«, fragte sie, »daß du in Wien nicht mehr gespielt hast?«
»Mindestens zehn Jahre«, sagte Toplitz.
»Ist das nicht schön?« wandte sie sich an mich. »Zehn Jahre – und die Leute kennen ihn immer noch.«
»Das scheint nur so«, wehrte Toplitz bescheiden ab. »Das war reiner Zufall. Du wirst sehen, ab jetzt kennt mich keiner mehr.« Er sollte sich täuschen. Wir kamen zum Hotel. Der Portier sah Toplitz scharf an.
»Ich kann es fast nicht glauben«, sagte er, »aber ich dürfte richtig sehen. Sie sind doch der Schauspieler Adolf Toplitz?«
»Ja«, nickte Toplitz mit Tränen in den Augen.
»Ich habe Sie sofort erkannt«, sagte der Portier.
»Ich habe Sie noch als ›Don Carlos‹ in Erinnerung. Ihr ›Sein oder Nichtsein‹ habe ich heute noch in den Ohren.«
»Ist das nicht aus ›Hamlet‹?« fragte Frau Toplitz verwundert.
Toplitz warf mir einen wütenden Blick zu. »Für gewöhnlich ja«, sagte er schnell, »aber weil ich einen solchen Erfolg damit hatte, hat man es für mich in ›Don Carlos‹ übernommen.« Wir kamen zur Rezeption.
»Die Suite für Herrn Direktor Kirchner«, sagte ich.
»Kirchner?« fragte Frau Toplitz.
»Ich habe ein Pseudonym gewählt«, erklärte ich ihr, »weil ich nicht wollte, daß Sie und Ihr Mann zu sehr belästigt werden. Sie verstehen, die Presse ...«
»Ach so«, sagte Frau Toplitz.
»Wir haben dafür natürlich volles Verständnis«, meinte der Herr in der Rezeption, »obwohl wir uns selbstverständlich

glücklich schätzen würden, wenn wir der Welt mitteilen könnten, daß Sie, Herr Toplitz, bei uns abgestiegen sind.«
»Schon gut«, sagte Toplitz. Wir fuhren mit dem Lift hinauf. Der Page sah Toplitz unverwandt an.
»Sie sind der berühmte Schauspieler Adolf Toplitz?« Toplitz nickte stumm.
»Mein Vater hat ein Bild mit Autogramm von Ihnen«, setzte der Page fort. »Er zeigt es uns oft und erzählt dann, was für ein wunderbarer Karl Moor Sie waren. Er sagt, was man heute im Theater sieht, ist alles Schmarrn, und Schauspieler wie Sie einer waren, gibt es nicht mehr.« Toplitz drückte ihm gerührt ein Geldstück in die Hand. »Sag' deinem Vater, ich lasse ihn grüßen.«
In der Suite gab es Obst und Blumen für den »größten Heldendarsteller aller Zeiten«. Auf dem Tisch lag die Rechnung der Blumenhandlung. Ich nahm sie schnell an mich.
Am Abend gingen wir in mein Stammrestaurant. Die Garderobenfrau warf einen Blick auf meinen Freund, riß die Augen auf und stammelte: »Herr Kammerschauspieler Toplitz ...«
»Nur Toplitz«, meinte Toplitz bescheiden. »Den Titel ›Kammerschauspieler‹ hat es zu meiner Zeit noch nicht gegeben.«
»Sonst wären Sie es sicher geworden«, sagte die Garderobenfrau.
»Ich war noch ein Kind, da hat mich meine Mutter ins Theater mitgenommen, weil Sie den ›Ferdinand‹ in ›Kabale und Liebe‹ gespielt haben. Damit ich, hat sie gesagt, meinen Kindern einmal erzählen kann, daß ich Sie noch gesehen habe.« Wir gingen in den Speisesaal – und da passierte es.
Ein mir fremder Ober kam auf mich zugelaufen und rief: »Herr Toplitz! Welches Glück! Sie werden sich nicht an mich erinnern! Ich bin der kleine Junge, der einmal vor dem Bühneneingang stand und Ihnen eine Rose überreichte. Kommen Sie bitte – Sie bekommen den besten Tisch!«
Frau Toplitz stutzte – Toplitz selbst wurde bleich. Ich versuchte, die Situation zu retten. »Der Ober macht immer so

dumme Witze«, stotterte ich. Ob sie es mir geglaubt hat? Ich fürchte nicht, obwohl während des Essens drei von mir bestellte Mädchen zu Toplitz kamen und ihn um ein Autogramm baten. Auch im Gästebuch mußte er sich verewigen. Trotz allem – am nächsten Tag reisten sie ab.
Was war geschehen? Der Ober, mit dem ich alles vereinbart hatte, war am Nachmittag abberufen worden, weil seine Frau ein Kind bekommen hatte. Er hatte zwar seinen Vertreter in alles eingeweiht, aber dieser kannte weder Toplitz noch mich und verwechselte uns.

Es gibt Menschen, die aufwachen und berühmt sind – und andere, die berühmt sind und aufwachen.
Die »angefallenen Spesen« habe ich natürlich nie bekommen.

Man behauptet, daß Männer verschwiegener sind als Frauen. Wer das behauptet? Die Männer. Auch ich bin dieser Ansicht. Männer sind verschwiegener als Frauen, solange es sich nicht um Frauen dreht. Dreht es sich aber um Frauen, dann wird der verschwiegenste Gentleman zum Schwätzer. Denn was ist ein Gentleman? Ein Mann, der genießt und schweigt. Dreht es sich um eine Frau, genießt er, spricht kurz darüber und schweigt erst nachher. So etwas nenne ich

Indiskret

Das Sommergewitter war vorüber, und nur das ferne Grollen des Donners erinnerte noch daran. Der Himmel hellte auf, die Blumen hoben ihre Köpfchen, Gräser und Bäume sogen das langentbehrte Naß in sich auf. Ein schimmernder Regenbogen spannte sich vom Firmament bis hinunter ins Tal, wo er sich in dem smaragdgrünen See spiegelte. Es war ganz still, nur die Kirchenglocken läuteten und vervollständigten mit ihrem Klang dieses Bild des Friedens.
Was schreibe ich da zusammen? Das ist ein Anfang für einen Roman und nicht für eine Kurzgeschichte. Sie entschuldigen, liebe Leser, ich fange noch einmal an.
Leibowitz saß an der Bar des Kurhotels, als ein Fremder die Halle betrat, sich kurz umsah und auf dem Hocker neben ihm Platz nahm. Es war kurz vor dem Abendessen. »Sie wünschen?« fragte der Barmann höflich.
»Lassen Sie mich überlegen«, antwortete der neue Gast und wendete sich an Leibowitz. »Sie verzeihen, darf ich Sie fragen, was Sie da trinken?«
»Das«, sagte Leibowitz, »ist eine ›Bloody Mary‹, Tomatenjuice, Wodka, etwas Pfeffer – –«
»Klingt gut«, meinte der Herr – und zu dem Barmann – »geben Sie mir auch so etwas.«
Der Barmann schickte sich an, den Drink zu mixen.
»Sie sind neu hier?« erkundigte sich Leibowitz.
»Eben angekommen. Und Sie?«
»Ich bin schon die dritte Woche hier.«

»Ist das nicht langweilig?«
»Ganz und gar nicht. Es ist hier allerhand los. Spaziergänge, Wanderungen, Zitherabende ...«
»Hören Sie«, lächelte der Fremde. »Sie machen mir gar nicht den Eindruck, als ob Sie sich für Spaziergänge und Zitherabende interessieren würden. Sonst gibt es hier nichts? Ich meine – Weiber.« Der Barmann servierte die »Bloody Mary«.
»Da machen Sie sich bloß keine Illusionen«, warnte Leibowitz.
»Die Damen, die hier sind, sind meist ältere Jahrgänge, Rheumatikerinnen, die die Bäder nehmen – bis auf eine.« Leibowitz' Augen begannen zu blitzen.
»Bis auf eine?« wiederholte der Fremde. »Sie machen mich neugierig. Wer ist diese eine?«
»Ich kann es Ihnen ruhig verraten. Sie ist kein Geheimtip mehr. Sie heißt Gaby Schwegler und wohnt im 2. Stock, Zimmer 210.«
Der Fremde zeigte sich interessiert. »Wie sieht sie aus?« fragte er.
»Wenn ich sagen würde fantastisch, wäre es untertrieben. Gesicht, Figur – einmalig.«
»Wie kommt eine solche Frau in ein Rheumabad?«
»Sie erwartet ihren Mann hier. Er hat in Salzburg zu tun und kommt dann hierher, um die Kur zu machen.«
»Und sie ist wirklich so leicht zu haben?«
»Das habe ich *nicht* gesagt. Sie ist nicht prüde, versteht einen Spaß und hat nichts dagegen, wenn dieser Spaß ernst wird. Aber leicht – so von einem Moment zum andern – geht das nicht. Man muß Geduld haben.«
»Wie lange?«
»Mindestens zwei Tage. Passen Sie auf: Sie pirschen sich an sie heran ...«
»Ja?«
»Ich mache sie mit Ihnen bekannt ...«
»Das ist nett von Ihnen.«
»Sie versprühen Ihren ganzen Charme ...«

»Das kann ich.«
»Laden sie nach dem Abendessen ein, mit Ihnen in die Bar zu gehen ...«
»Gut!«
»Trinken eine Flasche Sekt mit ihr ...«
»Eine Flasche Wein genügt nicht?«
»Nein, da hat sie ihre Prinzipien.«
»Also Sekt.«
»Ja. Für morgen bitten Sie sie zu einem Spaziergang ...«
»Verstehe.«
»Und lassen sie nicht mehr los. Wieder Essen, wieder Bar, wieder Sekt – alles Weitere ergibt sich.«
»Sie haben das ausprobiert?«
»Nicht nur ich. Der Kurarzt, der Barpianist, der Masseur, ein junger Rechtsanwalt, der bloß hier war, um seine Mutter abzuholen – ich glaube«, setzte er leise hinzu, »auch der Barmann. Alle haben es ausprobiert.«
»Und es hat immer gewirkt?«
»Immer.«
Der Fremde nahm einen großen Schluck aus seinem Glas. »Und Sie meinen«, fragte er, »daß auch ich bei dieser Dame – wie hieß sie doch gleich?«
»Gaby. Gaby Schwegler.«
»Daß auch ich bei dieser – Gaby Schwegler ankommen würde?«
»Ganz sicher. Warum gerade Sie nicht?«
»Sie haben recht. Warum gerade ich nicht?« Beide lachten.
»Und was geschieht, wenn ihr Mann kommt?«
»Das habe ich sie auch gefragt. Sie sagte, das würde keine Rolle spielen, er merkt nichts. Da müßte es ihm schon einer ihrer Liebhaber erzählen. Aber wer wird schon so dumm sein? Ich nicht.«
»Stimmt. Sie nicht.« Wieder lachten beide. Der Fremde sah nach der Uhr. »Ich muß leider gehen«, sagte er. »Ich muß mich nach der Reise ein bißchen frischmachen. Ich bin Ihnen sehr dankbar für Ihre Tips, aber da fällt mir eben ein, daß ich mich gar nicht vorgestellt habe. Mein Name ist« –

Sie erwarten jetzt sicher, liebe Leser, daß er sagen wird: Mein Name ist Schwegler, ich bin der Gatte der Dame, von der Sie mir eben erzählt haben. Leider muß ich Sie enttäuschen. Er sagte: »Mein Name ist Feldsberg. Theodor Feldsberg. Auf Wiedersehen!« Damit verschwand er.
Er hieß wirklich Feldsberg. Theodor Feldsberg.

Es gibt nichts Schlimmeres als eine Geschichte, die keine Pointe hat. Das war eine solche. Es tut mir leid.

Man kann nicht verlangen, daß eine Frau einem Mann ewig treu ist. Es genügt schon, wenn sie ihm so lange treu ist, bis ein anderer kommt, der ihr besser gefällt. Zum Beispiel:

Der Klavierstimmer

Habe ich Ihnen schon von Poldi erzählt? In diesem Band, glaube ich, noch nicht.
Poldi gehörte unserer Freundesrunde an, bis es ihm plötzlich einfiel zu heiraten. Seine Frau, eine geb. Silberknopf, war eine verehelichte Xanthippe. Nichts konnte er ihr recht machen. Sie verbot ihm den Umgang mit seinen Freunden, sie verbot ihm zu rauchen, zu trinken und – na ja. Poldi hatte nie an die Hölle geglaubt – Gott hat ihn überzeugt. Die Ehe ging auseinander, aber Poldi zog keine Lehre daraus. Er verliebte sich in Helga, eine sehr attraktive Architektin. Die Liebe war ein Rausch, die Ehe der Katzenjammer, die Scheidung das Aspirin. Aber Poldi hatte nicht genug. Das drittemal war es eine Amerikanerin, in die er sich verliebte. Das heißt, Amerikaner verlieben sich nicht – they fall in love, sie fallen in Liebe. Nun ist das Fallen in Liebe verhältnismäßig einfach, bloß das Wiederherausfallen ist schwer. Jane, so hieß sie, betrieb eine Kunstgalerie, sie bevorzugte und förderte einen jungen Maler, und es kam, wie es kommen mußte. Obzwar Jane bei der Trennung keine Alimente beanspruchte, hatte die Installierung sowie die Führung der Galerie meinen Freund Poldi ein schönes Stück Geld gekostet, und da er nichts von Bildern verstand, mußte er diese verschleudern, so gut es eben ging. Aber – forget it!
Das Gute an der Scheidung ist im allgemeinen, daß sie einen heiratsfähigen, immerhin noch jungen Mann auf den Markt zurückbringt. So auch Poldi. Und bald ging er wieder auf Freiersfüßen durch die Gegend. Diesmal schnappte ihn Ridi Sommer, eine junge Ärztin. Ridi war hübsch, gescheit, gesellschaftlich aufgeschlossen, sie gab Partys, sie besuchte Partys – sie war »in«. Eines Abends – eben bei einer solchen

Party – wohnte Poldi einer Diskussion zwischen Ärzten bei. Primarius Prof. Dr. Innocent Moll, Ridis Klinikvorstand, stellte die These auf, daß Sex bei einem Mann das Gesündeste für Herz und Kreislauf sei. Allerdings sei die eigene Frau bei dieser Therapie nicht die geeignete Partnerin. Das Herz- und Kreislaufanregende sei ja das Werben, das Hoffen, das Hangen und Bangen und schließlich die endgültige Erfüllung. Aber welcher Mediziner würde es wagen, eine solche Behandlung zu verordnen? Poldi dachte nicht weiter daran, bis er eines Nachmittags überraschend nach Hause kam und sah, wie seine Frau eben Dr. Molls Kreislauf behandelte. Es wurde wieder geschieden und wieder geheiratet.

Poldi nahm diesmal Dolly Frischauf, ein junges, lustiges Mädel, zur Frau, über deren Antworten er Tränen lachen konnte. Kam er nach Hause und sagte er: »Wenn das Essen nicht fertig ist, gehe ich ins Restaurant!«, antwortete sie: »Warte nur fünf Minuten.«

Er: »Ist es dann fertig?« Sie: »Nein, dann gehe ich mit dir!«

Oder: Poldi kam nach Hause, und Dolly teilte ihm aufgeregt mit: »Heute habe ich den Kühlschrank entfrostet, so leicht und ohne Anstrengung – Spitze!« Er: »Wie hast du das gemacht?« Sie: »Die Stromrechnung habe ich nicht bezahlt.« Darüber lachte er sich krank. Sie schienen eine glückliche Ehe zu führen.

Ich habe Poldi seit längerer Zeit nicht gesehen. Heute kam er ins Kaffeehaus – strahlend, lachend, ein mit seinem Leben zufriedener Mensch.

»Was hast du, Poldi?« fragte ich sofort. »Warum lachst du so? Hat Dolly wieder etwas Lustiges gesagt?« In unserem Stammkaffee verkehren hauptsächlich Autoren, Regisseure und Schauspieler und warten – Humor ist ja so schwer zu erzeugen – wie die Löwen auf die Fütterung auf einen von Dollys zwerchfellkitzelnden Aussprüchen. Wir verkaufen sie untereinander, und der Meistbietende hat das Recht, Dollys neueste Pointe auf der Bühne zu verwenden. Leider verliert man das Vertrauen zu den Menschen. Es ist schon vorgekommen, daß eines von Dollys Bonmots in fünf Stükken gleichzeitig auftauchte, obwohl es nur einer von uns erworben hatte. Wir kamen deshalb überein, bei einem Notar festlegen zu lassen, daß jede Äußerung, die Dolly von sich gibt, mit deren Ankauf für den Käufer geschützt ist und daß diese Schutzfrist erst siebzig Jahre nach dem Tode des Erwerbers erlischt. Wie bei der GEMA.

»Was ist also los?« fragte ich als Besitzer der nächsten Dollyade und sah mißbilligend, wie die ganze Runde die Ohren spitzte.

»Heute war es einfach die Höhe! Heute hat sie sich selbst übertroffen!« lachte Poldi, bestellte beim Ober Anton einen Mokka und hielt sich den Bauch vor Lachen: »O weh, o weh!«

»Erzähl doch schon!« Er hatte natürlich keine Ahnung von der kommerziellen Auswertung der Einfälle seiner Gattin – und begann: »Stellt euch vor, ich war acht Tage auf Schiurlaub, sollte heute abends nach Hause kommen, plötzlich fiel es mir ein, die ganze Nacht durchzufahren, und so war ich schon am Morgen da. Todmüde gehe ich in das Schlafzimmer, begrüße meine Frau und falle ins Bett. Ich glaube, es hat keine zwei Minuten gedauert, ich war bereits leicht eingeschlafen – plötzlich höre ich ein Geräusch. Ich öffne die Augen und sehe einen Mann unter dem Bett meiner Frau hervorkommen. Ich setze mich erstaunt auf und frage: ›Wer sind Sie?‹ Drauf sagt Dolly« – er lachte wieder –.

»*Was* sagte Dolly?« riefen wir alle wütend.

»Drauf sagt Dolly: ›Du kennst ihn nicht? Das ist der Klavierstimmer!‹ Ich sage euch, ich habe *so* gelacht! Sucht der Trottel das Klavier unter dem Bett meiner Frau!« Er bekam einen Lachkrampf.

Ich hatte mich bereits hingesetzt und hatte begonnen, ein Lustspiel unter dem Titel »Der Klavierstimmer« zu schreiben, als Poldi plötzlich todernst wurde.

»Moment!« sagte er. »Da fällt mir eben ein – wir haben doch gar kein Klavier!«

Poldi sucht eine sechste Frau. Wissen Sie ihm keine?

Aus Ladis Abendgebet: »Lieber Gott! Beschütze mich, beschütze Papi und Mami, beschütze Onkel und Tante Robinson, Onkel und Tante Wronsky, und beschütze dich selbst, sonst kannst du uns *nicht beschützen!«*
Man kann über Ladi sagen, was man will, er ist

Ein liebes Kind

Es stand fest: Mela Robinson, Vera Wronsky und Hermine Goldmann werden ihre Ferien gemeinsam verbringen. Sie hatten vor, eine Entschlackungskur zu machen, nicht nur um ihren Körper innerlich zu reinigen, sondern auch um ein paar Kilos zu verlieren.
Robinson, Wronsky und Goldmann, die Ehegesponsen der drei Damen, saßen im Kaffeehaus, besprachen dieses Vorhaben und beschlossen, sich danach zu richten. Sie nahmen drei Zettel, schrieben auf jeden Zettel einen ihrer Namen und warfen sie in einen Hut. Anton, der Ober, sollte einen Zettel ziehen. Anton zog den mit »Goldmann«, und somit war dieser auserkoren, als Sprecher für die drei zu fungieren. Also trat Goldmann, der Vater Ladis, vor die drei Damen hin und sagte:
»Ihr werdet euren Urlaub gemeinsam verbringen, was mit uns geschieht, das kümmert euch nicht. Aber so lassen wir uns nicht behandeln. Darum haben wir beschlossen, ebenfalls zusammen auf Urlaub zu gehen. Ich habe gesprochen. Einer für alle, alle für einen.«
»Einer für alle, alle für einen!« wiederholten die beiden anderen, und alle drei legte wie zum Schwur die Hände aufeinander, ganz wie die drei Musketiere. Wenn sie angenommen hatten, daß ihre Frauen darüber lachen würden, hatten sie sich geirrt.
»Das könnte euch so passen«, sagte Mela. »Ich kann mir schon jetzt denken, was dabei herauskommen würde«, sagte Vera, und »Ihr haltet uns wohl für vollkommene Idiotinnen«, sagte Hermine. Und ehe Goldmann noch

sagen konnte, daß niemand auf Erden vollkommen sei, setzte sie schon hinzu: »Außerdem, was geschieht mit Ladi?« Das war ein Argument, dem sich auch Goldmann nicht entziehen konnte. Ladi konnte nicht allein bleiben. »Ladi fährt natürlich mit euch«, sagte Goldmann schließlich.

»Kommt gar nicht in Frage«, entgegnete Mela Robinson entschieden. »Wir haben vor, eine strenge Kur zu machen, das Kind würde uns bald stören.«

»Sehr richtig«, trat Vera ihr zur Seite. »Was meinst *du*?« wandte sie sich an Hermine.

»Ich muß natürlich auf den Jungen Rücksicht nehmen«, sagte Hermine.

»Mußt du?« höhnte Mela. »Wohin gedenkt ihr denn zu fahren?« fragte sie ihren Gatten.

»Das wissen wir noch nicht«, antwortete Robinson. »Nach Kärnten, in irgendeinen kleinen Ort, fernab von jeder Autobahn, wo wir in der Sonne liegen und mit der Seele baumeln können.«

»Mit der Seele baumelt man in Niederösterreich«, korrigierte Mela.

»*Wir* baumeln mit der Seele in Kärnten«, blieb Robinson stur.

»Dort können wir auch ein bißchen schwimmen«, meinte Wronsky.

»Oder radfahren«, setzte Goldmann hinzu.

»So!« meinte Mela ironisch. »Mit der Seele baumeln, schwimmen, radfahren. Das alles kann Ladi auch. Oder?« fragte sie Hermine.

»Natürlich kann er das.«

»Na also. Ladi wird euch, wie ihr seht, nicht stören.«

»Trottel! Mit der Seele baumeln!« zischte Wronsky, als er sich mit seinen Freunden in den Erker zurückgezogen hatte, und warf Robinson einen gereizten Blick zu. Man gebraucht oft das Wort: Wenn Blicke töten könnten. Hätte dieser Blick töten können, hätte Robinson sich aufgelöst wie in einem Säurebad.

»Und du?« zischte er zurück. »Denkst du, daß radfahren ein gescheiter Einfall war?«
»Ladi wird kein Problem sein«, beruhigte Goldmann die beiden. »Wir werden ihn mitnehmen.« Aber Ladi, damals acht, wollte gar nicht mitgenommen werden. »Ich will mit der Mami fahren!« rief, schrie, brüllte er.
»Das kannst du nicht«, erklärte ihm Hermine.
»Wir fahren in eine Kuranstalt, wo man nichts zu essen bekommt. Willst du, daß du nichts zu essen bekommst?« Das wollte Ladi *nicht*. Er war ein Freund von gutem Essen. Er schwankte.
»Wenn du mit deinem Vati fährst«, versuchte Mela ihn herumzukriegen, »kannst du essen, soviel du willst. Wiener Schnitzeln, Sachertorten, alle möglichen Eisspezialitäten ...«
Ladi hatte sich bereits entschieden, aber er fühlte, daß da noch allerhand zu holen war. Er beschloß daher, auf alle Fälle zu weinen.
»Weine nicht!« Hermine hielt sich nervös die Ohren zu. »Fahr mit deinem Vater, und du bekommst ein schönes Geschenk. Was willst du haben? Ein Puzzlespiel?«
»Nein!«
»Einen Fußball?« fragte Vera lächelnd und hätte ihm am liebsten eine Ohrfeige gegeben.
»Nein!«
»Eine Fotokamera?« Mela wußte nicht, wie ihr das eingefallen war, aber sie schien Erfolg zu haben.
Ladi spitzte die Ohren. »*Was* für eine Fotokamera?« fragte er. »Eine vollautomatische?«
»Natürlich«, sagte Mela.
»Mit eingebautem Blitz?«
»Mit allen Schikanen.«
»Mit einer Tragtasche und einem Riemen, damit ich sie umhängen kann?«
»Mit allem, was du willst.«
Hermine kannte ihren Sohn und verstand es, sein scheinbares Zaudern auszunützen. »Da kannst du alles aufnehmen,

was du siehst«, redete sie ihm zu. »Die Wiese, den Wald, einen Hasen, ein Rehlein, einen Schmetterling, der auf einer Blume sitzt, ein Bienchen, welches Honig nippt – alles, alles.«

Ladi entschloß sich. »Dann fahre ich mit dem Vati«, sagte er. Die drei Frauen atmeten auf, die Männer zuckten zusammen, Ladi bekam die Kamera. Zwei Tage später erfolgte die Abreise. Die drei Damen fuhren mit Melas Wagen gen Osten ins Burgenland – die dreieinhalb Mann gen Süden nach Kärnten. Die Damen in die Kuranstalt, die Männer ins Blaue.

In Kärnten angelangt, fuhren sie durch einen kleinen Ort und kamen an einem Espresso vorüber. Das Servierfräulein stand eben auf einer Leiter, putzte Fenster und zeigte dabei ein Paar schöne Beine.

»Hier bleiben wir«, entschied Robinson sofort.

»Mit der möchte ich einen Roman erleben.«

»Ich wäre schon mit einer Kurzgeschichte zufrieden«, seufzte Wronsky.

Goldmann schüttelte den Kopf. »Ihr denkt nur an die Weiber«, sagte er. Sie stiegen aus, merkten, daß das Espresso zu einem Hotel gehörte, das Servierfräulein, ein hübsches junges Mädchen, stieg von der Leiter, brachte ihnen drei Mokka und für Ladi ein Cola, es stellte sich heraus, daß sie die Tochter des Hotelbesitzers war, und so wurde sie von Robinson eingeladen, bei ihnen Platz zu nehmen. »Waren Sie nicht im letzten Winter in Wien?« erkundigte er sich.

»Ich? Nein.«

»Komisch. Ich hätte schwören können, Sie gesehen zu haben. Da war ein Mädel – ebenso hübsch wie Sie. Ich erinnere mich genau. Es war am selben Tag, an dem meine Schwiegermutter starb. Ich saß im Kaffeehaus und spielte Karten – –«

»Am Tag, an dem Ihre Schwiegermutter starb, spielten Sie schon Karten?« wunderte sich das Mädchen.

»Aus Pietät«, sagte Robinson schnell. »Sie hat dem Pikkönig so ähnlich gesehen.« Alle lachten, auch Ladi. In Wirk-

lichkeit war das alles nicht wahr. Robinsons Schwiegermutter war am Leben, er wollte bloß einen Witz anbringen und mit dem Mädchen zu flirten beginnen.
»Haben Sie Zimmer frei?« fragte Wronsky.
»Ja.«
»Dann könnten wir doch gleich hier wohnen«, schlug er vor. Die drei bekamen drei Zimmer, Ladi schlief natürlich bei seinem Vater. Untertags war er nur bei den Mahlzeiten zu sehen, sonst streifte er mit seiner Kamera herum und nahm alles auf, was er sah. Die Wiese, den Wald, einen Hasen, ein Rehlein, einen Schmetterling, der auf einer Blume saß, ein Bienchen, welches Honig nippte – alles, alles.
In den folgenden drei Wochen hatten die Freunde ihren Spaß. Ladi störte sie überhaupt nicht. Am Tag war er, wie bereits erwähnt, nicht zu sehen, und am Abend fiel er, bedingt durch seine Streifzüge mit der Kamera, todmüde ins Bett. Goldmann konnte das nur recht sein.
Das Mädchen, ihr Name war Elfi, stellte den dreien zwei Freundinnen vor: Rosi und Evelyn. Sie machten Ausflüge, schwammen im See, bald fanden sich die Paare, jedes ging seine eigenen Wege. Robinson fuhr mit Rosi nach Villach tanzen, Wronsky mit Evelyn nach Klagenfurt ins Kino, Elfi zeigte Goldmann ein idyllisches Plätzchen im nahen Wald, wo niemand hinkam und sie nicht gesehen werden konnten. Man machte Mondscheinpartien auf dem See, es kam zu Schmusereien mit Küssen, Goldmann besuchte Elfi auf ihrem Zimmer, leider kam grad in jener Nacht ihr Verlobter, ein Bundesheersoldat, überraschend auf Urlaub, Goldmann mußte zum Fenster hinausspringen – sie erlebten allerhand Abenteuer. Schnell – *zu* schnell – waren die drei Wochen um, sie mußten nach Hause.
Auch die Frauen kamen zurück. Jede von ihnen hatte an Gewicht verloren, natürlich unter großen seelischen Opfern. »*Ihr* habt euch natürlich gut unterhalten«, sagte Mela zu den drei Männern.
»Wir?« Robinson sah scheinheilig auf die beiden anderen, die ebenso scheinheilig neben ihm standen. »Wir konnten es

kaum erwarten, bis die drei Wochen um waren. Es war langweilig, ausgesprochen langweilig.«
»Ausgesprochen langweilig«, wiederholten die beiden und dachten mit Wehmut an ihre Erlebnisse in Kärnten. »Ein Urlaub ist nur schön«, fügte Wronsky hinzu, »wenn ihr dabei seid.«
»Und du?« wandte Hermine sich an Ladi. »Hast du fleißig fotografiert?«
»Ja«, sagte Ladi.
»Was hast du denn alles aufgenommen?«
»Alles. Die Wiese, den Wald, einen Hasen, ein Rehlein, einen Schmetterling, der auf einer Blume saß, ein Bienchen, welches Honig nippte ...«
»Er war sehr brav«, lobte Goldmann ihn.
Hermine ließ die Filme entwickeln. Dias anfertigen und rahmen. Als alles fertig war, lud sie die Freundinnen zur Vorführung ein, natürlich mit ihren Männern. Für nachher war ein kleines Buffet vorbereitet, Stühle wurden aufgestellt, man nahm Platz, Ladi stellte sich hinter den Vorführungsapparat, den Hermine noch schnell gekauft hatte, das Licht wurde abgedreht, und Ladi begann, die Bilder auf die ebenfalls rasch besorgte Leinwand zu werfen. Man sah die Wiese, den Wald, einen Hasen, ein Rehlein, einen Schmetterling, der auf einer Blume saß, ein Bienchen, welches Honig nippte, sah Robinson in inniger Umarmung mit Rosi, Wronsky in einer Kußszene mit Evelyn, Goldmann mit Elfi im Walde liegend, auf dem idyllischen Plätzchen, wo niemand hinkam und sie nicht gesehen werden konnten, sah die sechs bei einer Mondscheinpartie auf dem See, Robinson, ebenfalls im Mondschein, mit Elfi im Wasser schwimmend, Wronsky, auch ihn im Mondschein, mit Evelyn auf einer Bank sitzend, und zwar in einer ziemlich eindeutigen Situation, man sah Goldmann, der in Unterhosen aus einem Fenster sprang, sowie einen Bundesheersoldaten, der, am selben Fenster stehend, drohend die Faust schüttelte – –
»Genug!« schrie Mela. »Ich lasse mich scheiden!«

»Ich auch!« schrie Vera, und zu Hermine gewendet: »Du hast es gewußt! Du wolltest uns blamieren!«
»Du bist ja verrückt!« schrie Hermine. »Wenn ich es gewußt hätte, hätte ich doch Verschiedenes nicht vorführen lassen! Ich lasse mich auch scheiden!« Sie verließen die Wohnung, die Männer rannten ihnen nach, Ladi aß das Buffet auf.
Erst nach einigen Tagen kehrte die Ruhe wieder ein. Robinson kaufte Mela einen Zobel, Wronsky schenkte Vera eine Perlenkette, und Goldmann verehrte seiner Frau eine Brillantbrosche. Versöhnt saßen die sechs bei Goldmanns im Salon, und Ladi knipste sie.

Kleine Geschenke erhalten die Feindschaft – große Geschenke die Freundschaft.

Was ich an den Ärzten so schätze, ist die Ruhe, die in ihren Wartezimmern herrscht. Man kann seinen Gedanken nachhängen, kann sich in aller Stille auf die Fragen des Medizinmannes vorbereiten, auf die Untersuchung, auf die Honorarnote. Und das alles, bis die Sprechstundenhilfe die Tür zum Ordinationszimmer öffnet und mit freundlicher Stimme sagt:

»Der Nächste, bitte!«

Ich hatte einen Friseur, der Friseur hatte eine Maniküre, und die Maniküre hatte eine Zange. Mit dieser Zange zwickte sie mich in den Finger – genaugenommen in den Mittelfinger der rechten Hand. Die Folge: Nagelbettentzündung. Haben Sie schon einmal eine Nagelbettentzündung gehabt? Gott möge Sie davor bewahren. Der Finger wird dick, gelb und boshaft: Er schmerzt. Und mit einem Masochismus, den ich dem sonst so harmlosen Mittelfinger meiner rechten Hand niemals zugetraut hätte, liebte er es, sich an Gegenständen zu stoßen, die ihm bisher nicht im Weg gewesen waren. Ich stöhnte und wimmerte. Zum Glück gibt es bei solchen Gelegenheiten immer Menschen, die mit klugen Ratschlägen bei der Hand sind. Robinson sagte: »Versuche es mit Käsepappeltee.« Ich versuchte es. Meine Frau kochte Käsepappeltee, ich trank drei Tassen ex – keine Besserung. Erst später erfuhr ich, daß ich den Finger hätte in dem Käsepappeltee baden müssen. Mein Freund Joschi riet: »Leg ein Gewicht drauf.« Ich legte ein Gewicht drauf – das Befinden meines Fingers verschlechterte sich rapid. Wütend rief ich Joschi an: »Wie kommst du dazu, mir zu raten, daß ich ein Gewicht auf den Finger legen soll?« – »Weil ich einmal einen ähnlichen Finger hatte«, antwortete er. »Ich habe kein Gewicht draufgelegt und mußte ihn schneiden lassen.« Sein hämisches Lachen hörte ich nicht mehr. Schäumend vor Zorn hatte ich den Hörer auf die Gabel geschleudert, hatte das Ziel verfehlt und den wunden Finger getroffen. Ich brüllte wie ein Walfisch, der sich einbildet, ein Löwe zu sein. Meine Frau stürzte zur Tür herein.

»Was gibt's?« fragte sie ängstlich. »Eine Straßendemonstration?«
»Mein Finger!« schrie ich. »Ich halte es nicht mehr aus!«
Sie beruhigte sich. »Du wirst zum Arzt gehen müssen«, meinte sie.
»Wegen einer solchen Kleinigkeit? Daß ich nicht lache. Es ist schon wieder besser.« In meinem ganzen Leben, sooft ich zum Arzt gehen sollte, waren meine Leiden immer noch von selbst besser geworden. Aber im Innern meines Fingers klopfte es: Täusche dich nicht – du wirst noch sehen!
Ich wandte mich an meinen Schwager Goldmann. Er meinte: »Probiere es mit heißem Wasser. Nimm einen Topf mit heißem Wasser – so heiß du es vertragen kannst –, tauch den Finger hinein, zieh ihn heraus, tauch ihn hinein, zieh ihn heraus, hinein, heraus, hinein, heraus und so weiter.« Ich probierte es. Beim zweiten »hinein« hatte ich Brandwunden dritten Grades. Ich mußte mich entschließen, den Arzt aufzusuchen, und zwar den nächstbesten, bevor ich es mir wieder überlegte. Fünf Minuten von uns entfernt ordinierte Doktor Schlächter. Kein empfehlenswerter Name für einen Arzt, aber ich konnte nicht warten, bis ich einen »Dr. Schmerzlos« fand. Also ging ich zu Schlächter.
Im Wartezimmer saßen drei Damen, zwei von ihnen unterhielten sich über Operationen, die dritte las in einer Illustrierten. An einem Tischchen sah ich zwei Herren sitzen, die einander Witze erzählten, wobei der eine von den beiden bei jeder Pointe laut auflachte – ungefähr so: »Hahaha!«, was meinen armen Finger, dem so gar nicht nach Lachen zumute war, derart schockierte, daß er sich krümmte vor Qual. In einer Ecke war noch ein dritter Herr, der immer »O weh, o weh!« machte. Von Ruhe keine Spur – immer nur »Hahaha!« und »O weh, o weh!« Aber das wäre nicht das Schlimmste gewesen. Dr. Schlächter hatte sich erst vor wenigen Tagen hier etabliert, und man arbeitete noch an der Wohnung. So sah ich zum Beispiel zwei Tischler, die an einer ausgehängten Tür herumhobelten, was der Tür nicht angenehm zu sein schien, weil sie immer »Ch, ch, ch!«

machte. Ich wurde langsam nervös. »Hahaha!«, »O weh, o weh!«, »Ch, ch ch!«

»I glaub, wir müssen das elektrisch machen«, sagte einer der Tischler. Sie nahmen einen elektrischen Hobel. »Ch, sss, ch, sss, ch, sss!« Nervös trommelte ich mit den Fingern auf die Tischplatte, auch mit dem entzündeten, masochistischen, weshalb ich ein lautes »Aua!« ausstieß. Alle Anwesenden sahen mich mißbilligend an, weil ich es gewagt hatte, die Ruhe zu stören.

»Könnts net leiser sein?« fragte ein dritter Arbeiter, der eben hereingekommen war, »wenn's der Herr net vertragt!«

Er begann mit einem Hammer den Türstock zu bearbeiten. »Bum! Bum! Bum!« Die Sache bekam einen gewissen Rhythmus. »Hahaha!«, »O weh, o weh!«, »Ch, sss, ch, sss!«, »Bum, bum, bum!«

Jetzt begann man draußen die Straßen aufzureißen, weil Dr. Schlächter eine Starkstromleitung legen ließ. An einer Stelle begannen die Preßluftbohrer »Brrrrr!« zu machen, während an einer andern bereits die Kabel gelegt wurden, wozu man einen Vorarbeiter benötigte, der dauernd »Ho – ruck!« rief. Bei »Ho« ergriffen die Arbeiter das Kabel, bei »ruck« zogen sie es ein Stück weiter. Alles zusammen klang jetzt ungefähr so: »Hahaha! O weh, o weh! Ch, sss, ch, sss! Bum, bum, bum! Ho – ruck! Ho – ruck!« und wieder vom Anfang »Hahaha!«

Ich hielt es nicht aus – auch mein Finger nicht. Er sprang auf – ich war schmerzfrei! Trotzdem fühlte ich mich nicht wohl. Ich wankte aus dem Haus und zum nächsten Arzt: Er war Nervenspezialist.

Die Popwelt hat einen neuen Hit. Er heißt: »Hahaha, o weh, o weh!« und wird von der Gruppe »Die Fetzentandler« gesungen. Text und Musik sind von mir – nächste Woche bekomme ich die Goldene Schallplatte.

In den Fernsehkrimis werden derart haarsträubende Brutalitäten gezeigt, daß man manchmal glaubt, die Nachrichten zu sehen. Ich liebe die Nachrichten. Ich bin auf keine Sendung so gierig wie auf die

Zeit im Bild

Ich kam ins Kaffeehaus und war excited, wie mein Freund Robinson zu sagen pflegte, seitdem er 14 Tage in den Vereinigten Staaten zugebracht hatte. Da saß Joschi. Joschi im Kaffeehaus sitzen zu sehen, ist noch kein Grund, excited zu sein. Das Kaffeehaus ist sein Büro, hier trifft er sich mit Freunden und Freundinnen, mit Gläubigern und Pfändungsbeamten, es ist sein Wintersport- und sein Sommerkurort – sein Alles. Hier pumpt er sich Geld, hier bleibt er Anton, dem Ober, die Zeche schuldig – hier lebt er. Von der Hand in den Mund. Oft gehört diese Hand einem andern, am öftesten mir. Joschi lebt von Ideen, die ihm von leichtgläubigen Menschen abgekauft werden, und daß die wenigsten dieser Ideen realisierbar sind, ist das Pech der Abnehmer.

Joschi saß also im Kaffeehaus. Aber *wie* er saß. Zigarre rauchend, den Kopf stolz erhoben, vor sich eine Flasche Sekt. Ich trat näher.

»Servus«, sagte ich.

»Servus. Setz dich. Anton, noch ein Glas.«

Anton brachte ein Glas für mich. Seine Hand zitterte, als er mir einschenkte. Noch wußte er nicht, wer den Sekt bezahlen würde. Daß Joschi nicht daran dachte, war ihm klar. Jetzt, wo ich da war, schöpfte er wieder Hoffnung.

»Was feierst du?« fragte ich verwundert.

»Die Idee meines Lebens.«

»Wieder einmal?«

»Wie meinst du das?«

»Du hast schon so oft die Idee deines Lebens gefeiert, und was ist dabei herausgekommen? Nichts.«

»Diesmal kannst du unbesorgt sein. Trink!«
»Prost!« Wir tranken. »Also – was ist es?«
»Schwörst du mir, daß du es nicht weitersagst?«
»Ich schwöre.«
»Die Sache muß nämlich, auch wenn sie einmal unter Dach und Fach gebracht ist, ein Geheimnis bleiben.«
»Du kannst dich auf mich verlassen.«
»Hast du einen Fernsehapparat?«
»Farbe.«
»Unwichtig.«
»Deine Idee hat also mit dem Fernsehen zu tun.«
»Ja.«
»Eine neue Sendereihe?«
»Ein ›Extra‹ zu einer alten Sendereihe. Siehst du dir öfters die ›Zeit im Bild‹ an?«
»Ja.«
»Die ›Tagesschau‹ in der Bundesrepublik?«
»Wenn ich draußen bin.«
»Okay. Ich will dir damit nur zu verstehen geben, daß meine Idee nicht nur für Österreich Gültigkeit hat, sondern auch für die BRD. Für die ganze Welt. Man kann sie in alle Sprachen übersetzen. Sie ist international.«
»Was ist es?« Ich wurde ungeduldig.
»Ist es dir noch nie aufgefallen, daß die Nachrichtensprecher ihren Text das eine Mal so schnell wie möglich herunterhudeln, während sie das andere Mal zwischen den Nachrichten Pausen einlegen?«
»Nein. Jetzt, wo du es mir sagst – vielleicht.«
»Ich werde dir den Grund dafür nennen. Es gibt Abende, an denen sie einfach zu wenig Nachrichten haben. In diesem Fall müssen sie sie strecken.«
»Aha.«
»Den Leuten sind aber die Nachrichten das Liebste vom ganzen Programm. Deshalb gibt es an solchen Abenden Hunderte von wütenden Anrufen wie: Was fällt Ihrem Sprecher ein? Warum diese Pausen? Wir wollen Nachrichten hören! usw.«

»Woher weißt du das?«
»Eine der Telefonistinnen, die diese Beschwerden entgegennehmen, erfreut sich momentan meiner Gunst.«
»Die Glückliche! Und deine Idee?«
»Ich werde den Fernsehanstalten Zusatznachrichten liefern. Diese Zusatznachrichten sind nach Bedarf einzubauen, und – was die Hauptsache ist – sie sind nicht zu widerlegen.«
»Wieso nicht?«
»Nimm einmal an, der Sprecher sagt: ›In Asien, in Hai-Ngong, dem früheren Tschu-lang, ist folgendes passiert etc.‹ Weißt du, wo Hai-Ngong oder Tschu-lang liegt?«
»Nein.«
»Weiß es der Herr dort beim Spiegel oder die Dame im Fenster? Auch nicht. Niemand weiß es, weil weder Hai-Ngong noch Tschu-lang existieren.«
»Ein Geographieprofessor könnte es wissen.«
»Ausgeschlossen. Die Staaten in Asien und in Afrika wechseln heute so oft ihre Namen, daß kein Mensch sie behalten kann. Der Geographieprofessor wird höchstens denken: ›Hai-Ngong? Wo liegt das bloß?‹ Inzwischen ist die nächste Nachricht da, und er hat die vorhergegangene vergessen.«
»Und was hast du davon?«
»Ich gründe die GEFINA, die Gesellschaft für fiktive Nachrichten, und verlange für ein Monatsabonnement dreißigtausend Schilling.«
»Ob das nicht zu viel ist?«
»Zuviel?« Joschi war empört. »Den Fernsehanstalten ist nichts zuviel, um die Seher zufriedenzustellen.«
Wenn Joschi recht hatte – wieso merkt man das nicht am Programm?
»Du hast doch sicher bereits einen Entwurf gemacht?« fragte ich.
»Entwurf? Ich habe die Nachrichten für den ersten Monat fertig.«
»Lies vor.«
»Wenn es dich interessiert?« Joschi nahm selbstgefällig eini-

ge Bogen Papier aus der Tasche und begann: »In Baschkastan, im früheren Mübarek, stieß der 42jährige Janik Jumurta in betrunkenem Zustand mit einem Schnellzug zusammen. Ein Toter.«
»Nicht schlecht«, sagte ich.
Joschi las weiter: »In Amasat, Bezirk Murad Habulam, wurden drei Personen auf offener Straße erschossen. Die Polizei schließt ein Verbrechen nicht aus.«
Ich mußte zugeben, die Idee hatte etwas für sich.
»Den Ärzten ist es in letzter Zeit immer wieder gelungen, siamesische Zwillinge zu trennen. In Bihar, in Indonindien, schenkte die Frau des 40jährigen Schneiders Assam Hini ihrem Gatten das 14. Kind. Man will jetzt versuchen, die Eltern zu trennen.«
»Sehr gut! Weiter!«
»In Kafra bei Bragan gelang es dem Terroristen Scharka el Barscha eine Bombe zu basteln, deren Größe und Gewicht es erlauben, sie unterm Fingernagel zu tragen. Als Scharka el Barscha heute, die Bombe unterm Nagel, zum Flugplatz ging, um eine Maschine zu entführen, explodierte der Sprengkörper aus bisher unbekannten Gründen. Von dem Bastler fehlt jede Spur.«
»Gut.«
»In den Friedensverhandlungen zwischen den schwarzafrikanischen Staaten Batarabata und Batarabutu wurde gestern von Batarabata die Tür zugeschlagen, heute von Batarabutu wieder geöffnet und von Batarabata neuerlich zugeschlagen. Mnumbanga, der Präsident des Staates Batarabiti, machte den Vorschlag, eine Drehtüre machen zu lassen.«
»Ausgezeichnet!«
»In Lupal, dem Ministaat am Fuße des Patatschunko, wurde ein Gesetz erlassen, dem zufolge jedem Verbrecher jener Körperteil abzuhacken ist, mit dem er das Verbrechen begangen hat. Dem Lügner die Zunge, dem Dieb die Hand, dem Mörder der Arm usw. Man erhofft sich davon einen Rückgang der Ehebrüche.«
»Wunderbar! Weiter!«

»Auf der Insel Mancara ist dem 60jährigen Physiker Wata Pumanga, eine bemerkenswerte Erfindung gelungen: ein Apparat, mit dessen Hilfe man mit jedem Verstorbenen noch eine Stunde nach seinem Tod reden kann. Allerdings ist es bisher noch nicht gelungen, die Toten zu einer Antwort zu bewegen.«
»Bravo! Noch etwas!«
Joschi sah auf die Uhr. »Ich muß gehen«, sagte er aufgeregt. »Ich habe in dieser Angelegenheit die erste Besprechung mit dem Generalintendanten des ORF. Wenn du auf mich warten willst – ich bin längstens in einer Stunde zurück. Ich werde fünfzigtausend Schilling verlangen und dreißigtausend bekommen. Rechne inzwischen nach, wieviel ich dir schuldig bin – und halt mir die Daumen.« Er ging.
Ich rechnete – es waren insgesamt 14.631 Schilling und 11 Groschen, die ich von Joschi zu bekommen hatte. Ich hätte nie gedacht, daß es so viel ausmachen würde. Ich hielt also die Daumen doppelt intensiv.
Joschi war bereits nach einer halben Stunde wieder da. Er sah nicht sehr siegreich aus. Im Gegenteil. Geschlagen ließ er sich in einen Stuhl fallen.
»Was ist los?« fragte ich. »Seid ihr nicht einig geworden?«
Joschi schüttelte verneinend den Kopf.
»Hast du zu große Ansprüche gestellt?«
Schweigen.
»Was hast du verlangt?«
»Fünfzigtausend.«
»Und?«
»Der Generalintendant bedauerte und sagte: ›Solche Nachrichten bekommen wir von fast allen internationalen Nachrichtenagenturen!‹«

Den Sekt bezahlte ich. Joschi schuldet mir jetzt 14.845 Schilling und 13 Groschen.

Wenn ein Mann in der Ehe keine Enttäuschung erleben will, muß er rechtzeitig lernen, nein zu sagen. Am besten ist es, wenn er gleich auf dem Standesamt damit anfängt.

Werden die Ehen im Himmel geschlossen?

Es regnete, als ich durch die nächtliche Mariahilfer Straße nach Hause ging. Plötzlich hörte ich, wie jemand mit unterdrückter Stimme meinen Namen rief. Ich wandte mich um und sah in einem Hauseingang einen Mann stehen. Ich sah genauer hin, das war doch – Poldi!

»Poldi?« sagte ich überrascht. »Warum stehst du hier? Es ist kalt, und es regnet. Hast du keinen Schirm? Ich bringe dich nach Hause ...«

»Gott behüte!« sagte Poldi erschrocken.

»Dann gehen wir in ein Kaffeehaus.« An der Ecke gab es ein kleines Espresso, das noch nicht geschlossen war.

Poldi, durchfroren, bestellte einen heißen Tee, ich einen Mokka. Prüfend sah ich die Jammergestalt neben mir an. Wie konnte man sich so verändern? Vor Jahren, in meiner alten Freundesrunde, war Poldi eine ausgesprochene Frohnatur gewesen – und jetzt?

»Was ist los mit dir? Erzähle!« forderte ich ihn auf.

»Meine Frau ...«, sagte er unglücklich. »Ich weiß, ihr habt mir alle abgeraten, sie zu heiraten, weil sie eine Stripteasetänzerin war. Aber ich war einfach fällig. Ich dachte: Stripteasetänzerin – wennschon. Und wir haben uns anfangs so gut verstanden. Auch sexuell. Bis auf eines: Sooft sie sich auszog, mußte ich applaudieren. Aber daran gewöhnt man sich.« Er machte eine kleine Pause. »Kennst du meine Frau?« fragte er dann und sah mich aus traurigen Augen an.

»Natürlich«, sagte ich.

Poldi schüttelte betrübt den Kopf. »Du kennst sie *nicht*«, sagte er, und Tränen fielen in seinen Tee. »Alle meine

Freunde, die ungefähr gleichzeitig mit mir geheiratet haben, sind längst geschieden. Ich weiß nicht, was ich falsch mache. Unausgesetzt beleidigt sie mich.«
»Du solltest ihr einmal die Zähne zeigen.«
»Das habe ich getan – seither fehlen mir zwei.«
»Ihr vertragt euch also nicht?«
»Vertragen? Was immer wir miteinander reden – wir streiten. Und wer hat recht? Sie. Eines Tages sind wir übereingekommen, daß wir nie mehr über eine Sache streiten werden, die nicht wert ist, daß man ihretwegen streitet.«
»Und was ist jetzt?«
»Jetzt streiten wir, ob die Sache, über die wir streiten, wert ist, daß wir ihretwegen streiten oder nicht.«
Ich bestellte ihm einen andern Tee. Er hatte seine Tasse halb leer getrunken, aber durch seine Tränen war sie wieder voll geworden.
»Wart ihr euch noch nie einig?« fragte ich.
»Ein einziges Mal«, antwortete er. »Als in unserem Wochenendhaus ein Feuer ausbrach und wir beide zur gleichen Zeit zur Tür hinaus wollten.« Wieder machte er eine Pause.
»Anfangs«, fuhr er fort, »war sie eifersüchtig. Das schmeichelte mir. Aber das ging vorüber, und was immer ich jetzt mache – nichts ist ihr recht. Manchmal denke ich, daß sie mich überhaupt nur geheiratet hat, um jemanden zu haben, an dem sie nörgeln kann. Und dann« – ein Schauer fuhr über seinen Rücken – »ihre Mutter.«
»Was ist mit ihr? Ist sie so furchtbar?«
»Furchtbar? Wenn Siegfried statt des Drachens meine Schwiegermutter hätte besiegen müssen, gäbe es heute keine Nibelungensage.«
»Siehst du sie oft?«
»Sie lebt mit uns!« Es entrang sich wie ein Schrei seiner gequälten Brust.
»Wieso?«
»Angeblich durch meine Schuld. Meine Frau machte ›Urlaub am Bauernhof‹, wie es heute modern ist. Ich bin ein Freund von guter Landbutter. Ich telefonierte mit meiner

Frau und sagte: ›Bring Butter mit!‹ Sie verstand: ›Bring Mutter mit!‹, und seitdem ist sie da.«

»Und warum bist du jetzt bei Regen und Kälte im Hauseingang gestanden?«

»Das ist eine eigene Geschichte. Ich war auf einer Geschäftsreise und kam um einen Tag früher nach Hause, als anzunehmen war. Ich öffnete leise die Tür zum Vorzimmer, zum Speisezimmer, zum Schlafzimmer und sehe meine Frau – mit einem andern.

Ich habe die Tür zum Schlafzimmer wieder leise geschlossen, auch die Tür zum Speisezimmer und die Tür zum Vorzimmer, und bin wieder gegangen. Ich bin zwanzigmal um den Häuserblock gelaufen, bin wieder zurück nach Hause, habe leise die Tür zum Vorzimmer geöffnet, zum Speisezimmer, zum Schlafzimmer – –

Der Mann war noch immer da.

Ich habe die Tür zum Schlafzimmer wieder leise geschlossen, auch die Tür zum Speisezimmer und die Tür zum Vorzimmer, und bin wieder gegangen. Ich bin wieder zwanzigmal um den Häuserblock gelaufen, bin wieder zurück nach Hause, habe leise die Tür zum Vorzimmer geöffnet, zum Speisezimmer, zum Schlafzimmer –«

»Und?« fragte ich, aufs äußerste gespannt.

»Der Mann war noch immer da. Ich habe die Tür zum Schlafzimmer wieder leise geschlossen, auch die Tür zum Speisezimmer und die Tür zum Vorzimmer, und bin wieder gegangen. Dann habe ich mich in den Hauseingang gestellt und beschlossen, eine Stunde zu warten.«

»Ich verstehe dich nicht, Poldi. Du findest deine Frau mit einem andern im Schlafzimmer – ja, Herrgott noch einmal, warum hast du nicht mit der Faust auf den Tisch geschlagen?«

Poldi sah mich erschrocken an. Dann fragte er: »Damit sie mir einen Krach macht, weil ich so spät nach Hause komme?«

Es ist eine alte Weisheit: In der Ehe erlebt keine Frau, was sie erwartet – und erwartet kein Mann, was er erlebt.

Meine Frau schenkte mir an meinem Geburtstag eine Supersuper-Quartzuhr, die die Stunden in neunundfünfzig Minuten macht. Denn die Hauptsache heute ist:

Tempo!

Bereits bei der Geburt eines Menschenkindes soll alles sehr schnell gehen. Es soll schnell und ohne Komplikationen vom Mutterschoß das Licht der Welt erblicken. Es soll als Säugling schnell wachsen, schnell an Gewicht zunehmen, diese Zunahme soll sogar nach einer wissenschaftlich exakten Tabelle erfolgen. Das arme Menschlein darf schon hier nicht zurückbleiben, es muß schnell schauen, daß es vorwärtskommt. Es soll so schnell wie möglich seine Umgebung erkennen, schnell bekannte Personen anlächeln, es soll schnell das Krabbeln erlernen, schnell sich aufsetzen, schnell zum Gehen kommen, schnell zum Sprechen anfangen und schnell die Zähne kriegen. Es soll schnell sauber werden, schnell folgen lernen, schnell in den Familienverband hineinwachsen, sich schnell in eine Geschwisterreihe einordnen und schnell das Essen erlernen, damit es schnell nicht zu kurz kommt.
Kommt das Kind dann in einen Kindergarten, so soll es sich schnell auf die neue Situation einstellen, soll sich schnell anpassen, schnell Kontakte schließen, schnell die neuen Spiele kapieren, schnell sich behaupten können, sonst kann es schnell an den Rand gedrückt werden.
Wenn das Kind in die Schule eintritt, soll es sich schnell assimilieren, schnell sich einfügen, sich anschließen, sich abschleifen, soll schnell mitlernen, schnell die Hausaufgaben machen, damit es mit den Eltern schnell hinausfahren kann, um schnell die Freizeit zu verbringen.
Schnell kommt man in das Alter, wo man noch schneller wächst, schnell aufgeklärt wird, schnell die ersten Liebeserfahrungen sammelt und schnell sich das Rauchen oder Trinken angewöhnt. Hat man irgendeine Schule absolviert, soll

man schnell einen Beruf ergreifen, schnell vorwärtskommen, schnell nach oben trachten, schnell sich eine Position schaffen, schnell Karriere machen.
Hat man zuviel gearbeitet, macht man schnell eine Pause, hastet schnell ins Kaffeehaus, trinkt schnell einen Espresso, stürzt schnell in seinen Wagen und fährt schnell durch die Straßen, als hätte man Angst, zu spät zum Unfall zu kommen.
Ist man in der Liebe zu vorschnell gewesen, muß man schnell heiraten und wird auch schnell Nachwuchs bekommen.
Als Frau sollte man schnell zu einem festen Freund kommen, noch besser einen ordentlichen Mann ergattern, denn kommt man nicht schnell unter die Haube, so hat man es schnell versäumt.
Läßt man sich nebenbei in irgendeinen Rennsport hineinbegeistern, so kommt man aus dem Schnelligkeitsfieber überhaupt nicht mehr heraus. Man wird immer schneller werden, und sei es nur um Tausendstelsekunden, man muß schnell Spitze werden, um schnell ins Geschäft zu kommen, damit sich die Sache schnell auszahlt, denn Schnellere drängen nach, und man ist schnell wieder unten.
Hat man einmal Familie, so soll man schnell zu einer schönen Wohnung kommen, schnell zu einer Zweitwohnung, schnell zu einem Häuschen im Grünen, das man auf der Autobahn schnell erreichen kann. Man richtet sich schnell ungemütlich ein, es soll ja alles schnell fertig werden, damit man schnell den Neid seiner Freunde erregt.
Hat man es schnell zu etwas gebracht, so will man noch schnell etwas vom Leben haben. Man geht am Abend schnell aus, vielleicht schnell in ein Theater, schnell in ein Restaurant, schnell in eine Bar, dann schnell nach Hause, denn am nächsten Tag muß man schnell wieder an die Arbeit.
Ist man als Frau zu Hause, muß man am Morgen trachten, daß alle schnell aus dem Hause kommen, denn schnell wird die Haushaltshilfe kommen, und während sie schnell auf-

räumt, geht man schnell einkaufen, macht schnell Besorgungen und Wege, dann schnell nach Hause zum Kochen, denn das Mittagessen soll schnell auf den Tisch kommen. Dann schnell zum Friseur gelaufen, in den Kosmetiksalon, zwischendurch noch schnell eine Freundin angerufen, schnell einen Plausch absolviert, am Abend soll schnell das Abendessen gerichtet sein, denn man will ja schnell zum Fernsehen.

So vergehen schnell die Jahre, die Kinder wachsen schnell heran, an ihnen sieht man, wie schnell die Zeit vergeht, man wird schnell älter. Laster, die man sich schnell angewöhnt hat, soll man sich jetzt schnell abgewöhnen, sonst geht es noch schneller bergab. Manche Eheleute leben sich auch mit der Zeit schnell auseinander, lassen sich schnell scheiden und wollen schnell noch einmal von vorne anfangen. Mancher Mann in der Midlifecrisis legt sich noch schnell eine jüngere Freundin zu, manches Weib im Abblühen schnell einen jungen Liebhaber. Aber auch das geht schnell zu Ende. Man gehört schnell zum alten Eisen, wird schnell aus dem Berufsleben gedrängt, manche gehen auch gerne schnell in Pension, man muß sich jetzt schnell einen neuen Lebensinhalt suchen, vielleicht sich schnell ein paar Hobbys zulegen, die kleinen Wehwehchen werden auch schnell größer – mancher muß sich schnell operieren lassen – schnell Übergewicht absetzen – schnell auf Diät umschalten.

Ist man einmal so alt und gebrechlich, daß man Pflege braucht, so soll man schnell in ein Altenheim gehen, denn die Angehörigen, die alle schnell leben müssen, haben keine Zeit für solche Hilfe. Man soll auch schnell sterben, um nicht lange leiden zu müssen, und sich schnell begraben lassen, weil die nächste Leiche bereits wartet.

Hat man alles schnell hinter sich gebracht und haben die Erben das ihnen zustehende Erbteil erhalten, wird man sicher auch schnell vergessen werden.

Verzeihen Sie, daß ich den Gedanken nicht weiter verfolge, aber ich muß schnell zur nächsten Geschichte.

Um einen Film zu schreiben, braucht man einen drohenden Termin, einen Vorschuß und keine Idee. Dann setzt man sich hin und fragt sich:

Was mache ich?

In einem gewissen Alter ist es nicht schön, operiert zu werden. Schön ist es nur, davon zu erzählen.
Joschi und ich waren wieder einmal soweit. Wir hatten den Auftrag bekommen einen Film zu schreiben. Keinen Fernsehfilm, sondern einen richtigen Kinofilm.
Kommt so ein Auftrag von einer erstklassigen Firma, gekoppelt mit einem dementsprechenden Vorschuß, pflegt man das Ereignis in einem feudalen Restaurant zu feiern, natürlich mit seinen Damen, bei einem üppigen Essen und einigen Flaschen Sekt.
Ist die Firma, von der der Auftrag kommt, nicht so erstklassig und der Vorschuß auch nicht, feiert man beides zu Hause, bei einem weniger üppigen Essen und einer Flasche Wein.
Und stammt der Auftrag von einer letztklassigen Firma und gibt es gar keinen Vorschuß, dann feiert man ihn ohne Damen, ohne Essen, im Kaffeehaus.
Joschi und ich saßen also im Kaffeehaus und suchten nach einer Idee. Was wollte die Firma: Keinen Problemfilm, Probleme haben die Leute genug. Keinen Schocker, geschockt sind die Leute bis zum Überdruß. Keinen Pornofilm, Pornofilme spielen die Leute im Heimkino, wo auch die lieben Kleinen Gelegenheit haben, sie zu sehen. Was die Firma will, ist ein unbeschwertes, dummes Lustspiel, wie man sie in den fünfziger Jahren zu drehen pflegte, bei dem die Leute nur lachen sollten. Lachen, lachen, lachen! Das war uns klar. Wie bringt man sie aber zum Lachen, die lieben Leute, das geliebte Publikum, diese Bestien, diese hartnäckigen?
»Ich hab's!« sagte Joschi. »Junges Mädchen, junger Mann,

beide verlieren ihre Hündchen, jagen ihnen nach, kommen in lustige Situationen und finden sich schließlich.«
»Und die Hündchen?«
»Die finden sich auch.«
»Und die lustigen Situationen?«
»Die mußt *du* finden.«
»Fällt mir nicht ein.« Sie fielen mir wirklich nicht ein.
»Etwas anderes«, schlug Joschi nach einer kurzen Pause vor. »Junges Mädchen, junger Mann, verlieren Hand- und Brieftasche, jagen ihnen nach, kommen in lustige Situationen und finden sich schließlich.«
»Das ist doch dasselbe ohne Hündchen.«
»Ich weiß.« Joschi schwieg kleinlaut. Plötzlich fing er wieder an. »Junges Mädchen, junger Mann, verlieren nichts. Er Herzog, sie Prinzessin, sehen sich zum ersten Mal bei Modenschau, er hält sie für Mannequin, sie ihn für Dreßman, kommen in lustige Situationen und finden sich schließlich.«
»Da waren mir die zwei mit den Hündchen noch lieber.«
Drei Damen betraten das Lokal. Wie soll ich sie beschreiben? Alter: 50 bis 55 Jahre. Stand: verheiratet. Beruf: Hausfrauen mit Personal. Eventuelles Hobby: Bridgespiel. Kleidung: Die erste, klein, dürr, trug ein blaues Kostüm mit weißer Bluse, die zweite, mittelgroß, mager, trug eine braune Schoß und einen mit allerlei Dessins versehenen roten Pullover, die dritte, groß, stark, trug einen Kamelhaarmantel, den sie nicht ablegte, so daß wir nicht sehen konnten, was sie drunter anhatte. Alle drei waren behutet.
»Wohin setzen wir uns?« fragte das blaue Kostüm.
»Wahrscheinlich in unsere Nähe«, fürchtete ich.
»No na«, sagte Joschi, »in die Küche.«
»Dort ist ein schöner Tisch!« rief der Pullover.
»Ausgezeichnet!« fand der Kamelhaarmantel. Er sprach in einer Tonstärke, daß ihn selbst die Jugendlichen in einer Diskothek zur Ruhe gemahnt hätten. Die drei setzten sich in Bewegung. So sicher möchte ich einmal beim Roulette eine Nummer erraten, wie ich erriet, daß sie die Loge neben uns wählen würden. Mit dem Schreiben war es vorüber.

Anton, der Ober, näherte sich. »Was darf ich den Damen bringen, bitte?«
»Was nehmen Sie, Frau Hofrat?« fragte die große Starke die mittelgroße Magere.
»Ein Glas Milch. Und Sie, Frau Generaldirektor?«
»Ich weiß es noch nicht, Frau Professor?«
»Ich möchte einen koffeinfreien Kaffee mit Süßstoff. Haben Sie Torten?«
»Selbstverständlich, gnädige Frau.«
»Wundervoll! Ich darf leider keine essen, ich habe Zucker, aber Sie, Frau Hofrat?«
»Streng verboten. Frau Generaldirektor?«
»Eine Torte? Das wäre mein Tod. Sie wissen doch, daß ich nach einer Operation bin. Bringen Sie mir ...«, überlegte die große Starke, »bringen Sie mir ein Glas Mineralwasser, ohne Kohlensäure, und eine gestrige Semmel.«
Nun waren die drei Damen bestimmt weder eine Professorin noch eine Generaldirektorin noch eine Hofrätin. Sie waren bloß mit einem Professor, einem Generaldirektor und einem Hofrat verheiratet. Bei uns in Österreich ist das so, da teilen die Ehemänner ihre Titel mit ihren Frauen.
»Wie fühlen Sie sich, Frau Generaldirektor?« fragte die Frau Professor.
»Nicht besonders. Wenn man nach einer Operation zum ersten Male ausgeht, ist man immer ein bißchen wackelig. Schließlich habe ich vierzehn Tage im Bett verbracht.«
»Vierzehn Tage nach einer Blinddarmoperation? Dr. Wolkenbruch ließ mich am nächsten Tag aufstehen und im Zimmer herumgehen.«
»Da hatten Sie eben keine Komplikation«, meinte die Frau Generaldirektor pikiert. »Ich hatte doch eine eitrige Appendizitis. Die Ärzte wußten nicht einmal, ob sie mich lebend auf den Operationstisch bringen werden.«
»Trotzdem. Vierzehn Tage im Bett halte ich für eine veraltete Methode.«
»Veraltet? Dr. Jellinek ist der modernste Chirurg von Europa.«

»Sie meinen Dr. Wolkenbruch!«
»Beruhigen Sie sich doch, meine Damen!« sagte die Frau Hofrat energisch. »Hatten Sie schon einmal ein Ulcus ventriculi?«
»Was ist das?« fragte die Frau Generaldirektor.
»Ein Magengeschwür.«
»Hatte ich!« jubelte die Frau Professor. Der Frau Generaldirektor war das peinlich. Wieso hatte sie noch kein Magengeschwür gehabt?
»Nein«, sagte sie ein bißchen verstimmt.
»Dann reden Sie nicht.« Anton brachte den koffeinfreien Kaffee mit Süßstoff, das Glas Milch, das Mineralwasser ohne Kohlensäure und die Semmel von gestern. Die Frau Generaldirektor klopfte damit auf den Tisch – es klang, als ob man mit Stein auf Stein klopfen würde. »Zu frisch«, sagte sie. »Ich habe gebeten von gestern.« Anton blinzelte uns zu, brachte die Semmel zur Küche und wieder zurück. Wieder klopfte die Frau Generaldirektor damit auf den Tisch. »*Die* ist richtig«, sagte sie zufrieden und wendete sich an die Frau Hofrat: »Wurden Ihre Magengeschwüre operiert?«
»Das will ich meinen! Ich habe nur noch einen halben Magen.«
»Entsetzlich!«
»Wie zeigte sich Ihr Geschwür an?« erkundigte sich die Frau Professor.
»Zuerst durch Magenschmerzen, dann durch Übelkeit und Erbrechen, dann hatte ich saures Aufstoßen und Sodbrennen, dann ist Blut abgegangen.« Joschi ging hinaus, es war ihm schlecht geworden.
»Was glauben Sie, warum ich nur Milch trinke?«
»Warum wirklich? Ich habe auch nur einen halben Magen«, gestand die Frau Professor, »aber wenn ich keinen Zucker hätte, dürfte ich alles essen.«
»Wenn ich keinen Zucker hätte!« seufzte die Frau Hofrat. »Ich habe ebenfalls Zucker, und mein Mann hat Eiweiß.«
»Da können Sie zusammen ein Biskuit machen!« lachte die Frau Generaldirektor.

Die Frau Hofrat warf ihr einen bitterbösen Blick zu. »Mir hat man schon als Kind die Mandeln herausgenommen«, sagte sie würdevoll.
»Und mir die Polypen«, sagte die Frau Professor.
»Und ich hatte schon als Kind eine Hüftgelenkverrenkung!« übertrumpfte die Frau Generaldirektor die beiden andern.
»Und da gehen Sie ohne Stock?«
»Stock? Meine Hüfte ist doch längst wieder gut.«
»Dr. Wolkenbruch hat mir von einem Fall erzählt, wo die Verrenkung auf der andern Hüfte wieder aufgetreten ist.«
Joschi kam zurück. »Habe ich etwas versäumt?« fragte er.
»Eine Mandel- und eine Polypenoperation sowie eine Hüftgelenkverrenkung.«
»Sie dürfen nicht denken«, sagte die Frau Generaldirektor eben, »daß die Blinddarmgeschichte meine gefährlichste Operation war. Ich wurde schon einmal an Gallensteinen operiert.«
»Ich auch«, sagte die Frau Hofrat schnell.
»Aber *meine* Operation hat vier Stunden gedauert.«
»Und meine sechs!«
»Sechs Stunden eine Gallensteinoperation?« wunderte sich die Frau Professor wieder. »Dr. Wolkenbruch macht das in zwei Stunden.«
»Dr. Wolkenbruch läßt ja auch die Patienten nach einer Blinddarmoperation aufstehen und Rock'n'Roll tanzen.«
»Ich habe nicht gesagt Rock'n'Roll tanzen, ich habe gesagt, im Zimmer herumgehen.«
»Ist ja egal. Sagte ich vorhin, meine Operation habe vier Stunden gedauert?«
»Ja. Und meine sechs!« meinte die Frau Hofrat mit Siegermiene.
»Dann hat *meine* acht gedauert«, sagte die Frau Generaldirektor und schaute die andern triumphierend an. »Ich hatte nämlich besondere Gallensteine. Meine Gallensteine sind aus dem Gallengang in die Bauchhöhle getreten und haben

eine eitrige Bauchfellentzündung hervorgerufen. Ich mußte sofort operiert werden.«

»Meine Gallensteine konnten sich *auch* sehen lassen«, bemerkte die Frau Hofrat etwas eingeschnappt. »Bei mir ist zwischen der Gallenblase und dem Zwölffingerdarm eine Fistel entstanden, durch die einige große Steine in den Darm übergetreten sind. Diese Steine haben eine Verlegung der Darmlichtung und auf diese Weise einen Darmverschluß bewirkt. Ich war damals aufgegeben.«

»Das war ich schon zweimal«, sagte die Frau Professor.

»Ich dreimal«, schloß sich die Frau Generaldirektor an.

»Reden wir von erfreulicheren Dingen«, schlug die Frau Hofrat vor. »Hatte eine von den Damen schon einmal eine Ohrenknochenvereiterung?«

»Ich!« meldete sich die Frau Professor erfreut.

»Ich auch! Ich hatte schon zwei! Eine links, eine rechts!« überrundete die Frau Generaldirektor wieder die beiden andern.

»Ohrenknochenvereiterung!« wiederholte Joschi blaß. Er ging hinaus. Es war ihm wieder schlecht geworden.

»Ich hatte schon eine Hepatitis«, setzte die Frau Generaldirektor fort. »Nach einem Paratyphus.«

»Was ist Hepatitis?«

»Eine Gelbsucht. Ich glaube, Frau Professor, Sie haben alle Krankheiten nur, damit Sie mitreden können. In Wirklichkeit sind Sie über einen Heuschnupfen noch nicht hinausgekommen.«

»Oho!« empörte sich die Frau Professor. »Ich hatte schon als junges Mädchen eine Zahnfleischgeschwulst, die operativ entfernt werden mußte!«

»Und ich eine Diphterie mit Halsschnitt!«

»Und ich«, trumpfte die Frau Hofrat auf, »einen Oberschenkelhalsbruch! Ich bin zweimal genagelt!«

Joschi kam zurück. »Zahnfleischgeschwulst, Diphterie mit Halsschnitt, Oberschenkelhalsbruch, zweimal genagelt«, referierte ich.

»Brüche – gut«, meinte die Frau Professor eben. »Aber unsere Magenkrankheiten sind, nach Dr. Wolkenbruch, reine Zivilisationserscheinungen. In seinem neuesten Buch erzählt er von einer Insel, namens Bumaku, auf der die Menschen noch wie in der Steinzeit leben und auf der es noch keine Operationen gegeben hat.«

Joschi hielt es nicht aus. Er wendete sich an die drei Damen. »Entschuldigen Sie«, sagte er, »wir wurden unwillkürlich Zeugen Ihres Gesprächs. Wenn es auf der Insel Bumaku noch keine Operation gegeben hat – wovon reden dort die Frauen, wenn sie im Kaffeehaus sitzen?«

Unser Film ist bereits gelaufen. Er heißt: Drei alte Tanten.

Die Kommissare sind keine Erfindung des Fernsehens. Sie existieren wirklich, und es ist gut, daß sie existieren, weil man sie braucht, um die Bevölkerung gegen das Verbrechertum zu schützen. Natürlich sollte ihnen die Bevölkerung bei dieser Arbeit behilflich sein. Aber wer ist das schon? Soll ich es Ihnen sagen? Meine Frau. In einer Sammlung berühmter Rechtsfälle wird einmal ein Kasus zu finden sein – betitelt:

Der Lustmörder

Meine Frau und ich saßen am Frühstückstisch. Sie hüben – ich drüben.
»Schrecklich!« hörte ich sie plötzlich, wie aus weiter Ferne, sagen.
Ich gestehe, daß ich es liebe, während des Frühstücks Zeitung zu lesen und daß ich es *nicht* liebe, dabei gestört zu werden. Ich habe mir daher in jahrelangem Training die Fähigkeit angeeignet, alles, was meine Frau während des Frühstücks spricht, wie aus weiter Ferne zu hören.
»Schrecklich!« sagte sie nochmals, diesmal bereits etwas näher und um eine Nuance schärfer, aber noch immer nicht so nahe und so scharf, daß ich mich genötigt gesehen hätte, sie zu fragen, was denn so schrecklich sei.
»Schrecklich!« sagte sie ein drittes Mal, diesmal ganz nah und scharf wie ein Rasiermesser. Jetzt war sie nicht mehr zu ignorieren.
»Was gibt es, Liebling?« fragte ich deshalb, weil ich weiß, daß es ratsam ist, sobald sie diesen Ton anschlägt, »Liebling« zu sagen.
»Dreh die Zeitung um, dann wirst du es wissen.«
Ich tat, wie mir geheißen. Ich finde, daß ich mich heute eines besonders geschliffenen Stils bediene. Ich hätte ebensogut schreiben können: Ich drehte die Zeitung um – aber nein. Ich schreibe: Ich tat, wie mir geheißen und las:
»Eduard Plampitz entsprungen. Gestern nacht gelang es dem Lustmörder Eduard Plampitz, 34, dessen Name vor einigen Jahren Schlagzeilen gemacht hatte, aus der Strafan-

stalt, in der er den Rest seines Lebens verbringen sollte, zu entspringen. Plampitz, der, wie erinnerlich, drei Frauen hinterrücks überfallen, mißbraucht und dann durch Messerstiche getötet hat, dürfte sich in der Umgebung Wiens herumtreiben. In einem leerstehenden Wochenendhaus in Neustift fand man seine Sträflingskleidung, und da der Besitzer des Hauses aus einem aufgebrochenen Schrank einen braunen Anzug sowie einen blauen Regenmantel vermißt, ist anzunehmen, daß Plampitz diese Kleidungsstücke entwendet hat, um nicht erkannt zu werden. Die Bevölkerung wird gebeten, die Polizei bei der Suche nach dem Mörder zu unterstützen, aber mit Vorsicht – der Verbrecher ist bewaffnet.«
Die Zeitung brachte sein Foto – en face und en profil – es war furchterregend. Plampitz hatte schwarzes Haar und ein Paar Augen, das selbst dem grimmen Hagen Angst eingejagt hätte.
»Schrecklich!« sagte ich.
»Jetzt sagst du auch ›schrecklich‹«, meinte meine Frau zynisch. »Aber als *ich* sagte ...«
»Verzeih«, verteidigte ich mich, »du sagst doch oft ›schrecklich‹! Du sagst auch ›schrecklich‹, wenn du vergessen hast, Tante Elsa anzurufen.«
»Das stimmt nicht«, sagte meine Frau, die sogar dem Fernsehansager widerspricht.
Ich versuchte, das Gespräch wieder in ruhige Bahnen zu lenken. »Es hat ja auch nichts zu bedeuten«, meinte ich.
»Nichts zu bedeuten? Hast du noch nie etwas vom Gesetz der Serie gehört? Vorgestern der Einbruch bei Pfandls, gestern der Überfall auf Wimmer – jetzt sind *wir* dran.«
»Warum?«
»Weil auf zwei Verbrechen, die einen unmittelbar berühren, ein drittes folgt.«
»Warum aber gerade wir –?«
»Weil so!« antwortete meine Frau mit ihrer rätselhaften Logik.
Ich machte einen Vorschlag. »Bleiben wir einfach zu Hause, bis das dritte Verbrechen vorüber ist ...«

Meine Frau sah mich an. »Du bist ein kluger Mensch!«, sagte sie, aber sie sagte es nicht bewundernd, sie sagte es ironisch. »Als ob uns zu Hause *nichts* passieren könnte. Wäre es nicht möglich, daß Plampitz kommt und eine Bombe durch unser Fenster schleudert?«
Ich wüßte nicht, weshalb Plampitz kommen und eine Bombe durch unser Fenster schleudern sollte, aber sie hatte recht. Möglich wäre es. Mich schauderte.
»Ich muß zur Bank«, sagte sie. »Wenn jemand anruft, ich bin in zwei Stunden zurück.
In mir erwachte der Mann. »Wenn du Angst hast wegen Plampitz, könnte doch ich –?«
»Du kannst *nicht*!« entschied sie, Gott sei Dank, energisch.
»Okay«, sagte ich. Wenn sie will, soll sie. Schließlich war ich erst gestern auf der Bank, und wir gehen immer abwechselnd. Wir haben ein gemeinsames Konto. Ich lege ein, und sie hebt ab. Kaum war sie fort, rief ihre Managerin an. »Meine Frau ist in zwei Stunden zurück«, sagte ich.
Sie war schon in *einer* Stunde zurück – aber in welchem Zustand! Blaß, zitternd, keuchend – ein Abbild der Furcht!
»Was ist los?« fragte ich erschrocken.
»Ich habe ihn gesehen!«
»Wen?«
»Plampitz!«
»Wo?«
»In der Bank. Ich stand vor dem Kassenschalter – plötzlich hatte ich das Gefühl, als ob mich jemand hypnotisieren würde. Ich sah mich um – er stand hinter mir.«
»Einbildung«, sagte ich kalt. So kalt, daß mich fröstelte.
»Einbildung?« Meine Frau lachte wie Draculas Tochter. »Weißt du, wie er aussieht?«
»Ich habe das Foto gesehen«, bibberte ich.
»Das Foto!« Meine Frau lachte wie Frankensteins Schwiegermutter. »In Wirklichkeit schaut er viel schrecklicher aus!« Sie mußte sich setzen.
»Was hatte er an?« fragte ich und zitterte vor der Antwort.

»Wie es in der Zeitung stand: brauner Anzug, blauer Regenmantel.«
Er war es. Es gab keinen Zweifel.
»Ich fühlte schon das Messer in meinem Rücken«, setzte meine Frau fort. »Zum Glück wurde meine Nummer aufgerufen, und ich war gerettet.«
»Und weiter?«
»Ich stürzte davon.«
»Zur Polizei?«
»Bist du verrückt? Damit er sich an mir rächt, wenn sie ihn nicht erwischen? Ich bin in das nächste Taxi gesprungen und nach Hause gefahren. Mir zittern jetzt noch die Knie.«
Ich schluckte schnell zwei Beruhigungstabletten – komischerweise wurde ihr davon nicht besser.
»Du hast nicht richtig gehandelt«, stellte ich fest. »Du hättest die Polizei benachrichtigen müssen. Stell dir vor, der Mann bringt wieder drei Frauen um – dann bist du mitschuldig.«
Meine Frau bekam einen Schüttelfrost. Ich weiß nicht, war es Angst oder Solidarität – ich schüttelte mit.
»Ich habe eine Idee«, sagte ich. »Gehen wir zu Robinson. Er ist nicht nur unser Anwalt, er ist auch unser Freund – er wird uns sagen, ob du den Fall zur Anzeige bringen sollst oder nicht.«
Wir gingen die Treppe hinunter auf die Straße – plötzlich schrie meine Frau: »Dort!«, zeigte mit dem Finger auf die gegenüberliegende Straßenseite und rannte ins Haus zurück. Ich warf einen Blick hinüber und sah einen Mann – brauner Anzug, blauer Regenmantel! Ich rannte hinter ihr her und war noch vor ihr an unserer Tür angelangt. Eine solche Rekordzeit bei einer Olympiade, und ich hätte eine Goldmedaille bekommen. Vorsichtig gingen wir wieder hinunter – der Mann war weg. Wir setzten uns in ein Taxi und fuhren zu Robinson. Robinson dachte nach. »Das ist schwer zu entscheiden«, sagte er zu meiner Frau. »Natürlich solltest du der Polizei melden, daß du Plampitz gesehen hast, aber wenn es dich derart aufregt, könnte es einen

Schock hervorrufen, den ich nicht verantworten kann. Besprecht euch mit Dr. Hochmann. Er ist Psychiater und wohnt einen Stock tiefer.«
Wir gingen einen Stock tiefer. Plötzlich schrie meine Frau: »Dort!«, zeigte auf einen Mann, der die Treppe heraufkam – brauner Anzug, blauer Regenmantel! Es war derselbe, den sie in der Bank und den wir auf der Straße gesehen hatten! Er verfolgte uns! Nur natürlich. Sie hatte ihn erkannt und mußte aus dem Weg geräumt werden. Ich hätte es genauso gemacht. Sie rannte zurück, ich hinter ihr her – hinauf zu Robinson. Verlegen erzählte ich Robinsons Sekretärin, daß ich meinen Schirm vergessen hätte. Sie fand ihn nicht. Sie konnte ihn nicht finden, da ich keinen mitgehabt hatte. Als wir sicher waren, daß der Mörder die Tür passiert hatte, wagten wir uns hinaus und schlichen die Treppe hinunter zu Dr. Hochmann.
Dr. Hochmann war von Robinson bereits telefonisch unterrichtet worden und kannte also schon unser Problem.
»Legen Sie sich hier auf die Couch«, sagte er zu meiner Frau. Sie legte sich hin.
»Beginnen wir mit der Kindheit«, fing Hochmann an. »Hatten Sie einen Vaterkomplex? Glaubten Sie, nur einen Mann lieben zu können, der Ihrem Vater gleicht?«
»Nein.«
»War Ihr Vater ein Säufer?«
Meine Frau war empört. »Mein Vater war Antialkoholiker!« sagte sie.
»Hatten Sie in Ihrer Kindheit das Verlangen, von Ihrem Vater geküßt und liebkost zu werden?«
Schüchtern machte ich Dr. Hochmann darauf aufmerksam, daß es sich hier nicht um meinen Schwiegervater handle, sondern um den entsprungenen Mörder.
»Ich weiß«, meinte Dr. Hochmann. »Mir ist es wichtig, vorerst die Verklemmung Ihrer Gattin zu lösen.«
Ich wußte nicht, daß meine Frau eine Verklemmung hatte, aber der Psychiater war *er*. Er mußte es wissen.
Er wandte sich wieder meiner Frau zu.

»Hatten Sie in Ihrer Pubertätszeit eine Vorliebe für gelbe Rosen?«
»Nein.«
»Gelbe Tapeten?«
»Nein.«
»Gelbe Regenschirme?«
»Hören Sie, Doktor!« wunderte sich meine Frau.
»Empfinden Sie Ekel, wenn Sie eine Fliege sehen?«
»Nur wenn sie im Kaffee herumschwimmt.«
Dr. Hochmann machte einen Vorschlag. »Ich werde Sie hypnotisieren. Ich zähle bis dreißig, und Sie werden schlafen.« Dr. Hochmann zählte bis dreißig, meine Frau schlief nicht, aber er schlief. Ich weckte ihn.
»Ich würde sagen«, sagte er zu meiner Frau, »daß Sie die Polizei verständigen sollten. Ich weiß nur nicht, ob Ihr Herz –? Ziehen wir noch Prof. Berditsch zu. Er ist Herzspezialist, hier im Hause, dritter Stock.«
Wir gingen die Treppe hinauf. »Dort!« schrie meine Frau. Ohne ihrem ausgestreckten Finger nachzusehen, rannte ich mit ihr zu Hochmann zurück. Sie hinein – schlägt mir die Tür vor der Nase zu. Der Mörder kam die Treppe herunter. Ich hörte seine Schritte. Dumpf, gleichmäßig, wie im Fernsehen. Acht Stufen war er noch von mir entfernt, sechs Stufen – ich trommelte mit den Fäusten an die Tür, die meine Frau anscheinend nicht öffnen konnte –, vier Stufen, zwei Stufen – die Tür ging auf, ich schlüpfte ins Vorzimmer. Mit klopfenden Herzen warteten wir, bis der Verbrecher vorüber war, dann eilten wir hinauf zu Prof. Berditsch. Hochmann hatte ihn bereits informiert.
»Machen Sie sich frei«, sagte er zu meiner Frau. Er prüfte ihren Blutdruck, untersuchte ihr Herz, machte ein EKG, ließ sie auf einem Zimmerfahrrad fahren, machte ein zweites EKG und meinte endlich: »Ihr Herz ist gesund – gehen Sie zur Polizei.« Wir gingen.
Als wir dort ankamen und erklärten, weshalb wir gekommen waren, führte man uns in ein Zimmer, in dem sich zwei Männer in Zivil und zwei Polizisten befanden. Der eine Zi-

vilist saß hinter einem Schreibtisch, der zweite ihm gegenüber auf einem Stuhl. Wir konnten ihn nicht sehen, da er von den Polizisten verdeckt wurde. Meine Frau machte einen Schritt vorwärts, stieß einen Schrei aus, und weg war sie. Ich hinter ihr her, aber wir kamen nicht weit. Zwei Beamte stellten sich uns in den Weg, legten uns Handschellen an und führten uns zurück.
Und jetzt war mir die Aufregung meiner Frau verständlich. Der Mann auf dem Stuhl, von den zwei Polizisten flankiert – war der Mörder! Sie hatten ihn also schon. Er gab alles zu. Daß er in der Bank hinter meiner Frau gestanden war, daß er an unserm Haus vorübergegangen war, daß wir ihm zweimal im Hause Robinson begegnet waren – alles. Nur leider ...
Sie werden fragen: *Was* leider? Leider war er nicht der entsprungene Mörder, sondern der mit dem Fall betraute Kommissar. Plampitz wurde am nächsten Tag gefangen.

Für uns hatte die Angelegenheit nur günstige Auswirkungen. Meine Frau erzählt ihr Erlebnis noch heute auf allen Partys – und zwar so, als wäre wirklich sie es gewesen, die Plampitz überführt hatte –, und ich hatte eine Geschichte für das vorliegende Buch. Daß ich sie niederschrieb, ist vielleicht das dritte Verbrechen, das uns zu dem eingangs erwähnten Gesetz der Serie gefehlt hat.

Eine Party ist ein geselliges Beisammensein, das sowohl lang als auch weilig ist, und bei dem man sich am besten unterhält, wenn man gar nicht hingeht. Man spricht mit Menschen, die einem nichts sagen, über andere, die man nicht kennt, und begegnet Leuten, welchen man seit Wochen bemüht ist auszuweichen. Es gibt angenehme Partys. Die, von der ich im Folgenden berichte, war

Eine äußerst unangenehme Party

In einem gewissen Alter hört man auf, Salonlöwe zu sein. Trotzdem sagte ich zu, als mein Freund Robinson ins Kaffeehaus kam und mich einlud, mit ihm die Party eines seiner Klienten, eines gewissen Herrn Bergson, zu besuchen. Unsere Frauen waren auf Skiurlaub – also warum nicht?

Als wir ankamen, war das Fest bereits in vollem Gange, das heißt, es waren so viele Menschen dort, daß sogar der Gang voll war. Eine kleine Band spielte zum Tanz, Teens und Twens rockten und rollten – ich sah zu, wobei ich die erstaunliche Beobachtung machte, daß der einzige Unterschied zwischen einem tanzenden Teenager und einer wiederkäuenden Kuh der nachdenkliche Ausdruck im Gesicht der Kuh ist.

Ich verdrückte mich ins Nebenzimmer, wo das Buffet angerichtet war. Da gab es Sandwiches, Salate, Sandwiches, Salate, Sandwiches, Bäckereien und Sandwiches. Und Sandwiches. Und Salate. Und Sandwiches und Salate. Außer mir war nur noch ein einzelner Herr anwesend, der mir freundlich zunickte. Ich nickte zurück. Plötzlich hörte die Musik zu spielen auf, Damen und Herren kamen aus den umliegenden Zimmern in den Salon, trugen ihre Stühle in die Nähe des Klaviers und nahmen Platz. Dann applaudierten sie. Ich sollte sofort erfahren, warum. Eine Dame begann zu singen. Sagte ich singen? Es war kein Gesang. Es war ein Geheul, ein Geschrei, ein Gewimmer. Ich nahm mir ein Sandwich – es war weniger belegt als die Stimme der Sängerin. Sie sang das Schubertlied »Die Post bringt keinen Brief

für mich«. Kein Wunder. Wer hätte ihr schreiben sollen? Der Herr am Buffet sah mich an.
»Schrecklich!« kicherte ich. »Hören Sie, wie sie pfeift? Mit einer solchen Stimme kann man im Film eine Dampflokomotive synchronisieren, aber doch nicht singen.«
»Wissen Sie, wer das ist?« fragte der Herr lächelnd.
»Nein.«
»Meine Frau.«
Peinlich! Schnell sagte ich: »Gratuliere! Die gnädige Frau hat eine bewundernswerte Technik. Daß sie alles fortissimo singen muß, ist Schuld des Begleiters. Der hackt doch in die Tasten wie ein Holzfäller.«
»Wissen Sie, wer das ist?« fragte der andere wieder.
»Nein.«
»Mein Sohn.«
Ich tat verzückt. »Bravo! Er hat einen Anschlag, wie ich ihn außer bei Svatoslav Richter noch nicht gehört habe. Daß er die Pianostellen nicht beachten kann, ist kein Wunder, wenn die aufgetakelte Fregatte neben ihm die ganze Zeit Krach macht.«
Der Herr lächelte ausgesprochen vergnügt. »Wissen Sie, wer das ist?« fragte er.
»Nein«, zitterte ich.
»Meine Schwiegermutter.«
»Eine reizende alte Dame!« beeilte ich mich zu versichern. »In diesen Jahren noch eine so kräftige Stimme zu besitzen, ist ein Geschenk Gottes. Anscheinend ist das unsympathische Frauenzimmer, mit dem sie sich unterhält, schwerhörig.«
»Wissen Sie, wer das ist?«
»Nein ...«
»Meine Schwester.«
»Entzückend!« Warum bin ich hierher gegangen? Warum bin ich nicht im Kaffeehaus geblieben? Warum tut sich die Erde nicht auf? Warum verschluckt sie mich nicht? »Ein wohltuender Anblick«, setzte ich fort. »Wenn man dagegen die jungen Mädchen betrachtet! Sehen Sie bloß die dort an!

Lang und spindeldürr! Wenn sie die Arme ausbreitet, schaut sie aus wie eine Dachantenne! Haha!«
»Wissen Sie, wer das ist?« fragte der Herr mit einem leichten Anflug von Sadismus.
»Nein ...«
»Meine Tochter.«
»Eine hochmoderne Erscheinung! Aber reden wir von etwas anderem. Langweilen Sie sich auch so wie ich? Ich finde, das ist die fadeste Party, die ich je mitgemacht habe.«
Der andere lächelte. »Wissen Sie, wer ich bin?« erkundigte er sich.
»Nein ...«
»Der Gastgeber.«
Was jetzt? Es gab nur *einen* Ausweg. »Wissen Sie, wer *ich* bin?« fragte ich.
»Nein.«
Ich atmete auf, sagte »Gott sei Dank!« und verschwand.
Nach Monaten sah ich ihn wieder. Ich war zur Eröffnung eines neuen Nobelrestaurants eingeladen worden und kam an der Tafel gerade neben ihm zu sitzen.
»Der Herr an der Tür«, erklärte ich ihm, »ist der Besitzer. Er kommt eben aus dem Landesgericht. Betrügerische Krida.«
»Wissen Sie, wer das ist?« fragte er sofort.
»Nein«, bibberte ich.
»Mein Schwiegersohn.«
Zufälligerweise war knapp vorher Fisch serviert worden. Mir blieb vor Schreck eine Gräte im Hals stecken, ich bekam einen Erstickungsanfall und wurde von der Rettung abtransportiert. Ich war sechs Wochen in Behandlung und acht Wochen heiser. Aber ich beschloß, in Hinkunft mit meinen Worten vorsichtiger zu sein, denn wie oft hat man schon ein solches Glück, daß einem im richtigen Augenblick eine Gräte im Hals stecken bleibt.

Ich finde, bei Partys und ähnlichen Anlässen sollte ein Warnschild angebracht werden: »Bitte nicht ins Fettnäpfchen zu treten!«

Ein Stück inszenieren heißt, dasselbe in Szene setzen. Dem Regisseur genügt das nicht. Er will mitgestalten, umgestalten, er will das Werk dem Publikum näherbringen, wobei er es immer weiter von ihm entfernt. Er streicht Dialoge, er schreibt andere hinein, er spielt den letzten Akt als ersten und den ersten als letzten, er ändert Figuren und Charaktere und ist so imstande, in einer einzigen Nacht zu zerstören, was der Dichter im Laufe eines Jahres geschaffen hat.
Jeder Regisseur hält selbst sich für den größten und verachtet alle andern. Doch vielleicht bin ich zu hart mit meinem Urteil, denn wie ich weiß, gibt es auch unter den Regisseuren:

Gute Kollegen

Es gibt Rollen auf dem Theater, die dem Schauspieler vorschreiben, in der Versenkung zu verschwinden. Da ist z. B. Nestroys böser Geist Lumpazivagabundus. Er kommt aus der Versenkung und fährt in die Versenkung zurück. Das ist bei vielen Zaubermärchen der Fall und bei mancher modernen Inszenierung. So sah ich neulich einen Briefträger aus der Versenkung kommen. Warum? Ich weiß es nicht. Es war eine Tür da, durch die er hätte eintreten können. Es war übrigens dasselbe Stück, in dem der Darsteller des Vaters, der sich bloß eine Zigarette holen wollte, durch das Fenster abging. Dabei spielte das Stück in einer Wohnung im achten Stock. Er kam auch nicht mehr zurück. Der Autor wollte es nicht so – es war ein Einfall des Regisseurs. Aber ich wollte ja von Versenkungen sprechen.
Mein Freund, der Schauspieler Toplitz, über den ich schon oft geschrieben habe, verschwand auch in der Versenkung. Leider geschah das nicht auf der Bühne, sondern im Leben. Es wurde immer stiller um ihn – und dann war es aus. Man sah ihn nicht mehr, man hörte ihn nicht mehr, bis auf ein paar Werbefilmchen im Fernsehen – und dann plötzlich war er wieder da. Als Schauspieler war er in der Versenkung verschwunden – als Regisseur tauchte er wieder auf. Und nicht als gewöhnlicher Regisseur – als Filmregisseur! Es war sein

Talent, das ihm diesen Auftrag verschafft hatte – und seine Schwester, die die Frau eines Produzenten geworden war. Jahrelang war sie seine Sekretärin gewesen – nun hatte er ihr nichts mehr zu diktieren. Er hatte sich gegen Toplitz als Regisseur gewehrt, er wollte Strehler, Bergman oder Fellini haben – er drang nicht durch. Der Regisseur hieß Toplitz.
Was niemand gedacht hatte: die Filmpremiere wurde ein Erfolg. Im »Imperial« fand ein großes Bankett statt, Toplitz und die Hauptdarsteller wurden gefeiert, das Essen war vorüber, die Gesellschaft verteilte sich auf die anderen Räume, es wurde getanzt, getrunken, geflirtet, man simpelte Fach usw.
Toplitz saß allein hinter einer Säule und träumte vor sich hin. Das war *sein* Abend, *sein* Triumph. Er, der kleine Schauspieler, der sich mühsam in den Provinzen herumgeschlagen hatte, war plötzlich zum Filmregisseur geworden. Und – wie er nach der heutigen Premiere annehmen konnte – zum erfolgreichen Filmregisseur. Schon hatte er einige neue Anträge bekommen, er brauchte nur ja zu sagen. Auf einmal stand Zebisch vor ihm. Zebisch inszenierte ebenfalls Filme, und Toplitz mochte ihn nicht. Er hatte ihn zu oft als Schauspieler abgelehnt.
»Ich gratuliere dir«, sagte Zebisch mit aufrichtigem Blick und setzte sich zu ihm. »Du hast Großes geleistet, und wir alle müssen dir dankbar sein. Mit diesem Film schaffst du es, das Publikum wieder ins Kino zu bringen.«
»Ich danke dir«, sagte Toplitz gerührt unde drückte Zebisch die Hand. Er fühlte, wie seine Augen naß wurden. Aller Groll war vergessen. »Hat er dir wirklich gefallen?« fragte er.
»Gefallen?« wiederholte Zebisch. »Ich war begeistert. Ich habe noch keinen europäischen Film gesehen, der besser gewesen wäre. Wenn auch ...« Er stockte.
»Was wenn auch?«
»Nichts.«
»Du hast gesagt ›wenn auch‹, und wenn ich ›wenn auch‹ sage, dann sage ich auch, warum ich ›wenn auch‹ gesagt habe.«

»Es ist wirklich nichts. Ich habe laut gedacht.«
»Aber du hast ›wenn auch‹ gedacht. Also was ›wenn auch‹?«
»Wenn auch manche Szene mehr Aufwand vertragen hätte, meinte ich. Wahrscheinlich hat man dir nicht mehr Geld zur Verfügung gestellt. Aber das ist nur mir, als Fachmann, aufgefallen.«
»Es waren auch andere Fachleute anwesend. Wenn es dir aufgefallen ist, ist es auch den anderen aufgefallen. Also, was meinst du?«
»Der Hochzeitszug zum Beispiel hätte pompöser sein können. Mit sechs Leuten feiert ein Kaiser keine Hochzeit.«
»Sechs Leute? Es waren fünfzehnhundert Komparsen engagiert.«
»Dann hast du sie schlecht verteilt, aber das habe wirklich nur ich bemerkt. Sonst war es großartig. Nur –«
»Was nur?«
»Die Farben. Das gelbe Kleid der Elissa zum Beispiel –«
»Das war grün!«
»Da hast du es. Oder die lila Uniform des Kronprinzen –«
»Die war gold! Vielleicht bist du farbenblind?«
»Nein. Die Farben waren schlecht. Vielleicht auch nur schlecht ausgeleuchtet. Besonders die Trauungsszene. Aber das ist halb so schlimm, weil die sowieso durch die Fahnen verdeckt ist.«
»Wieso verdeckt? Man sieht den Priester, man sieht das Brautpaar, man sieht die Königinmutter ...«
»Wo?«
»Rechts von der Braut.«
»Das war die Königinmutter? Die habe ich für eine Fahne gehalten. Aber links, das war doch eine Fahne?«
»Das war der Vater!« Toplitz war außer sich.
»Reg dich doch nicht auf! An solchen Dingen wird niemand dem Regisseur die Schuld geben. Höchstens dem Kameramann. Ich hätte ja auch nie den Wollmann genommen. Der hat noch jeden Film verpatzt. Die parodistische Szene zum Beispiel hätte von oben aufgenommen werden müssen.«
»Was für eine parodistische Szene?«

»Die Mordparodie. Wo der Diener dem Kaiser die Knackwurst an die Brust setzt.«
»Das ist doch keine Parodie«, weinte Toplitz. »Das ist ein wirklicher Mord! Die Knackwurst ist ein Dolch!«
»Das war nicht auszumachen. Ich sage ja – gehört von oben aufgenommen. Und der Reinholz als Mörder – unglaubwürdig.«
»Erlaube mal! Der Reinholz ist einer unserer besten Mörder! Weißt du, was es uns gekostet hat, ihn freizubekommen? Er ist bei ›Derrik‹ ausgebucht, beim ›Tatort‹ und beim ›Alten‹!«
»Das ist es ja. Wenn ich Reinholz sehe, weiß ich, da geschieht ein Mord. Du hättest ihn anders führen müssen. Lächelnd, charmant ...«
»Ich kann doch einen Verschwörer, der ein ganzes Volk aufwiegelt, nicht als Charmeur zeigen?«
»Doch. Dafür hast du kein Gespür, wenn auch sonst alles bewundernswert war. Übrigens – hast du was mit der kleinen Delia?«
»Ich? Wie kommst du darauf?«
»Weil das die einzige Entschuldigung wäre, daß man sie eine solche Rolle spielen läßt.«
»Alle sagen, sie war entzückend.«
»Darin liegt ja der Fehler. Eine Schauspielerin, die ein entzückendes Mädchen spielt, darf nicht auch noch entzükkend aussehen. Sie muß sexy wirken, lasterhaft, gefährlich wie ein Vampir. Daß sie entzückend ist, ist ja dann die Überraschung.«
Toplitz war am Boden zerstört. »Sag' gleich, daß der Film ein Mist ist«, meinte er unglücklich.
»Ist er ja nicht. Der Film hat mir ausnehmend gut gefallen, bis auf ein paar Kleinigkeiten: Die Musik, die du ausgewählt hast, ist schlecht, die Balletteinlagen sind elend, die Bauten miserabel, der Ton nicht anzuhören. Und um die Leute, die nach der Premiere – es waren übrigens auch einige von der Presse drunter – auf den Film geschimpft haben, brauchst du dich nicht zu kümmern. Dein Schwager wird Geld ma-

chen. Die schlechtesten Filme sind das beste Geschäft. Hoffentlich bist du an den Einspielergebnissen beteiligt. Nochmals meine herzlichste Gratulation!« Er ging. Während die Gäste weiterfeierten, schlich Toplitz nach Hause. Hätte er einen Strick gefunden, hätte er sich aufgehängt.

Am nächsten Tag erschienen die Kritiken. Die Rezensenten waren begeistert. Vier Sterne, fünf Sterne – die höchste Beurteilung. Die Menschen stürmten die Kinos, nicht weil der Film schlecht, sondern weil er gut war.
Hätte Zebisch einen Strick zu Hause gehabt, hätte er sich aufgehängt.

Wer sich selbst hilft, hilft Gott. Wer sich nicht selbst hilft, der verlangt von seinen Verwandten, daß sie ihm helfen.

Der Glückwünscher

Mein Vetter Robert ist Schriftsteller. Er lebt von dem, was er schreibt. Seine persönliche Note? Er schreibt keine Novellen, keine Romane, keine Theaterstücke – er schreibt Glückwunsch- und Gratulationsbriefe. Seine Verwandtschaft weiß, was das zu bedeuten hat. Bekomme ich zum Beispiel einen Brief: »Lieber Vetter! Ich wünsche Euch alles Gute zum neuen Jahr!«, dann schreibe ich zurück: »Wir danken und wünschen Dir dasselbe!«, lege einen 500-Schilling-Schein in den Umschlag und trage ihn zur Post.
Es folgen dann: »Fröhliche Ostern!«, »Fröhliche Pfingsten!«, »Fröhliche Weihnachten!« – 500 Schilling, 500 Schilling, 500 Schilling. Meine Frau weiß nichts von dieser Korrespondenz, weil ich mich schäme, einen Verwandten zu haben, der sich auf diese Weise ernährt.
So geht das seit vier Jahren. Vor einigen Monaten stutzte ich. Da kam ein Schreiben: »Lieber Vetter! Ich gratuliere Dir zu Deiner bevorstehenden Premiere!« Das war etwas Neues. Sollte ich diesen Brief nicht beantworten – oder sollte ich einen Präzedenzfall schaffen und ihm die 500 Schilling schicken? Ich entschloß mich zu letzterem. Jetzt war ich erst froh, daß ich meiner Frau nie von diesen Briefen erzählt habe, sie hätte kein Verständnis dafür aufgebracht. Auf alle Fälle hatte ich jetzt wieder Ruhe bis zum nächsten Geburtstag. Dachte ich.
Plötzlich bekam ich einen Brief: »Herzlichste Gratulation zum 583. Geburtstag von Johannes Gutenberg. Hätte er nicht die Buchdruckerkunst erfunden, könnten Deine Bücher nicht gedruckt werden.« Ich billigte Robert eine gewisse Originalität zu und schickte ihm 500 Schilling. Meine Frau hat, Gott sei Dank, keine Ahnung.
Eine Woche später – wieder ein Brief: »Herzlichste Glück-

wünsche zum 155. Geburtstag von Peter Mitterhofer! Hätte er nicht das Prinzip der Schreibmaschine erfunden, müßtest Du Dich jetzt mit Feder und Tinte abplagen. Bei dieser Gelegenheit möchte ich es nicht verabsäumen, Dir auch zum Geburtstag des Erfinders des Kugelschreibers zu gratulieren!« Anscheinend hoffte er, für diese doppelte Gratulation auch den doppelten Betrag zu bekommen, aber da blieb ich hart. Ich schickte ihm die gewohnten 500 Schilling. Meine Frau weiß, gottlob, noch immer nichts von diesem Briefwechsel.

Hintereinander gratulierte er mir dann zu »1872 Jahre Schreibpapier – einer Erfindung des chinesischen Ministers Tsai-Lun – sowie zu 1178 Jahre Papiermaschine. Gäbe es kein Papier«, so schrieb er, »müßtest Du Deine Werke in Steine meißeln, und wie anstrengend das wäre, kannst Du wohl selbst ermessen.« Damit hatte er recht. Ich war so geschockt von dem Gedanken, meine Geschichten mit Meißel und Hammer in Granit oder Marmor hauen zu müssen, daß ich ihm gern 1000 Schilling schickte. Ein Glück, daß meine Frau nichts davon wußte. Sie steht auf dem Standpunkt, ein gesunder Mensch hätte zu arbeiten. Und gesund war er – mein Vetter Robert.

In rascher Folge kamen nun Gratulationen zur Erfindung der Bekleidung und Beschuhung des Menschen, weil ich sonst mit nackten Füßen und mit einem Feigenblatt herumlaufen müßte, ferner zur Erfindung des Glases – ich hätte keine Fensterscheiben und nichts, woraus ich trinken könnte – sowie zur Erfindung des elektrischen Schalters, weil mir die schönsten Beleuchtungskörper nichts nützen würden, wenn es keinen Schalter zum Einschalten gäbe. Er schickte mir Gratulationen zum Geburtstag von Pasteur, der ein Verfahren zur begrenzten Haltbarmachung von Milch erfand, ganz zu schweigen von seiner Schutzimpfung gegen Tollwut, weiters zur Eheschließung von Madame Curie, die zweimal den Nobelpreis erhielt, und zur Anerkennung von Ignaz Phillipp Semmelweis, der die Asepsis bei der Geburtshilfe einführte. Was wäre mein Leben geworden ohne

sie! Es kam dann noch eine Gratulation zur Erfindung der Eisenbahn im allgemeinen und die der Bagdad-Bahn im besonderen sowie eine Gratulation zur Erfindung des Fernsehens und der Brille, weil ich ohne Brille nicht fernsehen könnte. Jetzt hatte ich genug. Ich schickte ihm für sämtliche Gratulationen eine Pauschalsumme von 200 Schilling.
Eine Woche später bekam ich einen Brief: »Lieber Vetter! Die Sache mit den 200 Schilling war wohl ein Irrtum Deinerseits. Für die Gratulationen, die ich Dir schickte, hätte ich S 5000,– zu bekommen, wobei ich kulanterweise bei Madame Curie einen Nobelpreis in Abrechnung bringe. Ich hoffe, daß Du die Angelegenheit postwendend in Ordnung bringen wirst, und verbleibe usw. usw.«
Drauf schrieb ich: »Lieber Robert! Sei nicht erstaunt, daß ich Dir nur S 200,– geschickt habe. Ich habe mein ganzes, in FSF-Aktien angelegtes Vermögen verloren – und *gratuliere Dir*, daß *Du* nicht auf diese Aktien hereingefallen bist. Ich erwarte, daß Du mir für vorstehende Gratulation S 500,– anweisen läßt, und bin bis dahin usw. usw.«
Ich habe nichts mehr von ihm gehört.

Von meiner Frau bekam ich ein Telegramm: »Gratuliere, daß Du Deinen Vetter losgeworden bist stop Gratulationsgebühr S 500,– sind an mein Konto zu überweisen.«
Sie hat es immer gewußt.

Der Mensch soll sich nicht ärgern. Wozu auch? Die Lebenshaltung wird teurer – Sie ärgern sich –, die Lebenshaltung wird trotzdem teurer. Die Frau Ihres besten Freundes geht durch – Sie ärgern sich –, die Ihre bleibt trotzdem da.
Und nur ja keinen Ärger hinunterschlucken. Das macht krank, bringt Gelbsucht und Magengeschwüre. Reden Sie sich frei. Spülen Sie Ihren Ärger von der Seele. Sollten Sie nicht wissen, was ich meine, lesen Sie:

Von der Seele gesprochen

Man soll keine Illustrierten lesen. Man soll sie lesen, aber nicht ernst nehmen. Man soll sie ernst nehmen, aber nicht versuchen, etwas von dem Gelesenen auszuprobieren. Ich habe gegen diese drei Regeln verstoßen. Ich habe eine Illustrierte gelesen, ich habe sie ernst genommen, und ich habe etwas von dem Gelesenen ausprobiert. Da stand: »In Japan, in der Stadt Mitsuhito, gibt es einen sonderbaren Neujahrsbrauch. In der Silversternacht versammeln sich Familie, Freunde und Verwandte in einem Zimmer, stopfen sich die Ohren zu und sagen – durcheinanderredend – alles, was sie im Laufe des vergangenen Jahres an den andern geärgert hat. Ist es vorüber, ist man wieder gut Freund.«
Ich erzählte davon bei Ladis Geburtstagsfeier – er wurde damals zwölf –, und, ich weiß nicht wie es kam, plötzlich war es eine beschlossene Sache, den japanischen Neujahrsbrauch bei unserer Silvesterparty zu praktizieren.
Geladen waren: Dr. Robinson, Mela Robinson, Dr. Wronsky, Vera Wronsky, Walter Goldmann, Hermine Goldmann und beider Sohn Ladi.
Man soll nicht neugierig sein, man soll niemanden hereinlegen wollen, und man soll nicht zu wissen begehren, was andere in einem Fall wie dem oben geschilderten sagen werden. Ich war neugierig, ich wollte die andern hereinlegen, und ich begehrte zu wissen, was sie in einem Fall wie dem oben geschilderten, sagen werden. Ich versteckte Tonbandgeräte. Hinter Blumen, hinter Büchern, hinter allen Gegenstän-

den, hinter welchen man Tonbandgeräte verstecken kann. Die Gäste trafen ein. Wir scherzten noch über unser Vorhaben, dann gingen wir in das für unseren Zweck bestimmte Zimmer. Meine Frau verteilte Oropax, man steckte sich die Kügelchen in die Ohren, ich prüfte, ob sie fest genug drinnen waren – es konnte beginnen. Von den Tonbändern hatte niemand eine Ahnung – nicht einmal meine Frau. Die Anwesenden sprachen zuerst vor sich hin, dann wurden sie immer wütender, sie drohten mit den Fäusten, sie rissen sich bei den Haaren, Goldmann warf seiner Frau zornige Blicke zu, Robinson knirschte mit den Zähnen, Wronsky sah fuchtig auf mich, Vera war gereizt, Mela empört, Hermine zischte wie eine Schlange, Ladi schien zu fluchen, meine Frau war furios. Ich tat, als ob ich mitmachen würde.
Am nächsten Morgen nahm ich mir die Tonbänder vor. Ich war neugierig, was meine Freunde sich von der Seele geredet hatten. Ich konnte das mit ruhigem Gewissen tun – ich hatte im Laufe des Jahres keinem von ihnen auch nur den kleinsten Anlaß zum Ärgern gegeben.
Das 1. Tonband – Dr. Robinson: »Ich halte das für den größten Blödsinn! Seit dem Frühstück habe ich nichts zu mir genommen – anstatt gleich zu Tisch zu gehen, soll ich mir vorher den Ärger von der Seele reden! In zehn Minuten den Ärger eines ganzen Jahres! Wozu? Morgen früh ärgere ich mich ja doch wieder! Es fängt schon an, wenn meine Frau mit dem Frühstück kommt und sagt: ›Das ist das Kaffeedschi!‹ Seit 19 Jahren sagt sie: ›Das ist das Kaffeedschi!‹ Wenn sie nur ein einziges Mal sagen würde: ›Da ist der Kaffee!‹ Nein – immer ›das Kaffeedschi!‹ Ich weiß, daß es da ist! Ich sehe es, ich rieche es, ich hasse es! Wie gern möchte ich sie betrügen, aber mit wem? Meine Sekretärinnen werden von ihr ausgesucht, und sie schauen danach aus! Und diese Schwiegermutter, die mir immer erzählt, daß sie Schauspielerin war und daß sie der Feind bei einem Fronttheaterauftritt gefangengenommen hat! Das muß Napoleon gewesen sein! Und diese Klienten! Dieser Bamberger! Sagt mir frech ins Gesicht, er weiß nicht, wozu er zu einem so teuren An-

walt geht, wie ich einer bin! Es gibt Hunderte Bücher über Gesetze, da hätte er dasselbe lesen können, was ich ihm gesagt habe! Das stimmt, Herr Bamberger, aber ich weiß die Seite, auf der es steht! Und dieses Finanzamt! Wenn das so weitergeht, wird man bald wie ein Pferd arbeiten müssen, um wie ein Hund leben zu können! Und diese Wieners mit ihren ewigen Einladungen! So schön könnte ich jetzt beim Fernsehen sitzen! Zwei Folgen von dem Durbridge-Krimi habe ich gesehen – heute ist der Schluß, und ich werde nie erfahren, wer der Mörder ist! Und warum das alles? Damit ich hier ein hartes Steak zu essen bekomme, genauso zubereitet, wie ich es nicht mag! Oh, wie ich dieses Paar nicht leiden kann! Sie mit ihrer ewigen Politik – und er mit seinen dummen Witzen! Am liebsten würde ich ihm sagen – –« Ich schaltete ab. Ich hätte nie gedacht, daß Robinson so schlecht von mir sprechen könnte. Ich nahm das zweite Tonband zur Hand.

2. Tonband – Mela Robinson: »Meinen Ärger soll ich mir von der Seele reden? Dazu würde ich Jahre brauchen! Am Morgen beginnt es. Da komme ich mit dem Frühstück und sage: ›Da ist das Kaffeedschi!‹ Seit 19 Jahren sage ich: ›Da ist das Kaffeedschi!‹ Ein einziges Mal möchte ich sagen: ›Da ist der Kaffee!‹ – nein, ich sage immer wieder: ›Da ist das Kaffeedschi‹. Ich weiß, es freut ihn, und so opfere ich mich. Und was ist der Dank? Wie behandelt er mich? Wenn ich ihn frage: ›Was gibt es noch auf der Welt außer unserer Liebe?‹ – sagt er: ›Nichts, aber was gibt es heute zum Abendessen!‹ Am liebsten ist mir der Februar. Da sehe ich ihn um drei Tage weniger. Neulich bei Wimmers, als die Herren sich zurückgezogen hatten, kam ich gerade dazu, als sie über ihre Frauen sprachen. ›Meine Frau‹, sagte der junge Dr. Pommer, ›sieht aus wie ein Filmstar. Raquel Welch!‹ ›Meine Frau‹, sagte mein Mann, ›sieht ebenfalls wie ein Filmstar aus. Woddy Allen!‹ Alle lachten, und er weiß bis heute noch nicht, daß ich es gehört habe. Aber ich habe meine Revanche! Ich betrüge ihn! Ja, mein Lieber, jetzt wo du die Ohren zugestopft hast, kann ich es dir ja sagen: ›Ich ha-

be einen Freund! Ich – Woddy Allen? Und weißt du wen? Bobby Singer! Bobby, Süßer, du wolltest mich heute anrufen, während mein Scheusal beim Fernsehen sitzt – und jetzt muß ich hier bei den Wieners sein und kann nur an dich denken! Warum bin ich hier? Warum *muß* ich hier sein? Nur um ein Steak zu essen, daß ich zu Hause besser gehabt hätte, um mich von ihrer ewigen Politik langweilen zu lassen und von seinen dummen Witzen! Besonders er – –.« Ich schaltete aus. Also sie auch!

3. Tonband – Dr. Wronsky: »Was soll ich mir von der Seele reden? Ich habe keinen Ärger! Ich bin ein zufriedener Mensch, verdammt noch einmal! D. h., Ärger hat jeder Mensch – oder soll ich als Dentist mich freuen, wenn Patienten mich mit Zähnen anlachen, die sie noch nicht bezahlt haben? Überhaupt dieser Beruf! Warum bin ich nicht Gynäkologe geworden, wie ich es wollte? Da hätte ich mit schönen Frauen zu tun gehabt, anstatt mit faulen Zähnen! Und ich sehne mich nach schönen Frauen! Birgit, meine neue Sprechstundenhilfe – die wäre was für mich! Sie ist ein Wunder an Schönheit! Robinson meint, daß das ein Blödsinn ist. Ein Wunder ist etwas, das man wohl sehen, aber nicht angreifen kann. Das ist ja bei Birgit der Fall. Leider! Aber was weiß Robinson. Ich habe bald genug von ihm! Setzt sich in meinen Stuhl, läßt sich von mir behandeln, fragt nicht nach dem Honorar und bleibt es schuldig! Und mit diesem Menschen muß ich meinen Urlaub verbringen! Nur weil unsere Frauen miteinander befreundet sind. Dabei sind sie gar nicht mehr so miteinander befreundet, seit sie beide auf Bobby Singer fliegen. Ich glaube, er hat sich für Mela Robinson entschieden. Schade! Hätte er sich für meine Frau entschlossen, hätte ich einige freie Abende in der Woche gehabt und hätte Birgit überreden können, mit mir essen zu gehen. Wie schön wäre es gerade heute gewesen – Silvester! So muß ich diese nerventötende Party mitmachen! Diese Wieners – –« Ich schaltete aus. Wronsky war also auch nicht unser Freund. Ich nahm das 4. Tonband zur Hand.

4. Tonband – Vera Wronsky: »Ja, ja, ich rede mir den Ärger

von der Seele! Den Ärger, daß ich Mela nicht sagen kann, daß Bobby mich liebt und daß er nur auf den Moment wartet, um mit ihr Schluß zu machen! Und diese Birgit – diese Gans! Mein Mann bemüht sich um sie! Warum will sie nicht? Warum bleibt sie kalt wie ein Fisch? Ich sehe schon, ich werde mit ihr reden müssen, damit ich mehr Zeit für Bobby habe. Bobby, Süßer, du wolltest mich heute anrufen, während mein Ekel beim Fernsehen sitzt – jetzt bin ich hier bei den Wieners. Ich denke an dich! Bussi! Wenn der Abend schon zu Ende wäre! Nach dem Essen wird sie anfangen zu politisieren, und er wird dumme Witze machen! Sie geben doch diese Partys nur, um seine Witze zu testen. Wenn wir darüber lachen, verwendet er sie auf der Bühne oder in seinen Büchern. Liebst du mich, Bobby? Sag ja! Wenn du mich nicht lieben würdest – ich würde es nicht aushalten hier unter diesen Menschen!« Ich schaltete aus. Die Enttäuschung wurde immer größer.

5. Tonband – Walter Goldmann: »Den Ärger soll ich mir von der Seele reden? Was habe ich davon, wenn es täglich neuen Ärger gibt? Allein im Geschäft! Diese Spesen! Das Heizöl ist so teuer, daß es billiger käme, wenn man sein Geld verbrennen würde! Und diese Börse! Ich möchte ein einziges Mal ein paar von den Aktien kaufen, die immer steigen, wenn man sie nicht hat! Morgen ist wieder ein Wechsel fällig! Gestern habe ich den Betrag noch gehabt, heute ist er weg! Das Geld geht so schnell von Hand zu Hand, daß die Bazillen drauf seekrank werden! Und diese Familie! Meine Frau hat sich eine Pelzkappe gekauft! Wenn einem das Wasser überm Kopf zusammengeht, braucht man keine Pelzkappe! Und das Auto! Gestern hat sie die Fahrprüfung gemacht – natürlich ist sie durchgefallen! Jetzt macht sie sie in 14 Tagen wieder! Zum Glück kann sie nicht denselben Prüfer bekommen – der muß drei Wochen im Spital bleiben! Und dieser Schwiegervater! An allem, was ich tue, hat er etwas auszusetzen. Ich habe ihm zwar das Haus verboten, aber er kommt, während ich im Geschäft bin. Ich weiß es, weil ich gesehen habe, daß jemand mein

Foto auf der Kredenz angespuckt hat. Und dieser Ladi, dieser Lausbub! Auf der Straße muß er Fußball spielen und eine Schaufensterscheibe einschlagen! Wer wird sie bezahlen? Ich! Und in diesem Zustand, den Kopf voller Sorgen, muß ich noch zu den Wieners gehen! Was wird sein? Sie wird politisieren, und er wird alte Witze erzählen! Wenn ich so könnte, wie ich wollte, ich würde – –.« Ich drehte ab. Daß Goldmann gegen uns ist, hätte ich nie gedacht.

6. Tonband – Hermine Goldmann, die wir immer »Die Stille« nennen: »Endlich kann ich meinen Ärger in die Welt hinausschreien! Mir könnt ihr alle den Buckel runterutschen, wie ihr da seid! Dr. Robinson, der beste Freund meines Mannes, der gar nichts dagegen hätte, einmal mit mir zu schlafen! Auch Dr. Wronsky, der mir schon einige diesbezüglich Anträge gemacht hat! Alle, alle würden sie wollen – nur nicht mein Mann! Der denkt nur ans Geschäft! Für ihn ist die häßlichste Frau sexy, wenn sie fünf Meter Stoff bei ihm kauft! Und diese Mela! Bildet sich weiß Gott was ein, weil Bobby Singer ihr den Hof macht! Und Vera ebenfalls! Die dummen Gänse wissen nicht, daß er das bloß tut, um sein Verhältnis mit mir zu verschleiern! Bobby, Süßer, du wolltest mich heute anrufen, während mein Alter beim Fernsehen sitzt! Leider mußten wir zu den Wieners gehen! Nicht gerne, glaube mir! Ich vertrage weder ihre Gespräche über Politik noch seine abgestandenen Witze! Er glaubt, daß nur er ein gutes Gedächtnis hat! Diese Witze habe ich schon von meinem Vater gehört, der wenigstens vorausgeschickt hat, daß sie von unserem Großvater stammen. Das wird wieder ein langweiliger Abend werden! Am liebsten möchte ich – –.« Ich drehte ab. Das waren also meine Freunde!

7. Tonband – Ladi: »Meine Eltern ärgern sich. Worüber? Wahrscheinlich über mich. Was werden sie erst morgen sagen, wenn ein Polizist kommen und ihnen erzählen wird, daß ich im Kino zu einem Mädchen frech geworden bin? Ich ärgere mich ja selbst! Schuld daran ist mein Schulkollege, der Gutmann! Warum hat er mir eingeredet, daß ich endlich

einmal mit einem Mädchen ins Kino gehen muß? Ich habe die Lissy Papanek eingeladen, die zwei Jahre älter ist als ich. ›Weißt du auch, was du zu tun hast?‹ hat mich der dumme Gutmann gefragt. ›Natürlich‹, habe ich geantwortet. ›Zuerst kaufe ich ihr Zuckerl – dann, wenn es finster wird, lege ich meinen Arm um sie und gebe ihr einen Kuß.‹ ›Und wenn sie dich zurückstößt?‹ fragt der Gutmann. ›Dann nehme ich ihr die Zuckerl wieder weg‹, sagte ich. Dazu ist es aber gar nicht gekommen. Die Lissy Papanek hat zu schreien angefangen, ist davongelaufen und hat sich von einem Polizisten nach Hause bringen lassen. Und morgen geht der Polizist zu meinen Eltern und in die Schule. Und ich muß hier sitzen, bei meinem Onkel und meiner Tante, die mir heute besonders auf die Nerven gehen. Immer haben sie gute Lehren für mich, aber was man mit einem Mädchen macht, das einem aus dem Kino davonläuft, das haben sie mir nicht gesagt. Wenn ich ihnen einmal so beibringen könnte, was ich denke – –.« Ich drehte schnell ab. Ich wollte nicht wissen, was Ladi sich denkt.

Das war also am nächsten Morgen.

Am Abend vorher, nach dem Schlußpfiff, nahmen wir uns die Stöpsel aus den Ohren, gingen zu Tisch, alle lobten das Steak und beteuerten uns, wie glücklich sie wären, den Silvester bei uns verbringen zu dürfen. Ich hielt eine kurze Neujahrsansprache, die in einem Toast auf unsere treue, ewigwährende Freundschaft ausklang.

Und wir *blieben* auch gute Freunde. Die andern wußten ja nicht, was *ich* wußte, und ich verriet es keinem. Ich war sie alle schon so gewöhnt.

Tiere, die sich nicht leiden können, besuchen einander nicht. Davon könnte der Mensch lernen.

Apropos: Das von meiner Frau besprochene Tonband habe ich gar nicht erst abgehört. Wer weiß –?

»Ein Name ist nichts Geringes. Hat doch Napoleon eines großen Namens wegen fast die halbe Welt in Stücke geschlagen.« Also sprach Eckermann in seinen »Gesprächen mit Goethe«. Oder Goethe in seinen Gesprächen mit Eckermann? Egal. Die Hauptsache ist:

Ich mache mir einen Namen

Als Mitbesitzer eines Hauses sah ich mich eines Tages genötigt, eine Eintragung im Grundbuch ändern zu lassen. »Ihre Unterschrift«, sagte der Beamte. Ich unterschrieb: Hugo Wiener.

»Da stimmt etwas nicht«, meinte der Beamte.

»Wieso nicht?«

»Sie müssen Ihren richtigen Namen schreiben.«

»Das *ist* mein richtiger Name.«

»Hier steht aber *Mugo* Wiener.«

»Wo?«

»Hier.« Er zeigte mir die Stelle, und er hatte recht. Dort stand Mugo Wiener. »Das ist ein Irrtum«, sagte ich.

»Kann sein«, meinte der Beamte, »kann aber auch *nicht* sein.«

»Wie meinen Sie das?« fragte ich. »Wollen Sie vielleicht behaupten, daß meine Eltern mich ›Mugo‹ genannt haben?«

»Wer kann das wissen?« entgegnete der Beamte.

»Es gibt die verrücktesten Namen.«

»Mein Name *ist* aber nicht verrückt!« Mein Ton war bereits etwas scharf geworden. »Ich heiße Hugo wie alle!«

»Was heißt wie alle?«

»Wie alle Hugos. Wie Hugo Wolf, wie Hugo Meier, wie Hugo Swoboda!«

»Die kenne ich nicht.«

»Die kennen Sie nicht?« fragte ich erstaunt. Um ehrlich zu sein, außer Hugo Wolf kannte ich sie auch nicht. Ich wollte ihm nur mit ein paar Namen imponieren. »Sie kennen Hugo Meier nicht, den berühmten surrealistischen Maler, 1880

bis 1930? Und Hugo Swoboda, den bekannten Soziologen, 1828 bis 1829? Er hat das Gesicht der Welt verändert!«
»Das interessiert mich nicht«, sagte der Beamte, nun auch etwas schärfer. »Ich bin Beamter des Grundbuchamtes – für mich ist maßgebend, was im Grundbuch steht, und im Grundbuch steht Mugo!«
»Das ist ein Irrtum«, beschwor ich ihn.
»Kann sein«, sagte der Beamte wieder und zuckte mit den Achseln.
»Es *ist* ein Irrtum!« schrie ich. »Geben Sie es zu! Wenn Sie ihn schon begangen haben, korrigieren Sie ihn auch!«
»Ich habe ihn nicht begangen«, triumphierte der Beamte. »Die Eintragung ist zehn Jahre alt. Damals war ich noch am Matrikelamt.«
»Wer hat ihn dann begangen?«
»Mein Vorgänger. Der ist aber schon in Pension«, freute er sich, »und lebt bei seiner Tochter in Texas.«
Ich war verzweifelt. Ich konnte doch wegen dieser Sache nicht nach Texas reisen. »Da sehen Sie!« fiel es mir plötzlich ein. »Hier ist mein Reisepaß!« Ich hatte ihn, vorsichtig wie ich nun einmal bin, auf alle Fälle mitgenommen.
Der Beamte warf einen Blick hinein. »Der ist abgelaufen«, stellte er fest. »Den müssen Sie erneuern lassen.«
Ich wurde bleich. »Wird das so schnell gehen?« fragte ich. »Ich habe demnächst in Zürich zu tun.«
»Für gewöhnlich dauert es«, sagte der Beamte ruhig, »aber ich habe einen Kollegen am Paßamt. Ich werde Ihnen ein paar Zeilen für ihn mitgeben.«
»Das ist furchtbar nett von Ihnen«, sagte ich dankbar, »aber was machen wir jetzt mit der Unterschrift?«
»Da schlage ich Ihnen einen Ausweg vor. Sie unterschreiben, bis die Sache geklärt wird, mit: Hugo Wiener, auch Mugo Wiener.«
Das tat ich. Er schrieb ein paar Zeilen an seinen Kollegen, steckte sie in ein Kuvert und gab sie mir mit. Ich muß gestehen, die Sache kam mir verdächtig vor. Warum, dachte ich, war er plötzlich so freundlich geworden? Aber vielleicht tat

ich ihm unrecht, und er war vielleicht wirklich ein hilfsbereiter Mensch.
Auf dem Paßamt fragte ich nach seinem Kollegen Herrn Piringer. Man führte mich zu ihm, ich gab ihm den Zettel, er las ihn durch, reichte mir ein Formular und forderte mich auf, dasselbe auszufüllen. Ich füllte es aus und gab es ihm zurück. Er prüfte es und sagte: »Da stimmt etwas nicht.«
»Wieso nicht?« fragte ich und ahnte bereits, was da kommen würde.
»Sie schreiben ›Hugo Wiener‹, hier steht aber ›Hugo Wiener, auch Mugo Wiener‹.«
»Das habe ich nur in das Grundbuch geschrieben«, weinte ich, »weil im Grundbuch ›Mugo Wiener‹ stand.«
»Wenn Sie es in das Grundbuch geschrieben haben, müssen wir das auch im Reisepaß vermerken«, entschied Herr Piringer. Ich hatte also seinem Kollegen doch nicht unrecht getan. Ich bekam einen Paß auf ›Hugo Wiener, auch Mugo Wiener‹.
Im Kaffeehaus erzählte ich die Geschichte meinen Freunden. Sie bedauerten mich, gaben aber insgeheim den Beamten recht. Das ersah ich aus den Karten, die sie mir aus ihren Urlaubsorten schickten. Robinson, Wronsky, Goldmann – alle adressierten ihre Feriengrüße an ›Hugo Wiener, auch Mugo Wiener‹. Auch meine Frau nannte mich nur noch ›Mugo‹, wenn sie zärtlich war ›Müglein‹, wie früher ›Hüglein‹. Einen eingeschriebenen Brief wollte mir der Briefträger nicht ausfolgen.
»Warum nicht?« fragte ich.
»Weil da nur ›Hugo Wiener‹ draufsteht, nach den andern Briefen heißen Sie aber ›Hugo Wiener, auch Mugo Wiener‹.« Um solchen Zweifeln auszuweichen, ließ ich meine Türtafel auf ›Hugo Wiener, auch Mugo Wiener‹ ändern. Mein Meldezettel, mein Briefpapier, meine Visitenkarten – alles lautete auf ›Hugo Wiener, auch Mugo Wiener‹. Stellte man mich anderen Leuten als ›Hugo Wiener‹ vor, setzte ich schnell hinzu: »Auch ›Mugo Wiener‹.«
Ich fuhr in die Schweiz. An der Grenze zeigte ich meinen

Reisepaß vor. »Was heißt das?« fragte der Schweizer Grenzbeamte.

»Was bitte?«

»Hugo Wiener, auch Mugo Wiener. Entweder Sie heißen Hugo Wiener oder Mugo Wiener.« Der gute Mann hatte keine Ahnung von der österreichischen Bürokratie. Ich klärte ihn auf. »Kommen Sie mit!« forderte er mich auf. Wir gingen zu seinem Vorgesetzten. Er besah sich den Paß.

»Hugo Wiener, auch Mugo Wiener – das gibt es nicht!« schrie er aufgeregt. »Sind Sie vielleicht ein Agent?«

»Nein«, sagte ich. »Warum soll ein Agent ›Mugo‹ heißen? Ich heiße ›Hugo‹, aber im Grundbuch heiße ich ›Mugo‹, so heiße ich ›Hugo, auch Mugo‹.«

Man brachte mich auf die neurologische Station des Zürcher Krankenhauses. »Hören Sie zu«, sagte der Primar und sprach zu mir, wie man zu kleinen Kindern spricht. »Sie leiden an einer fixen Idee. Hugo Mugo, Mugo Hugo – das reden Sie sich ein. Sie heißen entweder Hugo oder Mugo. Also? Wie heißen Sie?«

»Mugo«, stöhnte ich und brach zusammen.

Die Geschichte, die ich eben erzählt habe, hat den Vorzug, fast wahr zu sein. Ich weiß nicht, ob sie sich bereits herumgesprochen hat. Sollten Sie also mein nächstes Buch kaufen wollen und sollte der Autor Hugo Wiener unbekannt sein, dann setzen Sie bitte zur Sicherheit hinzu: »Auch Mugo Wiener.«

Was dem einen recht ist, ist dem andern billig – solange sich kein Anwalt dazuschlägt. Anwälte verteuern die Sache. Sie sind gute Redner und gute Rechner, weshalb ich mich gar nicht wunderte, daß mein Freund und Anwalt Dr. Robinson einmal der einzige war, der meinem Neffen Ladi bei einer arithmetischen Hausaufgabe helfen konnte. Es war

Eine schwierige Rechnung

Ein kluger Mann sagte einmal: Anwälte sind Menschen, die uns aus all den Ärgernissen befreien, in die wir nie geraten würden, wenn es keine Anwälte gäbe. Und doch – ich bewundere sie. Wenn ich einen Anwalt kennenlerne, betrachte ich zuallererst seine Ohren. Sie kommen mir vor wie zwei Buchstützen – was dazwischen ist, sind eine Menge Bände mit einer Unzahl von Paragraphen, aus denen sie, sobald sie ihn brauchen, immer den richtigen hervorholen. Gewinnt ein Anwalt einen Prozeß, sagt er zu seinem Klienten: »Ich habe den Prozeß gewonnen«, verliert er ihn, sagt er: »Sie haben ihn verloren.« Aber ich will jetzt nicht von Prozessen reden, sondern von einer Rechenaufgabe, die nur der findige Kopf eines Anwalts lösen konnte. Wir saßen wieder einmal im Kaffeehaus: Robinson, Wronsky und ich. Plötzlich kam mein Neffe Ladi zur Tür herein und steuerte direkt auf uns zu.

»Dein Vater ist nicht hier, Ladi«, sagte ich.

»Ich weiß es«, antwortete Ladi, damals zwölf, »ich komme zu dir. Mein Mathelehrer hat uns wieder einmal eine Aufgabe gegeben, die ich nicht nicht lösen kann, und da habe ich mir gedacht, vielleicht kannst du mir helfen.«

»Was ist mit deinem Vater?« fragte ich geschmeichelt. »Hilft *er* dir nicht?«

»Er hat es versucht, aber nach einer halben Stunde hat er das Buch an die Wand geschleudert, hat zwei Aspirin genommen und hat sich ins Bett gelegt.«

»Und was ist mit deiner Mutter?«

»Die hat es auch versucht, die hat zwei Valium genommen.«

»Na schön«, sagte ich gütig. »Setz dich zu uns, trink eine Tasse Schokolade, und zeige mir die Rechnung.« Ladi ließ sich das nicht zweimal sagen. Er setzte sich zu uns, nahm eine Tasse Schokolade, zwei Sachertorten und ein Baiser mit Schlagobers. Inzwischen studierte ich die Rechenaufgabe, und ich muß gestehen, daß mir nach und nach schwül wurde. Da stand folgendes:
Ein Rennstallbesitzer stirbt und hinterläßt seinen drei Söhnen siebzehn Pferde. Laut Testament soll der älteste Sohn die Hälfte bekommen, der mittlere ein Drittel und der jüngste ein Neuntel. »Das ist doch ganz einfach«, sagte ich im ersten Moment. »Da sind einmal siebzehn Pferde. Der älteste Sohn bekommt die Hälfte, die Hälfte von siebzehn ist –« Moment! Ich stutzte. Die Hälfte von siebzehn ist achteinhalb. Der Vater konnte doch dem Sohn kein halbes Pferd hinterlassen. Ich ging weiter: Der zweite Sohn bekommt ein Drittel. Ein Drittel von siebzehn ist, grob gerechnet, fünfkommasechs Pferde! Der dritte Sohn bekommt ein Neuntel, das ist, wieder grob gerechnet, einskommaacht Pferde! Das ist doch nicht möglich!
»Hast du es schon?« fragte Ladi.
»Noch nicht, aber gleich.« Was sollte ich ihm sagen, wo er so an mich glaubte?
»Darf ich mir eine Cremeschnitte nehmen?«
»Nimm dir, was du willst, mein Kind«, sagte ich. *Ich* nahm ein Miltaun. Der Schweiß stand mir auf der Stirne.
»Was hast du?« fragte Wronsky. »Ist dir schlecht?« Wer von meinen Lesern Dr. Wronsky noch nicht kennt: Er ist mein Dentist.
Ich las ihm die Rechnung vor: Ein Rennstallbesitzer stirbt und hinterläßt seinen drei Söhnen siebzehn Pferde. Laut Testament soll der älteste Sohn die Hälfte bekommen, der mittlere ein Drittel und der jüngste ein Neuntel.
»Das kann doch nicht so schwer sein«, meinte Wronsky. »Wir haben siebzehn Pferde. Der älteste Sohn bekommt die Hälfte. Die Hälfte von siebzehn ist –« er stockte.
»Na?« fragte ich schadenfroh.

»Die Hälfte von siebzehn ist achteinhalb«, sagte Wronsky zögernd. »Das weiß jedes Kind.«
»*Das* weiß jedes Kind«, gab ich gereizt zu. »Aber die Hälfte von siebzehn Pferden! Du kannst doch ein Pferd nicht halbieren! Und was ist mit dem Drittel und mit dem Neuntel? Der Mann war ein Rennstallbesitzer, also dürfte es sich um Rennpferde handeln! Sollen die zerstückelten Pferde ein Rennen gewinnen?«
Wronsky nahm ein Aspirin, ein Valium und ein Miltaun. »Bei Pferden kenne ich mich nicht aus«, sagte er. »Ich bin Dentist – laß es mich mit Zähnen versuchen. Ein Rennstallbesitzer stirbt und hinterläßt seinen drei Söhnen siebzehn Zähne.«
»Das ist doch noch dümmer!« rief ich. »Was sollen die drei mit siebzehn Zähnen machen?«
»Laß mich nur«, beharrte Wronsky. »Wir legen die Zähne dann auf Pferde um.«
Ich wurde wütend. »Wie willst du die Zähne auf Pferde umlegen?« knirschte ich. »Können Zähne beim Rennen laufen? Kannst du mit Pferden beißen?«
»Laß mich. Ich weiß, was ich will. Ein Rennstallbesitzer stirbt und hinterläßt seinen drei Söhnen siebzehn Zähne. Der älteste bekommt die Hälfte – das sind achteinhalb Zähne.« Wronsky stöhnte. »Das geht nicht«, sagte er.
Ladi freute sich, weil es uns auch nicht gelang, die Aufgabe zu lösen. »Darf ich mir eine Punschtorte nehmen?«
»Ja!« sagte ich bissig und verwünschte ihn im stillen. Robinson hatte bis dahin Zeitung gelesen. »Was habt ihr denn für ein Problem?« fragte er.
»Eines, bei dem uns nicht einmal ein Rechtsanwalt helfen kann«, entgegnete ich. Ich las ihm die Aufgabe vor: »Ein Rennstallbesitzer stirbt und hinterläßt seinen drei Söhnen siebzehn Pferde. Laut Testament soll der älteste Sohn die Hälfte bekommen, der mittlere ein Drittel und der jüngste ein Neuntel.«
»Hm«, machte Robinson. Dann schwieg er. Ich beobachtete ihn und sah, wie es in den Gesetzbüchern zwischen sei-

nen Ohren arbeitete. »Das ist nicht schwer«, meinte er dann.
»So?« fragte Wronsky höhnisch. »Dann verrate uns doch die Lösung.«
»Ganz einfach«, sagte Robinson ruhig. »Ich gebe ein Pferd dazu.«
»Dazu?!?«
»Ja. Dann sind es achtzehn, die Hälfte von achtzehn ist neun, ein Drittel ist sechs und ein Neuntel ist zwei. Der älteste Sohn bekommt neun Pferde, der mittlere sechs und der jüngste zwei.«
Wronsky und ich starrten ihn an wie ein Wunder, Ladi schob die Torte weg, was bei ihm etwas heißen will. »Da muß ich die Probe machen«, sagte er aufgeregt und addierte: »Neun und sechs ist fünfzehn und zwei ist – siebzehn!« rief er überrascht. »Jetzt sind es wieder siebzehn! Was mache ich jetzt?«
»*Du* machst gar nichts«, sagte Robinson ruhig, »ich nehme mein Pferd wieder zurück, und alles ist in Ordnung.« Sprach's, bezahlte und ging.

Die Sache läßt mir keine Ruhe. Siebzehn Pferde konnten in Drittel und Neuntel geteilt werden, nur weil Robinson ein Pferd dazugegeben und wieder weggenommen hatte – noch dazu ein Pferd, das er gar nicht besaß. Typisch Anwalt!

Computer sind Geräte, die alle Probleme lösen können, bis auf das Arbeitslosenproblem, das sie mit sich bringen. Ein Glück ist es nur, daß auch sie Fehler machen und daß man Menschen braucht, die diese Fehler beheben. Trotzdem rufe ich:

Hilfe! Computer!

Ich spiele Schach. Ich spiele schlecht Schach. Wenn es eine Weltmeisterschaft in schlechtem Schach gäbe, hätte ich die Wohnung voller Pokale. Auch meine Frau spielt Schach. Meine Frau spielt gut Schach – und doch. Zu einer Weltmeisterschaft reicht es nicht, und Pokale hat sie auch keine. Früher, in der Vorcomputerzeit, spielten wir manche Partie miteinander, als aber die Schachcomputer aufkamen, kaufte sie mir einen solchen. Einen sprechenden. Er sagt zum Beispiel: »Falsch. Rössel zurückziehen! Falsch. Zug nicht erlaubt! Falsch! Bauer darf nicht springen!« Ich frage mich: Warum nicht? Der Schachcomputer kommt aus den USA, also aus einem freien Land, warum darf der Bauer nicht springen? Bei uns darf der Bauer alles. Er darf springen, er darf tanzen, er darf Schach spielen. Und mit Recht.
Aber die Technik überrollt uns. Bald hatten wir nicht nur den sprechenden Schachcomputer, wir hatten eine sprechende Geschirrspülmaschine, einen sprechenden Videorecorder – in unserem Haus konnte alles sprechen, außer unserem Papagei. Natürlich hatte ich auch eine sprechende Schreibmaschine, ein sprechendes Telefonnummernverzeichnis, einen sprechenden Anrufbeantworter sowie einen Kugelschreiber mit einer Digitaluhr, die auf Knopfdruck sagt, um welche Zeit man ihn verloren hat. Es ist eine herrliche Welt!
Meine Frau hatte ein Gastspiel in Deutschland. Als sie wegfuhr, war ich nicht zu Hause, also sprach sie in das Pocketmemo (das haben wir natürlich auch): »Ich fahre jetzt fort. Laß es dir gutgehen, vergiß nicht, Laura und Jacky zu füttern (Laura ist unser Papagei, Jacky unser Kater), und wenn

du morgen im Verlag bist, laß dich nicht übers Ohr hauen, du bist ja schließlich kein Trottel, Trottel, Trottel, Trottel«, wiederholte das Pocketmemo ohne aufzuhören. Was konnte da los sein? Die Batterie, das wußte ich, war längst ausgebrannt, ich vergaß immer, eine neue zu kaufen, also hatte ich das Pocketmemo an das Netz angeschlossen. Ich ging zum Steckkontakt, zog das Kabel heraus, aber in dem Gewirr von Kabeln konnte ich mich nicht zurechtfinden. Was tun? Ich zog *alle* Kabel heraus, steckte sie wieder hinein, anscheinend falsch, denn plötzlich begann es überall zu sprechen.

»Spülgang 1 einschalten.« sagte die Spülmaschine, »Enteisen!« befahl der Kühlschrank, »Trottel!« rief das Pocketmemo dazwischen, »Bauer darf nicht springen!« warnte der Schachcomputer, »Farbband einspannen!« die Schreibmaschine, »Trottel!« das Pocketmemo, »Spülgang 2 einschalten!« die Spülmaschine, »Enteisen!« der Kühlschrank, »Trottel!« das Pocketmemo, »Falsch!« der Schachcomputer, »Farbband reißt!« die Schreibmaschine, »Es wird mit dem Summerton fünf Uhr!« mischte sich die Wanduhr ein, »Trottel!« sagte das Pocketmemo, »Summ!« machte die Uhr, »Heizung abstellen!« rief die Heizung, »Sie sprechen mit dem telefonischen Beantworter!« sagte der Beantworter plötzlich. »565651!« sagte das Nummernverzeichnis, »Trottel!« rief das Pocketmemo – ich verlor die Nerven und lief zum Fenster, um mich hinunterzustürzen.

»Unteren Riegel aufwärts-, oberen Riegel abwärtsschieben!« sagte das Fenster. »Falsch!« rief der Schachcomputer, »Trottel!« das Pocketmemo, »Es ist niemand zu Hause, hinterlassen Sie Ihre Nummer!« der Beantworter, »Spül gang 3 einschalten!« mengte sich die Spülmaschine ein, »Heizung abstellen, falscher Zug, Farbband gerissen!« riefen alle durcheinander. Das Fenster ließ sich nicht öffnen. »Falsch!« sagte es. »Oberen Riegel abwärtsschieben!« Ich sah rot, nahm einen Briefbeschwerer und warf ihn durch die Fensterscheibe. »Au!« rief der Briefbeschwerer und fiel einem vorübergehenden Fußgänger auf den Kopf. Der Fuß-

gänger sagte nichts, aber sein Hut schrie empört hinauf: »Können Sie nicht aufpassen?«
Keine Aufregung. Die Geschichte ist erfunden, könnte aber eines Tages Wahrheit werden. »Trottel!« sagt das Pocketmemo.

Ein Nachwort? Ganz kurz, bitte: Wie im Vorwort, habe ich auch im Nachwort einen Wunsch. Wenn Sie jetzt den Band zuklappen, wünschte ich mir, daß Sie sagen: »Das sind wirklich HUGO WIENERS BESTE GESCHICHTEN!« Sagen Sie es? Danke.